이문열 중단편
수상작 모음집

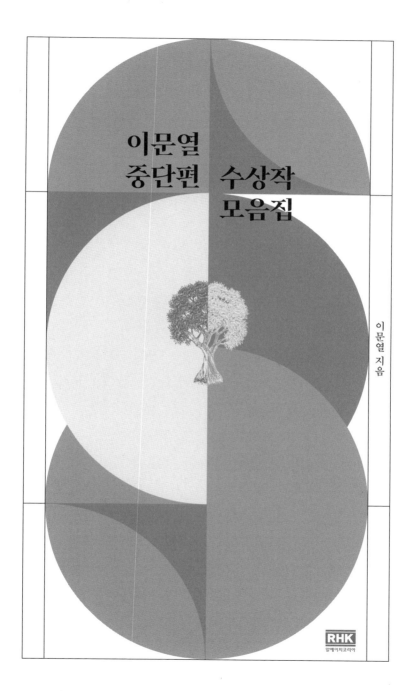

이문열
중단편 수상작
모음집

이문열 지음

RHK
알에이치코리아

차 례

새하곡

塞下曲

그날 아침 이상범(李相範) 중위는 '전쟁이란 이렇게 터지는 것이로구나.' 하는 각오가 되었으면서도 얼떨떨한 비장감과 묘한 열기 속에 눈을 떴다. 내무반은 그야말로 엉망이었다.

이미 오래전부터 사태는 충분히 예견되었고, 만일에 대비해 여러 가지 작전과 상세한 행동 계획이 수립돼 있었지만, 몇몇 고참병을 제외하고는 모두 형편없는 혼란에 빠져 갈팡질팡하고 있었다. 완전 군장을 꾸미느라 장비와 병기가 부딪는 소리, 철모가 통로의 시멘트 바닥에 요란스럽게 떨어지고, 반합이 떨그럭거리며 침상을 굴렀다. 거기다가 쉴 새 없는 전화 벨소리, 포대장과 인사계의 고함소리, 욕설……. 전쟁이란 아무리 정확하게 예측된 것이라도 한 번 터지고 나면 병사들에게는 항상 돌발적일 뿐이었다.

그러나 이 중위에게도 그런 것을 더 이상 한가롭게 지켜볼 틈이 없었다. 그는 이 야전 포병대의 통신장교였고, 그래서 이제부터 그 어느 때보다 능률적이고 효과적으로 운영돼야 할 백여 종의 통신 장비와 마흔여 명의 과원이 그의 지휘를 기다리고 있었기 때문이다. 우선은 출동해야 할 통신 차량과 무선 장비의 점검이 급했다. 그는 그제야 어슬렁거리며 일어나는 선임하사관 임 상사에게 막사의 유선병을 맡기고 통신 차량이 엄폐돼 있는 대피호로 달려갔다. 산허리를 파 대공 위장망을 씌워 놓은 노천호였는데, 거기서도 혼란은 마찬가지였다. 이미 어젯밤부터 대기해 온 무전병들마저도 한꺼번에 터져 나오는 각종 전문(電文)에 어쩔 줄 모르고 있었다.

이 중위는 먼저 갓 통신학교를 나온 신병이 배치돼 있는 17호 차량으로 들어갔다. 인접 포대망을 맡고 있는 녀석은 웅웅거리는 V-17 앞에서 무엇인가 방금 수신한 음어를 해역(解譯)하느라고 정신이 없었다.

"뭐야?"

"018대대 전개가 시작됐습니다. 우리보다 상황이 좀 빨랐던 것 같습니다."

"빨리 전해."

그때 갑자기 플래시가 번쩍이며 지원 연대망을 맡고 있는 유 상병이 이 중위를 찾았다.

"과장님, V-25 수신부 침묵입니다."

"퓨즈 점검했나?"

"네, 이미 점검해 봤지만 이상 없었습니다."

"언제부턴가?"

"약 십 분 전부텁니다. 지금 보조 수신기를 사용하고 있지만 감이 아주 나쁩니다."

"배터리는?"

"어제저녁 최종 점검 때 충분히 충전된 것으로 갈았습니다."

"그럼 수신부, 빨리 예비와 바꿔. 그리고 결과 보고해."

무선반의 사고는 그 밖에도 두 건 더 있었다. 멀쩡하던 사단 AM망이 갑자기 송신 불능에 빠진 것과 V-17 한 대가 차량 배터리의 합선으로 가동할 수 없게 된 게 그랬다. 둘 다 예비로 대치하면서 이 중위는 새삼 예비를 확보해 둔 것이 옳았음을 깨달았다. 그는 며칠 전 인근 부대에 통신장교로 근무하는 동기들로부터 거의 사 분의 삼 톤 트럭 한 대분의 장비를 빌려 두었는데, 그것은 기재계(器材係) 강 병장의 제안 때문이었다. 강 병장의 주장에 따르면 야전에서 통신 장비 특히 무선 장비 성능을 백 프로 믿는 것은 통신장교의 정강이뼈를 그대로 대대장의 워커에 맡기는 것과 같다고 한다. 아직 진공관을 쓰는 구형 장비가 태반인 탓이었다.

대략 무선병 점검이 끝나자 이 중위는 선임하사가 맡은 유선병 쪽으로 가보았다. 역시 장비 적재로 부산하기는 하였지만 당장 쓰이는 것들이 아니어서 성능 때문에 오는 혼란은 없었다. 선임하사가 그의 독특한 충남 사투리로 유선반장 양 하사에게 무엇인가 욕설을 퍼붓고 있는 것을 뒤로하고 이 중위는 다시 교환대로 향했다. 날은 아직도 어두웠다.

교환대 못 미처 설상(雪上) 파카와 설상 위장포를 들고 오는 서무계 권 일병을 만나고서야 이 중위는 비로소 눈이 오는 것을 알았다.

"제기랄, 전쟁이 터지는 날은 언제나 인상적이로구나."

그런 기분은 비가 왔더라도 안개가 끼었더라도 마찬가지였을 것이다. 설령 청명했더라도.

그런데 교환대 문을 연 이 중위는 의외의 광경에 분통이 터지고 말았다. 이런 법석 중에도 교환병 김 일병이 야전 교환기의 신호음을 꺼 놓고 리시버를 귀에 꽂은 채 엎드려 자고 있는 것이 아닌가.

"야, 이 개새끼야."

이 중위는 자신도 모르게 욕설과 함께 김 일병을 걷어찼다. 그러나 놀라 그를 올려다보는 김 일병의 얼굴을 보고 그는 '아차' 했다. 녀석의 안경알 밑으로 번질거리며 흐르고 있는 것은 분명 두 줄기의 눈물이었다. 함께 근무하던 배 상병의 변호가 아니더라도 녀석이 자고 있지 않았던 것은 명백했다. 하지만 화가 나는 실수였다.

"근무 똑똑히 해. 임마, 곧 출동이야."

마침 기재계 강 병장이 야전선 적재 문제로 이 중위를 찾아왔으므로 그는 자칫 난처할 뻔한 자리를 여전히 화난 목소리로 때우고 교환대를 나섰다.

"뒷산 야전선을 좀 써야겠는데요."

위장망에 단독 군장 차림으로 출동 준비를 완전히 갖춘 강 병장이 은밀한 의논 투로 말했다.

"뒷산 야전선?"

이 중위는 그게 무얼 뜻하는지 얼른 떠오르지 않아 그렇게 반복했으나 이내 강 병장의 말뜻을 알아차렸다.

지난여름 전방의 야전선을 재래식 화기의 화력이 미치지 못하는 지하로 매설할 때, 이 중위와 강 병장은 약 8마일의 야전선을 빼돌렸다. 사단에 보고할 선로도(線路圖)는 매설 곤란을 이유로 곡선으로 그리고 실제 매설이 일치하는 지점을 몇 군데 표시해 두었다가 적당히 구워삶은 검열관으로 하여금 형식적으로 확인하게 하는 수법이었다.

그러나 그들이 그렇게 힘들여 또 시가로도 몇 십만 원이 되는 야전선을 빼돌린 데에 딴 뜻이 있는 것이 아니었다. 포병 유선 장비용 야전선은 한 번의 훈련이 끝나면 보통 상당한 감량이 생기는데 사단 보급소는 그 감량 인정에 인색했다. 거기다가 때로 지상 가설에서 절취당하는 수도 있어 자칫하면 통신장교가 몇 마일씩 변상해야 하는 경우도 있었다. 따라서 그런 때를 위해 부대 뒷산의 쓰지 않는 방공호에 은밀히 감추어 둔 것인데, 이제 강 병장이 그걸 쓰자는 것이었다.

"사단서 수령한 훈련용 야전선은 폐선이 많이 섞여 재생을 해도 대개 저항 300이 훨씬 넘습니다. 감도가 나빠 선로가 길어지면 어렵죠. A급을 자르기는 안됐지만, 미더운 게 필요해서요."

"그래, 그럼 강 병장이 알아서 몇 마일 신도록."

이 중위는 언제나 하는 것처럼 모든 것을 강 병장의 판단에 일임했다.

이상하게도 그는 강 병장만 대하면 모든 것이 미덥고 든든하면서도 원인 모를 위축감에 빠지곤 했다. 강 병장이 자기보다 두 살 위이고 또 유능한 기재병이어서 그가 맡은 정부 재산을 잘 관리해 준다는 것 이상으로 강 병장에게는 무언가 그를 압도하는 것이 있었다. 그만의 어떤 특이한 힘이었다.

실제로 지난여름 강 병장은 대대장도 손을 든다는 작전과장 장 대위와 정면으로 충돌하여 그를 굴복시킨 적이 있었다. 강 병장에게는 갓 전입 온 신병에게까지도 깍듯이 경어를 쓰는 버릇이 있었는데, 그것이 육사 출신의 전형적인 군인인 장 대위에게는 군기(軍紀)의 문제로 비친 것 같았다. 몇 번이나 타일러도 강 병장이 듣지 않자 화가 난 그는 어느 날 정식 명령으로 그것을 금지시켰다. 그러나 강 병장은 그 명령마저도 "쌍놈은 나이가 벼슬이라더니 군번 빠른 것도 벼슬인가." 하며 일소에 붙여 버렸고, 그걸 안 장 대위는 명령 불복종으로 인사과에 입창 의뢰를 해 버렸다. 그런데 그 입창 의뢰가 정식으로 기안돼 대대장의 결재에 올라갈 때쯤해서 일은 엉뚱하게 전개됐다. 평상시와 같이 근무하던 강 병장이 갑자기 의무대에 입실해 버렸다. 알고 보니 단식 일주일째였다.

장 대위가 펄펄 뛰었으나 속수무책 — 이미 일주일이나 굶어 늘어진 사람을 어쩔 수는 없었다.

결국 강 병장의 일은 단식 열흘 만에 대대장에게 보고되었고 놀라 달려온 대대장에게 눈만 번쩍이는 강 병장이 내놓은 것은 그 열흘 동안 수십 번을 검토한 것임에 틀림이 없는 『군인 복무 규율』 한 권이었다.

"죄송합니다, 대대장님. 그러나 책 어느 조문을 보아도 군번 늦은 후임병에게 경어를 써서는 안 된다는 귀절은 없었습니다……."

그런 강 병장의 힘은 이 중위도 한 번 직접 목격한 적이 있다.

지난여름의 일이었다. 그날 무심코 기재 창고를 지나던 이 중위는 돌연한 고함소리에 걸음을 멈추었다.

"……알았어? 너희 대장 하 대위가 와도 내게는 그리 못해. 그런데 이 새끼, 너 그 태도가 뭐야?"

이 중위로서는 처음 듣는 강 병장의 고함이고 욕설이었다. 더욱 놀라운 건 그 상대였다.

"강 병장님, 뭘 그리 화내십니까?"

기가 꺾인 목소리로 용서를 구하고 있는 것은 분명 보안대 장 병장이었다. 평소 사병은 물론 장교까지도 개똥같이 여기는 전방 보안대 사병의 표본 같은 녀석이었다.

"조심해 임마. 병아리도 못 되는 주제에 장닭처럼 벼슬을 흔들어 대면 모가지가 부러지는 법이야."

그러자 장 병장은 들여다보고 있는 이 중위를 의식했는지, 아니면 당하다 보니 화가 났던지 갑자기 지금까지의 부동자세를 풀고 퉁명스럽게 말했다.

"야, 이거 강 병장 뭘 자꾸 그러슈? 까짓 배터리 몇 개 안 주면 그만이지……."

그러나 그의 말은 강 병장이 무섭게 따귀를 내리치는 바람에 중단되고 말았다.

"차렷! 이 새끼, 이 새까만 일병 놈의 새끼가. 아직 말 끝나지 않았어. 야전 건전지가 너 같은 놈 물고기나 잡으라고 나온 줄 알아? 야 임마! 그 한 박스면 포대 하나가 한 달간 쓸 수 있어, 이 썩은 새끼야."

이 중위는 비로소 강 병장이 무엇 때문에 화가 났는가를 알았다. 야전 건전지는 폐품 반납 과정에서 잘 조작하면 여분을 남길 수 있었다. 폐품 80프로만 반납하면 전량 새 건전지로 지급받을 수가 있기 때문이었다. 그 때문에 강 병장도 기재장부 밖의 여분을 적지 아니 가지고 있었는데 장 병장이 그걸 알고 얻으러 온 듯했다. 무전기나 특수 장비용 배터리는 직렬로 연결하면 물이 얕은 개울에서의 고기잡이에는 넉넉한 전류를 끌어낼 수 있었다.

"쓸 데가 있어서…… 남는 걸로 알았습니다."

신통하게도 금세 기가 죽은 장 병장, 아니 장 일병이 궁색하게 변명했다. 녀석은 보안대의 공공연한 관례대로 지금까지 일등병이 병장 계급을 사칭해 온 듯했다.

"그렇더라도 그건 정부 재산이야. 장교가 와도 기장(記帳)하지 않고는 내준 적이 없어. 어디서 순……."

"앞으로 조심하겠습니다."

"그럼 꺼져 버려. 아구통 돌아가기 전에."

"필, 승!"

결국 장 일병은 경례까지 깍듯이 하고 돌아갔다. 평범한 전방 야포대의 사병인 강 병장이 무엇으로 막강한 보안대원을 그토록 무섭게 굴복시켰는지 이 중위는 몹시 궁금했다.

"군대 와서는 처음으로 군번을 따졌죠. 녀석은 일병이었으니 까요."

강 병장은 히죽이 웃으면서 그렇게 대답했지만, 그게 아닌 것은 분명했다. 거기다가 이 중위가 또 하나 감탄하는 것은 강 병장의 깊이 모를 능력이었다. 이 중위는 이 부대에 통신장교로 근무한 이래 그가 모른다거나 할 수 없다고 하는 것을 한 번도 본 기억이 없다. 특히 통신 분야에서는 20년이 가까운 선임하사도 혀를 내두를 정도였다. 장비는 물론 작전 면에까지 그의 능력이 미치지 않는 곳은 없었다. 심지어는 과원들의 통솔까지도 그는 어떻게 된 일인지 마흔 명이 넘는 과원들의 신상을 상세하게 파악하고 있어, 청원 휴가나 포상 휴가의 재량이 이 중위에게 돌아올 때 그에게 자문을 청하면, 대개 그가 정해 주는 서열이 가장 적절하고 온당했다.

따라서 통신과에는 이 중위와 임 상사 외에도 분대장인 세 명의 하사와 다섯 명의 고참이 있었지만 모든 일은 사실상 거의 그를 중심으로 이뤄지고 있었다. 가끔씩 이 중위마저도 통신과의 정신적인 과장은 그라는 생각이 들 때가 있었다.

갑자기 맞은편 산등성이에서 청색 신호탄이 오르더니 여기저기서 총성이 터졌다. 본부 포대장의 신경질적인 명령이 산 아래 연병장에서 들려왔다.

"각과 삼 분의 일씩 경계조를 편성, 삼 분 이내로 본부 연병장에 집합 —."

중대한 상황이 발생한 듯했다. 이 중위는 상황실로 달려가 보았다.

"차리(C포대) 북방 무명고지 일대, 수 미상의 게릴라 출현."

C포대의 보고에 상황실의 급박한 지시가 하달됐다.

"차리, 차리, 빨리 타격대를 편성하라. 타격대를 잔류시켜 게릴라에 대항하고 빨리 포를 빼라."

뒤이어 각 포대의 상황 보고가 그들만의 은어로 날아들었다.

"풍랑객 하나, 병아리를 날리도록. 끝."

선임 A포대가 전개 명령을 받은 것이었다. 뒤이어 브라보(B포대)의 호출과 전개 명령, 그리고 마지막으로 C포대의 보고였다.

"여기는 풍랑객 셋, 병아리를 날린다. 까치발 오공(캘리버 오십 경 기관총)과 병아리 한 배(일 개 소대)를 남긴다. 현재 까마귀(게릴라) 침묵 중."

그사이 본부 차량들도 하나둘 빠지기 시작했다. 이 중위가 탄 상황실 박스카도 천천히 진지를 빠져나왔다. 날은 드문드문한 눈발 사이로 어느새 희뿌옇게 밝아오고 있었다.

사단 규모의 통합 훈련 청룡 25호 작전의 디데이가 밝아오는 중이었다.

진지를 떠나 눈 속을 느릿느릿 10마일쯤 이동했을 때에야 이 중위는 상황 장교를 통해 사태의 정확한 진전을 알 수 있었다. 적(가상)은 총 일 개 사단의 병력으로 그날 새벽 네 시를 기해 대대적인 선제공격을 감행했다. 아군 390연대는 중앙이 돌파당해 20마일이나 후퇴해서 재정비 중이었고, 392연대는 임진강 지류 하나를 끼고 치열한 교전 중이었으나, 역시 적의 주공(主攻)은 사단 본부를 끼고 있는 391연대 쪽이었다. 조공(助攻)이 기타 두 방향에서 있었고, 수 미상의 유격대가 지난밤 아군 후방으로 공중 침투된 것도 밝혀졌다. 얼마 전 차리(C포대)를 교란한 것은 그 일부로 보였다. 그리고 뒤이은 보고에 따르면, 그들에 대처하기 위해 남겨졌던 C포대의 잔류 병력과 차량은 결국 상실된 것으로 판정이 났다. 그 밖에 알파(A포대)가 차량 전복으로 장교 한 명 사병 네 명을 상실, 일 개 포반(砲班) 하나가 낙오 판정을 받았다.

그 모든 상황은 6·25 이듬해에 태어나 한 번도 전쟁을 경험한 적이 없고 임관 후에도 줄곧 후방 근무만 해온 이 중위에게는 새롭고 흥미로운 것이었다. 그러나 나이 든 하사관들이나 경험 많은 고참 장교들에게는 심드렁한 전쟁놀음일 뿐이었다.

"글쎄, 그년을 만났더라요."

수송부 선임하사인 문 중사였다. 새벽부터 어디서 한잔 걸쳤는지 약간 취한 목소리로 간밤의 꿈 얘기를 하고 있었다.

"우리가 첨 살림을 차린 무등산 기슭의 판잣집이드랑께. 차암 그때는 재미있었제…… 그런디 ― 그 ×할 년이 갑자기 왜 나타났이까……."

그에 관해서는 이 중위도 몇 번 들은 적이 있다. 술과 계집으로 팍삭 늙어 얼굴은 마흔 줄도 중반이 넘어 보이지만 실은 서른넷의 나이였다. 시골 목사의 아들로 유복하게 자랐고 교육도 상당히 받은 편이었다. 그런데 고등학교를 하러 광주로 나왔다가 옆방에 자취하던 술집 여급과 눈이 맞아 삶이 빗나가 버리고 말았다. 고지식한 부모에게 의절당하고 학교마저 중퇴한 그는, 방금 얘기한 그곳에서 그 여자와 동거를 시작했으나 그 나이에 그 학력으로는 생계가 막연했다. 거기다가 상대편 여자도 차츰 정이 뜨기 시작했다. 그녀는 유복한 집의 귀공자와 희롱하는 기분으로 어울렸던 것이지 자기에게 더부살이하는 어린 건달을 원하진 않았기 때문이다. 자연 싸움이 잦아지고 어느 날 돈을 타러 갔던 그가 부모에게 칼부림을 하고 돌아왔을 때, 그녀는 자기 소지품과 함께 어디론가 사라지고 없었다. 그리고 몇 달 그녀를 찾아 헤매다 거의 자포자기의 심경에 빠진 그는 결국 길가 담벼락의 포스터가 끄는 대로 하사관 학교에 입교하고 말았다는 게 하사관들 사이에 널리 알려진 그의 이력이었다.

"년도 꽤 쪼그라들었을 것이로구만잉, 나보다 세 살이나 위였응께……."

20

그런 그의 목소리에는 그날따라 야릇한 감개가 서려 있었다. 어떤 의미에서 그 여자는 그에게 있어서는 처음이자 마지막 여자였다. 그 후 그는 세 번이나 딴 여자와 살림을 차렸으나 번번이 한 달도 못 가 끝나버렸다. 그를 만년 중사로 만들어 놓은 고약한 술버릇 때문이었다.

"×× 껌 씹는 소리 그만하고 그 수통에 쐬주나 있으면 한 모금 나눠 주슈."

문득 맞은편에서 묵묵히 차량에 거치된 석유스토브를 쐬고 있던 군수과장 '별' 대위가 심드렁하게 말했다.

"혀도, 과장님은 그 소리 들은 지 오래됐을 건디."

수통을 건네면서 문 중사가 하는 소리였다. 군수과장 역시 몇 년 전에 상처하고 아직 홀아비였다.

그들은 곧 음담패설을 주고받으며 소주를 나눴다. 장교와 하사관이라는 신분상의 차이에도 불구하고 두 사람은 곧잘 어울렸다. 문 중사가 군수과 선임하사였을 적에 함께 근무한 적이 있다는 것 외에도 무언가 그들에겐 공통된 특징이 있었다. 군수과장의 계급 앞에 '별'이란 별명이 붙게 된 경위도 그런 것들 가운데 하나였다.

십여 년 전 신임 소위로 외진 OP에 파견 근무를 하던 그는 항상 은박지로 큼직한 별을 두 개씩이나 철모에 오려 붙이고 다녔다. 그러나 어느 날 그는 불시에 순찰 나온 사단장과 그 철모를 쓴 채 맞닥뜨리게 됐는데, 그 사단장은 준장이었다. 그런 종류의 실수는 종종 군인으로서의 그에게 치명적인 것이 되어 10년째 그를 대위로 묶어 놓았지만 좀처럼 없어지지 않았다. 요즈음도 멋모르는 소령이 전화 같은 데서 상대가 대위라는 것만 알고 반말이라도 쓸라치면 그는 대뜸 전화기에 대고 고래고래 소리치는 것이었다.

"야, 이 새끼야, 말 조심해. 중령 같은 대위다."

갑작스러운 긴급 임무의 하달로 그들의 그런 술자리는 깨지고 말았다. 끝내 밀리게 된 392연대가 적의 진격 속도를 줄여줄 지원 포격을 요청해 왔기 때문이다.

그들은 근처 얼어붙은 논바닥에 긴급 방렬을 하고 삼십 분가량 비사격을 했다. 그동안 유선 가설에 땀을 뺀 이 중위는 비상식량으로 늦은 아침을 때운 후 부대가 다음 진로로 이동할 무렵 가설 차량으로 자리를 옮겼다. 방금 철거한 야전선 뭉치와 빈 방차통이 개인 장비와 뒤죽박죽이 된 차량 한구석에 교환병 김 일병이 풀이 죽어 앉아 있었다.

"김 일병, 새벽에는 내가 지나쳤다. 대신 작전이 끝나는 즉시 휴가는 책임지마. 안 되면 단 며칠 특박이라도."

이 중위는 불면으로 핼쑥한 김 일병의 얼굴에 알지 못할 연민을 느끼며 부드러운 목소리로 말했다.

이제 겨우 스물셋인데도 녀석에겐 아내와 아이가 있었다. 그런데 얼마 전 강 병장이 들려준 이야기는 바로 그 아내가 백일도 안 지난 아이를 시가에 떼 놓고 어디론가 사라져버렸다는 것이었다. 이 중위는 힘들여 녀석의 청원 휴가를 얻어 냈으나 이번 작전으로 그만 연기돼 버렸다. 이 중위의 다정한 위로에도 불구하고 김 일병은 그저 망연한 눈길로 이 중위를 올려 보며 꿈꾸듯 중얼거렸다.

"과장님, 저는 그때 전화를 받고 있었습니다……."

아, 또 그 전화 얘기, 이 중위는 약간 한심한 기분으로 그를 마주보았다. 맞은편에 앉아 있던 가설병들이 저희들끼리 수군거리며 킥킥 웃었다.

"터어키 병사였습니다……."

김 일병은 최근 들어 기이한 환청에 시달리고 있었다. 밤늦어 졸면서 근무하던 전방의 교환병이 간혹 환청을 경험하는 수가 있기는 하지만 김 일병의 그것은 좀 특이했다. 한결같이 이 땅에서 죽은 외국인 병사들의 전화가 거의 매일 저녁 그에게 걸려온다는 것이었다.

군의관은 김 일병의 그런 증상을 지난여름의 야전선 매설 작업과 관련이 있는 것으로 풀이했다. 그 작업 중 몇 군데 땅속에서 해골 더미가 발견됐는데 그것이 그때 그 작업에 동원됐던 김 일병의 의식 깊이 잠재했다가 다른 어떤 심리적인 요인과 함께 환청으로 나타났으리라는 추리였다. 그러나 이따금의 그런 환청 이상 다른 증상은 전혀 김 일병에게 보이지 않았으므로 특별한 치료나 후송 같은 것은 고려도 하지 않고 있었다.

"이스탄불의 건달이었답니다. 고향에 돌아가는 꿈을 꾼 날 아침 적의 박격포에 당했대요……."

이 중위는 대답하지 않았다. 그러나 김 일병은 여전히 몽롱한 표정으로 폭사한 터키 병사의 얘기를 계속했다. 그는 우리말밖에 모르는데도 환청 속에서만은 어느 나라 말이건 신통하게 알아들었다. 영어, 불어, 일어는 물론 서반아어, 태국어까지도. 그리고 그에게 전화질을 해 대는 망령들은 한결같이 일정한 유령이었다.

지난가을 늦게 녀석에게 처음 전화를 한 것은 산동성 출신의 중공군 병사였다. 젊고 아름다운 아내를 두고 왔는데 무단 후퇴를 하다 독전병(督戰兵)에게 즉결됐다는 하소연이었다. 그다음이 전직 복서였다는 콜롬비아 중사, 약혼녀에게 자랑할 전리품을 위해 인민군 시체 더미를 뒤지다 생존자에게 저격됐고, 다음은 삼류 가수와 결혼한 캐나다 군의 나팔수로 아내의 변심을 고심하다 자살, 그리고 지뢰를 밟은 소 장수 출신의 영국 하사관 등 — 그러다가 며칠 전에는 청일전쟁 때 죽은 일본군 병조장에게서까지 전화가 왔다. 모두가 하나같이 젊고 아름다운 아내나 약혼녀를 가졌던 병사들의 망령들이었다. 언젠가 이 중위는 빙글거리며 김 일병의 환청을 전하는 강 병장에게 언뜻 물은 적이 있었다.

"그런데 그들 중에 김 일병은 누구일까?"

강 병장은 잠시 생각하더니 대답했다.

"그 캐나다 군의 나팔수일 겁니다. 녀석도 사회에 있을 때 나팔을 불었죠. 맥주홀의 밤무대 같은 데서 — 여자도 거기서 만났다니까요."

그러나 그때는 거의 희롱처럼 느꼈던 강 병장의 얘기가 지금 이런 상황 아래서 망연한 눈길과 함께 떠오르자 왠지 이 중위도 음울해졌다.

"나중에 알고 보니 자기가 고통 속에 죽어가던 그 순간도 그의 아내는 다른 사내와 흥청대고 있었다는 거예요······."

김 일병은 이 중위의 기분을 아는지 모르는지 여전히 독백과도 흡사한 얘기를 힘없이 이어갔다.

"그러나 너는 살아서 돌아간다. 이건 도대체가 훈련이고 죽음 같은 것과는 아무 관련도 없어. 거기다가······ 아마 네 아내는 현숙한 여자일 거야. 어디선가 틀림없이 너를 위해 좋은 일을 하고 있을 거다."

깊어가는, 알지 못할 연민으로 다소 감상적이 된 이 중위는 그렇게 위로하며 김 일병의 말허리를 잘랐다. 그리고 벌떡 일어나 차량 뒤켠으로 가서 마치 무거운 기분을 떨쳐버리듯 두터운 방수천을 걷어 제쳤다. 갑자기 찬바람과 함께 굵은 눈발이 날아들었다. 멎었던 눈이 다시 하늘 가득히 내리고 있었다.

건너편 도로 위에 포를 뒤로 뺀 우군 전차가 어디론가 황급히 이동하고 있었다. 시가 퍼레이드에서 자랑하던 위용과는 먼, 무언가 초조와 불안에 싸인 듯한 조그만 쇠붙이의 초라한 행렬이었다. 전차대가 사라져 간 산모퉁이로 보병의 행렬이 끊임없이 눈 속을 헤쳐 가고 있었다. 그들을 보며 이 중위는 막연히 중얼거렸다.

"전쟁은 참으로 쓸쓸한 것이로구나······."

몇 군데에서의 긴급 방렬을 거쳐 그들이 숙영지로 예정된 네 번째 전개 진지에 도착한 것은 늦은 오후였다. 그곳은 조그만 내를 끼고 멀리 인가가 보이는 넓지 않은 계곡 입구의 논이었다.

그들이 막 포 방렬을 마쳤을 때 갑작스러운 적기의 공습이 있었다. 다행히 대공 위장이 거의 완료돼 진지는 피해가 없었지만, 고장으로 뒤져 들어오던 보급 차량이 반파(半破)의 판정을 받고 말았다.

공습 후부터 저물 때까지 이 중위는 정말 바빴다.

"눈썹과 ×털이 바람에 휘날리도록 달려와."

"워커 밑창에서 가죽 냄새가 나도록 뛰어."

선임하사가 그렇게 시시덕거리며 사병들을 몰아 대고 있었지만 이 중위는 웃을 틈조차 없었다. 긴급 방렬 때와는 달리 진지에서는 정규 가설을, 그것도 통제관의 시간 체크 아래 해치워야 했기 때문이었다. 포대선은 포대의 가설병이 끌어오게 돼 있었고, 참모부 선은 구간이 짧아 문제가 안 됐지만, 포사(砲司)선, 연대선, OP선은 예상 외로 힘들었다. 대부분 몇 마일씩 되는 장거리 선인 데다 지형 지물이 낯설어 독도법(讀圖法)에 서툰 가설병에게만 전적으로 맡길 수가 없었기 때문이었다.

별수 없이 두 개의 OP선을 직접 지휘한 후 다시 연대선을 끌고 목적지 부근에 도달했을 때는 이미 날이 저물고 있었다. 6부 정도의 능선에서 일단의 보병들이 참호를 구축하고 있는 것이 보였다. 언 땅이라 야전삽 정도로는 교통호는 고사하고 개인호도 제대로 파여질 것 같지 않았다. 그들과 약간 떨어진 곳에 소대장인 듯한 소위 하나가 철모를 쓴 채 눈 바닥에 그대로 누워 있었다. 앳되고 수려한 얼굴이었다.

"연대 본부가 어디요?"

그러자 고개를 약간 든 그는 말도 하기 귀찮다는 듯 손을 들어 이미 어둠이 짙어오는 계곡 밑을 가리켰다. 그러고 보니 기계적인 동작을 되풀이하고 있는 사병들도 몹시 지쳐 있는 것 같았다. 아마 그들은 하루 종일 도보로 행군했을 것이다. 적어도 20마일 이상을, 그것도 가끔씩은 구보로, 그런 그들을 바라보면서 이 중위는 비록 알고는 있었지만 미처 체험해 보지 못한 전쟁의 또 다른 일면을 생생히 실감했다.

"전쟁이란 피로한 것이로구나."

그러나 피로는 거기서 끝나지 않았다. 가설을 힘들여 마치자 이번에는 여기저기서 원인 모를 단선(斷線)이 기다리고 있었다. 그런데 한 가지 이상한 것은 단선을 잡기만 하면 그것은 반드시 도로 횡단 지점에서였고, 그 형태는 누군가가 야전선을 돌로 짓찧어 놓은 것 같았다. 몇 번인가 똑같은 경우를 당한 후에야 비로소 이 중위는 그 원인을 알아냈다. 범인은 우군 자주포와 전차였다. 땅이 얼어 깊이 묻지 못한 야전선을 그 육중한 무한궤도가 짓씹어 놓은 것이었다. 견디다 못한 이 중위는 모든 도로 횡단을 가능한 한 매설 횡단에서 가공(架空) 횡단으로 바꾸고 말았다.

밤 여덟 시 무렵에야 모든 작업을 마친 이 중위는 숙영지로 돌아왔다. 겨울밤으로는 상당히 깊어 사방은 고요했다. 불빛이 통제된 진지는 한층 완강한 침묵으로 어둠과 추위 속에 웅크리고 있었다.

이 중위가 바짓가랑이와 군화에 묻은 눈을 털고 분대용의 가설병 막사에 들어가니 썰렁한 저녁 식사가 기다리고 있었다. 부식은 우내장(牛內臟)국이었던 모양으로 표면에는 기름이 두껍게 굳어 있었고, 절인 무에도 살얼음이 끼어 있었다. 그제야 이 중위는 추위에 언 가설병들의 얼굴을 바라보며 도중 민가에라도 들러 저녁을 먹이고 오지 않은 것을 후회했다. 돈보다는 이동 통제반과 적의 게릴라가 두려워 그는 가설병들을 재촉해 귀환해 버렸다. 약간 미안해진 이 중위가 멀거니 식기를 바라보고 있을 때 갑자기 누군가가 김이 무럭무럭 나는 반합 두 개를 들고 들어왔다. 서무계 권 일병이었다.

"뭐야?"

"찌갭니다. 과장님 몫은 따로 끓이고 있으니 함께 가시지요."

가설병들이 환성을 지르며 식기를 들고 반합 주위로 모여들었다. 군용 두부와 동태, 콩나물 따위를 넣고 역시 군용 고추장을 풀어 끓인 것으로 이 중위가 보기에도 먹음직했다.

"누가 끓였나?"

"강 병장님 솜씹니다. 자, 과장님, 가시죠. 강 병장님이 기다리고 있습니다."

권 일병이 인도해 간 곳은 계곡 한편의 전주 밑에 자리 잡은 강 병장의 텐트였다.

개인 텐트 몇 장 교묘하게 결합한 한 평 남짓한 그 속에는, 강 병장이 단짝인 암호병 박 상병과 함께 이 중위를 기다리고 있었다.

"히야, 이 사람들 봐라."

텐트를 들치고 들어간 이 중위는 우선 감탄했다. 텐트 안에는 군용 갓을 씌운 백열등이 켜져 있었고, 구석에는 조그만 전기 곤로가 발갛게 달아 있었다. 그리고 텐트 한가운데 놓인 등산용 고체 연료 위에서는 무엇인가가 한참 기분 좋게 끓고 있었다. 그 곁에는 소주병도 두어 개 보였다.

"전기는 누가 끌었나? 고압선 같던데."

"한전(韓電) 기사가 끌었습니다."

한전에 근무하다 입대한 신병을 가리키는 말이었다. 강 병장은 방한모도 야전잠바도 벗은 채로였다.

"곤로는?"

"미리 준비해 왔죠. 고체 연료도 서너 개. 아무래도 겨울에는 따뜻한 게 제일이니까요."

"거기다가 야전 전기 세트라 — 이건 PLL(전투 예비) 아냐?"

그러나 이 중위의 질문은 나무람이기보다는 감탄의 연속이었다.

"하여튼 애들을 위해 찌개를 끓여둔 건 잘했다. 그런데 이 술은 웬 거야? PX품이 아닌데—"

"역시 PX 겁니다. 이럴 때 PX도 한몫 봐야죠."

그러자 이 중위에게도 생각나는 게 있었다. 원래 PX는 군납품만 쓰게 돼 있다. 그러나 그것은 정가가 있고 이윤이 적은 데다 때로는 질(質) 문제로 잘 팔리지 않았다. 영내에 있을 때는 사단 PX와 감찰부의 통제 때문에 어쩔 수 없지만 이제 그들의 통제권 밖으로 나온 이상 반드시 군납품을 쓸 필요는 없었다. 듣기로는 주임 상사는 이번에 개인적인 투자로 거의 한 트레일러분의 사제(私製) 물품을 가지고 왔다는 말이 있었다.

식사를 마치자 이 중위도 방한모와 야전잠바를 벗었다. 눈에 젖은 바짓가랑이와 군화에서 가는 김이 솟아오르고 있었다. 강 병장이 넥타 깡통에 소주를 반 가까이나 부어 권했다.

"한 잔 드십시오. 몸이 확 풀릴 겁니다."

안줏거리 찌개는 따로 있었다. 강 병장이 납작한 철제 약상자에서 고춧가루와 다진 마늘을 범벅해 둔 양념이며 조미료, 장조림 따위를 꺼내는 걸 보고 이 중위가 다시 물었다.

"치밀하군. 누구 솜씬가?"

"박 상병 어부인 솜씨죠. 지난주 외출 때 가져왔습니다."

육사를 중퇴했다는 풍문뿐 강 병장의 경력이나 환경이 깊이 감추어진 것임에 비해 박 상병의 그것은 비교적 대대에 널리 알려져 있었다. 우선 그는 부대의 최고령자였다. 국내 제일의 명문에서 대학원까지 수료하고도 고시 준비로 몇 년을 더 보낸 바람에 스물여덟에 입대, 지금은 강 병장보다 한 살 많은 서른이었다. 부인은 약사로 개업 중이었고 세 살 난 아들이 있었는데, 강 병장과는 각별하게 지내고 있었다.

이상하게도 이 중위는 그들과 술을 나누다 보면 자기가 군에 있다는 것을 깜박깜박 잊어버리곤 했다. 한번은 술이 취해 그들과 강 형, 박 형 하다가 부대장에게 경을 친 적도 있을 만큼 그들의 화제는 군대를 떠나 있었고 그 분위기는 독특했다. 그런데 그날은 웬일로 그렇지 않았다. 오히려 그들이 서로 강 형, 박 형 하는 것이 조잡스럽게 보였고 그들의 대화도 공허하게 들렸다. 처음 한동안 영문을 모르고 마시던 그는 술이 몇 순배 돈 후에야 그 원인을 깨달았다.

"그런데 말이야, 강 병장. 나는 장교로 2년째 근무하면서도 도무지 너희들을 이해할 수 없는 게 하나 있어."

"뭔데요?"

강 병장은 정말로 궁금하다는 듯 물었다.

"너희들이 ― 그 무어랄까…… 이를테면 모든 것을 방기해 버린 것 같은 자세 말이야."

"구체적으로 어떤 것 말씀입니까?"

"예를 들면 너희들의 탐식. 너희들은 이상하게도 먹는 것에 집착한다. 이미 우리 군대에는 아무도 배고픈 사람이 없을 텐데도 말이다."

"먹는다는 건 분명 즐거운 일입니다. 그다음은요?"

"너희들의 나태. 너희들은 병적으로 움직이는 걸 싫어한다. 훈련이나 작업은 물론이지만, 분명 너희들에게도 유리한 일도 시키기 전에는 안 한다. 대신 기회만 있으면 자고, 그래도 시간이 남으면 멍청히 있기를 좋아한다."

"사실 배부른 사병이 가장 열렬히 바라는 게 그 두 가집니다."

"또 있다. 그것은 너희들의 집요한 탐락. 한번 술잔을 들면 쓰러질 때까지 놓지 않고 여자를 얻으면 날이 새기 전에는 그 배 위에서 내려오지 않는다. 너희들이 용감하고 부지런해지는 것은 그 둘을 위해서뿐이다."

"대개 총기 사고는 그 둘 중의 하나 때문이죠."

"너무 철저한 자기 방기다. 더구나 그것이 학력이나 인격, 연령에 관계없이 너희들에게 공통되는 것을 보면 아연할 때마저 있다."

"이거 오늘 우리가 되게 당하는군요. 너무나 사병적(士兵的)인 야영 준비였습니까?"

강 병장은 여유 있게 웃었다.

"그런데 과장님은 그 원인을 생각해 보셨습니까?"

"처음에는 나는 그게 일제의 나쁜 유산이라고 생각했다. 그때 남의 나라, 다른 민족을 위해 죽음을 강요당해야 했던 그들의 군대관이 지금까지 그릇 전승돼 왔다고. 하지만 그것은 너무 오래된 일이고 또 지금은 다르다."

"그래도 일제의 잔재가 완전히 없어진 건 아니죠."

"그래서 나는 또 그것이 와전된 쾌락주의라 생각했다. 개인주의와 현실 숭배의 기형적인 결합 같은 것 — 하지만 그것도 너희들의 그 철저한 방기의 설명으로는 불충분해."

"맞습니다. 잘 보셨지만 과장님은 가장 중요한 것을 빠뜨렸습니다."

"무언가?"

"니힐이죠. 병사의 허무입니다."

"병사의 허무?"

"모든 것을 타아(他我)에 맡겨버린 자아의 절망입니다. 우리에게 존재를 부여하는 생명까지도 병사는 자기 것으로 가지고 있지 않습니다. 그가 가진 것은 철저한 무(無)죠."

"그런 것을 정말 너희들이 모두 느끼고 있단 말인가?"

"물론 그렇지는 않습니다. 전쟁이 터져 존재 자체가 실제 위협을 당할 때조차도. 그러나 그것을 의식하지 못한다는 것과 그게 없다는 건 별개지요. 모든 병사는 군번과 함께 그 허무를 잠재의식 속에 지급받았던 겁니다."

"하지만 소위 동일시라든가 동기의 합리화 같은 것이 있지 않나? 집단을 통해 자아를 실현하는 것 같은……."

여기서 불쑥 박 상병이 끼어들었다. 그들은 이 화제에 어느 정도 익숙한 것 같았다.

"그런 것을 자발적인 것으로 사병들에게 구하는 것은 무리지요. 더구나 우리는 대개 국민개병제도(國民皆兵制度)에 따라 의무적으로 왔을 뿐이니까요. 효과적인 동기 부여나 정치화가 있어야 합니다."

"그걸 위해 정훈(政訓)이 있지 않나?"

"그러나 그 효과는 참으로 의심스럽습니다. 오히려 병사의 허무감을 확인시키는 때도 있죠. 예를 들어 프롤레타리아에 대해 수십 매의 논문이라도 쓸 수 있는 사병이 '프롤레타리아, 아무것도 가지지 않은 자, 즉 빈털터리.' 식의 암기 사항을 강요당할 때, 그는 자신의 허무감을 확인할 겁니다. 또 사학을 전공한 친구가 별로 전문화되지 못한 정훈 교관에게 '이순신 장군은 배 열두 척으로 적선 삼 백을 격침시켰다.' 따위 얘기를 듣고 웃었다고 기합을 받게 될 때도……."

"대개 박 상병이나 강 병장 자신의 얘길 테지만 그런 경우는 흔치 않아."

"그래도 우리 본부 요원의 태반은 대졸이나 대재(大在)입니다. 그리고 앞으로 그 비율은 높아갈 겁니다. 뿐만 아니라……."

이번에는 강 병장이 다시 끼어들었다.

"지적 수준이 낮은 사병도 마찬가집니다. 별 알맹이도 없이 어렵기만 한 한문 용어로 된 정훈 교범을 대할 때, 토요일 내무 사열에서 수십 개의 비슷비슷한 암기 사항을 다 못 외워 그날의 외박이 취소당했을 때, 시골 중학을 중퇴한 그 사병은 또한 자신의 허무감을 확인할 겁니다."

"그렇다면 결국 우리의 정훈은 완전한 낭비인 셈이군."

"아니죠. 만약 어떤 곳에서 보다 전문화된 교관에 의해 근거 있게 등급화된 사병들의 교육이 이루어진다면 문제는 달라집니다."

여기서 이 중위는 묘한 저항감을 느꼈다.

"아니면 너희들 중 하나를 정훈감에 앉히거나……."

원래 논리에 감정이 개입되면 그 논리는 끝이다. 그런데 돌연 그들의 대화에 노골적인 감정을 끌어들인 것은 어느새 취한 박 상병이었다.

"병사들을 절망시키는 것은 그 밖에도 더 있습니다. 이를테면 하사관 층의 원인 모를 가학 성향(加虐性向), 장교들의 아리스토크 래티즘[貴族主義] —."

"박 형, 잠깐."

갑자기 노련한 강 병장이 요란스레 술병을 부딪치며 박 상병의 말을 중단시켰다.

"술이 다 됐어. 수고스럽지만 술 좀 더 가져오쇼."

강 병장은 그쯤에서 대화를 끝내고 싶은 모양이었다. 그는 차츰 분노로 변해 가는 이 중위의 묘한 저항감을 짐작한 것 같았다. 그러나 취한 박 상병은 할 얘기를 다 하고야 일어섰다.

"사단 보충대에서의 일입니다. 제 신상명세서를 본 인사과 행정반의 장교들이 저를 부르더군요. 멋모르고 쓴 대학원 학력 때문이었죠. 그들은 나를 잘 보아준답시고 사역과 훈련에서 빼낸 것입니다. 그런데 그 덕분에 일없이 행정반에 빈둥대다가 그들에게 처음 받은 과업이 뭔지 아십니까? 군화를 닦아 달라는 것과 PX에서 담배를 사 오라는 것이었습니다. 그것도 거스름 몇 십 원으로는 오리온 마미를 하나 사 먹고…… 또 한 번은 치핵(痔核)으로 지구 병원에 후송을 간 적이 있었습니다. 그 병원에는 경환자에 한해서 가벼운 사역을 시킬 수 있다는 규칙이 있었죠. 그래서 저는 엉덩이에 커다란 혹을 달고 어기적거리며 성한 장교들을 위한 구내 테니스장의 무거운 롤러를 끌었습니다…….”

강 병장은 조심스레 이 중위의 눈치를 살폈지만, 거기서 이 중위는 오히려 원인 모르게 착잡한 심경이 되었다. 그는 비틀거리며 일어서는 박 상병을 붙들어 앉히고 대신 일어섰다.

“작전 중이야. 술은 됐어. 오늘만은 그놈의 허무를 절제해라.”

그는 담담하게 말하고 강 병장의 막사를 나왔다. 강 병장이 따라 나왔다.

“술 잘 마셨다. 잘 자라.”

“죄송합니다. 안녕히 주무십시오. 필승!”

강 병장은 전에 없이 단정하게 경례까지 했다. 그러나 보기보다 많이 취한 것 같은 박 상병은 그동안도 비스듬히 앉은 채 무언가를 중얼거리고 있었다.

“니힐, 니힐, 니힐리아 노래 부르며…… 저 바벨론의 강가에서 먼 시온을 생각하며 울었노라…….”

하지만 그날 밤은 결국 누구도 잘 잘 수 있는 밤이 못 되었다. 게릴라 침투가 세 번이나 있어 무전 차량 한 대가 반파, 포차 한 대가 완파되고, 스무 명 가까운 사병과 하사관 한 명이 사상 판정을 받았다. 전 병력은 별수 없이 취침을 포기하고 철야 경계에 들어갔다. 거기다가 새벽녘에는 또 난데없는 헌병대가 들이닥쳐 한바탕

난리를 치렀다. 인근 부락의 술집에서 나이 든 작부 하나가 피살된 사건 때문이었다. 술집 주인의 신고로는 전날 밤 아홉 시경 술취한 군인 하나가 찾아와 술과 여자를 청하기에 들여보냈는데 한참이 지나도 조용하기에 문을 열어 보니 여자 혼자 목이 졸려 숨져 있었다는 것이었다. 그 군인은 풀이 많이 꽂힌 위장망을 입고 있어 계급과 군번을 보지는 못했지만 그 위장망이 한 단서가 되어 헌병대는 부근에서 훈련 중인 부대에 중점을 두고 하나씩 뒤져온 모양이었다. 그러나 부근에서 작전 중인 병력만도 사단 규모인 데다 야영지에서 정확한 병력 통제란 원래가 어려운 것이어서 범인은 아직 윤곽도 잡히지 않고 있었다.

이 중위의 부대에서도 그 시각에 진지에 없었던 것이 명백한 몇몇이 — 예를 들면 보선(補線)을 나갔던 가설병이나 부식 수령을 갔다가 늦은 일종계와 취사병 같은 병사들이 — 턱없이 엄한 심문을 받고 데려온 술집 주인과 면대까지 했으나 술집 주인은 이미 얼굴을 잊은 후였다. 사건 후부터 지금까지 벌써 수백 명을 면대한 그는 그저 자고 싶으니 돌려보내 달라고 할 뿐이었다.

이튿날 D+1일은 숨 가쁜 이동의 연속이었다. 반격에 실패한 지원 연대를 따라 이 중위가 소속된 야전포병대대도 30마일이나 뒤로 밀렸기 때문이었다. 오전 동안에 긴급 방렬이 두 번, 게릴라 출현이 한 번, 그리고 적의 경비행기가 투항을 권고하는 전단을 뿌리고 사라졌다.

그런데 오후 늦게 재반격이 시작되면서 이 중위의 부대는 포병으로서는 가장 치명적인 실수를 저질렀다. 제6 전개 진지에서 적보병 집결지를 향해 맹렬하게 비사격을 하고 있는데 통제관이 화집점(火集點) 확인을 하러 들어왔다. 그러나 핀이 꽂혀 있는 것은 적의 집결지가 아니라 392연대의 CP 부근이었다. 지원 연대가 이미 삼십 분 전에 진공한 것도 모르고 열심히 그 머리 위에 포탄을 퍼부은 셈이었다. 다행히 비사격이어서 실질적인 피해는 없었지만 그 오폭에 대한 통제관의 피해 판정은 지원 연대의 부관을 비롯해 세 명의 장교와 사병 120명의 사상(死傷), 그리고 차량 파손 여섯 대였다.

상황실은 벌컥 뒤집히고 컴퓨터(계산병)들은 거의 얼이 빠졌다. 그러나 아무리 계산해 봐도 연대 최종 지원 사격 요청 지점의 좌표는 그곳임에 틀림없었다. 결국 지원 연대에 문의한 결과, 연대는 진공 작전에 그 지역에 대한 포격 중지 요청을 AM 망으로 날렸다고 회신했다. 그렇다면 그 전문을 처음 접수한 AM이나 그걸 조립한 암호병 박 상병과 상황실 사이에서 무슨 이상이 있었음이 분명했다. 그걸 확인하자 이 중위는 문득 생각나는 게 있었다. 한 이십 분 전에 이 중위는 입술이 터지고 눈두덩이 부은 박 상병이 멍하니 V-34가 장치된 박스카에 기대 서 있는 것을 보았지만 그때 마침 RC-292 안테나가 쓰러졌다는 연락을 받고 그리로 달려가던 길이어서 그냥 지나친 적이 있었다. 이 중위는 급히 박 상병을 찾아보았다. 박 상병은 아직도 그 자리에 멍하니 서 있었다.

"박 상병, 이거 어떻게 된 거야?"

"저는 이 전문을 전하러 상황실로 뛰어갔습니다."

박 상병은 아직도 문제의 전문을 손에 들고 있었다.

"그런데 왜 전하지 않았나?"

"도중에 본부 부관 심 소위님을 만났습니다. 다짜고짜 주먹이 날아왔어요……."

"무엇 때문에?"

"철모도 안 쓰고 위장망을 입지 않았다는 겁니다."

박 상병은 주로 박스카 안에서 근무하기 때문에 전투 복장에 소홀했던 것 같았다.

"하지만 그 후라도 그 전문은 전했어야 하지 않나?"

"그럴 틈이 없었습니다. 다시 자기를 노려보았다고 주먹과 발길이 계속 날아들었으니까요."

그런 박 상병의 두 눈에는 은은한 불길이 타오르고 있었다. 입술은 좀 전보다 더 흉하게 부어올라 있었다.

"그럼 지금까지 계속 맞고 있었단 말인가?"

"그런 건 아니지만…… 그만 정신을 잃었던 모양입니다. 나 스스로가 너무도 처참해서…… 정신을 차리고 보니 벌써 — 이십 분이나 지나 있었습니다."

기어이 박 상병의 목이 잠겨왔다. 이 중위는 그와는 더 이상 얘기가 될 것 같지 않아 심 소위를 찾아 나섰다.

심 소위는 생긴 지 그리 오래되지 않은 비정규 사관학교 출신으로 금년 봄에 임관된 이른바 '신삥 소위'였다. 군인으로는 대개 충실한 편이었는데, 계급을 지나치게 따지는 게 흠이어서 처음에는 마흔이 넘는 하사관들까지 계급만 따져 함부로 다루다가 물의를 빚을 정도였다.

그러다가 차차 실무를 경험하면서 그들에게는 다소 부드러워졌지만 일반 사병들에게는 여전히 엄하고 거칠게 대했다. 특히 그런 그의 엄격함은 참모부의 대학 출신 사병들에게 심해, 그들 중 한 번쯤 심 소위에게 당하지 않은 사람은 별로 없었다.

강 병장은 그 원인을 심 소위의 '대학 콤플렉스'로 분석했는데, 그 예외 중의 하나가 박 상병이었다. 나이가 나이인 데다, 암호병이란 직책이 원래 눈에 잘 띄지 않는 것이었기 때문이었다. 그러나 강 병장은 오히려 그 점을 더 염려했다. 그것은 박 상병이 석사과정까지 수료한 대학이 심 소위가 입대하기 전에 두 번이나 낙방한 바로 그 대학이라는 점 때문이었다. 강 병장의 판단이 옳았는지 모르지만, 하여튼 결과는 너무 엄청난 것이었다.

심 소위는 마침 PX 차 근처에서 동기인 박 소위와 깐포도 캔을 마시며 떠들고 있었다.

"어이 심 소위, 나 좀 봐."

"웬일입니까? 통신장교님."

심 소위는 무슨 일이 있었느냐는 듯 태연한 얼굴로 건들거리며 다가왔다.

"박 상병 일이 어떻게 된 거야? 영창 가게 됐잖아?"

"아, 그 새끼요? 영창 가야 싸죠. 하두 복장이 엉망이고 군기가 싹 빠졌길래 몇 대 줘박아 보내려 했더니, 아 이게 째려보잖아요? 그리고 나중에는 숫제 징징 울며 기어 붙는 거예요. 그래서 좀 짓밟아 버렸죠."

"그래도 급한 용무로 가는 사람을……."

"그 새끼가 말하지 않는 걸 내가 어떻게 알아요? 그리고 터진 후에라도 뛰어갈 일이지, 기집애처럼 쿨쩍거리기는."

"그래도 나이 든 사람을 — 좀 심했지 않나?"

이 중위는 치밀어 오르는 화를 가까스로 누르며 조용히 말했다. 그러나 심 소위는 조금도 그것을 개의치 않았다.

"병신 새끼, 나이 처먹었으면 지가 처먹었지. — 미쳤다고 서른이 되도록 자빠져 있다가 이제 오기는…… 억울하면 새벽밥 먹고 군대 올 일이지. 요리조리 미꾸라지처럼 빠지다 늦게 끌려온 그런 새끼 설움 받아 싸죠. 지가 대학원을 나왔으면 나왔지. 아니꼬워서……."

"심 소위, 사병들에게 너무 그러는 거 아냐. 이게 실전이라면 뒷총 맞는 수가 있어."

"흥, 이게 실전이라면 그런 같잖은 새끼는 당장 즉결입니다."

드디어 이 중위도 분통이 터지고 말았다.

"야, 이 새끼 정말 악질이구나."

이 중위의 주먹이 날랐다. 심 소위의 고개가 젖혀지며 철모가 언 땅바닥에 떨어져 요란한 소리를 냈다. 그러나 심 소위의 기세는 여전히 수그러질 줄 몰랐다.

"이거 왜 이러슈? 이 중위님. 사병 애들 보는 데서 창피하게……
말루 합시다, 말루."

"뭐 이 새끼야, 말루? 개발에 다갈이다. 임마, 너 같은 놈이 장교
라는 건 대한민국의 수치다."

그러나 심 소위도 지지 않았다. 연신 날아오는 이 중위의 주먹
을 두 손으로 막으며 악을 쓰는 것이었다.

"너무 그러지 마슈, 통신장교님. 철모가 빵꾸 나게 해 먹을 것도
아니면서…… 못난 자식새끼 편력 드는 애비도 아니고 ―."

그러나 함께 있던 박 소위와 마침 그곳을 지나가던 수송장교의
제지로 소동이 길지는 않았다.

그날의 숙영까지는 두 번의 이동이 더 있었다. 우군의 재반격
이 순조로운 탓이었다. 그러나 숙영지와 정규 가설을 끝내고 지쳐
젖은 솜처럼 무거운 몸으로 돌아온 이 중위에게는 또 다른 성가
신 일이 기다리고 있었다. 유선 감시조가 야전선을 걷어 가던 마
을 아이들을 잡아 혼내준 것이 말썽을 일으켰다.

"보쇼. 말똥(무궁화) 두 개를 달았으면 눈에 뵈는 게 없소? 철모
르는 애들이 좀 잘못이 있었기로 잘 타일러 보낼 일이지. ― 개 패
듯 팰 건 뭐요? 걔들이 빨갱이 새끼요? 너무 그러지 마쇼. 나도 내
한 몸 나라에 바친 일급 상이용사요."

이 중위가 급작스러운 부름을 받고 CP 막사로 달려가니 왼팔

이 날아가고 얼굴이 흉하게 일그러진 50대의 남자 하나가 목발로 바닥을 땅땅 쳐가며 대대장에게 따지고 있었다. 대대장은 무척 난처한 표정이었다. 민폐는 작전 못지않게 중요한 통제관의 체크 사항이었다.

"통신장교, 이게 도대체 무슨 일이야?"

힐끗 통제관을 보며 이 중위에게 그렇게 묻는 대대장의 표정은 차라리 '통제관이 납득하도록 잘 설명해.'라는 명령이라는 게 옳았다. 그러나 이 중위는 해명할 틈이 없었다. 대뜸 그 남자가 이 중위를 보고 퍼부어 대기 시작한 것이다.

"당신이 통신장교야? 이봐, 새파란 사람이 그러면 못써. 왜 남의 아이를 탕탕 치는 거야. 그렇게밖에 부하 교육을 시킬 수 없어?"

이건 숫제 반말이었다.

"가서 그놈 데려와. 우리 아이 친 그놈 말이야. 내 이 갈쿠리로 눈깔을 뽑아 놓고 말 테니."

그는 이 중위의 눈앞에다 왼손의 의수(義手)를 흔들어 댔다. 독한 술 냄새가 코를 찔렀다.

"그래도 하나뿐인 자식 놈이야. 지금 정신없이 앓아누웠어. 치료비 내놔. 연천에라도 데려가 입원시켜야겠어."

그러자 대대장이 부드러운 목소리로 끼어들었다.

"그럼, 이 중위. 우선 군의관 데리구 아이나 한번 보구 오지."

그러자 그 남자는 갑자기 사나운 기세로 펄펄 뛰며 악을 썼다.

"얕은 수작 부리지 말어. 링게루나 한 병 맞히고, 아스피린 몇 알 먹인 뒤에 어물쩡 뜨려고? 어림없어. 그런 수작에 넘어갈 나 아니야."

그는 은근한 협박까지 곁들였다.

"내 비록 지금은 병신이지만 이래 봬도 백선엽이 따라 혜산진까지 갔다 온 용사야. 너희 사단장 김 소장? 철의 삼각지에서 피 함께 흘린 전우야. 전화 한 통화면 끝나. 날 무시보지 말어."

그때였다. 뒤늦게 불려온 선임하사가 갑자기 꽥 고함을 질렀다.

"영감, 이거 조용하지 못해? 여기가 어디 제집 안방인 줄 알어? 이 순 사기꾼 같은 영감쟁이가."

일순 그는 움찔했다. 그걸 보며 선임하사는 자신 있게 대대장에게 말했다.

"속지 마십쇼. 대대장님, 이 영감 몽땅 거짓말입니다. 뭐, 일급 상이용사라구요? 어디서 불발탄 분해하다 팔다리 날리고선……."

그러자 갑자기 그 남자가 악을 썼다.

"야, 넌 뭐야. 네가 뭘 안다고 이 개 같은 새끼야."

그러나 선임하사는 눈도 깜짝 안 했다.

"자, 여기 전화 있다. 내 사단장실 대 주지. 뭐 함께 피 흘린 전우? 정말 웃기네. 늙어도 곱게 늙어."

그러고는 다시 대대장을 향해 돌아섰다.

"대대장님, 더 이상 상대하지 마십쇼. 전문적으로 훈련 부대 티 뜯고 다니는 치죠. 5년 전에도 여기 왔다가 이 비슷한 일로 쌀 두 가마 뜯겼습니다. 어이 김 상병, 이 일병, 이자 끌어내."

사내가 고래고래 악을 쓰며 끌려 나가자 대대장이 근심스러운 듯 물었다.

"정말 괜찮을까?"

"걱정 마십쇼. 저런 치들은 한번 본때를 봐야 해요. 약하게 뵈면 끝이 없습니다."

임 상사는 이어 그들을 소상하게 설명했다.

"포 사격이 있으면 사령부보다 먼저 아는 친구들이죠. 사격 중 십 분 휴식이 있어도 그 시각까지 정확히 알아 탄피나 불발탄을 주워 갑니다. 뿐만 아니라 야전선을 걷기도 하고, 자동차 부속을 빼 가기도 하지요. 아무리 중요한 걸 잃어도 저치들한테 구하면 얻을 수 있지요. 한번은 포대경을 잃어 쌀 한 가마니와 바꾼 적도 있습니다. 거짓말 좀 보태면 저치들 집 하나만 뒤져도 소대 하나 분의 장비는 넉넉히 나올 겁니다……."

정말로 그 남자는 부대가 철수할 때까지는 부근에 얼씬도 않았다.

그 밤에는 게릴라의 출현이 여섯 번이나 있었다. 사병들은 거의 뜬눈으로 밤을 새웠고, 장교들도 대부분은 새벽까지 잠을 설치고 말았다. 좀 이상한 것은 게릴라가 주로 통신 차량 부근에서 출몰한 것과 게릴라의 출현이 있을 때마다 어디선가 심 소위가 나타나 통신병을 들볶아 대는 일이었다. 그러나 아무도 게릴라를 본 사람은 없었고, 통제관도 상황 부여에만 만족하는 듯 피해 판정에는 관대했다. 여섯 번의 게릴라 출현에도 불구하고, 피해 판정은 무선 차량 반파와 경상 세 명이 전부였다.

그런데 이 총중에도 후일 오래오래 얘기된 두 개의 에피소드가 있었다.

그 하나는 후방 OP로부터 심 소위에게 날아온 긴급 전문이었다. 짧은 음어 전문이었는데 무전병이 급히 해역한 내용은 이런 것이었다.

— 영자 ×× 그리워, 오(吳).

— 나도. 권(權) —.

이번 작전에 참가하지 못해 심심해 죽겠다는 O1의 오 소위와 O2의 권 소위가 동기 심 소위에게 보낸 전문이었다.

— ×대가리 근지럽거든 그걸루 총구 수입이나 해라 —.

심 소위의 답신이었다. 물론 이들의 교신은 고위층이 탑승한 비행기의 이륙 시간을 그저 자모 분철법(子母分綴法)으로만 날린 이웃 사단의 무전병과 함께 황새봉의 무전 감식반에 잡혀 후일 처벌을 받았다.

그다음 또 하나의 에피소드는 교환대 김 일병의 것이었다.

그날 밤 세 시경 돌연 그는 각 참모부를 동시 호출한 후 외쳤다.

"왜군이 북상한다. 이여송(李如松)을 격파하고."

기이하게도 그는 그날따라 임진왜란 때 참전했다가 벽제관에서 죽은 명나라 병사의 전화를 받았던 듯했다. 그러나 이상히 여긴 상황병이 교환대 막사로 달려갔을 때 그는 교환기에 기댄 채

46

잠들어 있었다.

한편 잦은 게릴라 출현으로 새벽까지 잠을 설친 이 중위는 날이 훤히 밝아오는 걸 보고서야 아무에게도 간섭받지 않고 푹 잘수 있는 박스카로 갔다. 그러나 그 창틀 밑을 지나던 이 중위는 그차량 안에서 들려온 무슨 다툼 소리에 잠시 걸음을 멈추고 귀를기울여 보았다. 박 상병 홀로 있을 것으로 알았는데 이상하게도강 병장과 함께였다.

"박 형, 참아요. 그거 이리 내고. 대신 내가 해주겠소. 내 반드시놈의 골통을 바수어 놓을 테니……."

강 병장은 박 상병을 상대로 무언가를 간곡히 만류하고 있었다.

"강 형은 상관 마쇼. 이건 내 일이오. 반드시 내 손으로 해야할……."

"박 형에게 어울리지 않아요. 저급한 감정의 논리요. 현명해야지요. 나를 믿어주쇼. 나는 아무도 상하지 않고 보복해 주겠소."

"강 형이 무슨 수로……."

"조금 전에 방법을 생각해 냈소. 두고 보쇼. 내일 아침에도 녀석이 제 발로 걸어 다닐 수 있는가."

무슨 일이 또 있었구나, 생각하며 이 중위는 차량을 돌아 박스카 뒷문을 열었다. 무엇인가를 서로 붙잡고 승강이를 벌이던 두사람이 놀라 떨어졌다. 강 병장의 등 뒤로 무언가가 번쩍하며 숨겨졌다.

"강 병장, 뭐야? 등 뒤에 감춘 게?"

"아, 아무것도 아닙니다."

평소답지 않게 침착을 잃은 목소리였다. 이 중위는 강 병장의 감춘 손을 앞으로 끌어당겨 보았다. M-16 단검이었다. 그걸 보고 이 중위가 꽥 소리를 질렀다.

"뭐하는 짓들이야?"

"……"

"심 소위지?"

그러자 그새 약간 여유를 회복한 강 병장이 낮은 목소리로 천천히 대답했다.

"심 소위님이 좀 심하셨던 것 같습니다. 조금 전에 또 박 상병을 짓밟고 갔습니다."

"왜?"

"게릴라가 출현했는데도 차 속에 가만히 있었다는 겁니다."

그 말을 듣자 이 중위도 얼굴에 열기가 확 치밀었다. 바로 심 소위 자신의 발길질 때문에 박 상병은 거동조차 불편했던 터였다. 어제의 오폭 사건으로 징계를 당하게 된 심 소위가 이 중위의 변호로 무사하게 된 박 상병에게 고의적인 화풀이를 한 것임에 틀림없었다.

그러나 이 중위는 끓어오르는 감정을 억제했다. 그는 역시 한 사람의 육군장교였다. 심 소위의 소행은 충분히 가증스러운 것이었으나, 그보다 더 중요한 것은 집단이 고수해야 할 근본적인 질서와 위계(位階)였다. 그런데 조금 전 그가 엿들은 것은 바로 핵심을 폭력으로 부인하겠다는 것이었고, 그것은 또 그가 아무리 믿고 사랑하는 과원들이라도 인정할 수 없는 일이었다. 이 중위는 짐짓 험악한 얼굴로 두 사람을 노려보았다.

"그래서 — 이 칼로 찌르겠다는 건가?"

"아닙니다. 박 상병이 좀 흥분한 것 같기에 제가 달래고 있었습니다. 제가 한 말은 순전히 박 상병을 달래기 위해 지어낸 겁니다."

어느새 이 중위가 자기들의 얘기를 엿들은 걸 간파한 강 병장이 자기가 박 상병에게 한, 아마도 틀림없이 실현될 약속까지도 천연스레 농치고 있었다.

"염려 마십쇼, 과장님. 저나 박 상병이나 철없는 짓 할 나이는 지났습니다. 집단의 원리도 충분히 이해하고 있구요."

그러나 이 중위는 더욱 험한 얼굴로 그런 강 병장을 향해 고함을 질렀다.

"시끄러워, 이 건방진 새끼들. 사병이면 사병답게 처신해. 기왕 사병으로 와 놓고 굳이 사병 대접을 받지 않으려 드는 것은 꼴불견이야. 그리고 —."

이 중위는 두 사람을 천천히 번갈아 보며 낮으나 단호한 목소리로 말했다.

"만약 이 일로 또 다른 무슨 일이 생기면 너희 두 놈은 모두 영창이야. 시시한 사단 영창이 아니라 군법회의에 부쳐 남한산성으로 보내겠어."

그런데 이 중위가 아침 아홉 시경 다시 눈을 떠서 처음으로 부

덮친 것은 그가 전혀 예상하지 못한 성질의 사건이었다. 선임하사의 조심스러운 보고에 따르면 전입 온 지 두 달도 못 된 천 일병이 밤새 어디론가 사라졌다고 했다. 충청도 어느 두메에서 왔다는 천 일병은 어떻게 현역 입대가 가능했을까 싶을 정도로 학력과 지능이 낮은 유선병이었다. 따라서 마흔 명 넘는 과원 중에 섞인 천 일병의 존재는 지극히 미미한 것이었지만, 이 중위에게는 그를 특별히 기억할 일이 하나 있었다.

약 한 달 전 어느 된서리가 내린 아침, 우연히 교환대를 지나던 이 중위는 양지바른 벽에 기대서서 홀로 쿨쩍이는 천 일병을 만났다. 이 중위가 다가가 원인을 묻자 그는 갑자기 복받친 듯 방울방울 눈물을 떨어뜨리며 떠듬거렸다.

"벌이…… 다 얼어 죽겠네유. 엄씨(어머니) 혼자 — 가을걷기가 잘될란지유. 섬께밭에 보리 파종도 해얄 거인디……."

뒤에 강 병장을 통해 들었지마는 그는 산촌에서 전답 몇 마지기에 벌 몇 통을 치는 홀어머니의 외아들이었다.

이 중위는 왠지 불안한 마음으로 일방 수색조를 보내고 일방 포로 명단을 확인하면서 진지 이동 때까지 초조히 기다렸다. 그러나 천 일병은 끝내 돌아오지 않았다.

D+2일. 대대적인 우군의 반격 작전이 전개됐다. 작전 초에 가장 큰 타격을 받았던 아군 390연대는 대오를 정비해 적을 우회, 적후방 사 마일 지점의 무명고지에 돌출했다. 조공을 맡은 392연대는 적의 좌익을 충실히 견제했고, 정예 391전투단의 주력 일부

는 임진강 도하 작전에 성공, 적진에 교두보를 확보했다. 작전 초에
무리하게 병력을 산개(散開)한 적은 서서히 붕괴돼 가고 있었다.

　이 중위의 야포대는 반격이 개시되면서 더욱 바빠졌다. 여기저
기서 화력 지원 요청이 들어오고 종합 화망 형성(綜合火網形成)에
도 참가해야 했다. 그날 그들은 낮 동안만 여섯 번 진지를 이동했
고 여덟 번 포를 방렬했다. 실사격도 두 번이나 있었다. 그러나 지
난 이틀의 야전 체험은 그런 중에도 이 중위에게 어느 정도 전쟁
을 객관적으로 음미하고 관찰할 수 있는 여유를 주었다.

　무엇보다도 먼저 이상한 것은 연 사흘째 작전을 수행하고 있으
면서도 산발적인 게릴라 침투 외에는 적의 그림자도 보지 못했다
는 점이었다. 물론 포병 진지에 적의 보병이 나타난다면 볼 장 다
본 셈이라는 말은 익히 들어왔지만, 그것은 이 중위에게는 전혀
새로운 경험이었다.

　"이제 우리의 전쟁은 적을 볼 수 없는 것이 되었구나……."

　적을 볼 수 없다는 것 — 거기에 현대전의 잔학성이 있는 것 같
았다. 항병(降兵)을 도살한 항우는 그로 인해 천하를 잃었고 포로
를 학대한 나치나 일제의 장군들은 전범(戰犯)으로 처벌되었다. 그
러나 포탄이나 미사일의 발사를 명한 현대전의 장군들에게는 아
무도 책임을 묻지 않는다. 전자는 적을 보았는데 비해 후자는 적
을 보지 못했기 때문이다. 날아간 포탄이나 미사일은 분명 항거
의 의사나 능력을 묻지 않고 대량으로 적군을 도살하였는데도.

　다음 또 하나 이 중위에게 인상적이었던 것은 현대전의 정교한

메커니즘이었다. 그들은 바쁘게 이동하고 포를 쏘았지만, 기실 그것은 하나의 일관된 공정과도 같은 것이었다. 예정된 시간에 일정한 거리를 이동해 이미 핀이 꽂힌 지도상의 한 지점으로 역시 일정량의 포탄을 퍼붓는 것은 피스톤의 왕복이나 톱니바퀴의 회전같이, 전쟁이란 거대한 메커니즘의 부분 동작에 지나지 않았다. 그 시각 다른 병과는 그들대로 주어진 그들 몫의 부분 동작에 열중해 있을 것이다. 거기서 문득 이 중위는 이상하게 왜소해진 개인과 소집단을 보았다.

그런데 이 중위가 학훈단 동기인 남 중위를 만난 것은 제6전개 진지의 연대선 가설을 하는 도중이었다. 공병 병과인 남 중위는 4분의 3톤 차량에 몇 명의 사병을 태우고 어디론가 출동하다가 가설 중인 이 중위를 보고 차를 세웠다. 반가운 인사 끝에 이 중위는 언뜻 그 차량 뒤에 실린 몇 통의 야전선을 보고 무심히 물었다.

"공병대도 가설을 하나?"

남 중위는 빙긋 웃었다.

"왜 공병은 가설을 하면 안 되나? 이게 다 네놈들 포가 백발백중하라고 하는 짓이다."

"무슨 말이야?"

"지금 천마고지로 가는 길이다."

"천마고지? 거긴 내일 우리의 최종 화집점(火集点)인데……."

"그러니까 손 좀 봐 두러 가는 거야. 하기야 실제로 쓰인 경우는 한 번도 없었다지만……."

"그래서 공병대가 뭘 하겠다는 거야?"

"멍청한 새끼, 이게 순 형광등이군. 고위층이 망원경으로 바라보고 있는데 화집점에 포탄이 제대로 날아들지 않으면 어떻게 되겠어? 어쨌건 네놈들 포나 잘 유도해. 통신이 포병의 눈깔이라니까."

그리고 남 중위는 손짓으로 무엇이 펑 터지는 듯한 흉내를 냈다. 그제야 이 중위도 그가 내일의 사단 화집점에 설치하려는 것이 무엇인지 어렴풋이 짐작이 갔다.

이 중위가 진지로 돌아오니, 사병들이 전부 진지 앞 공터에 집결해 있었다. 인사과장의 안전 교육이었다.

사실 지금까지 많은 사상이 있었고, 또 의무대나 군수과에 의해 실제와 동일하게 처리되고 있었지만, 그것은 어디까지나 각 통제관의 판정에 의한 것이었다. 예를 들면, 적군의 점령 전에 그 지역을 빠져나가지 못했다든가, 적에게 위치가 노출돼 부대가 집중포화를 받았다든가, 게릴라의 침투를 몰랐다거나 등. 그런데 작전 사흘째로 접어들면서 갖가지 안전사고가 발생해 상당한 실병력(實兵力) 소모를 가져왔다. 교육은 그래서 실시되는 것 같았다.

인사과장이 안전사고의 사례로 든 것 중 가장 처참한 것은 설상 파카를 입고 술에 취해 논두렁 밑에 쓰러져 자던 보병이 탱크에 깔려버린 사건이었다. 설상 파카의 위장 효과 때문에 탱크병이 주위에 쌓인 눈과 그 사병을 구별하지 못한 탓이었다. 다음은 기름에 젖은 옷을 입고 불을 쬐다가 불이 붙어 중화상을 입은 수송병과 메틸알코올을 에틸로 잘못 알고 포도당에 타 마신 의무병, 그리고 동사가 둘, 차량 사고가 여럿 있었다. 통신병에 관계된 것으로는 GRC—19를 조작하다 감전 사고가 난 것과 엉뚱한 가스 중독이 있었다. 가설 중이던 유선병 다섯이 산중에서 아직 따뜻한 숯막을 발견하고 그 속에 들어가 잤다가 일어난 사고였다. 미련하게도 그들은 숯막의 모든 출입구를 판초 우의로 봉하고 잠들었는데 결국 무사히 깨어난 것은 그중에서 둘뿐이었다.

이 중위가 알기로 아직 대대 내에서는 별 사고가 없었다. 그런데 인사과장은 그 교육 끝에 끔찍한 차량 사고 하나를 전했다. 그날 오후 대대 부식 수령차가 전복돼 뒤에 탔던 취사병이 즉사하고 선임 탑승했던 수송부 문 중사와 운전병이 각각 중경상을 입은 사고인데 그것을 전하는 헌병대의 전통(電通)은 세 사람이 모두 취한 상태에서였다고 했다.

인사과장의 카랑카랑한 목소리를 들으며 이 중위에게 문득 작전 첫날 상황실 박스카 안에서 꿈 얘기를 하던 문 중사의 얼굴이 떠올랐다. 운명의 지침을 바꾸어 놓고 한번 사라진 후 다시는 찾을 길 없던 그 여인이 꿈속에서 그를 찾아온 것은 닥쳐올 이 끔찍한 사고의 불길한 전조나 아니었던지.

"전쟁은 언제나 마지막이 치열했었지."
그 밤 세 번째의 진지 이동을 하면서 이 중위는 혼자 중얼거렸다. 얼어붙은 겨울밤 하늘에 조명탄이 눈부시게 피었다 졌다 하고 있었다. 우군은 점차 적의 주력을 압박하여 마지막 섬멸의 단계로 돌입하고 있었다. 지금 이 중위의 야포대도 내일의 그 통쾌한 섬멸 전을 치르기 위해 마지막 숙영지로 이동 중이었다.

이 중위는 힐끗 전면을 살폈다. 방금 타오르는 조명탄 아래, 저 만치 앞서 달리고 있는 브라보(B포대)의 탄약차(彈藥車)가 뚜렷이 보였다. 그걸 보며 그는 안심한 듯 담배를 꺼내 불을 붙였다. 통상으로 이동 간 본부 차량의 선도(先導)는 작전과장의 지프차가 맡아왔는데, 그 밤은 어떻게 됐는지 영문도 모르게 이 중위가 탄 AM 박스카가 앞장서고 있었다. 처음에는 지도 한 장 없이 선도하게 된 게 약간 꺼림칙했지만 조명탄이 계속 터지고 있었으므로 이 중위는 곧 안심을 했다. 백 미터 남짓 앞서가는 브라보의 탄약차만 따라가면 되기 때문이었다.

그런데 그게 탈이었다. 원래 조명탄은 이 중위를 위해 떠오른 것이 아니라 산 너머 작전 중인 보병을 위한 것이었고 그래서 대대가 삼십 분쯤 이동하자 더 이상은 뜨지 않았다. 그리고 갑자기 덮친 칠흑 같은 어둠 속에서 이 중위는 그만 브라보의 탄약차를 놓쳐버리고 말았다.

당황한 이 중위는 운전병을 재촉해 행군 속도를 높였다. 그러나 오 분이 지나도 십 분이 돼도 앞 차량은 보이지 않았다. 이 중위가 탄 차는 더욱 속도를 냈다. 여전히 앞차는 보이지 않고, 대신 영문을 모르는 후미 차량들로부터 항의하는 무전만 어지럽게 날아들었다.

보병의 행군에서도 그렇지만 차량 행군에서 특히 두드러지는 이상한 현상이 있다. 앞차가 시속 50마일로 달리면 여남은 대 뒤의 차량은 육칠십 마일을 내야 한다. 그러나 당황한 이 중위는 더욱 속도를 냈고 투덜거리면서도 본부는 미친 듯이 뒤따라왔다. 그렇게 얼마를 달렸을까. 갑자기 전면에 약간 긴 교량이 나타나고 멀리 도회의 불빛이 보였다. 연천(連川)이었다. 아차, 싶어 차를 세우고 곧 달려온 작전과장과 좌표를 확인해 보니 부대는 목표에서 무려 삼십 마일이나 떨어진 곳을 헤매고 있었다. 뒤따라온 대대장이 빈 권총을 휘두르며 욕설을 퍼부었다.

"이 망할 자식, 쏘아버릴라. 뭘 믿고 달리긴 달려, 이 새끼야."

대대장의 군화가 이 중위의 정강이에 사정없이 날아왔다. 다행히 중요 작전이 끝나고 목표지가 단순한 숙영지여서 그 이상의 책임 문제는 발생하지 않았지만, 이 중위가 거기서 치른 곤욕은 이만저만한 게 아니었다.

"ROTC가 군인이면 전봇대에 꽃이 핀다더라, 이 망할 자식."

결국 대대장이 1호 차에 작전과장을 태우고 직접 선도해서 대대가 숙영지에 도착한 것은 예정보다 한 시간 가까이 늦은 새벽 두 시경이었다. 그들은 서둘러 포 방렬을 마치고 숙영 준비로 들어갔다. 그러나 겨우 취침을 시작한 그들이 선잠도 들기 전에 또다시 게릴라가 출현했다. 어제와 같이 자취도 없고 피해도 없었지만 사병들에게는 괴롭기 짝이 없는 게릴라였다. 별수 없이 본부는 병력을 삼 개 조로 편성하여 번갈아 경계에 임하게 했다. 그리고 경계 조를 제외한 나머지 병력에게는 취침 명령이 하달됐지만 왠지 사병들은 잠잘 기색을 보이지 않았다. 대부분 낮에 요령껏 자둔 데다 지난밤에 시달린 경험이 있는 그들은 아예 취침을 포기한 듯했다. 대신, 인사과장이 엄격히 금했음에도 불구하고 여기저기서 은밀한 술판이 벌어지고 있었다.

이 중위 역시 그 밤은 잠자지 못했다. 침구가 준비되는 대로 잠자리에 들었으나 대대장에게 걷어차인 정강이뼈가 욱신거리는 데다 바쁜 낮 동안에 잊고 지냈던 몇 가지 사건이 한꺼번에 떠올라 잠을 날려버린 까닭이었다. 그 첫 번째는 천 일병의 일이었다. 천 일병의 탈영이 명백한 이상 그 문책에 대한 준비가 필요한데 그는 천 일병의 신상을 거의 모르고 있었다. 물론 원진지의 행정반 서랍에는 과원들의 신상명세서가 들어 있으나, 그가 돌아가 그걸 읽고 확인할 만큼의 시간 여유가 있을는지는 의문이었다. 그다음은 교환대의 김 일병 문제였다. 사람들은 어젯밤의 일을 폭소로 넘겼지만 이 중위에게는 그게 현저한 증상 악화로 여겨져 걱정스러웠다. 그리고 그 새벽 박 상병과 강 병장의 일, 그 후가 어떻게 진전됐는지 궁금했다. 결국 이 중위는 다시 일어나 강 병장의 텐트를 찾아 나섰다. 그를 만나면 그 세 가지를 한꺼번에 알아볼 수가 있었기 때문이었다.

예상대로 강 병장의 텐트에서도 술판이 벌어지고 있었다. 역시 고체 연료 위의 반합에서는 무엇이 기분 좋게 끓고 있었고 소주도 몇 병 보였다. 그러나 이상하게도 강 병장은 없고 대신 유선반장 양 하사와 병기과의 '예' 병장이 박 상병과 함께 있었다.

"여기는 항상 따습구나. 끓는 게 뭐야?"

"개구립니다."

'예' 병장이 약간 익살맞은 얼굴로 대답했다.

원래의 성이 최(崔)인 '예' 병장의 '예'는 '예수'를 줄인 것인데, 그가 그런 별명을 얻게 된 것은 재미있는 그의 부활 소동 때문이었다.

작년 가을 위장 풀을 베러 간 그는 산에서 까치독사 한 마리를 잡았다. 그런데 부대로 가져오는 도중에 그 뱀의 목을 맨 끈이 느슨해진 걸 보고 한 손에는 위장 풀을 든 채 이로 그 끈을 죄려다가 그만 뱀에게 입술을 물리고 말았다. 입술이 물려 지혈을 할 길이 없는 그가 의무대로 업혀 갔을 때는 이미 뱀독이 온몸에 퍼져 목 부근의 임파선 주변이 사람 머리보다 더 굵게 부어 있었다. 대대는 급히 통합 병원으로 후송했으나 얼마 후 날아든 것은 사망 통지였다. 흔하지 않은 일이라 대대는 밤새워 사망 처리를 하고 며칠 후 연락을 받고 온 부모는 통곡을 하고 돌아갔다.

그런데 석 달 만에 그는 멀쩡하게 살아서 돌아왔다.

그런 착오가 어떻게 일어났는지는 알 수 없으나 어쨌든 그것은 부활이었다.

"개구리?"

"주간 제4진지서 잡았습니다."

"겨울에 무슨 개구리가 있나?"

"얼음을 깨고 지렛대로 큰 돌을 들치면 물개구리가 수십 마리씩 모인 곳이 있죠. 여섯 개째 겨우 잡은 겁니다. 재수 좋으면 뱀도 있는데 ―."

"뱀한테는 질렸을 텐데…… 하여튼 몬도가네로군."

"아닙니다, 과장님. 잡숴 보십쇼. 맛도 맛이지만 대단한 스태미나 식이죠."

"벌써 스태미나 식을 찾는 걸 보니 너도 다된 놈이다."

"아니죠. 스태미나란 그저 ― 다다익선(多多益善)이니까요."

얘기는 주로 '예' 병장이 하고 있었지만 박 상병도 새벽의 그 기분은 아닌 것 같았다. 눈두덩이며 입술의 부기도 거의 빠져 있었다. 이 중위는 다소 가벼워진 기분으로 박 상병을 향해 물었다.

"강 병장은?"

"지금 경계 나가 있습니다."

"교환(대) 근무를 하면 추운 데 나가서 떨지 않아도 될 텐데……."

"유선병 김 상병이 몸이 좀 불편해 바꿔준 겁니다."

그렇다면 이상할 것도 없었다.

이 중위는 강 병장을 찾으러 나갈까 망설이다가 거기서 기다리기로 하고 양 하사가 주는 술잔을 받았다.

"교대 시간이 언젠가?"

"이제 한 삼십 분 남았습니다."

강 병장은 왠지 교대 시간이 돼도 돌아오지 않았다. 묵묵히 술잔을 비우며 사병들의 잡담을 듣고 있던 이 중위는 불쑥 박 상병에게 술잔을 내밀었다. 희미한 꼬마전구에 비치는 그의 얼굴이 유난히 늙어 보였다.

"박 상병, 새벽의 일 기분 나빴나?"

이 중위는 부드럽게 물었다. 사실 그 정도의 폭언도 그들에게 한 것은 그 새벽이 처음이었다.

"아뇨, 괜찮습니다."

박 상병은 담담하게 대답했다.

"너 같은 사병, 참으로 부담이다. 나이도 있고, 학식도 있다. 아마 나 이상으로."

"설령 그렇다 해도 장교 교육은 받지 못했습니다. 군대에 대한 이해도…… 부담 갖지 마시고 여느 사병처럼 대해 주십시오."

그 말을 듣자 이 중위는 돌연한 취기와 함께 일종의 자신 같은 걸 느끼며 언제부턴가 그들에게 하고 싶던 말을 천천히 시작했다.

"박 상병이 알다시피, 나는 자연과학을 전공했어. 따라서 집단이라든가 인간의 심리 같은 것에 대해 밝진 못하지만…… 그리고 또 박 상병이 이런 걸 어떻게 받아들일는지 모르지만……."

"말씀 계속하십시오."

"군대가 아주 특수한 사회란 생각 — 박 상병도 그런가?"

"예, 약간은."

"그런데 나는 달라. 이건 오히려 평범하기 짝이 없는 집단이라고 생각해. 그걸 특수하게 만든 것은 어떤 사회의 왜곡된 의식 구조나 관찰자의 편견 같단 말이야."

"……."

"박 상병도 입대 전에는 지금보다 훨씬 자유롭고 행복했다고 생각하나?"

"예, 대체로."

"그런데 나는 도무지 그게 이해 안 돼. 먼저 자유의 문제. 내가 보기에는 본질적으로 달라진 건 아무것도 없어. 입대 전에도 우리는 분명 복종해야 할 권위가 있었고, 때로는 불합리한 줄 알면서도 시인해야 할 규율이 있었어. 외관은 달라도 본질적으로는 지금 우리가 복종하고 시인하는 것과 똑같은 것이었어. 그러고 보면 결국 달라진 것은 우리의 식사와 의복이 좀 거칠어지고 주거 환경이 좀 딱딱해졌을 뿐이야. 하지만 그것이 행복의 유일한 척도는 될 수 없지……."

"……."

"결국 입대와 함께 우리에게는 갑작스러운 의식의 과장이 일어난 거야. 바깥의 것은 무조건 크고 화려하고, 안의 것은 무조건 작고 초라하다는 식의 — 그리고 그것은 너희들도 일부 인정하고 있더군. 집에 금송아지 안 매 둔 놈 없다는 얘기 말이야."

"……."

"마찬가지로 — 우리가 제대를 한다는 것, 그것도 너희들이 믿는 것처럼 전혀 새로운 세계에로의 출발은 아닌 것 같아."

"아마…… 반드시는 아닐 테지요."

"아니야, 전혀. 그것 역시도 우리 식으로 표현하면 여기보다 더 좀 관례가 다른 부대로 전입을 가는 정도에 불과해. 이 시대에는 이미 순수한 개인이란 존재할 수가 없어. 어디를 가든 우리는 집단에 소속하게 되어 있고, 그 집단은 또 나름대로의 위계와 규율을 우리에게 강요할 거야. 예를 들어 우리가 취직을 한다는 것은 대대장이나 사단장이 전무나 사장으로 바뀌는 정도야. 명칭은 감봉이나 징계 따위로 다르지만, 그곳에도 빳다와 기합 같은 게 있지. 그리고 때로 그것은 우리가 이곳에서 체험하는 것보다 몇 배나 더 가혹하고 철저해."

"그렇지만 거기에는 선택의 자유라든가 창의의 개발 같은 게 있지 않습니까?"

"선택의 자유라고? 그렇지만 한 집의 가장으로서 생계가 걸린 직장을 팽개치기가 이곳에서 탈영하는 것보다 더 쉬울 것 같은가? 또 수천수만의 종업원이 있는 회사에서 한 말단 사원의 창의라는 것이 포대 소원 수리보다 대단할 거 같은가?"

"……."

"물론 가난한 집에 태어나 나가면 곧 취직을 해야 하는 내 처지를 중심으로 생각한 것이지만 예외는 없을 거야. 죽거나 신(神)이 되지 않는 한 인간은 아무도 홀로일 수가 없으니까."

"……."

박 상병은 처음부터 별로 이 중위의 화제에 관심이 없는 것 같았다. 대신 좀 전부터 무언가 초조히 기다리는 눈치였다. 그것도 모르고 이 중위는 계속 자기의 논리에 열중해 있었다.

"너희들은 장사를 하면 된다고 생각하겠지. 천만에! 거기는 또 고객이란 왕이 있어. 불특정 다수의 집단이지만 그들의 불매(不買)는 너희가 이곳에서 받은 그 어떤 제재보다 더 강력할지도 몰라. 부유한 부모를 가져서 외부적인 집단에 속할 필요가 없는 경우도 있겠지. 그러나 그때는 바로 그 부모 자체가 규율이고 권위인 거야……."

그 무렵이었다. 갑자기 가까운 곳에서 요란스러운 폭음이 났다. 게릴라의 모의 폭탄이 터지는 소리였다. 박 상병의 얼굴이 일순 굳어졌다.

"게릴라 출혀어언 —."

"게릴라 출혀어언 —."

여기저기서 외치는 소리가 들리고 양 하사와 '예' 병장도 뛰쳐나갔다. 그러나 이상하게도 그 소란스러움은 곧 여럿의 웅성거림으로 변했다. 이 중위가 의아해서 잠시 말을 멈추고 귀를 기울이고 있을 때 먼저 달려갔던 양 하사가 헐떡이며 텐트로 돌아왔다.

"과장님, 가보셔야겠습니다. 강 병장이 심 소위님을 쳤습니다."

"뭐?"

"심 소위님이 강 병장에게 개머리판으로 맞아 기절했어요. 머리가 터지고 피가 몹시 흐릅니다."

이 중위는 술이 확 깨는 기분이었다. 그는 황급히 일어나 양 하사를 따라갔다. 그곳에는 벌써 군의관이 나와 심 소위의 상처를 살피고 있었다. 심 소위는 그새 깨어났으나 아직 정신이 잘 돌아오지 않는 듯 눈만 멀뚱거리고 있었다.

"왜 그랬어? 강 병장."

이 중위는 자기도 모르게 날카로운 목소리로 그 곁에 멍청히 서 있는 강 병장에게 물었다.

"경계를 서고 있는데 누가 나타나 모의 폭탄을 던지길래 게릴라인 줄 알고 한 대 쳤더니 ─ 심 소위님이었습니다."

강 병장은 정말로 겁에 질린 듯 떠듬거렸다.

"한 대야? 이 새끼야, 철모가 날아간 후에도 두 번이나 더 쳤잖아? 아이쿠."

그제야 정신을 수습한 심 소위가 악을 쓰다가 상처가 쑤시는지 신음을 냈다. 이 중위가 그런 그에게 물었다.

"모의 폭탄은 어디서 났나?"

"저 새끼가 순 지어낸 말입니다. 게릴라가 도망친 후에 내가 달려갔는데, 아이쿠."

"아닙니다. 분명히 심 소위님이 던지는 걸 보았습니다. 주머니에 더 있을 겁니다."

갑자기 끼어든 강 병장의 목소리는 여전히 질린 것이었지만, 강경하고도 확신에 차 있었다. 이 중위도 왠지 강 병장의 말이 틀림없으리라는 생각이 들었다. 어느새 왔는지 함께 있던 작전과장 장 대위가 심 소위를 보며 날카롭게 명령했다.

"심 소위, 주머니에 든 것 전부 꺼내 봐."

"아무것도 없습니다. 저 새끼가 지어낸 말입니다……."

그러나 어딘가 그는 당황하는 기색이었다.

"그래도 확인해야겠다. 강 병장이 포상 휴가를 가야 할지 군법 회의에 넘겨져야 할지 말이야."

장 대위는 직접 호주머니 검사라도 하려는 것처럼 심 소위에게 한 발 다가갔다. 그때 누군가가 둘러선 사병들을 헤치고 나타나 장 대위에게 나직하게 말했다.

"확인할 것 없다, 작전과장. 모의탄은 내가 준 거니까. 그리고 저 사병은 분명히 모범 사병이다."

작전 초부터 CP에 상주하는 군단 통제관이었다. 심 소위는 묘한 표정으로 그런 그를 올려다보았다.

"상황 부여를 대신해 준 건 고맙지만 — 자넨 좀 심했어."

통제관은 심 소위를 비웃는 듯한 눈길로 내려다보며 역시 나지막이 말했다.

이 중위는 무엇으로 머리를 호되게 맞은 기분이었다. 어느새 강 병장은 저만치서 무슨 거인처럼 당당히 서 있었다.

심 소위는 그날 밤 뒤통수를 일곱 바늘이나 꿰매고 이튿날 날이 밝는 대로 원진지로 후송되었다. 포경수술을 받고 며칠 되지 않아 작전에 참가했다가 수술 자리가 터져버린 하사 하나도 심 소위와 함께 돌아갔다.

심 소위의 수술을 지켜보고 돌아온 이 중위는 그날 묘한 갈등을 경험했다. 분명 강 병장의 정당함을 확인했고 또 그것을 다행으로 여기면서도 가슴 깊은 곳에서는 알지 못할 분노가 부글거렸다. 아득한 무력감으로 유유히 사라지는 강 병장의 뒷모습을 환영 속에서 바라보다가 다시 초라하게 피를 쏟으며 쓰러지는 심 소위를 떠올리면서 이상한 모욕감으로 몸을 떨었다.

'녀석은 교활한 사냥꾼처럼 덫을 놓고 숨어서 기다렸다. 멋모르고 심 소위가 걸려들자 — 개 패듯 쳐 넘겼다…….' 그러나 이 중위는 무엇인가를 해야 한다고 생각하면서도 정작 무엇을 해야 할지를 몰라 안절부절했다. 그렇게 이 중위가 잠들지 못하고 있을 때, 돌연 CP에서 예기치 않은 부름이 있었다.

이 중위가 여전히 단안을 내리지 못한 채 쭈뼛거리며 CP 막사로 들어가자 그때껏 잠들지 않고 있던 대대장이 험악한 얼굴로 쏘아붙였다.

"통신장교, 도대체 부하 통솔을 어떻게 하는 거야?"

이 중위는 그게 강 병장 얘긴 줄 알았다. 일순 이 중위의 머리는 눈부시게 회전했다. '어쨌든 그는 나의 부하고, 심 소위는 당해 마땅한 짓을 했다. 거기다 일은 일단락됐고, 설령 강 병장의 고의를 증명하려고 해도 그가 부인하는 이상 아무런 증거가 없다…….'

이 중위는 마치 지금껏 준비라도 해온 듯 강 병장을 변호하고 나섰다.

"심 소위가 모의탄을 던지니까 게릴라로 착각한 모양입니다."

그러자 대대장은 벌컥 화를 내며 고함을 쳤다.

"지금 그 얘기를 하는 게 아냐. 그 뭐야 — 어제 행방불명된 천, 천재룡 일병 말이야."

"네?"

"이 중위는 그 녀석 신상이나 제대로 파악하고 있어?"

그제야 이 중위는 천 일병이 무엇인가 잘못됐다는 걸 깨달았다. 그는 아는 대로 천 일병의 신상을 떠듬거렸다.

"그것뿐이 아니야. 녀석은 용두리에서 붙들렸어."

용두리는 DMZ 가까운 곳이었다.

"네?"

"짐작이 가나? 단순 탈영이 아냐. 월북 기도자로 붙들린 거야."

"그럴 리가…… 그럴 리가 없습니다."

그는 천 일병의 공허한 눈길과 바보스럽게 벌어진 입을 떠올렸다. 홀어머니를 위한 순수한 눈물도.

"하여튼 — 이상이 보안대의 통보야. 그리고 또 그들은 참고인으로 자넬 소환했어. 내일 작전이 끝나면 데리러 올 거야. 준비해 둬."

대대장은 성가신 듯 말을 잘랐다. 이 중위는 멍한 기분이었다.

"이제 가 봐. 멍청하게 섰지 말고. 그리고 내일 작전에는 실수 없어야 돼."

어둠이 천천히 걷히고 있었다. D+3일. 작전 마지막 날이 밝아 왔다. 이 중위가 탄 사 분의 삼 톤 차량은 매운 새벽바람을 가르며 잠든 연천평야를 달리고 있었다. 이 중위는 지금 여섯 명의 숙달된 가설병과 무전병 하나를 데리고 출동 중이었다.

이번 작전의 하이라이트는 역시 그날 오전 아홉 시에 개시될 천마고지의 점령이었다. 기습에 실패한 적은 30마일 이상을 퇴각했지만 그 고지를 중심으로 전열을 정비, 인접 두 개의 무명고지와 더불어 여전히 연천평야를 장악한 채 반격의 기회를 노리고 있었다. 우군의 최종 목표는 바로 그 천마고지에 포진한 적의 주력을 분쇄하는 것이었다. 이 중위의 야포대도 사단 예하의 전 포대와 군단의 지원 포대, 그리고 공군기까지 동원되는 대규모의 선제 포격에 참가하게 돼 있었다. 그런데 이 중위에게 문제가 된 것은 그 포격을 위한 OP선 가설이었다. 적의 철수 완료가 오전 여덟 시, 적과 잇대어 들어간다 해도 이 중위는 한 시간 내에 전장 6마일이 넘는 OP선 둘을 가설해야 했다. 물론 몇 개 조로 나누어 구간 가설을 연결하면 가능한 시간이었고, 또 사전 준비도 충분히 돼 있었다. 무거운 야전선은 사전 답사 때 선로 근처의 민가에 맡겨 두었고, 중요한 매설 지점은 미리 땅을 파 두었다. 그러나 절대로 실수가 있어서는 안 된다는 부담이 얼마 전 대대장의 깨우침 이후 무겁게 이 중위의 가슴을 눌러왔다. 만약 어떤 실수가 있다면 아직도 상당히 남은 군 생활은 틀림없이 괴로운 것이 될 터였다. 결국 이 중위는 모험을 해보기로 작정했다. OP선은 적의 주력에서 떨어진 곳인 데다 적은 철수 직전의 혼란에 빠져 있을 것이므로 적이 철수하기 전에 적지에 침투해 시간을 벌자는 생각이었다. 그렇게 서둘러 출동하는 이 중위에게는 이미 간밤의 여러 혼란은 흔적도 없었다.

날이 밝아오면서 점차 짙은 안개가 끼기 시작했다. 그것이 적의 관측에서 그들을 보호해 줄 것이라고 생각되자 갑자기 이 중위는 자기의 모험에 자신이 생겼다. 그리고 그 자신감은 주위를 둘러볼 여유를 주었다. 황량하기만 했던 겨울 들판이 정답고 아름다운 풍경으로 느껴졌다. 도로변 곳곳에서 눈에 띄는 오분 저지선의 허옇게 서리 친 철조망 뭉치들도 무슨 화려하고 섬세한 화분처럼 보였다. 을씨년스럽게 보이던 블록 막사들도 고향의 초가들처럼 아늑하게 느껴졌다. 그는 문득 그 모든 것들을 애정으로 둘러보았다. 또다시 젊은 몸으로 이 벌판을 달릴 일이 있을 것인가. 그는 유월이 제대였고 별 커다란 변화가 없는 한 장학금을 얻어 쓴 기업체로 가서 복잡한 전자회로에 갇힌 채 나머지 생애를 보낼 것이었다.

때때로 우군의 자주포와 전차의 행렬이 요란한 캐터필러 소리와 함께 나타났다 사라지곤 했다. 이미 퇴각 때의 불안하고 초조한 쇳덩이는 아니었다. 박격포를 멘 보병대와 무반동총을 거치한 지프차들과 만나기도 했다. 그들은 한결같이 서로 상반된 방향으로 아무 관련 없다는 듯이 가고 있었지만 그들에게 부착된 푸른 표지로 보아 몇 시간 내 그들의 화력은 불과 이 마일 안에서 만나게 될 것이다. 거기서 이 중위는 다시 현대전의 정교한 메커니즘을 실감했다.

갑자기 차량이 산길을 접어들면서 좁은 계곡 양면에 굵은 콘크리트 기둥들이 쌓여 있는 것이 보였다. 폭파 스위치를 누르면 굴러 내려 이 도로를 차단할 장애물이었다. 그걸 보며 양 하사가 불쑥 말했다.

"이번에 전방에 와서 보니 남침 위험이라는 게 어째 실감이 나지 않습니다. 포병의 화력과 저지선 통과만으로도 적의 전력은 절반 이상이 소모될 테니까요."

"마지노선이 강했어도 프랑스를 보호하지는 못했어."

"하지만 우리에겐 우회할 수 있는 중립국이 없지 않습니까. 그렇다고 북한이 전 병력을 공중 침투시킬 수도 없고, 또 대규모 상륙작전을 전개할 충분한 선단이 놈들에게 있는 것도 아니니까……."

"네가 가 봤어? 그리고 땅굴은?"

그러자 양 하사는 피식 웃었다.

"노일전쟁이나 '디엔비엔푸'에서처럼 한 진지 또는 한 요새의 공격이라면 모르겠습니다. 그런데 전면전에서의 땅굴은…… 아무래도 미련스러운 데가 있어요."

"전면전이라는 것은 바로 그 한 진지 혹은 한 요새의 싸움이 모인 거야. 많이 웃어 봐라. 그런 네놈 집 마당에 땅굴 입구가 나타날 테니."

그러다가 이 중위는 의외의 사태에 놀라 말을 중단했다. 전방 20미터 지점의 길섶에 서 있는 4톤 트럭 뒤에서 갑자기 일단의 북한군 병사들이 쏟아져 나와 차를 정지시켰기 때문이었다. 모두

AK 소총으로 무장한 이 개 분대 정도의 병력이었다. 그럴 리는 없다고 생각하면서도 이 중위는 가슴이 섬뜩했다. 사실 휴전선은 거기서 직선거리로 20킬로미터도 안 되었다. 인솔자인 듯한 상위(上尉) 계급의 사내 하나가 거센 이북 사투리로 물었다.

"동무들 어딜 가오? 보아하니 청군 동무들인데."

"아, 저, 가설 나가는 길입니다."

이 중위는 얼떨떨해 대답했다.

"기래요? 그럼 통신장교 동무로구만."

만약 거기 있는 차량이 아군 차량이 아니고 그들 중에 끼들끼들 웃는 녀석이 없었더라면 이 중위는 정말로 그들을 북한군 병사로 착각했을 것이다.

"동무들은 운이 좋소. 한 시간 전이라면 동무들은 전사나 포로가 됐을끼니……."

그리고 그도 킥 웃었다. 뒤이은 그의 말씨는 단정한 서울말이었다.

"수고합니다. 나는 ○○사단에서 홍군 지원 나온 황 대위요."

이 중위도 마지못해 웃었다.

"놀랬습니다. 그런데 무슨 일입니까?"

"고무테이프 좀 하고 퓨즈 하나 빌립시다. 저게 말썽이오."

그는 세워 둔 트럭을 가리켰다. 마침 여분이 있음을 확인한 이 중위는 운전병에게 그걸 내오게 했다.

"대신 하나 묻겠습니다. 지금 이 부근의 홍군 상황이 어떻습니까?"

"주력은 벌써 철수를 개시했소. 하지만 군데군데 잔류 병력이 있을 거요. 왜 무슨 일인데?"

이 중위는 간단히 자기 처지를 설명했다. 그러자 그는 친절하게도 지도까지 꺼내 적의 주요 잔류 지점을 알려주었다.

"내가 보기에는 국도로 가지 말고, 이쪽 B16 작전 도로로 빠지는 게 나을 거요. 그러면 이 고지 팔부 능선까지 오를 수 있소. 그곳은 어제 홍군의 화기 중대가 숙영했던 곳이라 지금쯤은 아무도 없을 거요. 거기서 차량을 버리고 곧장 그 봉우리를 넘으시오. 마침 장비가 적으니 별로 힘들지는 않을 거요. 그래서 도로 하나만 무사히 횡단하면 바로 그 맞은 봉우리가 당신들의 OP요."

참으로 의외의 수확이었다.

적의 진지에 접근할수록 그들은 더 많은 적의 흔적을 보았다. 포병 진지터, 보병 숙영지, 땅이 얼어 형식적이 되고 만 참호 등이 인근 논밭이나 산 계곡에 어지럽게 널려 있었다. 어떤 곳에서는 꺼진 모닥불에서 아직 연기가 오르는 곳도 있었다. 그들은 그 대위가 가르쳐준 대로 전진했다. 때로 멀리 포신을 뒤로 뺀 채 퇴각하는 홍군 전차를 보기도 하고 쌍안경 속에 홍군의 보병 행렬이 불쑥 나타나기도 했으나 대체로 상황은 그가 알려준 것과 일치했다.

그러나 마지막 도로 횡단에서 결국 이 중위는 낭패를 당하고 말았다. 정보가 정확한 것만 믿고 관측도 경계도 없이 시계가 트인

도로를 횡단한 탓이었다. 그들이 목표 봉우리의 계곡에 들어섰을 때 갑자기 그 봉우리 좌측 능선에서 일단의 적(홍군) 보병들이 나타나 공포탄을 쏘며 정지를 외쳐 댔다. 포로가 되면 가설은 끝장이었다. 뿐만 아니라 사병인 경우에는 사흘간의 영창, 장교의 경우에는 징계였다. 개인 화기만 든 보병들과 그 밖에 여러 장비를 가진 통신병들과의 산악 경주라면 결과가 뻔한 것이지만 그들은 무턱대고 우측 능선을 향해 뛰었다. 그러나 그 총중에도 문득 이 중위에게 떠오르는 회오 섞인 상념이 있었다.

"장교의 공명심이 사병을 죽이기도 하는구나."

그때였다. 갑자기 앞서 달리던 가설병 하나가 손가락으로 전방을 가리키며 멍청히 걸음을 멈추었다.

"과장님, 저기, 저기……."

이 중위는 맥이 탁 풀렸다. 그가 가리키는 그 능선에서도 산개한 병력이 까맣게 몰려 내려오고 있었다. 그는 모든 것을 포기하고 무전병을 불러 비문(秘文) 파기를 지시하고 본대를 부르도록 했다. 이쪽의 상황을 알려 새로운 가설조를 부르기 위해서였다. 자신도 장교 수첩에다 파기 표시를 했다. 사병들은 암담한 얼굴로 그런 그를 지켜보았다. 그런데 갑자기 뒤를 돌아본 양 하사가 들뜬 목소리로 고함을 쳤다.

"과장님, 홍군이 달아납니다. 이쪽은 우리 편입니다."

이 중위도 동작을 멈추고 안개 속에서 다가오는 병사들을 자세히 살폈다. 아, 그들의 가슴께에 부착된 것은 분명 가로세로 2인치인 청색 헝겊이었다. 시계를 보았다. 정확히 아군의 진격 예정 시간이었다. 일찍 차를 버려 도중에서 많은 시간을 허비한 것이 오히려 그들을 구한 셈이었다. 이 중위는 돌연 콧등이 시큰해졌다. 가설병들 중에는 정말로 눈물을 글썽이는 녀석도 있었다. 전우애, 영화 같은 데서나 있을 것 같던 그 전우애란 것이 강한 실체로 그들에게 체험된 것이었다. 악수를 청하고 함성을 지르며 법석을 떠는 그들 때문에 오히려 멍청해진 것은 새까맣게 그을은 보병 소대장과 밤새도록 행군해 와 지친 그의 소대원들이었다.

오전 아홉 시. 무사히 가설을 끝낸 이 중위는 양 하사와 그대로 OP에 눌러앉아 쌍안경으로 우군의 천마고지 탈취 작전을 보고 있었다. 어림잡아 우군 진지의 상공으로 보이는 곳에서 몇 줄기의 신호탄이 오르더니 쉬잇쉬잇 하는 제트기 소음 같은 것이 머리 위에서 들렸다. 이어 고지 가운데서 풀썩 연기가 솟았다.

"8인치 포군요."

관측 장교가 말했다. 그제야 은은한 폭음이 들렸다. 이어 갖가지 방향으로부터 폭탄이 쏟아지고 순식간에 산봉우리 여기저기서 화염과 연기가 치솟았다. 그리고 그것은 그대로 한 덩어리로 어울려 곧 포격의 명중 여부를 따질 수가 없게 돼 버렸다. 그는 문득 공병대의 남 중위를 생각했다.

"새끼, 헛수고께나 했군."

포탄은 계속해서 쏟아졌다. 이어 삼십 분경 지원 나온 공군 편대가 가세하자 천마고지는 그대로 거대한 화염의 고지로 변했다. 정말로 적이 거기에 포진해 있다면 개미 새끼 한 마리 남아날 것 같지 않았다.

그런데 갑자기 그들 전방 50미터 지점에서 폭음과 함께 흙먼지가 솟았다. 이어 다시 후방에서도 포탄이 무섭게 터지는 소리가 났다.

"엎드려, 박격포다. 빨리 방공호 속으로."

관측장교가 호 입구로 굴러 떨어지며 외쳤다. 이 중위도 얼결에 곁에 섰던 양 하사를 끌어당기며 호 속으로 뛰어들었다. 그들이 모두 OP 방공호 속으로 대피하자 그들 머리 위로 우박 떨어지듯 박격 포탄이 작렬할 때마다 콘크리트 벽이 울리고 시멘트 가루가 떨어졌다. 관측 장교가 무전병에게 고함을 질렀다.

"박격포 쏘는 놈들 확인해 봐! 도대체 어떤 미친놈들이야?"

그러나 포격은 한 오 분 만에 멈췄다. 다행히 그들은 모두 방공호 입구에 있었기 때문에 피해는 없었다. 나중에 안 일이지만 우군 박격포 중대 하나가 OP를 천마고지 좌측 적 점령하의 무명고지로 오인한 탓이었다. 그들이 그걸 알고 무전으로 그들에게 욕설을 퍼붓고 있을 때 갑자기 OP의 전화벨이 울렸다. 이 중위가 수화기를 들자, 느닷없는 욕설과 고함이 튀어나왔다.

"이 새끼들아. 포를 어떻게 유도하는 거야. 우리 탄약고 날아가게 생겼잖아."

이 작전에 참가하지 않은 이웃 사단 전차 중대장이었다. 천마고지 뒷산에서 그들의 탄약고 앞 1킬로미터 지점까지 포탄 두 개가 날아들었다는 것이다. 목표에서 3킬로미터 이상을 벗어난 셈이었다.

"우리 105밀리는 아닐 겁니다. 장약 7호로도 그만큼은 못 갑니다. 아마 175밀리 자주포 애들일 거예요. 걔들은 여기서 개성까지도 쏴 붙일 수 있으니까."

전화를 바꾼 관측장교는 별로 성난 기색도 없이 이죽거렸다.

한 시간가량 포격이 계속된 후에 갑자기 은은한 함성과 함께 보병의 공격이 시작됐다. 아직도 포연과 흙먼지에 싸인 천마고지를 어디서 나타났는지 모를 보병들이 개미 떼처럼 기어오르고 있는 것이 쌍안경 속에서 보였다. 다시 삼십 분쯤 후에 이제는 다소 흙먼지가 가라앉은 그 고지의 정상에는 태극기가 꽂히고 은은한 만세 소리가 울려 퍼졌다.

이 중위가 본대로 돌아온 것은 열한 시 반경이었다. 포 사격 성과가 좋았던지 대대장의 기분은 몹시 좋아 보였다. 그는 너털웃음을 치며 이 중위를 맞았다.

"OP선 수고했어. 나는 걱정했지."

이 중위는 하마터면 포로가 될 뻔했던 일을 생각하며 속으로 쓰게 웃었다. 그러나 분명 기분 나쁜 일은 아니었다.

점심 식사 후부터 원진지로 귀환하는 오후 다섯 시까지는 부대 정비 시간으로 돼 있었지만 사실상 휴식이었다. 나흘에 걸친 청룡 25호 작전은 끝난 것과 다름없었다. 이 중위도 며칠간 쌓인 피로를 풀기 위해 식사가 끝나자마자 침구를 깔아 둔 AM 박스카에 누웠다. 그러나 오래는 못 잘 잠이었다. 한참 단잠에 빠져 있는데, 누가 이 중위를 흔들었다. CP 당번병이었다.

이 중위가 간신히 잠을 깨어 밖으로 나가 보니 지프차 한 대와 사복을 한 보안대원 하나가 기다리고 있었다.

"주무시는데 안됐습니다. 보안대 박 중삽니다. 천재룡 일병 일로 왔습니다."

"아, 네."

이 중위는 아직 횡한 머리로 그를 쳐다보았다.

"타시죠. 함께 가서 이야기합시다."

이 중위가 차를 타니 선임하사 임 상사가 먼저 타고 있었다.

"임 상사두 가요?"

"아닙니다. 수송부 문 중사가 위독하다고 해서 — 박 중사에게 부탁을 했죠. 마침 가는 길목에 지구 병원이 있길래……."

"그렇지만, 선임하사도 없으면 귀환 때 애들 통제를 누가 하죠?"

"양 하사와 강 병장에게 잘 일러두었습니다. 돌아가는 것뿐이니까 괜찮을 겁니다."

"그래도…… 문 중사는 어느 정도요?"

"어제저녁 수송 장교가 가 봤는데 아직 깨어나지 못했답니다."

"그럼 할 수 없군."

이 중위가 인도된 곳은 전에 미군 주둔지였던 듯한 기지 한구석의 콘센트 막사였다. 서른 안팎의 대위 하나가 이 중위를 기다리고 있었다. 약간 날카로워 보이는 얼굴이었다.

"한 가지 물어봅시다. 평소 천재룡에게 이상한 점이 없었소?"

간단한 자기소개 후 그는 단도직입적으로 물었다.

"네, 전혀. 그저 좀 지능이 모자란다고 생각했을 뿐입니다."

"지능이 모자란다고? 그럼 이걸 보시오."

그는 오만 분의 일 지도 한 장을 꺼내더니 앞에 놓인 서류에 따라 일정한 곳에 붉은 사인펜으로 점을 찍었다. 그리고 그 점들을 연결했다.

"이게 천재룡이 탈영 후 최전방 부대 수색대에게 잡힐 때까지 지나온 길이오. 그리고 —."

그다음에 그는 서랍에서 처음부터 붉은 선이 그어져 있는 지도 한 장을 꺼냈다.

"이건 이미 우리에게 포착되어 지난 유월 이후로는 거의 쓰이지 않고 있지만, 간첩들의 남파 및 월북 루트요."

이 중위는 가슴이 섬뜩했다. 두 개의 지도 위에 있는 붉은 선은 거의 정확히 일치하고 있었다. 그러나 이내 우직하고 단순한 천 일병을 떠올리고는 조심스럽게 반문했다.

"혹 우연의 일치가 아닐까요. 간첩들의 남파 루트라면 그만큼 초소가 드물거나 은신이 용이한 지역이란 뜻이 아닙니까?"

"그러니 천(千)이 무턱대고 몸을 숨기고 초소를 피하다 보니 우연히 그 루트와 일치하게 됐다, 그 말이오? 그러나 그렇게 보기에는 너무도 정확히 이 두 개의 선이 일치하는 데다 또 천은 너무 많이 휴전선에 접근해 있었소."

"하지만 제가 알기로 그는 방향을 식별할 만한 지능이 없습니다. 그저 막연히 부대에서 멀리 떨어지고 싶다는 생각으로 가다 보니……."

"물론 그렇게 단순 탈영이라면 모두가 좋겠지요. 당신도 이런데 불려올 필요가 없고, 나도 밤잠 설쳐가며 귀찮은 일을 안 해도 될 테니. 그런데 그의 신원 조회를 해본 결과 우리의 추측이 정당하다고 믿을 만한 사실이 나왔소."

"무엇입니까?"

이 중위는 문득 불길한 예감으로 물었다.

"그의 본적은 남원(南原), 그 아버지 천득수는 지리산으로 숨어든 인민군 패잔병을 도와주다 부역죄로 토벌군에게 총살당했소. 천재룡은 그 유복자요. 그리고 삼촌 천태수는 월북, 이쯤 되면 모든 건 명백하오."

자기의 강한 확신에도 불구하고 여기서 이 중위는 천 일병의 변호를 단념했다.

"사상이란 것이 지식인의 전유물은 아니요. 나는 여기서 2년째 근무하고 있지만 이론적으로 경도된 사병이 말썽을 일으키는 것은 보지 못했소. 그들에게는 행동력이 없으니까. 오히려 문제가 되는 것은 이론이 없는 그러나 저돌적인 행동력을 가진 맹신이요.

그게 바로 천 일병의 경우요. 조사에 따르면 천 일병의 생활은 아주 넉넉한 편이었소. 그런데도 교육을 받지 않은 것은 그 어머니 때문이었소. 교육 대신 그녀는 자기 또한 무식한 농군이었던 남편에게 물려받았음에 분명한 그 맹신을 자식에게 주입한 거요."

결국 이 중위는 전방 근무자의 신상 파악이 그토록 불철저했던 경위를 중심으로 양면 괘지 십여 장에 달하는 참고인 진술을 하고 오후 늦게서야 그곳을 나왔다.

"아, 참! 강대욱이라고 거기서 사병으로 근무하죠? 안부 전하더라고 말해 주쇼. 여기 하 대위라면 알 거요."

방문을 나설 때 그 보안장교가 의미심장한 미소를 지으며 말했다.

어두워서 원진지에 돌아와 보니 내무반이고 기재 창고고 떠날 때만큼이나 엉망이었다. 양 하사의 지휘 아래 완전 군장을 풀어 관물 정돈을 하고 있는 몇몇을 제외하고는 모두 외등이 가설된 기재 창고 부근에서 장비 수입과 야전선 재생을 하느라 부산하였다. 선임하사는 아직 돌아오지 않은 듯했다. 강 병장이 주로 그들을 통솔하고 있었다. 그런 강 병장의 노련하고 여유 있는 모습을 보며 이 중위는 새벽에 그에게 품었던 묘한 적개심이 서서히 걷혀 가고 있음을 느꼈다.

"과장님, 대충 정리된 후 회식 어떻습니까?"

잠시 쉬려고 교환대로 향하는 이 중위에게 강 병장이 뒤따라와 말했다.

"웬 술이야?"

"막걸리는 지난 일요일에 수송부와 축구해서 딴 거고, 소주는 휴가 귀대한 함 상병 겁니다. 마침 돼지고기가 나왔길래 비계지만 그것도 서너 근 취사반에서 얻어 놨습니다."

그러자 처음에 내키지 않던 이 중위도 점차 생각이 바뀌었다.

어쨌든 이 훈련은 성공적이었다. 대대장의 진급이 확실하다는 풍문이 들릴 만큼. 천 일병의 일이 무겁게 마음을 짓누르고 있었으나 그건 이 훈련과는 상관없는 일이었다. 더구나 이번 사병들의 고생은 혹심한 것이었다. 디데이의 눈에 이어 강추위가 이틀간 계속됐는데도 대부분 불 한 번 피우지 못하고 언 밥과 식은 국으로 속을 채웠다. 전례로 미루어도 이런 날 저녁의 회식은 당연했다.

"좋아, 하지만 술은 하나로 통일해라. 되도록 막걸리로. 그리고 이거 보태 안주 좀 낫게 장만해라."

이 중위는 주머니를 털어 삼천 원을 내주었다.

"돈은 저희들에게도 좀 있습니다."

"사병이 무슨 돈이야?"

"양키들 야전선을 좀 걷었죠. 녀석들이 ATT(대대 포병훈련)를 하길래…… 우리라고 끊길 수만 있습니까? 그런데 애들이 좀 많이 걷어서 우리 걸 채우고도 남길래……."

"어디서야?"

갑자기 이 중위의 신경이 곤두섰다. 일종의 자기방어 본능이었다. 그러나 강 병장은 산악처럼 끄떡도 않았다.

"저희들도 그게 어딘지 모릅니다. 과장님도 안 들은 걸로 하시죠. 사실은 얘기 안 하려고 했는데……."

"그렇지만 —."

더 따지려던 이 중위는 문득 밀려드는 피로감으로 그만 강 병장에게 양보하고 말았다.

"좋다. 나는 그 얘기를 못 들었다. 그러나 오늘 회식에는 그 돈 써선 안 돼. 이 돈을 쓰고 부족하면 PX에 내 앞으로 달아. 그렇지 않으면 이 회식은 허락할 수 없다."

그러자 강 병장도 할 수 없다는 듯 그 돈을 받고 물러났다.

회식은 장비 정리가 대강 끝난 밤 열 시경부터 기재 창고에서 벌어졌다. 푸짐한 안주로 술이 한 순배 돌았을 때, 취침 나팔 소리가 들려왔다. 이 중위에게만은 아닌 듯 다른 과원들도 잡담을 그치고 그 소리에 귀를 기울였다.

"김 일병 솜씹니다. 어떻습니까?"

곡이 끝나자 강 병장이 빙긋 웃으며 말했다.

"대대에선 시켜도 안 불더니, 웬일까?"

"아마 휴가 때문에 마음이 설레는 모양이지요?"

김 일병은 내일이 휴가 출발이었다. 이 회식에도 그는 휴가 준비를 이유로 참가하지 않았다. 저녁때 이 중위도 그가 싱글거리며 정비실에서 일계장 피복을 다려 들고 나오는 것을 보았다.

"자, 과장님. 한잔 드시지요."

잠시 멈칫했던 분위기를 되살리기나 하려는 듯이 강 병장이 큰 소리로 말하며 잔을 쳐들었다.

"건배! 찢어진 영자의 팬티를 위하여."

다른 부원들이 와 하며 술잔을 쳐들었고, 다시 흥겨운 회식이 계속되었다.

"상병 '요오료오' 노래 일발 송신."

'군따이와 요오료오다.(군대는 요령이다.)'라는 말을 자주해 '요오료오' 상병이라 불리는 무전병이었다.

"송신 —."

과원들이 일제히 복창했다. 병과마다 노래를 시작할 때 쓰는 말이 다르다. 수송부는 '노래 일발 시동', 병기과는 '노래 일발 장전', 군수과는 '노래 일발 기장(記帳)' 등으로. 뒤이어 노래가 흘러 나왔다.

"인천에 성냥 공장 성냥 만드는 아아가씨 —."

노래는 곧 합창이 되고 만다.

"선임하사가 빠져서 안됐군."

선임하사는 아직도 돌아오지 않았다.

"아마 문 중사님 곁에서 밤을 새울 모양이지요. 두 분은 하사관 학교 동기니까요."

그날따라 유난히 자주 술잔을 비우던 강 병장이 약간 취한 소리로 말했다. 보통 회식에서 그는 자리 잡고 있는 법이 드물었다. 술잔을 고르게 분배하고 주벽이 사나운 과원들을 억제하는 등 보이지 않는 통제를 담당했기 때문이었다. 그리고 사실은 그것이 그가 요청하는 회식을 이 중위가 한 번도 거절한 적이 없는 이유였다. 그런데 그 밤은 달랐다. 요량 없이 퍼마신 과원들이 기재 창고 벽에도 웩웩거리며 토해도 저희들끼리 감정이 격해 투다닥거려도 강 병장은 전혀 개의치 않고 술만 마셔 댔다. 결국 회식은 엉망이 된 채 자정 무렵 상황장교의 통제 아래 끝이 났다.

"과장님, 딱 한 잔만 더 하십시다."

과원들을 전부 내무반으로 돌려보낸 이 중위가 교환대로 가자 거기서 기다리고 있던 강 병장이 말했다. 그는 어떻게 구했는지 두 홉 들이 PX용 맥주를 열 병 정도 구해 놓고 있었다.

"강 병장이 과할 텐데……."

"괜찮습니다. 이 강대욱이 취해 실수하는 것 보셨습니까?"

"강 병장, 오늘 이상해."

"이상할 것 없습니다, 과장님. 자, 앉으시죠."

강 병장은 이상하게 풀린 웃음을 웃으며 이 중위를 끌어 앉혔다.

"건배를 합시다, 과장님. 빛나는 대한민국 육군장교를 위해."

통조림 깡통 가득 부은 맥주를 들어 올리며 강 병장은 또 허허거렸다. 몹시 공허한 웃음이었다.

"정말, 강 병장답지 않은 건배로군. 장교를 위해서라니……."

"건배할 가치가 있으니까. 그리고 저는 비록 실패했지만, 아들을 낳으면 반드시 장교로 보낼 겁니다."

"강 병장이 육사를 중퇴했다는 건 사실이었군."

"정확히는 퇴교죠. 그래요, 저는 분명 거기 다닌 적이 있습니다. 가난한 지방 수재가 흔히 그렇듯이…… 안부를 전하던 하 대위, 그 친구가 제 입교 동깁니다."

"그런데 왜?"

"쓸모없는 관념의 병이죠. 2학년 때까지도 모범 생도였는데, 3학년 초에 그만 — 빗나가 버렸습니다. 갑자기 장교가 된다는 게, 특히 남의 생명을 책임진다는 게 두려워진 겁니다. 뿐만 아니라, 그때껏 내가 가치를 두고 있는 것은 군인의 길 그 자체가 아니라 사이비의 것 — 예를 들면 화려한 제복이라든가 장군의 위용 같은 것이라는 걸 깨달은 겁니다. 걸레 같은 깨달음이었죠. 하여튼 — 그해 여름에 고향에 간 나는 술을 퍼마시고 고향 마을 지서 주임을 두들겨 패 — 학교에서 쫓겨났습니다."

"그랬었군. 그런데 갑자기?"

"제 몸에 드럭드럭 밴 이놈의 사병 근성이 싫기 때문입니다."

"사병 근성?"

"네, 무책임하고 피동적이고 잘 굴종하고 거기다가 뇌동하는 버릇, 감격하는 버릇, 그리고 정대하지 못하고 잔꾀에 밝은 것."

"예를 들면 심 소위를 친 것 말인가?"

"짐작하고 계실 줄 알았습니다. 사실 나는 그저께 밤에 이미 심 소위가 통제관의 묵인 아래 모의탄으로 상황 부여를 대리하고 있다는 걸 알아 놓고 어제저녁 숨어서 기다렸지요."

"통쾌했겠지."

"그런데 그게 그렇지 못했습니다. 어젯밤은 통쾌한 기분으로 잤지요. 그러나 날이 밝아오면서부터 그 통쾌감은 점점 불쾌함으로 변해 갔습니다. 내 행위가 드러날지도 모른다는 불안감에서는 절대로 아닙니다. 그것이 내가 할 수 있는 유일한 방도였다는 게 처량하고 서글펐죠. 나의 왜소함, 나의 천박스러움 — 이런 것들이 말입니다."

"미묘한 얘기로군."

"그래서 정대해지고 싶었습니다. 훈련에서 돌아오자 맨 먼저 심 소위가 누워 있는 의무대로 갔지요. 그리고 사실을 죄다 말했습니다. 참회나 사죄가 아니라 정대하기 위한 구실을 찾은 겁니다. 심 소위가 계급 따위나 들먹이며 보복하려 들면 정말로 죽도록 패주고 영창이나 가려구요. 지적으로 세련된 건 아닐지 몰라도 그것만이 제가 정대해지는 방법이었으니까요."

"그래 어찌 됐나?"

"두 번 비참해졌습니다. 그 어린 것이 — 죄송합니다 — 제기랄, 뭐라고 했는지 알아요? 얘기를 다 듣고도 아무 말 없이 픽 돌아눕는 게 아니겠어요? 돌아가라, 강 병장. 본관은 네 말을 안 들은 걸로 하겠다. 어떻게 대한민국 장교가 사병에게 맞을 수 있겠나. 강 병장은 근무에 충실했을 뿐이다, 하는 겁니다."

"……."

"풀썩 주저앉고 싶은 심정이었습니다. 그런데 마지막까지 그놈의 사병 근성이 나온 거죠. 그래서 한마디 덧붙였지요. 당신이 심 소장쯤 된다면 그 소리는 썩 어울릴 거라고."

"그랬더니?"

"제 비참만 더했습니다. 그는 경멸에 찬 눈으로 돌아보더니 그
렇게밖에 생각하지 못하니까 너는 더러운 잔꾀나 부리는 사병이
다, 하고 말했습니다."

"안됐다……."

그때였다. 교환대 문이 거칠게 열리며 몸을 제대로 가눌 수 없
을 만큼 취한 선임하사가 들어왔다. 어디서 굴렀는지 얼굴이 긁히
고 군복 여기저기 흙이 묻어 있었다.

"임 상사, 왜 늦었어요?"

이 중위가 조심스럽게 물었다.

"쓸쓸해서 — 한잔 먹었임다, 과장님."

털썩 주저앉으며 대답하는 그의 목소리에는 무언가 물기가 서
린 듯했다.

"그래, 문 중사는 좀 어떻던가요?"

"씨팔 놈…… 뒈져 버렸어요."

"뭐요?"

"내가 가니까 벌써 뒈져 있더란 말요. 어차피 뒈져야 할 놈이
긴 하지만……."

"어차피 죽어야 한다니, 그게 무슨 말요? 임 상사."

"그 새끼가 그년을 죽였던 거요."

"그년?"

"거 왜 작전 첫날밤에 목 졸려 죽은 늙은 갈보 말이오."

"그건 어떻게 알았소?"

"그 운전병 새끼가 깨어나 불었단 말요. 문 중사 그 새끼 아주 죽을 셈 잡고 그날 차도 지가 몬 거요. 눈길을 시속 백 킬로미터루다가……."

"문 중사가 왜 그랬대요?"

"그 쌍년이 바로 그 전날 꿈에 뵌 년이오. 그년이 하필이면 그런 데서 ×을 팔고 있을 게 뭐람. 하기야 이제는 연놈 다 뒈졌으니 끝은 깨끗이 난 셈이지만……."

얘기를 하는 임 상사의 눈에서는 굵은 눈물이 소리 없이 흘러내리고 있었다. 이 중위도 강 병장도 숙연히 침묵을 지켰다.

"그 새끼 운전병에게 고백한 살인 이유가 또 웃기지. 뭐 그년을 다시 대한 순간 자기는 그년을 아직도 사랑하고 있는 것을 깨달았다던가. 그래서 그년을 위해 가장 좋은 일을 해준다는 게 바로 그년을 목 조른 것이라나요. 같잖은 새끼."

"……."

"그래 놓고 이틀은 겨우 견뎠지만 결국은 제 김에 간 거죠. 병참부에서 부식을 수령해 오다가 술을 처먹고 사병들에게 질질 짜며 죄다 불고, 그리고 그년을 찾아간다면서 차를 몰아 댄 거요. 망할 새끼."

"……."

"내 하사관 학교서 그 새끼 처음 만날 때부터 제 명에 못 죽을 놈이라는 걸 알아봤다니까요. 암, 내 그 새끼 일이라면 워커 밑창부터 철모 꼭대기까지 다 알지 으흐흐흐……."

임 상사는 신음과도 같은 울음소리를 내며 뒹굴었다. 이 중위와 강 병장은 그런 그를 어쩔 줄 몰라 멍하니 보고만 있었다. 그런데 갑작스러운 교환기의 신호음이 이 방의 모든 것을 흩뜨려 놓았다. 신호를 받은 배 상병이 놀란 소리로 이 중위를 불렀다.

"뭐야?"

이 중위가 불길한 예감으로 날카롭게 물었다.

"김 일병이 — 목을 맸습니다. 대공 초소 부근이랍니다."

그제야 이 중위도 조금 전 과원들을 재우려고 내무반에 내려갔을 때 김 일병이 보이지 않았던 걸 상기했다. 이 중위는 정신없이 대공 초소로 달려갔다. 벌써 상황장교와 주번 사관이 와 있었고 시체도 내려진 후였다. 김 일병은 근처에 무성한 참나무 가지에 야전선으로 목을 매 죽어 있었다. 교범에 있는 결박법대로였다. 곧 놀란 대대장이 달려오고 의무관이 시체를 조사했다. 혀를 쑥 내민 시체는 흉측하게 불거진 두 눈에도 불구하고 다분히 희극적인 모습으로 둘러싼 사람들을 조소하고 있는 것 같았다.

"이것들이 어찌 이리 턱없이 죽지……."

대대장이 어이없다는 듯 중얼거렸다.

"걔들이 원래 그래요. 월남서도 보니까 베트콩 총 맞아 죽는 놈 정말 몇 안 되더군요. 그저 지가 슬슬 죽는 거지요. 계집 배때기 위에서 죽고, 술 처먹다 죽고, 돈 벌려다 죽고, 적도 못 보고 미쳐 죽고, 아니면 고향 생각으로 자살이나 하고······."

언제 왔는지 군수과장이 무감동하게 말했다.

"그게 바로 병사의 니힐이지요······."

망연한 기분으로 곁에 대대장이 있다는 것도 잊고 이 중위가 불쑥 끼어들었다.

금시조

金翅鳥

무엇인가 빠르고 강한 빛줄기 같은 것이 스쳐간 느낌에 고죽(古竹)은 눈을 떴다. 얼마 전에 가까운 교회당의 새벽 종소리를 들은 것 같은데 어느새 아침이었다. 동쪽으로 난 장지 가득 햇살이 비쳐 드러난 문살이 그날따라 유난히 새까맸다. 고개를 돌려 주위를 살피려는데 그 작은 움직임이 방 안의 공기를 휘저은 탓일까. 엷은 묵향(墨香)이 콧속으로 스며들었다. 고매원(古梅園)인가, 아니, 용상 봉무(龍翔鳳舞)일 것이다. 연전(年前)에 몇 번 서실을 드나든 인연을 소중히 여겨 스스로 문외 제자(門外弟子)를 자처하는 박 교수가 지난 봄 동남아를 들러 오는 길에 사왔다는 대만산의 먹이다. 그때도 이미 운필(運筆)은커녕 자리보전을 하고 누웠을 때라 고죽은 왠지 그 선물이 고맙기보다는 서글펐었다. 그래서 고지식한 박

교수가, "머리맡에 갈아두고 향내라도 맡으시라고……." 하며 속마음 그대로 털어놓는 것을, 예끼, 이 사람, 내가 귀신인가, 향내나 맡게…… 하고 핀잔까지 주었지만, 실은 그대로 되고 말았다. 문안 오는 동호인들이나 문하생들을 핑계로, 60년 가까운 세월을 함께 지내온 분위기를 바꾸지 않으려고 매일 아침 머리맡에서 먹을 가는 추수(秋水)의 갸륵한 마음씨에 못지않게 그 묵향 또한 종일토록 머리맡에 풀어놓아도 물리지 않을 만큼 좋았다.

묵향으로 보아 추수가 다녀간 것임에 틀림없었다. 조금 전에 그의 잠을 깨운 강한 빛줄기는 어쩌면 그 아이가 나가면서 연 장지문 사이로 새어 든 햇살이었을 게다. 고죽은 그렇게 생각하며 살며시 몸을 일으켜보았다. 마비되다시피 한 반신 때문에 쉽지가 않았다. 사람을 부를까 하다가 다시 마음을 돌리고 누웠다. 아침의 고요함과 평안과, 그리고 이제는 고통도 아무것도 아닌 쓸쓸함을 의례적인 문안과 군더더기 같은 보살핌으로 깨뜨리고 싶지 않았다.

참으로 — 고죽은 천장의 합판 무늬를 멍하니 바라보며 생각했다. — 이 한살이[生]에서 나는 오늘과 같은 아침을 얼마나 자주 맞았던가. 아무도 없이, 그렇다, 아무도 없이…… 몽롱한 유년에도 그런 날들은 수없이 떠오른다. 다섯인가 여섯인가 되던 어느 아침에도 그는 장지문 가득한 햇살을 혼자 맞은 적이 있다. 밖에는 숨 죽인 곡성이 은은하고 — 그러다가 흰 옷에 산발한 어머니가 그를 쓸어안고 혼절하듯 쓰러진 것은, 너무 오래 혼자 버려져 있다는 기분에 이제 한 번 큰 소리로 울음이나 터뜨려 볼까 하던 때였다. 또 있다. 그때는 제법 일고여덟이 되었을 때인데 전날 어머님과 함께 잠이 들었던 그는 또 홀로 아침을 맞게 되었다. 역시 할머니가 와서 그를 쓸어안고 우시면서 이렇게 넋두리처럼 외인 것은 방 안의 고요가 갑자기 섬뜩해져 문을 열고 나서려던 참이었다.

"아이고, 내 새끼, 이 불쌍한 내 새끼를 어쩔고? 그 몹쓸 년이, 탈상도 못 참아서……."

그 뒤 숙부의 집으로 옮긴 후에도 대개가 홀로 깨는 아침이었다. 숙모는 언제나 병들어 다른 방에 누워 있었고, 숙부는 집보다 밖에서 더 많은 밤을 새웠다. 그런 숙부의 서책(書冊) 냄새 밴 방에 홀로 잠드는 그로서는 또한 아침마다 홀로 깨어나지 않을 수 없었다.

생각이 유년으로 돌아가자 고죽은 어쩔 수 없이 지금과 같은 그의 삶 속으로 어린 그가 내던져진 첫날을 떠올렸다. 50년이 되는가, 아니면 60년? 어쨌든 열 살 나이로 숙부의 손에 끌려 석담(石潭) 선생의 고가를 찾던 날이었다.

이상도 하지, 까마득히 잊고 지냈던 지난날의 어떤 순간을 뜻밖에도 뚜렷하고 생생하게 되살리게 되는 것 또한 늙음의 징표일까. 근년에 들수록 고죽은 그날의 석담 선생을 뚜렷하고 생생하게 기억할 수 있었다. 이제 갓 마흔에 접어들었건만 선생의 모습은 이미 그때 초로의 궁한 선비였다.

"어쩌겠나? 석담, 자네가 좀 맡아줘야겠네. 내가 이 땅에만 있어도 죽이든 밥이든 함께 끓여 먹고 거두겠네만."

숙부는 그렇게 말했다. 무슨 일인가로 쫓기고 있던 숙부가 기어이 국외로 망명할 결심을 굳히고 어렵게 하는 소리였다.

"병든 아내를 맡기는 터에 이 아이까지 처가에 짐이 되게 하고 싶지는 않네. 맡아주게. 가형(家兄)의 한 점 혈육일세."

그러나 아무런 표정 없이 듣고 있던 석담 선생은 대답 대신 물었다.

"자네 상해, 상해 하지만 실제로 거기 뭐가 있는지 아는가? 말이 임시정부라고는 해도 집세도 못 내 쩔쩔매는 판에 하찮은 싸움질로 지고 새고 한다더군. 거기다가 춘강(春江) 선생님께서 아직까지 거기 계신다는 보장도 없지 않은가?"

"여긴들 대단한 게 뭐 있겠나? 어찌 됐건 맡아주겠는가, 못하겠는가?"

그러자 석담 선생은 한동안 말없이 그를 바라보더니 가벼운 한숨과 함께 대답했다.

"먹고 입히는 것이야 — 어떻게든 해보겠네. 하지만 아이를 기른다는 것이 어찌 그뿐이겠는가……."

"고마우이, 석담. 그것만이면 족하네. 가르치는 일은 근심 말게. 이놈의 세상이 어찌 될지 모르니 가르친들 무얼 가르치겠나? 이름 석 자는 이미 깨우쳐주었으니 일단은 그것으로 되었네."

그렇게 말한 숙부는 그에게로 돌아섰다.

"너 이 어른께 인사 올려라. 석담 선생이시다. 내가 다시 너를 찾으러 올 때까지 부모처럼 모셔야 한다."

그러나 숙부는 끝내 다시 그를 찾으러 오지 않았다. 나중에, 그러니까 그로부터 20년이 훨씬 지난 후에야 환국하는 임시정부의 일행 사이에 늙은 숙부가 끼어 있더라는 소문을 들은 적이 있었지만, 그 무렵 무슨 일인가로 분주하던 그가 이듬해 상경했을 때는 이미 찾을 길이 없었다.

숙부와 동문이요, 오랜 지기였던 석담 선생은 퇴계(退溪)의 학통을 이었다는 영남 명유(名儒)의 후예였다. 웅혼한 필재와 유려한 문인화로 한말 삼대가(三大家)에 꼽히기도 하지만, 사실 스승 춘강이 일생을 흠모했다는 추사(秋史)처럼 예술가라기보다는 학자에 가까웠다.

"너 글을 배웠느냐?"

숙부가 떠나고 석담 선생이 그에게 처음으로 물은 말은 그러했다.

"동몽선습(童蒙先習)을 떼었습니다."

"그렇다면 소학(小學)을 읽어라. 그걸 읽지 않으면 몸둘 바를 모르게 된다."

그러나 그뿐이었다. 그 뒤 그는 몇 안 되는 선생의 문하생들 사이에서 몇 년이고 거듭 소학을 읽었지만 선생은 끝내 못 본 체했다. 그러다가 열셋 되던 해에 선생은 그를 난데없이 가까운 소학교로 데려갔다.

"세월이 바뀌었다. 너는 아직 늦지 않았으니 신학문을 익히도록 해라."

결국 그의 유일한 학력이 된 소학교였다. 나중의 일이야 어찌 됐
건, 그걸로 보아 선생에게는 처음부터 그를 문하(門下)로 거둘 뜻
은 없었음에 틀림이 없다.

돌아가신 스승을 떠올리게 되자 고죽의 눈길은 습관적으로 병
실 모서리에 걸린 석담 선생의 진적(眞蹟)에 머물렀다. 모든 것이
넉넉지 못한 때에 쓴 것에다 오랫동안 표구를 하지 않은 채 보관
해온 터라, 종이는 바래고 낙관의 주사(朱砂)도 날아가 희미한 누
른색을 띠고 있었지만 스승의 필력만은 여전히 살아 꿈틀거리고
있었다.

금시벽해 향상도하(金翅劈海 香象渡河)

불행히도 석담 선생은 외아들을 호열자로 잃고 또 특별히 제자
를 택해 의발(衣鉢)을 전한 것도 아니어서, 임종 후로는 줄곧 석담
의 고가를 지킨 고죽에게는 비교적 스승의 유품이 많았다. 그러
나 장년을 분방히 떠다니는 동안 돌보지 않은 데다 동란까지 겹
쳐 남아 있는 진적은 몇 점 되지 않았다. 언젠가 고죽은 병석에서
이제 머지않아 스승을 뵈올 터인즉 후인(後人)의 용렬함을 어떻게
변명하겠는가, 하며 탄식한 적이 있는데 그 속에는 자신의 그와 같
은 소홀함에 대한 뉘우침도 있었을 것이다. 그런데 그 중요한 예외
가 지금의 액자였다. 그가 일평생 싫어하면서도 두려워하고, 이르
고자 하면서도 넘어서고자 했던 스승의 가르침이 거기에 들어 있

었기 때문이었다. 더 이상 붓을 놀릴 수 없는 요즈음에 와서도 그 액자의 자획 사이에서 석담 선생의 준엄한 눈길을 느낄 정도였다.

스물일곱 때의 일이었다. 조급한 성취감에 빠진 그는 스승에게 알리지도 않고 문하를 빠져나왔다. 좋게 말하면 자기 확인을 위해서였고 나쁘게 말해서는 자기 과시의 기회를 찾아서였다. 그리고 그 뒤 몇 달간 적어도 그 자신에게는 성공적인 유력(遊歷)이었다. 적파(赤坡)의 백일장에서는 장원을 했고, 내령(內嶺), 청하(淸夏), 두산(豆山) 등 몇 군데 남아 있던 영남의 서당에서는 진객이 되었으며 더러는 산해진미에 묻혀 부호의 사랑에서 유숙하기도 했다. 석 달 뒤에 그동안 글씨나 그림을 받아가고 가져온 종이와 붓값 대신 받은 곡식을 한 짐 지어 집으로 돌아올 때만 해도 그의 호기는 만장이나 치솟았다. 그러나 석담 선생의 반응은 뜻밖이었다.

"그걸 내려놓아라."

문 앞을 가로막은 석담 선생은 먼저 짐꾼에게 메고 온 것을 내려놓게 했다. 그리고 이어 그에게도 말하였다.

"너도 필낭(筆囊)을 벗어 이 위에 얹어라."

도무지 거역할 엄두가 나지 않는 음성이었다. 그는 영문도 모르고 필낭을 벗어 종이와 곡식 더미 위에 얹었다. 그러자 선생은 소매에서 그 무렵에는 당황(唐黃)으로 불리던 성냥을 꺼내더니 거기에다 불을 붙였다.

"선생님, 어쩔 작정이십니까?"

그제야 황급하게 묻는 그에게 석담 선생은 냉엄하게 대답했다.

"네 숙부의 부탁도 있고 하니 한 식객으로는 내 집에 붙여두겠다. 그러나 그 선생님이란 말은 앞으로 결코 입에 담지 마라. 아침에 붓을 쥐기 시작하여 저녁에 자기 솜씨를 자랑하는 그런 보잘것없는 환쟁이를 나는 제자로 기른 적이 없다."

그 뒤 고죽은 노한 스승의 용서를 받는 데 꼬박 2년이 걸렸다. 처음 문하의 끝자리를 얻을 때보다 훨씬 참기 어려운 혹독한 시련의 세월이었다. 그리고 지금 올려보고 있는 것은 바로 그 감격적인 사면(赦免)을 받던 날 석담 선생이 손수 써서 내린 글씨였다.

글을 씀에, 그 기상은 금시조(金翅鳥)가 푸른 바다를 쪼개고 용을 잡아 올리듯 하고, 그 투철함은 향상(香象)이 바닥으로부터 냇물을 가르고 내를 건너듯 하라……

그러고 보면 어렵고 어려웠던 입문의 과정도 고죽의 기억 속에는 일생을 가도 씻기지 않는 한과도 흡사한 빛 속에 싸여 있다.

그 어떤 예감에서였는지 석담 선생은 처음 그를 숙부에게서 떠맡을 때부터 차가운 경계로 대했다. 명문이라고는 해도 대를 이은 유자(儒子)의 집이라 본시 물려받은 살림도 많지 않았지만, 그리고 그 무렵은 그나마도 줄어 몇 안 되는 문인들이 봄가을에 올리는 쌀섬에 의지해 살아가고는 있었지만, 어린 그를 받아들인다는 것이 석담 선생의 심기를 건드릴 만큼 경제적인 부담은 아니었다. 거기다가 나중 그가 자라 거의 지탱할 수 없는 스승의 살림을 도맡아 살 때조차도 석담 선생의 그런 태도는 조금도 변하지 않았던 것으로 보아 거기에는 무언가 다른 까닭이 있었다.

남들이 한두 해면 읽고 지나갈 소학을 몇 년씩이나 거듭 읽도록 버려둔 것이며, 열셋이나 된 그를 소학교 4학년에 집어넣어 굳이 자신의 학문과는 거리가 먼 곳으로 밀어낸 것도 석담 선생의 그런 태도와 연관을 가진 것이었다.

그런데 거기 못지않게 이해할 수 없는 것은 그런 석담 선생에 대한 그 자신의 감정이었다. 스승의 생전 내내, 그는 스승에 대한 형언할 수 없는 사모와 그에 못지않은 격렬한 미움으로 뒤얽혀 보내었다. 가만히 돌이켜보면, 그런 그의 감정 역시 어떤 필연적인 논리와는 멀었지만, 그것이 뚜렷이 자리 잡기 시작한 시기만은 대강 짐작이 갔다. 열여섯에 소학교를 졸업하고 석담 선생의 집 안에 남은 후부터 열여덟에 정식으로 입문할 때까지였다. 그동안 그는 학비를 도와주겠다는 당숙 한 분의 호의도 거절하고, 또 나날이 달라지는 세상과 거기에 상응하는 신학문에 대한 동경도 외면한 채, 가망 없는 석담 선생의 살림을 맡아 꾸려나갔다. 이미 문인들이 가져오는 쌀섬으로는 부족하게 된 양식은 소작 내준 몇 떼기 논밭을 스스로 부쳐 충당했고, 한 짐의 땔감을 위해서는 20리 30리 산길도 마다하지 않았다.

사람들은 그런 그를 갸륵하게 여겼지만 실은 그때부터 그의 가슴에는 석담 선생을 향한 치열한 애증의 불꽃이 타오르고 있었다. 봄날 산허리를 스쳐가는 구름 그늘처럼, 또는 여름날 소나기가 씻어간 들판처럼, 가을 계곡의 물처럼, 눈 그친 후에 트인 겨울 하늘처럼 유유하고 신선하고 맑고 고요하면서도 또한 권태롭고 쓸쓸하고 막막한 석담 선생의 삶은 그에게는 언제나 까닭 모를 동경인 동시에 불길한 예감이었다. 선생이 알 듯 말 듯한 미소에 젖어 조는 듯 서안(書案) 앞에 앉아 있을 때, 그리하여 당신의 영혼은 이제는 다만 지난 영광의 노을로서만 파악되는 어떤 유현한 세계를 넘나들 때나 신기(神氣)가 번득하는 눈길로 태풍처럼 대필(大筆)을 휘몰아갈 때, 혹은 뒤뜰 한 그루의 해당화 그늘 아래서 탈속한 기품으로 난을 뜨고 거문고를 어를 때는 그대로 경건한 삶의 한 사표(師表)로 보이다가도, 그 자신이 돌보아주지 않으면 반년도 안 돼 굶어 죽은 송장을 쳐야 할 것 같은 살림이나, 몇몇 늙은이와 이제는 열 손가락 안으로 줄어든 문인들을 빼면 일 년 가야 찾아주는 이 없는 퇴락한 고가나, 고된 들일에서 돌아오는 그를 맞는 석담 선생의 무력한 눈길을 대할 때면 그것이야말로 반드시 벗어나야 할 무슨 저주로운 운명처럼 느껴졌다.

그러나 결국 고죽의 삶을 지배한 것은 사모와 동경 쪽이었다. 새로운 세계의 강렬한 유혹을 억누르고 신학문을 포기했을 때 이미 예측됐던 것처럼 그는 어느새 자신도 모를 열정으로 석담 선생을 흉내 내고 있었다. 문인들이 잊고 간 선생의 체본(體本), 선생이 버린 서화의 파지나 동도(同道)들과 주고받다 흘린 문인화 같은 것들이 그의 주된 체본이었지만 때로는 대담하게 석담 선생의 문갑(文匣)에서 빼내기도 했다.

처음 한동안 그가 썼던 지필(紙筆)은 후년에 이르러 회상할 때조차도 가슴에 썰렁한 바람이 일게 하는 것들이었다. 작은 글씨는 스스로 만든 사판(沙板)이나 분판(粉板)에 선생의 문인들이 쓰다 버린 몽당붓을 주워서 익혔고 큰 글씨는 남의 상석(床石)에 개꼬리빗자루로 쓴 후 물로 씻어 내리곤 했다. 그가 맨 처음 자신의 붓과 종이를 가져본 것은 선생 몰래 붓방과 지물포에 갈비(솔가리) 한 짐씩을 해다 준 후였다…….

석담 선생은 나중에 그걸 고죽의 야망이라고 나무랐다지만, 그렇게 어려운 수련을 하면서도 그가 끝내 석담 선생에게 스스로 입문을 요청하기는커녕 자신의 뜨거운 소망을 비치지조차 않은 것은 그 둘의 관계로 보아 잘 믿어지지 않는다. 그러나 그것이야말로 그의 예술적인 자존심, 어떤 종류의 위대한 영혼에게서 발견되는 본능적인 오만이나 아니었던지.

그러던 어느 날이었다. 아침 일찍부터 석담 선생 내외가 나란히 집을 비워 그 홀로 지키게 된 그는 선생의 서실을 치우다가 문득 야릇한 충동을 느꼈다. 그때까지의 연마를 한눈으로 뚜렷이 보고 싶다는 충동이었다. 마침 석담 선생이 간 곳은 백 리 길이 넘는 어떤 지방 유림의 시회(詩會)여서 그날 안으로는 돌아올 수 없었다.

그는 곧 서탁을 펼치고 선생의 단계석(端溪石) 벼루에 먹을 갈기 시작했다. 선생의 법도에 따라 연진에 먹물 한 방울 튀기지 않고 묵지(墨池)가 차자 선생이 필낭에 수습하고 남긴 붓과 귀한 화선지를 꺼냈다.

먼저 그는 해서(楷書)로 안체(顏體) 쌍학명(雙鶴銘)을 임사(臨寫)

했다. 추사(秋史)가 예천명(醴泉銘, 구양순이 쓴 九成宮醴泉銘)을 정서(正書)로 익히는 데에 으뜸으로 치던 것처럼 석담 선생이 문인들에게 가장 힘써 익히기를 권하던 것인데, 종이와 붓이 익숙해짐과 동시에 체본과 흡사한 자획이 나왔다. 다음도 역시 안체 근례비(勤禮碑)…… 차츰 그는 참담하면서도 황홀한 경지로 빠져들었다.

그러다가 그가 돌연한 호통 소리에 정신을 차린 것은 그 무렵 들어 익히기 시작한 난정서(蘭亭序) 첫머리 '영화구년세재계축(永和九年歲在癸丑)……'을 막 끝낸 직후였다.

"이놈, 그만두지 못하겠느냐?"

놀라 눈을 들어보니 어느새 어둑해진 방 안에 석담 선생이 우뚝 서서 내려다보고 있었다. 호통 소리는 높았지만 얼굴에는 노기보다 까닭 모를 수심과 체념이 서려 있었다. 그 곁에는 시(詩), 서(書), 화(畵), 위기(圍棋), 점복(占卜), 의약(醫藥) 등 일곱 가지 기예에 두루 능하다 해서 칠능군자(七能君子)란 별호를 가진 운곡(雲谷) 최 선생이 약간 기괴하다는 표정으로 서 있었다.

당황한 그는 방 안 가득 널려 있는 글씨들을 허겁지겁 주워 모았다. 예상과는 달리 석담 선생은 그런 그를 망연히 바라보고만 있었다. 그때 운곡이 나섰다.

"글씨는 두고 가거라."

허둥거리며 방 안을 치운 후에 자신이 쓴 글씨를 들고 문을 나서는 고죽에게 이르는 말이었다. 고죽은 거의 반사적으로 시키는 대로 따랐다. 야릇한 호기심과 흥분으로 이내 사랑채 부근으로 돌아와 방 안의 소리에 귀를 기울였다.

그사이 불이 밝혀진 방 안에서는 한동안 종이 부스럭거리는 소리만 들리더니 이윽고 운곡이 물었다.

"그래, 진실로 석담께서 가르치시지 않았단 말씀이오?"

"어깨너머 배웠다면 모르되 나는 결코 가르친 바 없소."

석담 선생의 왠지 우울하고 가라앉은 대답이었다.

"그렇다면 실로 놀라운 일이오. 천품(天稟)을 타고났소."

"……."

"왜 제자로 거두시지 않으셨소?"

"비인부전(非人不傳) ─ 운곡께서는 왕우군(王右軍, 왕희지)의 말을 잊으셨소?"

"그럼 저 아이에게 가르침을 전하지 못할 만큼 사람답지 못한 데가 있단 말씀이오?"

"첫째로 저 아이에게는 재기(才氣)가 너무 승하오. 점획(點劃)을 모르고도 결구(結構)가 되고, 열두 필법을 듣지 않고도 조정(調停)과 포백(布白)과 사전(使轉)을 아오. 재기로 도근(道根)이 막힌 생래의 자장(字匠)이오."

"온후하신 석담답지 않으신 말씀이오. 석담께서 그 도근을 열어주시면 될 것 아니겠소."

"그게 쉽겠소? 게다가 저 아이에게는 문자향(文字香)과 서권기(書卷氣)가 있을 리 없소. 그런데도 이 난(蘭)은 제법 그윽한 풍류로 어우러지고 있소."

"석담의 문하가 된 연후에도 문자향과 서권기에 뒤질 리가 있겠소? 그만 거두시구려."

"본시 내가 맡은 것은 저 아이의 의식(衣食)뿐이었소. 나는 저 아이가 신문학이나 익혀 제 앞을 가리기를 바랐는데……."

"석담, 도대체 왜 그러시오? 인연이 없는 자도 배움을 구해 찾아들면 쫓을 수 없는 법인데, 벌써 칠팔 년이나 한솥밥을 먹고 지낸 저 아이에게만 유독 냉정한 건 무슨 일이시오? 듣기에 저 아이는 벌써 몇 년째 석담의 어려운 살림을 도맡아 산다는데, 그 정성이 가긍하지도 않소?"

거기서 문득 운곡의 목소리에 결기가 서렸다. 운곡도 석담 선생과 그 사이의 기묘한 관계를 들은 게 있는 모양이었다.

"너무 허물하지 마시오. 실은 나 자신도 왜 저 어린아이가 마음에 걸리는지 알 수 없소. 왠지 저 아이를 볼 때마다 이건 악연(惡緣)이다, 이런 기분뿐이오."

석담 선생의 목소리가 가볍게 떨렸다.

"그럼 이렇게 하는 것이 어떻겠소? 석담, 정 거리끼신다면 사흘에 한 번이라도 좋으니 저 아이를 내게 보내시오. 이미 저 아이는 이 길을 벗어나기는 틀린 것 같소."

그러자 석담 선생이 갑작스러운 결연함으로 받았다.

"그러실 필요는 없소이다. 내가 길러보겠소."

그때 석담 선생께서 악연이라 한 것은 무엇을 가리키는 말이었을까. 그리고 그렇게 말하면서도 갑자기 그를 받아들인 것은 무엇 때문이었을까.

고죽이 석담 문하에 정식으로 이름을 얹은 것은 그다음 날이었다. 하지만 그렇다고 무슨 엄숙한 입문 의식이 있었던 것은 아니었다. 그날도 여느 때처럼 지게를 지고 대문을 나서는 고죽을 석담 선생이 불렀다.

"이제부터는 들일을 나가지 마라."

마치 지나가면서 하는 듯한 말투였다. 그리고 갑작스러운 명(命)에 어리둥절해 있는 고죽을 흘낏 건네 보고는 약간 소리 높여 재촉했다.

"지게를 벗고 사랑에 들란 말이다."

─ 그것이 그들 사제 간의 숙명적인 입문 의식이었다.

갑자기 방문을 여는 소리에 아련한 과거를 헤매던 고죽의 의식이 현실로 돌아왔다. 잘 모아지지 않는 시선으로 문께를 보니 매향(梅香)이 들어서고 있었다. 그러자 이상하게 등줄기가 서늘해지며 눈앞이 밝아왔다. 얼마나 원망스러웠으면 이리로 찾아왔을꼬.
─ 고죽은 회한과도 흡사한 기분에 젖어 다가오는 매향을 바라보았다. 그러나 아니었다.

"아버님, 일어나셨습니까?"

추수였다. 가만히 다가와 그의 안색을 살피는 그녀의 화장기 없는 얼굴에 짙은 수심이 끼어 있었다. 그는 힘을 다해 몸을 일으켰다. 그런 기색을 알아차렸던지 추수가 가만히 거들어 등받이에 기대주었다. 몸을 일으키기가 어제보다 한결 불편해진 것이 그 자신에게도 저절로 느껴졌다.

"과일즙이라도 좀 내올까요?"

추수가 다시 물었다. 그는 대신 그런 그녀의 얼굴을 멀거니 살피다가 힘없고 갈라진 목소리로 불쑥 물었다.

"네 어미를 기억하느냐?"

그가 이렇게 묻자, 추수가 놀란 듯한 눈길로 그를 올려다보았다. 마지막으로 데리고 살던 할멈이 죽은 후 일곱 해나 줄곧 그 곁에서 시중을 들어왔지만 한 번도 듣지 못한 물음이었기 때문인 것 같았다. 사실 그는 그보다 더 긴 세월을 매향의 이름조차 입에 담지 않았었다.

"사진밖에는……."

그럴 테지, 불쌍한 것, 핏덩이 같은 것을 친정에 떼어두고 다시 기방(妓房)에 나간 지 이태도 안 돼 그 어리석은 짓을 저질렀으니…….

"그런데 아버님, 그건 왜?"

"나는 조금 전에 네 어미가 들어오는 줄 알았다."

"……."

"원래가 늙어 죽을상은 아니었지만, 그렇게 서두를 필요도 없었는데……."

그가 그렇게 말하며 새삼 비감에 젖는 것을 보자 일순 묘하게 굳어졌던 추수의 얼굴이 원래대로 풀어졌다.

"과일즙이라도 좀 내올까요?"

이윽고 분위기를 바꾸려고나 하는 듯이 추수가 다시 물었다. 그도 얼른 매향의 생각을 떨치며 대답했다.

"작설(雀舌) 달여둔 것이 있으면 그거나 한 모금 내오너라."

그러자 추수는 잠깐 창을 열어 안 공기를 갈아 넣은 후 조용히 방을 나갔다.

그 어떤 열정이 나를 그토록 세차게 휘몰았던 것일까. — 추수가 내온 식은 작설을 마시면서 고죽은 처음 매향을 만나던 무렵을 회상했다. 서른다섯, 두 번째로 석담 선생의 문하를 떠난 그는 그로부터 십 년 가까운 세월을 이곳저곳 떠돌며 보냈었다.

이미 중일전쟁이 가까운 때였지만, 아직도 유림이며 서원 같은 것이 한 실체로 명맥을 잇고 있었고, 시회(詩會)며 백일장, 휘호회(揮毫會) 같은 것들이 이따금씩 열리고 있을 때였다. 시(詩), 서(書), 화(畵)에 두루 빼어났다, 해서 삼절(三絶) 선생이라고까지 불리던 석담의 전인(傳人)이었기 때문인지, 아니면 그 스승에게 꾸중을 들어 가며 참가한 몇 번의 선전(鮮展) 입선(入選) 덕분인지 그의 여행은 억눌리고 찌든 시대에 비하면 비교적 호사스러웠다. 한 달에 한 번 정도는 팔도 어디선가 그에게 상좌(上座)를 내어 주는 모임이 있었고, 한 고을에 하나쯤은 서화(書畵) 한 장에 한 달의 노자(路資)를 내줄 줄 아는 토호(土豪)가 남아 있었다.

고죽이 진주에 들르게 된 것도 그런 세월 중의 일이었다. 무슨

휘호회인가로 그곳에서 잔치와 같은 열흘을 보내고 붓을 닦으며
행랑을 꾸리려는데 난데없는 인력거 한 채가 회장(會場)으로 쓰던
저택 앞에 머물러 그를 청했다. 전에도 없던 일은 아니었으나 재촉
속에 타고 나니 인력거는 당시 진주에서는 첫째가는 무슨 관(館)으
로 들어갔다. 두 칸 장방에 상다리가 휘도록 요리상을 벌여 놓고
그를 기다리는 것은 뜻밖에도 대여섯의 일본 사람과 조선인 두엇
이었다. 서화를 아는 관공서의 장들과 개화된 지방 유지들이었다.

매향은 그 술자리에 불려나온 기생들 중의 하나였다. 한창 술
자리가 무르익어갈 무렵 그 자리를 마련한 듯 보이는 동척(東拓)의
조선인 간부가 기생들을 향해 빙글거리며 물었다.

"누가 오늘 저녁에 이 선생님을 모시겠느냐?"

그러자 기생들 사이에서 간드러진 웃음이 한동안 일더니 그중
의 하나가 쪼르르 다가와 그 앞에서 다홍치마를 걷었다. 드러난
것은 화선지 같은 흰 비단 속치마였다. 스물두어 살이나 될까, 화
려한 얼굴도 아니었고 요염한 교태도 없었지만 이상하게도 사람
을 끄는 데가 있는 여자였다. 보아온 대로 필낭을 끄르면서도 그
는 한꺼번에 치솟는 술기운을 느꼈다.

"네 이름이 뭐냐?"

"매향입니다."

그녀는 전혀 주위를 의식하지 않는 듯 당돌하게 대답했다. 오히
려 당황한 쪽은 그였다.

"그럼 매(梅)를 한 그루 쳐야겠구나."

그는 애써 태연한 척 말했지만 붓 든 손이 떨리는 것은 어쩔 수 없었다. 그런데 나중에까지도 알 수 없던 것은 그가 친 매였다. 떠나온 스승에 대한 자괴감 때문인지 그녀의 속치마에 떠오른 것은 그 자신의 매가 아니라 석담 선생의 매였다. 등걸은 마르고 비틀어지고, 앙상한 가지에는 매화 두어 송이, 그것도 거의가 아직 피지 않은 봉오리였다. 곁들인 글귀도 석담 선생의 것이었다.

매일생한불매향(梅一生寒不賣香)

얼핏 보아서는 매향의 이름에서 딴 것 같지만, 일생을 얼어 지내도 향기를 팔지 않는다는 내용이 일제 말 권번기(券番妓)의 속치마에 어떻게 어울리겠는가. 그러나 지금까지도 남모르는 부끄러움으로 남아 있는 일은 정작 그 뒤에 있었다.

"이 매가 어찌 이렇게 춥고 외롭습니까?"

낙관이 끝나고 매향이 그렇게 물었을 때 그는 매향에게만 들릴 만큼 낮고 침중하게 대답했다.

"정사초(鄭思肖)의 난에 뿌리가 드러나지 않은 걸 보았느냐?"

그리고 뒤이어 역시 궁금히 여기는 좌중에게는 정월의 매화이기 때문이라고 설명했지만, 매향은 분명 알아듣는 눈치였다. 정사초의 난초를, 망국의 한과 슬픔을 표현하는 그 드러난 뿌리[露根]를.

그 밤 매향은 스스럼없이 그에게 몸을 맡겼다.

"이 추운 겨울밤에 제 속치마를 적시셨으니 오늘 밤은 선생님께서 제 한 몸을 거두어 주셔야겠습니다."

그 뒤 그는 매향과 함께 넉 달을 보냈었다. 언젠가 흥겨움에 취해 넘은 봄꽃 화려한 영마루의 기억처럼 이제는 다만 즐거움과 달콤함의 추상만이 남아 있는 세월이었다. 그러다가 이윽고 그들의 날은 끝났다. 그가 망국의 한을 서화로 달래며 떠도는 지사 묵객(墨客)이 아니었던 것처럼 그녀 역시 적장(敵將)을 안고 강물로 뛰어드는 의기(義妓)는 아니었다. 그가 자신도 모르는 열정에 휘몰려 떠도는 한낱 예인(藝人)에 불과하다면 그녀 또한 돌보아야 할 부모 형제가 여덟이나 되는 가무기(歌舞妓)일 뿐이었다.

둘은 처음으로 결정된 일을 실천하듯 미움도 원망도 없이 헤어졌다. 매향은 권번으로 돌아가고, 그는 그 무렵 전주에서 열리게 된 동문의 전람회를 바라고 떠났다. 그것이 이 세상에서 마지막 이별이었다.

그런데 이듬해 가을에 그렇게 헤어진 매향이 자신의 씨로 지목되는 딸아이를 낳았다는 소문을 들었다. 그때 마침 내설악의 산사(山寺) 사이를 헤매고 있던 그는 별생각 없이 추수(秋水)란 이름을 지어 보냈다. 슬프도록 맑은 가을 계곡의 물이 그 아이의 앞날에 대한 어떤 예감으로 그의 의식 깊이 와 닿은 것일까.

그러고 다시 몇 년인가 후에 그는 매향이 죽었다는 소문을 들었다. 어떤 부호의 첩으로 들어앉은 그녀는 마나님의 등쌀에 견디다 못해 석 냥이나 되는 생아편을 물에 타 마시고 젊은 목숨을 스스로 끊었다는 것이었다. 비정이라 해야 할지, 매향의 그 같은 불행한 죽음을 전해 들어도 그는 별다른 슬픔을 느끼지 못했다. 다만 그녀의 몸을 빌려 태어난 자기의 딸이 있었다는 것과 그 아이가 어디서 어떻게 지내고 있는가 하는 것을, 그것도 얼핏 떠올렸을 뿐이었다.

그러나 그가 정작 추수의 얼굴을 처음 대하게 된 것은 그가 살고 있는 도시의 여학교로 그녀가 진학을 오게 된 뒤의 일이었다. 불행하게 죽은 누이 덕분으로 그런대로 한 살림 마련한 그녀의 외삼촌은 누이에 대한 감사를 하나뿐인 생질녀를 돌보는 일로 대신한 탓에 그녀는 별로 어려움 없이 지내고 있었지만, 그는 가끔씩 딸을 만나러 그 여학교엘 들르곤 했다. 다가오는 노년과 더불어 새삼 그리워지는 혈육의 정을 달래기 위해서였다.

그러다가 그들 부녀가 한집에 기거하게 된 것은 비교적 근년의 일이었다.

이 도시에 서실(書室)을 열고 집칸을 마련하여 정착하게 되면서부터 얻어 산 할멈이 죽자 다시 홀로가 된 그에게 월남전에서 남편을 잃고 역시 홀로가 된 추수가 찾아든 것이었다. 칠 년 전의 일로, 그때 추수의 나이는 가엾게도 스물여섯이었다.

탕제(湯劑) 마시듯 미음 한 공기를 마신 고죽은 억지로 몸을 일으켜 세웠다. 미음 그릇을 들고 나가던 추수가 비틀거리는 그를 부축하며 물었다.

"오늘도 나가시겠어요?"

"나가야지."

"어제도 허탕 치시지 않았어요? 오늘은 김 군만 보내 둘러보게 하시지요."

"직접 나가 봐야겠다."

지난여름에 퇴원한 이래 거의 넉 달 동안 그는 하루도 거르지 않고 도심의 화랑가를 돌았다. 자신의 작품이 나오기만 하면 무조건 거두어들이는 것이었는데, 처음 거두어들일 때만 해도 특별히 이렇다 할 계획이 있었던 것은 아니었다. 그러나 지금은 차츰 어떤 결론으로 접근하고 있었다.

그것은 명확한 죽음의 예감과 결부된 것이었다. 담당의인 정 박사는 담담하게 자신의 완쾌를 통고하였으나, 여러 가지로 미루어 그의 퇴원은 일종의 최종적인 선고였다. 줄을 잇는 문병객도 그러했지만, 그림자처럼 붙어 시중하는 추수의 표정에도 어딘가 어두움이 깃들여 있었다. 제대로 음식을 받아들이지 못하는 그의 위도 정 박사가 말한 완쾌와는 멀었다. 입원 당시와 같은 격렬한 통증은 없었지만, 그는 그의 세포가 발끝에서부터 하나씩 하나씩 파괴되어 오고 있는 듯한 느낌을 떨쳐버릴 수 없었다.

"초헌(草軒)은 아직 연락이 없느냐?"

초헌은 추수가 김 군이라고 부르는 제자의 아호였다. 그로부터 직접 호(號)를 받은 마지막 제자로 몇 년째 그의 서실에 기식하고 있는 젊은이였다.

"반시간쯤 있다가 들른다고 했어요. 하지만 오늘은 집에서……."

"아니, 나가 봐야겠다. 채비를 해 다오."

그는 간곡히 말리는 추수를 약간 엄한 눈길로 건너 본 후 천천히 방 안을 걸어보았다. 몇 발짝도 옮기기 전에 눈앞이 가물거리며 몸이 자꾸만 기울어졌다. 추수가 근심스러운 눈으로 그런 그를 바라보다가 그가 다시 이부자리에 기대앉자 조용히 밖으로 나갔다. 그의 눈에 다시 돌아가신 스승의 휘호가 가득히 들어왔다.

석담 선생의 말처럼 정말로 그들의 만남은 악연이었을까. 그가 문하에 든 후에도 그들 사제 간의 묘한 관계는 변함이 없었다. 석담 선생은 그가 중년에 들 때까지도 가슴속에 원망으로 남아 있을 만큼 가르침에 인색했다. 해자(楷字)부터 다시 시작할 때였다. 선생은 붓을 쥐기 전에 먼저 추사의 서결(書訣)을 외우도록 했다.

글씨가 법도로 삼아야 할 것은 텅 비게 하여 움직여 가게 하는 것이다. 마치 하늘과 같으니, 하늘은 남북극이 있어서 그것으로 굴대를 삼아 그 움직이지 않는 곳에 잡아매고, 그런 후에 그 하늘을 항상 움직이게 한다. 글씨가 법도로 삼는 것도 역시 이와 같을 뿐이다. 이런 까닭으로 글씨는 붓에서 이루어지고, 붓은 손가락에서 움직여지며, 손가락은 손목에서 움직여진다. 그리고 어깨니 팔뚝이니 팔목이니 하는 것은 모두 그 오른쪽 몸뚱어리라는 것에서 움직여진다…….

대개 그런 내용으로 시작되는 사백 자 가까운 서결이었는데, 고죽은 그걸 한 자 빠뜨림 없이 외워야 했다. 그다음에 내준 것이 이미 선생 몰래 써본 안진경(顏眞卿)의 법첩 한 권이었다.

"네가 이걸 백 번을 쓰면 본(本)은 될 것이고, 천 번을 쓰면 잘 쓴다 소리를 들을 것이며, 만 번을 쓰면 명필 소리를 들을 수 있을 것이다."

가르침은 오직 그뿐이었다. 그전과 달라진 것이 있다면 드러내놓고 연마할 수 있다는 것과 이틀에 한 번씩 운곡 선생에게 들러 한학(漢學)을 배우게 된 정도였을까. 그러다가 꼬박 삼 년이 지난 후에 딱 한마디 가르침을 덧붙였다.

"숨을 멈추어라."

이미 삼천 번을 쓴 연후에도 해자가 여전히 뜻대로 어울리지 않아 탄식할 때였다.

사군자에 있어서도 별로 다르지 않았다. 이를테면 난을 칠 때에도 손수 임사(臨寫)한 석파 난권(石坡蘭卷, 大院君의 蘭草集) 한 권을 내밀며 말했다.

"선 자리에서 성불(成佛)을 할 수 없고, 또 맨손으로 용을 잡을 수가 없다. 오직 많이 쳐본 후에라야만 가능하다."

그러고는 그뿐이었다. 가끔씩 어깨너머로 그의 난을 구경하는 일이 있어도 입을 열어 자상하게 그 법을 일러주는 일은 없었다.

그러다가 그의 난이 거의 어우러져 갈 무렵에야 몇 마디 덧붙였다.

"왼쪽부터 쳐라. 돌은 붓을 거슬러 써야지."

116

또 석담 선생은 제자의 성취를 별로 기뻐하는 법이 없었다. 입문한 지 십 년에 가까워지면서 그의 솜씨는 선생의 동도들에까지 은근한 감탄으로 오르내리게 되었다. 그러나 선생은 그런 말만 들으면 언제나 냉엄하게 잘라 말했다.

"이제 겨우 흉내를 낼 수 있을 뿐이오."

스물일곱 적에 그가 선생의 집을 나서게 된 것도 아마는 그런 선생의 냉담함에 대한 반발이었을 것이다. 그러나 세상 사람들의 칭송을 들으면 들을수록 이상하게도 그는 반드시 스승의 칭찬을 받고 싶었다. 그것이 그를 석담 선생 곁으로 되돌아오게 만들고, 당시 용서를 받을 때까지의 이 년에 가까운 모멸과 수모를 참아내게 한 원인이었을 것이다.

그 이 년 동안 다시 옛날의 불목하니로 돌아가 농사를 돌보고 나뭇짐을 해 나르는 그를 선생은 대면조차 꺼렸다. 한 번은 견딜 수 없는 충동 때문에 선생 몰래 붓을 잡아본 적이 있었다. 은밀히 한 일이었지만, 그걸 알아차린 선생은 비정하리만치 매몰차게 말했다.

"나가서 몸을 씻고 오너라. 네 몸의 먹 냄새는 창부의 지분 냄새보다 더 견딜 수 없구나……."

그 뒤 다시 용서를 받고, 선생의 사랑방에서 지필을 만지는 것이 허락된 후에도 석담 선생의 태도는 별로 달라지지 않았다. 아니 오히려 그가 나이를 먹고 글씨가 무르익어 갈수록 선생의 차가운 눈초리에는 이해할 수 없는 불안까지 번쩍였다. 느긋해지는 것은 차라리 고죽 쪽이었다. 그런 스승의 냉담과 비정에 반평생 가까이 시달려오는 동안, 그는 단순히 그것에 둔감해지거나 익숙해지는 이상 스승이 괴로워하고 불안해하는 것을 찾아내어 행함으로써 그로 인한 스승의 분노와 탄식을 즐기게까지 되었다. 몇 번의 단체 전람회나 선전(鮮展) 참가 같은 것이 그 예였다.

하지만 그들 불행한 사제 간이 완연히 갈라서게 되는 날이 점점 가까워오고 있었다. 석담 선생이 불안해한 것, 그리고 그가 늘 스승을 경원하도록 만든 것이 세월과 더불어 하나둘 모습을 드러내게 된 끝이었다.

본질적으로 일치될 수 없는 것은 그들의 예술관이라 할까, 서화에 대한 그들의 견해였다. 석담 선생의 글씨는 힘을 중시하고 기(氣)와 품(品)을 숭상했다. 그러나 그는 아름다움을 중히 여기고 정(情)과 의(意)를 드러내고자 힘썼다. 그림에서도 석담 선생은 서화를 심화(心畵)로 여겼고, 그는 물화(物畵), 즉 자신의 내심보다는 대상에 충실하려고 했다. 그 대표적인 예가 그들 사제 사이에 있었던 유명한 매죽(梅竹) 논쟁이었다.

사군자 중에서 석담이 특히 득의해하던 것은 대나무와 매화였다. 그런데 그 대나무와 매화가 한일합병을 경계로 이상한 변화를 일으켰다. 대원군도 신동의 그림으로 감탄했다는 석담의 대나무와 매화는 원래 잎과 꽃이 무성하고 힘차게 뻗은 것이었으나 그때부터 점차 시들고 메마르고 뒤틀리기 시작했다. 그것은 후년으로 갈수록 심해 노년의 것은 대 한 줄기에 이파리 세 개, 매화 한 등

118

걸에 꽃 다섯 송이가 넘지 않았다. 고죽에게는 그것이 불만이었다.

"선생님께서는 어째서 대나무의 잎을 따고 매화의 꽃을 훑어 버리십니까?"

이제는 고죽도 장년이 되어 석담 선생이 전처럼 괴팍을 부리지 못하게 되었을 때, 고죽이 그렇게 물었다.

"망국의 대나무가 무슨 흥으로 그 잎이 무성하며, 부끄럽게 살아남은 유신(遺臣)의 붓에서 무슨 힘이 남아 매화를 피우겠느냐?"

"정소남(所南, 정사초)은 난의 노근(露根)을 드러내어 망송(亡宋)의 한을 그렸고, 조맹부는 훼절(毁節)하여 원(元)에 출사(出仕)했지만 정소남의 난초만 홀로 향기롭고 조맹부의 송설체(松雪體)가 비천하다는 말은 듣지 못했습니다."

"서화는 심화(心畵)니라, 물(物)을 빌려 내 마음을 그리는 것인즉 반드시 물의 실상(實相)에 얽매일 필요는 없다."

"글씨 쓰는 일이며 그림 그리는 일이 한낱 선비의 강개(慷慨)를 의탁하는 수단이라면, 그 얼마나 덧없는 일이겠습니까? 또 그렇다면 장부로 태어나 일평생 먹이나 갈고 화선지나 더럽히는 것이 얼마나 부끄러운 일입니까? 모르긴 하되 나라가 그토록 소중한 것일진대는, 그 흔한 창의(倡義)에라도 끼어들어 한 명의 적이라도 치고 죽는 것이 더욱 떳떳할 것입니다. 그런데도 가만히 서실에 앉아 대나무 잎이나 떼어내고 매화나 훑는 것은 나를 속이고 물을 속이는 일입니다."

"그렇지 않다. 물에 충실하기로는 거리에 나앉은 화공이 훨씬 앞선다. 그러나 그들의 그림이 서푼에 팔려 나중에 방바닥 뚫어진 것을 메우게 되는 것은 뜻이 얕고 천했기 때문이다. 너는 그림이며 글씨 그 자체에 어떤 귀함을 주려고 하지만, 만일 드높은 정신의 경지가 곁들여 있지 않으면 다만 검은 것은 먹이요, 흰 것은 종이일 뿐이다."

이와 비슷한 것으로는 예도(藝道) 논쟁이 있다. 역시 고죽이 장년이 된 후에 있었던 것으로 시작은 고죽의 이러한 물음이었다.

"선생님 서화는 예(藝)입니까, 법(法)입니까, 도(道)입니까?"

"도다."

"그럼 서예(書藝)라든가 서법(書法)이라는 말은 왜 있습니까?"

"예는 도의 향이며, 법은 도의 옷이다. 도가 없으면 예도 법도 없다."

"예가 지극하면 도에 이른다는 말이 있습니다. 예는 도의 향이 아니라 도에 이르는 문이 아니겠습니까?"

"장인들이 하는 소리다. 무엇이든 항상 도 안에 있어야 한다."

"그렇다면 글씨며 그림을 배우는 일도 먼저 몸과 마음을 닦는 일이겠군요?"

"그렇다. 그래서 왕우군(王右君)은 비인부전(非人不傳)이란 말을 했다. 너도 이제 그 뜻을 알겠느냐?"

이미 육순에 접어들어 늙음의 기색이 완연한 석담 선생은 거기서 문득 밝은 얼굴이 되어 일생을 불안하게 여겨오던 제자의 얼굴을 살폈다. 그러나 고죽은 끝내 그의 기대를 채워주지 않았다.

"먼저 사람이 되기 위해서라면 이제 예닐곱 살 난 학동들에게 붓을 쥐어 자획을 그리게 하는 것은 어찌된 일입니까? 만약 글씨에 도가 앞선다면 죽기 전에 붓을 잡을 수 있는 이가 몇이나 되겠습니까?"

"기예를 닦으면서 도가 아우르기를 기다리는 것이다. 평생 기예에 머물러 있으면 예능(藝能)이 되고, 도로 한 발짝 나가게 되면 예술이 되고, 혼연히 합일되면 예도가 된다."

"그것은 예가 먼저고 도가 뒤라는 뜻입니다. 그런데도 도를 앞세워 예기(藝氣)를 억압하는 것은 수레를 소 앞에다 묶는 격이 아니겠습니까?"

그것은 석담 문하에 든 직후부터 반생에 이르는 고죽의 항변이기도 했다. 그에 대한 석담 선생의 반응도 날카로웠다. 그를 받아들일 때부터의 불안이 결국 적중하고 만 것 같은 느낌 때문이었으리라.

"이놈, 네 부족한 서권기(書卷氣)와 문자향(文字香)을 애써 채우려 들지는 않고 도리어 요망스러운 말로 얼버무리려 하느냐? 학문은 도에 이르는 길이다. 그런데 너는 경서(經書)에도 뜻이 없었고, 사장(詞章)도 즐거워하지 않았다. 오직 붓끝과 손목만 연마하여 선인들의 오묘한 경지를 여실하게 시늉하고 있으니 어찌 천예(賤藝)와 다름이 있겠는가? 그래 놓고도 이제 와서 부끄러워하기는커녕 오히려 앞사람의 드높은 정신의 경지를 평하려 들다니, 뻔뻔스러운 놈."

그러다가 급기야 그들 두 불행한 사제가 돌아서는 날이 왔다. 고죽이 서른여섯 나던 해였다.

그 무렵 고죽은 여러 면에서 몹시 지쳐 있었다. 다시 석담의 문하로 돌아간 그 팔 년 동안의 그의 고련(苦練)은 열성스럽다 못해 참담할 지경이었다. 하도 자리를 뜨지 않고 서화에 열중하는 바람에 여름이면 엉덩이께가 견디기 힘들 만큼 짓물렀고, 겨울에는 관절이 굳어 일어나 상 받기가 어려울 지경이었다. 석담 선생의 말없는 꾸짖음을 외면한 채 서화와 관련이 없으면 어떤 것도 보지 않았고 어떤 말도 듣지 않았다. 이미 그전에 십 년 가까이 석담 문하에서 갈고닦았지만, 후년에 이르기까지도 고죽은 그 팔 년을 생애에서 가장 귀중한 부분으로 술회하곤 했다. 그전의 십 년이 오직 석담의 경지에 이르고자 노력한 십 년이라면, 그 팔 년은 석담으로부터 벗어나려는 몸부림의 팔 년이었다.

그사이 그의 기법은 난숙해졌고, 거기에 비례해서 그의 이름도 차츰 그 세계에 알려지게 되었다. 평자에 따라서 다르지만, 어떤 이는 지금도 재기와 영감이 번득이는 그 시절의 글씨와 그림을 일생의 성취 중에서 으뜸으로 치고 있다. 그러나 고죽은 불타 버린 후의 적막과 공허라고 할까, 차츰 깊이 모를 허망감에 빠져들어 갔다.

그것은 대략 두 가지 방향에서 온 허망감이었다. 그 하나는 묵향과 종이 먼지 속에 속절없이 흘러가 버린 그의 청춘이었다. 그에게는 운곡의 중매로 맞아들인 아내와 두 아이가 있었지만 그들은 처음부터 문갑(文匣)이나 서탁(書卓)처럼 필요의 대상이었지 열정의 대상은 아니었다. 그의 젊음, 그의 소망, 그의 사랑, 그의 동경은 오직 쓰고 또 쓰는 일에 바쳐졌을 뿐이었다. 그런데 이제 그의 젊음이 늦가을의 가지 끝에 하나 남은 잎새처럼 애처롭게 펄럭이는 순간에도 모든 걸 바쳐 추구했던 것은 여전히 봉우리 너머의 무지개처럼 멀고 도달이 불확실했다⋯⋯.

그다음 그의 허망감을 자극한 것은 점차 한 서예가로 성장해 가면서 부딪치게 된 객관적인 자기 승인의 문제였다. 열병과도 같은 몰입에서 서서히 깨어나면서부터 고죽은 스스로에게 자조적으로 묻곤 했다. 내가 무슨 짓을 해왔으며, 하고 있냐고. 그리고 스승과 다툴 때의 의미와는 다르게 되물었다. 장부로서 이 땅에 태어나 한평생을 먹이나 갈고 붓이나 어르면서 보내도 괜찮은 것인가고. 어떤 이는 조국의 광복을 위해 해외로 떠나고, 혹은 싸우다가 죽거나 투옥되었으며, 어떤 이는 이재(理財)에 뜻을 두어 물산(物産)을 일으키고 헐벗은 이웃을 돌보았다. 어떤 이는 문화 사업을 통해 몽매한 동족을 일깨웠고, 어떤 이는 새로운 학문에 전념하여 지식으로 사회에 봉사하였다. 그런데도 자신의 반생은 어떠하였던가. 시선은 언제나 그 자신에게만 쏠려 있었고, 진지하고 소중하게 여겼던 지난날의 그 힘든 수련도 실은 쓸쓸한 삶에서의 도피거나 주관적인 몰입에 불과하였다. 자신만을 향해 있는 삶, 오오, 자신만을 향해 있는 삶⋯⋯.

그런데 그 가을의 어느 날이었다. 이미 가끔씩 노환으로 자리보전을 하던 석담 선생은 그날도 병석에서 일어나기 바쁘게 종이와 붓을 찾았다. 그것도 그 무렵에는 거의 쓰지 않던 대필(大筆)과 전지(全紙)였다. 벌써 몇 달째 종이와 붓을 가까이 않던 고죽은 그런 스승의 집착에 까닭 모를 심화를 느끼며 먹을 갈기 바쁘게 스승의 곁을 물러나고 말았다. 어딘가 모르게 스승의 과장된 집착에는 제자의 방황을 비웃는 듯한 느낌이 드는 데가 있었기 때문이다. 그러나 한동안 뜰을 서성이는 사이에 그는 문득 늙은 스승의 하는 양이 궁금해졌다.

방에 돌아오니 석담 선생은 붓을 연진에 기대 놓고 눈을 감은 채 숨을 헐떡이고 있었다. 바닥에는 방금 쓰다가 그만둔 것인 듯 '만호제력(萬毫齊力)' 넉 자 중에서 앞의 석 자만이 쓰여져 있었다.

"소재(蘇齋, 翁方網)는 일흔여덟에 참깨 위에 '천하태평(天下太平)' 넉 자를 썼다고 한다. 나는 아직 일흔도 차지 않았는데 이 넉 자 '만호제력(萬毫齊力)'을 단숨에 쓸 힘도 남지 않았으니……."

그렇게 탄식하는 석담 선생의 얼굴에는 자못 처연한 기색이 떠올랐다. 그러나 고죽은 그 말을 듣자 억눌렀던 심화가 다시 솟아올랐다. 스승의 그 같은 표정은 그에게는 처연함이 아니라 오히려 자신 만만함으로 비쳤다.

"설령 이 글을 단숨에 쓰시고, 여기서 금시조(金翅鳥)가 솟아오르며 향상(香像)이 노닌들, 그게 선생님을 위해 무슨 소용이겠습니까?"

고죽은 자신도 모르게 심술궂은 미소를 띠며 물었다. 이마에

송글송글 땀이 맺힌 채 기진해 있던 석담 선생은 처음 그 말에 어리둥절한 표정이었다. 그러나 이내 그 말의 참뜻을 알아들은 듯 매서운 눈길로 그를 노려보았다.

"무슨 소리냐? 그와 같이 드높은 경지는 글씨를 쓰는 이면 누구든 일생에 단 한 번이라도 이르러 보고 싶은 경지다."

"거기에 이르러 본들 그것이 우리에게 무엇을 줄 수 있단 말입니까."

고죽도 지지 않았다.

"태산에 올라보지도 않고, 거기에 오르면 그보다 더 높은 산이 없을까를 근심하는구나. 그럼 너는 일찍이 그들이 성취한 드높은 경지로 후세에까지 큰 이름을 드리운 선인들이 모두 쓸모없는 일을 하였단 말이냐?"

"자기를 속이고 남을 속인 것입니다. 도대체 종이에 먹물을 적시는 일에 도가 있은들 무엇이며, 현묘(玄妙)함이 있은들 그게 얼마나 대단하겠습니까? 도로 이름하면 백정이나 도둑에게도 도가 있고, 뜻을 어렵게 꾸미면 장인이나 야공(冶工)의 일에도 현묘함이 있습니다. 천고에 드리우는 이름이 있다 하나 이 나[我]가 없는데 문자로 된 나의 껍데기가 낯모르는 후인들 사이를 떠돈들 무슨 소용이 있겠으며, 서화가 남겨진다 하나 단단한 비석도 비바람에 깎이는데 하물며 종이와 먹이겠습니까? 거기다가 그것은 살아 그들의 몸을 편안하게 해주지도 못했고 헐벗고 굶주리는 이웃을 도울 수도 없었습니다. 그들은 그 허망함과 쓰라림을 감추기 위해 이를 수도 없고 증명할 수도 없는 어떤 경지를 설정하여 자기를 위로하고 이웃과 뒷사람을 홀렸던 것입니다……."

그때였다. 고죽은 뜻 아니한 통증으로 이마를 감싸 안으며 엎드렸다. 노한 석담 선생이 앞에 놓인 벼루 뚜껑을 집어던진 까닭이었다. 샘솟듯 솟는 피를 훔치고 있는 고죽의 귀에 늙은 스승의 광기 어린 고함소리가 들려왔다.

"내 일찍이 네놈의 천골(賤骨)을 알아보았더니라. 가거라. 너는 진작부터 저잣거리에 나앉어야 할 놈이었다. 용케 천골을 숨기고 오늘날에 이르렀으니 이제 나가면 글씨 한 자에 쌀 됫박은 후히 받을 게다……."

결국 그 자리가 그들의 마지막 자리였다. 그 길로 석담 선생의 집을 나선 고죽이 다시 돌아온 것은 이미 스승의 시신이 입관된 뒤였다.

벌써 십여 년 전의 일이건만 고죽은 아직도 희미한 아픔을 느끼며 이제는 주름살이 덮여 흉터가 별로 드러나지 않는 왼쪽 이마 어름을 만져보았다. 그러나 그와 함께 떠오르는 스승의 얼굴은 미움도 두려움도 아닌, 그리움 그것이었다.

"아버님, 김 군이 왔습니다."

다시 추수의 목소리가 그를 끝 모를 회상에서 깨나게 하였다. 이어 방문이 열리며 초헌(草軒)의 둥글넓적한 얼굴이 나타났다. 대할 때마다 만득자(晩得子)를 대하는 것과 같은 유별난 애정을 느

끼게 하는 제자였다. 사람이 무던하다거나 이렇다 할 요구 없이 일
년 가까이나 그가 없는 서실을 꾸려가고 있는 탓도 있겠지만 그보
다는 글씨 때문이었다. 붓 쥐는 법도 익히기 전에 행서(行書)를 휘
갈기고, 점획 결구(點劃結構)도 모르면서 초서(草書)며 전서(篆書)까
지 그려 대는 요즈음 젊은이들답지 않게 초헌은 스스로 정서(正書)
로만 삼 년을 채웠다. 또 서력(書歷) 칠 년이라고는 하지만 칠 년
을 하루같이 서실에만 붙어 산 그에게는 결코 짧은 것이 아닌데
도 그 봄의 고죽 문하생 합동전에는 정서 두어 폭을 수줍게 내놓
았을 뿐이었다. 그러나 그의 글은 서투른 것 같으면서도 이상한 힘
으로 충만돼 있어, 고죽에게는 남모를 감동을 주곤 했다. 젊었을
때는 그토록 완강하게 거부했지만 나이가 들수록 그윽하게 느껴
지는 스승 석담의 서법을 연상케 하는 데가 있었기 때문이었다.

"오늘도 나가보시렵니까? 추수 누님 말을 들으니, 거동이 불편
하신 것 같은데……."

병석의 스승에게 아침 문안도 잊은 채 초헌은 엉거주춤한 자세
로 더듬거렸다. 그의 내숭스러워 뵈기까지 하는 어눌(語訥)도 젊었
을 때의 고죽 같으면 분명 못 견뎌 했을 것이리라. 하지만 고죽은
개의치 않고 부드럽게 말했다.

"그러니까 한 점이라도 더 거두어들여야지. 그래, 시립 도서관
에 있는 것은 기어이 내놓지 않겠다더냐?"

"전임자에게서 인수인계 받을 때 품목에 있던 것이라 어쩔 수
없다고 했습니다."

"매계(梅溪)의 횡액(橫額)을 준다고 해도?"

"누구의 것이라도 품목을 바꿀 수는 없다는 게 관장님의 말씀이었습니다."

"알 수 없는 것들이로구나. 오늘은 내가 직접 만나봐야겠다."

"정말 나가시겠습니까?"

"잔말 말고 가서 차나 불러오너라."

고죽이 다시 재촉하자 초헌은 묵묵히 나갔다. 궁금하다는 표정은 여전하였지만 스승이 왜 그렇게 집요하게 자신의 작품들을 거두어들이려 하는지는 그날도 역시 묻지 않았다.

날씨는 화창했다. 젊은 제자의 부축을 받고 화방 골목 입구에서 내린 고죽은 차례로 화방을 돌기 시작했다. 몇 달째 반복되고 있는 순례였다.

"아이구, 고죽 선생님, 오늘 또 나오셨군요. 하지만 들어온 건 하나도 없습니다. 선생님의 건강이 나쁘시단 소문이 돌았는지 모두 붙들고 내놓질 않는 모양이에요."

고죽을 아는 화방 주인들이 그런저런 인사로 반겨 맞았다. 계속 허탕이었다. 그러다가 다섯 번째인가 여섯 번째 화방에서 낯익은 글씨 한 폭을 찾아냈다. 행서 족자였다. 낙관의 고죽에 고자가 옛 고(古)가 아니라 외로울 고(孤)로 되어 있는 것으로 보아 두 번째로 석담 문하를 떠나 떠돌 때의 글씨 같았다.

"내 운곡 선생의 난초 한 폭을 줌세. 되겠는가?"

그런 제안에 주인은 은근히 좋아하는 눈치였다. 고죽의 낙관이 있기는 하나 일반으로 외로울 고를 쓴 것은 높게 쳐주지 않을 뿐 아니라 들어온 것도 한눈에 알아볼 정도의 소품이었다. 거기다가 운곡 선생의 난초가 어느 정도인지는 알 수 없으나, 고죽과의 그런 물물교환에 손해가 없다는 것은 이미 오래전부터 동업자들 사이에 떠도는 소문이었다.

"선생님이 원하신다면 그렇게 해드리지요."

마침내 주인은 생색 쓰듯 말했다.

"고맙네. 물건은 나중에 이 아이 편에 보내주지."

"저희가 사람을 보내겠습니다. 아니, 제가 찾아가 뵙죠. 저녁나절이면 되겠습니까?"

"그러게."

그러자 주인은 족자를 말아 포장할 채비를 했다.

"쌀 필요 없어. 그냥 주게."

고죽이 그런 주인을 말리며 앙상한 손을 내밀었다. 그리고 족자를 받자 응접용의 소파에 가 앉으며 족자를 폈다.

"잠깐 쉬었다 가지."

누구에게랄 것도 없는 고죽의 말이었다.

옥로마래농무생(玉露磨來濃霧生)

은전염처담운기(銀箋染處淡雲起)

고죽이 펴든 족자에는 그런 대구가 쓰여 있었다. 그 무렵 한동 안 취해 있던 황산곡(黃山谷, 황정견)체의 행서였는데, 술 한 잔 값 으로나 써준 것인지 자획이 몹시 들떠 있었다. 그러자 다시 그 시 절이 그리움도 아니고 회한도 아닌, 담담하여 오히려 묘한 빛깔 로 떠올랐다.

……석담 선생의 문하를 떠나온 후 한동안 고죽은 스승이 자 기를 내쳤다고 믿었다. 함부로 서화를 흘뿌린 대가로 술과 여자에 파묻혀 살면서도 자신은 비정한 스승에 대한 정당한 보복을 하고 있는 것이라고 생각했다. 그러나 아니었다. 차츰 거리의 갈채와 속 인들이 던져주는 푼돈에 익숙해지면서, 그리하여 그것들이 가져 다주는 갖가지 쾌락에 탐닉하게 되면서, 진실로 스승을 버리고 떠 나온 것은 그 자신이라는 생각이 들었다.
그는 가끔씩은 지금 자기가 즐기고 있는 세상의 대가가 반생 의 추구와는 아무런 관련이 없고 더구나 지난날의 뼈를 깎는 듯 한 수련을 보상하기에는 너무 초라한 것이라는 것을 떠올렸다. 노 자 또는 붓값의 명목으로 그가 받는 그림값은 비록 고상한 외형 은 갖추고 있어도 본질적으로는 기생에게 내리는 행하(行下)와 다 를 바 없으며, 그가 받는 떠들썩한 칭송 또한 장마당의 사당패에 게 보내는 갈채에 지나지 않았다. 그것들은 결국 마시면 마실수 록 더욱 목말라진다는 바닷물 같은 것으로서, 스승의 문하를 떠 날 때의 공허감을 더욱 크게 할 뿐이었다.

그런데도 그를 유탕(遊蕩)이며 낭비와도 같은 그 세월에 그토록 잡아둔 것은 그런 깨달음과 공허감 사이의 묘한 악순환이었다. 저열한 쾌락이 그의 공허감을 자극하고, 다시 그 공허감은 새로운 쾌락을 요구했다.

거기다가 그때까지 억눌리고 절제당해 왔던 그의 피도 한몫을 단단히 했다. 역시 그 무렵에 고향엘 들러 알게 된 것이지만 그의 선친은 천석 재산을 동서남북 유람과 주색잡기로 탕진하고 끝내는 건강까지 상해 서른 몇에 요절한 한량이었고, 그의 모친은 망부(亡夫)의 탈상을 기다리지 못해 인근의 또 다른 한량과 야반도주를 해버린 분방한 여자였다. 소년 시절에는 엄격한 스승의 가르침과 그 길밖에는 달리 구원이 없으리라는 절박감에, 그리고 청장년 시절에는 스스로 설정한 이상의 무게에 눌려 잠들어 있었지만, 한 번 깨어난 그 피는 걷잡을 수 없게 그를 휘몰아댔다. 그는 미친 듯이 떠돌고, 마시고, 사랑하였다.

나중에 소위 대동아전쟁이 터지고, 일제의 가혹한 수탈이 시작되어 나라 전반이 더할 나위 없는 궁핍을 겪고 있을 때에도 그의 집요한 탐락은 멈출 줄 몰랐다. 아무리 모진 바람이 불어도 덕을 보는 사람이 있듯이 그 총중에도 번성하는 부류가 있어 전만은 못해도 최소한의 필요는 그에게 제공해주었기 때문이다. 변절로 한몫 잡은 친일 인사들, 소위 그 문화적인 내지인(內地人)들, 수는 극히 적었지만 전쟁 경기로 재미를 보던 장사꾼들…….

그러다가 고죽에게 한 계기가 왔다. 흘러 흘러 총독부의 고등

문관(高等文官)을 아들로 둔 허 참봉이란 친일 지주의 식객으로 있을 때였다. 어느 때 참봉인지는 알 수 없지만 그런대로 서화를 알아보는 눈이 있는 참봉 영감은 가끔씩 원근의 묵객들을 불러 술잔이나 대접하는 것을 낙으로 삼고 있었다. 잡곡밥이나 대두박도 없어 굶주리던 대동아전쟁 막바지이고 보면, 실은 술잔이나마 조촐하게 내오고 몇 푼 노자라도 쥐어주는 것이 여간한 생색이 아닐 수 없었다. 게다가 친일 지주라고는 해도 일찍 고등 문관 시험에 합격한 아들을 둔 덕에 일제의 남다른 비호를 받고 있다는 것뿐, 영감이 팔 걷고 나서 일본 사람들을 맞아들인 것은 아니어서, 청이 들어오면 대부분의 묵객들은 기꺼이 필낭을 싸들고 왔다. 그런데 고죽이 머물고 있는 동안에 공교롭게도 운곡 선생이 찾아들었다. 고죽은 반가웠다. 그는 스승 석담 선생의 몇 안 되는 지음(知音)의 하나였을 뿐만 아니라 고죽 자신도 육칠 년 그에게서 한학을 익힌 인연이 있었다. 결과야 어떠했건 결혼도 그의 중매에 의한 것이었고, 석담의 문하를 떠날 때 가장 고죽을 잘 이해한 것도 그였다. 그러나 고죽의 반가운 인사에 대한 운곡 선생의 반응은 뜻밖이었다.

"흥, 조상도 없고, 스승도 없고, 처자도 없는 천하의 고죽이 이 하찮은 늙은이는 어찌 알아보누?"

한때 고죽이 객기로 썼던 삼무자(三無子)란 호를 찬바람 도는 얼굴로 그렇게 빈정거린 운곡 선생은 허 참봉의 간곡한 만류도 뿌리치고 선 채로 되돌아섰다.

"석담이 죽을 때가 되긴 된 모양이로구나. 너 같은 것도 제자라고 돌아올 줄 믿고 있으니…… 괘씸한 것."

그것이 대문간을 나서면서 운곡이 덧붙인 말이었다. 평소에 온후하고 원만한 인품을 지녔기에 운곡의 그러한 태도는 고죽에게 그야말로 절굿공이로 정수리를 얻어맞은 듯한 충격을 주었다.

그렇지 않아도 고죽은 이미 그런 떠돌이 생활에 지칠 대로 지쳐 있었다. 애초에 그를 사로잡았던 적막과 허망감은 감상적인 여정(旅情)이나 속인들의 천박한 감탄 또는 얕은 심미안(審美眼)이 던져주는 몇 푼의 돈으로 달랠 수 있는 것이 아니었으며, 그런 것들에 뒤따르는 값싼 사랑이나 도취로 호도(糊塗)할 수 있는 것도 아니었다. 거기다가 나이도 어느새 마흔을 훌쩍 뛰어넘어, 지칠 줄 모르던 그의 피도 서서히 식어가기 시작했다.

아마도 그 뒤에 있었던 오대산 여행은 꺼지기 전에 한 번 빛나는 불꽃과 같은 그의 마지막 열정에 충동된 것이었으리라. 운곡 선생에 이어 허 참봉에게 작별을 고한 그는 그 길로 오대산을 향했다. 그 어느 산사에 주지로 있는 옛 벗 하나를 바라고 떠난 것이었으나, 이미 그때껏 해온 과객(過客) 생활의 연장은 아니었다. 막연히 생각해 오던 늙은 스승에게로의 회귀가 이제는 더 이상 미룰 수 없는 일이 되면서, 그에 앞서 일종의 자기 정화(自己淨化)가 필요함을 느꼈기 때문이었다.

무사히 그 산사에 이른 뒤 그는 거의 반년에 가까운 기간을 선승(禪僧)처럼 지냈다. 그러나 십 년에 걸쳐 더께 앉은 세속의 먼지는 스승에 대한 오래된 분노와 더불어 쉽게 씻어지지 않았다. 새 봄이 와도 석담의 문하로 돌아간다는 일이 좀체 흔연해지지 않았기 때문이다.

그러던 어느 날이었다. 오전에 상좌중을 도와 송기(松肌)를 벗겨 내려온 그는 잠깐 법당 뒤 축대에 앉아 땀을 식히고 있었다. 그런데 그런 그의 눈에 희미하게 바랜 벽화 하나가 우연히 들어왔다. 처음에는 십이지신상(十二支神像) 중의 하나인가 싶었으나 자세히 보니 아니었다. 머리는 매와 비슷하고 몸은 사람을 닮았으며 날개는 금빛인 거대한 새였다.

"저게 무슨 새요?"

그는 마침 그곳에 나타난 주지에게 물었다. 주지가 흘낏 그림을 돌아보더니 대답했다.

"가루라(迦樓羅)외다. 머리에는 여의주가 박혀 있고, 입으로 불을 내뿜으며 용을 잡아먹는다는 상상의 거조(巨鳥)요. 수미산 사해(四海)에 사는데 불법수호팔부중(佛法守護八部衆)의 다섯째로, 금시조(金翅鳥) 또는 묘시조(妙翅鳥)라고 불리기도 하지요."

그러자 문득 금시벽해(金翅劈海)라는 구절이 떠올랐다. 석담 선생이 그의 글씨가 너무 재예(才藝)로만 흐르는 것을 경계하여 써 준 글귀 중의 하나였다. 그러나 그때껏 그의 머릿속에 살아 있는 금시조는 추상적인 비유에 지나지 않았었다. 선생의 투박하고 거친 필체와 연관된 어떤 힘의 상징이었을 뿐이었다. 그런데 이제 그 퇴색한 그림을 대하는 순간 그 새는 상상 속에서 살아 움직이기 시작했다. 잠깐이긴 하지만 그는 그 거대한 금시조가 금빛 날개를 퍼덕이며 구만 리 창천을 선회하다가 세찬 기세로 심해(深海)를 가르고 한 마리 용을 잡아 올리는 광경을 본 듯한 착각마저 들었다. 그제야 그는 객관적인 승인이나 가치 부여의 필요 없이, 자신의 글씨에서 일생에 단 한 번이라도 그런 광경을 보면 그것으로 그의 삶은 충분히 성취된 것이라던 스승을 이해할 것 같았다······.

— 이튿날 고죽은 행장을 꾸려 산을 내려왔다. 해방 전해의 일이었다.

이미 스승은 돌아가신 후였지. — 고죽은 후회와도 비슷한 심경으로 석담 선생의 문하로 돌아오던 날을 회상했다. 평생을 쓸쓸하던 문전은 문하와 동도들로 붐볐다. 그러나 누구도 고죽을 반가워하기는커녕 말을 거는 이도 없었다. 다만 운곡 선생만이 냉랭한 얼굴로 말했다.

"관상명정(棺上銘旌)은 네가 써라. 석담의 유언이다. 진사니 뭐니 하는 관직은 쓰지 말고 다만, '석담김공급유지구(石潭金公及儒之柩)'라고만 쓰면 된다."

그러더니 이내 눈물을 쏟으며 말했다.

"그 뜻을 알겠는가? 관상명정을 쓰라는 건 네 글을 지하로 가져가겠다는 뜻이다. 석담은 그만큼 네 글을 사랑했단 말이다. 이 미련한 작자야······."

석담과 고죽, 그들 사제 간의 일생에 걸친 애증이 흔적 없이 사라지는 순간이었다. 그제야 고죽은 단 한 번이라도 스승의 모습을 뵙고 싶었으나 이미 입관이 끝난 후여서 끝내 다시 뵈올 수는 없었다…….

"선생님, 이제 가보시지 않겠습니까?"

자신의 족자를 펴들고 하염없는 생각에 잠긴 고죽에게 초헌이 조심스레 말했다. 고죽은 순간 회상에서 깨어나며 천천히 몸을 일으켰다.

"가 봐야지."

그러나 다시 네 번째 화방을 나설 때였다. 갑자기 눈앞이 가물거리며 두 다리에 힘이 쑥 빠졌다.

"선생님, 웬일이십니까?"

초헌이 매달리듯 그의 팔에 의지해 축 늘어지는 고죽을 황급히 싸안으며 물었다.

"괜찮다. 다른 곳엘 가보자."

고죽은 그렇게 말했으나 마음뿐이었다. 이상한 전류 같은 것이 등골을 찌르며 지나가더니 이마에 진땀이 스몄다. 그러다가 다섯 번째 화방에 들러서는 정신조차 몽롱해졌다.

"이제 그만 돌아보시지요. 가 봐야 이제 선생님의 작품은 더 나올 게 없을 겝니다."

화방 주인도 그렇게 권했다. 그러나 고죽은 쓰러지듯 응접 소파에 앉으면서도 초헌에게 이르기를 잊지 않았다.

"너라두 나머지를 돌아보아라. 만약 나온 게 있거든 이리로 연락해."

초헌은 그런 고죽의 안색을 한동안 살피다가 말없이 화방을 나갔다.

"작품을 거두어 무엇에 쓰시렵니까?"

한동안을 쉬자 안색이 돌아오고 숨결이 골라진 고죽에게 화방 주인이 넌지시 물었다. 그것은 몇 달 전부터 화방 골목을 떠도는 의문 중의 하나였다. 그러나 고죽은 그 누구에게도 내심을 말하지 않았다. 그날도 마찬가지였다.

"다 쓸 데가 있네."

"그럼 소문대로 고죽 기념관을 만드실 작정이십니까?"

기념관이라. ― 고죽은 희미하게 웃었다. 그러면서도 가슴속에서는 형언할 수 없는 쓸쓸함이 일었다. 내가 말한들 자네들이 이해해 주겠는가.

"그것도 괜찮은 일이지."

고죽은 그렇게 말하고는 슬쩍 말머리를 돌렸다.

"저거 진품인가?"

분명 진품이 아닌 줄 알면서도 그가 가리킨 것은 추사를 임모 (臨模)한 예서 족자였다. 화법유장강만리 서예여고송일지(畵法有長 江萬里 書藝如孤松一枝) ― 원래 병풍의 한 폭이니 족자가 되어 떠돌 리 없었다.

"운봉(雲峰)이란 젊은이가 임서한 것인데 제법 탈속한 격(格)이 있어 받아두었습니다."

화방 주인도 그렇게 대답하며 그 족자를 바라보았다.

"그렇구면……."

고죽은 희미한 옛 사람의 자태를 떠올리듯 추사란 이름을 떠올리며 의미 없는 눈길로 그 족자를 한동안 살폈다. 한때 그 얼마나 맹렬하게 자기를 사로잡았던 거인이었던가.

석담 선생의 집으로 돌아온 고죽은 그 뒤 거의 십 년 가까이나 두문불출 스승의 고가를 지켰다. 한편으로는 외롭게 남은 사모(師母)와 늦게 들인 스승의 양자를 돌보면서 한편으로는 새로운 수업에 들어갔다. 이미 다 거쳐나온 것들로 여겨온 여러 서체를 다시 섭렵하기 시작한 것이었다.

그는 모공정(毛公鼎), 석고문(石鼓文)으로부터 진(秦), 한(漢), 삼국(三國), 서진(西晉)에 이르기까지 여러 금석 탁본들을 새로이 모으고, 종요(鍾繇), 위관(衛瓘), 왕희지 부자(父子)로부터 지영(智永), 우세남(虞世南)에 이르는 남파(南派)와 삭정(索靖), 최열(崔悅), 요원표(姚元標) 등으로부터 구양순(歐陽詢), 저수량(褚遂良)에 이르는 북파(北派)의 필첩을 처음부터 다시 살폈다. 고죽이 만년에 보인 서권기로 미루어 그동안의 학문적인 깊이도 한층 더해졌음에 틀림이 없다. 문밖에서는 해방과 동족상잔의 전쟁이 휩쓸어가고 있었으나 그 어떤 혼란도 고죽을 석담 선생의 고가에서 끌어내지는 못했다.

그 서결을 통해서 석담 문하에 들어선 고죽이 추사와 새롭게 만나게 된 것도 그 기간 동안이었다. 그 거인은 처음 한동안 그가 힘들여 가고 있는 길 도처에서 불쑥불쑥 나타나 감탄을 자아내다가 이윽고는 온전히 그를 사로잡고 말았다. 일찍이 경험해 보지 못한 일로, 그것은 특히 스승 석담에 대한 새삼스러운 이해와 사모에서 비롯된 것이었다. 생전에 스스로 밝힌 적은 없었지만 분명 스승은 추사의 학통을 잇고 있었다. 아마도 스승은 그 마지막 전인(傳人)이었으리라. 그리고 스승이 가르침에 있어서 그토록 말을 아낀 것은 그와 같은 거인의 가르침에 더 보탤 것이 없어서였을 것이다.

그러나 추사도 끝까지 고죽을 사로잡고 있지는 못했다. 스승 석담이 일찍이 그를 받아들일 것을 주저했으며, 생전 내내 경계하고 억눌렀던 고죽의 예인적인 기질이, 승화된 형태이긴 하지만 차츰 되살아나기 시작한 까닭이었다. 먼저 고죽이 끝내 받아들일 수 없었던 것은 추사의 예술관이었다. 예술은 예술로서만 파악되어야 한다고 보는 입장에서 보면 추사의 예술관은 학문과 예술의 혼동으로만 보였다. 문자향이나 서권기는 미를 구현하는 보조 수단 또는 미의 한 갈래일 수는 있어도 그것이 바로 미의 본질적인 요소이거나 그 바탕일 수는 없었다. 그럼에도 추사에게 그토록 큰 성취를 볼 수 있었던 것은 다만 그 개인의 천재에 힘입었을 뿐이었다. 거기다가 그의 서화론이 깔고 있는 청조(淸朝)의 고증학(考證學)은 겨우 움트기 시작한 우리 것[國風]의 추구에 그대로 된서리가 되고 말았으며, 그만한 학문적인 뒷받침이 없는 뒷사람에 이르

러서는 이 땅의 서화가 내용 없는 중국의 아류로 전락돼 버리게
한 점도 고죽을 끝까지 사로잡을 수 없던 원인이었다. 결국 추사
는 스승 석담처럼 찬탄하고 존경할 만한 거인이기는 하지만 예술
에 있어서의 노선(路線)까지 따를 만한 사람은 아니었다.

　화방 주인의 예상대로 초헌은 한 시간쯤 뒤에 빈손으로 돌아왔
다. 나머지 여섯 곳을 돌았지만 밤사이에 나온 고죽의 작품은 없
었다는 게 그의 대답이었다.
　고죽은 말리는 그를 억지로 앞세우고 시립 도서관으로 향했다.
그 책임자를 달래 그곳에 있는 권학문(勸學文) 한 폭을 되거둬들
이기 위해서였다. 그러나 결국 거기서 일은 벌어지고 말았다. 융통
성 없는 관장과 언성을 높이다가 혼절해 버린 일이 그랬다.
　고죽이 눈을 뜬 것은 오후 늦게서였다. 자기 방에 누워 있었는
데 주위에는 몇몇 낯익은 얼굴들이 근심스러운 표정으로 둘러앉
아 있었다. 고죽은 천천히 눈을 돌려 그들을 살펴보았다. 무표정한
초헌 곁에 두 사람의 옛 제자가 앉아 있고 그 곁에 운 흔적이 있는
추수가 앉아 있다가 눈을 뜬 고죽에게 울먹이는 소리로 물었다.
　“아버님, 이제 정신이 드십니까?”
　고죽은 대답 대신 고개만 끄덕이고 계속하여 주위를 둘러보았
다. 추수 곁에 다시 낯익은 얼굴이 하나 앉아 있었다. 고죽에게는
첫 번째 수호 제자(受號弟子)가 되는 난정(蘭丁)이었다. 뻔뻔스러운
놈…… 그를 보는 고죽의 눈길이 험악해졌다. 난정은 고죽이 석담

선생의 고가에 칩거할 초기부터 나중에 서실을 연 직후까지 거의 십 년 세월을 고죽에게서 배웠다. 나이 차가 열 살을 넘지 않고 입문할 때 벌써 40에 가까웠으며, 또 나름대로 어느 정도 글씨를 익힌 상태였지만, 그래도 어디까지나 호까지 지어준 어엿한 제자였다. 그런데 어느 날부터 갑자기 발길을 뚝 끊더니 몇 년 후에 스스로 서예원을 열었다. 고죽은 자기에게 한마디 말도 없이 떠난 제자가 서운했지만, 기가 막힌 것은 그 뒤였다. 난정이 스스로를 석담 선생의 제자라고 내세우면서 고죽은 단지 사형(師兄)으로 그와 함께 십여 년 서화를 연구했다고 떠벌리고 다닌다는 소문 때문이었다. 고죽은 불같이 노해 그의 서예원으로 달려갔다. 함부로 배분(配分)을 높인 제자를 꾸짖으러 간 것이었지만 결과는 난정을 여러 사람 앞에서 시인해 준 꼴이 되고 말았다.

"어이구, 형님 웬일이십니까?"

수많은 문하생들 앞에서 그렇게 빙글거리며 시작한 그는 끝까지 "아이구, 형님."이요, "우리가 함께 수업할 때……."였다. 그러고는 여러 사람 앞에서 자신을 욕한 고죽을 석담 선생이 살아 있을 때 몇 번 드나든 것을 앞세워 모욕죄로 법정에까지 불러들였다. 십여 년 전의 일이었다.

"아버님, 이분께서 아버님의 대나무 두 폭을 가져오셨어요."

난정을 보는 눈이 험악해지는 것을 보고 추수가 황급히 설명했다.

"선생님께서 거두어들인다시기에…… 제가 가진 것을 전부 가져왔습니다."

그렇게 더듬거리는 난정에게도 옛날의 교활함은 보이지 않았다. 그도 벌써 60에 가까운가. — 못 본 지난 십여 년 사이에 눈에 띄게 는 주름을 보며 고죽은 가만히 눈을 감았다. 그러나 가슴속의 응어리는 쉽게 풀어지지 않았다.

"알았네. 가보게."

잠시 후 간신히 끓는 속을 가라앉힌 고죽이 힘없이 말했다.

"그럼…… 여기 두고 가겠습니다."

난정도 어쩔 수 없다는 듯 그렇게 말하며 어두운 얼굴로 방을 나갔다. 잠시 방 안에 무거운 침묵이 흘렀다. 다시 추수가 그 침묵을 깨뜨렸다.

"재식(在植)이 오빠에게서 전화가 있었어요."

"언제 온다더냐?"

"밤에는 도착할 거예요. 윤식(潤植)이에게도 연락할까요?"

"그래라."

고죽이 한숨처럼 나직이 대답했다. 재식이는 죽은 본처에게서 난 맏아들이었다. 본처에게서는 원래 남매를 보았으나 딸아이는 6·25 때 죽고 맏이만 남게 되었다. 윤식이는 마지막으로 데리고 살던 할멈에게서 난 아들로 고죽에게는 막내인 셈이었다. 재식이는 벌써 마흔셋, 부산에서 장사를 하고 있었고, 윤식이는 갓 스물로 서울에서 대학을 다니고 있었다. 별로 자상한 아버지는 못 되었지만, 통상으로 아들들을 생각하면 언제나 어린 윤식이가 마음에 걸렸다. 겨우 열세 살 때 어머니를 잃고 이복 누이인 추수 손에 자라난 탓이리라. 그러나 그날만은 왠지 재식의 얼굴이 콧마루가 찡하도록 그립게 떠올랐다. 찌들어가는 중년 남자로서가 아니라 거지와 다름없이 떠도는 것을 찾아왔을 때의 열여섯 소년의 얼굴이었다. 그리고 그와 함께 몇 십 년을 거의 잊고 지낸 본처의 얼굴이 떠올랐다.

  고죽이 운곡 선생의 중매로 아내를 맞은 것은 스물두 살 때의 일이었다. 운곡 선생의 먼 질녀뻘이 되는 경주 최문(崔門)의 여자였다. 얼굴은 곱지도 밉지도 않았지만 마음씨는 무던해서 고죽의 기억에는 한 번도 그녀가 악을 쓰며 대들던 모습이 없다. 그러나 그들의 결혼은 처음부터 그리 행복한 것은 못 되었다. 고죽의 젊은 날을 철저하게 태워버린 서화에의 열정 때문이었다. 신혼의 몇몇 날을 제외하면 고죽은 거의 하루의 전부를 석담 선생의 집에서 보내었고, 집에 돌아와서도 정신은 언제나 가사(家事)와는 먼 곳에 쏠려 있었다. 생계를 꾸려가는 것은 언제나 그녀의 몫이었다. 수입이라고는 이따금씩 들어오는 붓값이나 석담 선생이 갈라 보내는 쌀말 정도여서 그녀가 삯바느질과 품앗이로 바쁘게 돌아도 항상 먹을 것 입을 것은 부족하였다.
  그래도 고죽이 석담 문하에 있을 때는 나았다. 정이야 있건 없건 한 지붕 아래서 밤을 보냈고, 아이들도 남매나 낳았으며, 가끔씩은 가장으로서 할 일도 해나갔기 때문이었다. 그러나 고죽이 석

담의 문하를 떠나면서부터 그나마도 끝나고 말았다. 온다 간다 말
도 없이 훌쩍 집을 나선 그는 그 뒤 십 년 가까운 세월을 떠돌면
서 처자를 까마득히 잊고 지냈다. 아직 살아 있는지 죽었는지조
차도 모르는 사람에게는 미안한 일이지만, 그 무렵의 고죽에게 있
어서 아내와 아이들은 거북살스러워도 참고 입어야 하는 옷 같은
존재였다. 하나의 구색, 또는 필요만큼의 의무였으며 — 그것이 그
토록 훌훌히 아내와 아이들을 떨치고 떠날 수 있었던 이유였고,
또한 한 번 떠난 후에는 비정하리만치 깨끗이 그들을 잊을 수 있
었던 이유였다.

　실제로 아내는 몇 번인가 여기저기 수소문 끝에 고죽을 찾아
온 적이 있었다. 그러나 그때마다 고죽은 뒷날 스스로도 잘 이해
안 될 만큼의 냉정함으로 그녀를 따돌리곤 했다. 어린 남매를 데
리고 어렵게 살아가는 그녀에 대한 연민보다는 자기 삶의 진상을
보는 듯한 치욕과 까닭 모를 분노 때문이었으리라. 단 한 번 딸을
업고 그가 묵고 있는 여관을 찾아온 그녀에게 돈 칠 원과 고무신
한 켤레를 사준 적이 있는데 그것도 아내와 자식이었기 때문이라
기보다는 헐벗고 굶주린 자에 대한 보편적인 동정심에 가까웠다.
그때 아내의 등에 업힌 딸아이는 신열로 들떠 있었고, 먼지 앉은
아내의 맨발에 꿰어져 있던 고무신은 코가 찢어져 자꾸만 벗어지
려고 하고 있었다. 그러나 고죽이 그녀에게 무언가를 베푼 것은 그
나마도 그것이 마지막이었다.

　견디다 못한 아내는 결국 고죽이 집을 나선 지 오 년 만에 어린

남매와 함께 친정으로 의지해 갔다. 고죽이 매향과 살림을 차리던 그해였다. 그리고 다시 이듬해는 친정 오라버니가 있는 대판(大阪)으로 이주해 버린 후 다시는 돌아오지 않았다. 듣기로는 그곳에서 오빠의 권유로 개가하였다고 한다. 나중에 데려가기로 하고 친정에 맡겨둔 남매를 끝내 데려가지 않은 것으로 보아 그 소문은 사실임에 틀림없었다. 고죽이 다시 재식 남매를 거두어들인 것은 오대산에서 내려와 석담 문하로 돌아온 몇 해 후였는데, 그때 재식은 벌써 열여섯, 그 밑의 딸아이는 열한 살이었다.

고죽은 그가 아내를 돌보지 않은 것에 대해 한 번도 미안하게 생각해 본 적이 없듯이 자기와 아이들을 버리고 떠난 그녀를 결코 원망하지 않았다. 그것은 평생 동안 수없이 그를 스쳐간 모든 여자들에게도 마찬가지였다. 매향처럼 살림을 차렸던 몇몇 기생들이나 노년을 함께 보낸 두 할멈은 물론 서화로 맺어졌던 여류(女流)들도 지속적인 열정으로 그를 사로잡지는 못했다. 상대편 여자들이 어떠했건 고죽의 그런 태도만으로 그의 삶은 쓸쓸하게끔 운명지어져 있었던 셈이다.

그렇다면 내가 진정으로 열렬하게 사랑했던 것은 무엇이었을까. 내가 일생을 골몰하여 얻고자 했던 것은 무엇이었을까……. 그사이 하나둘 빠져나가고 초헌만 목상처럼 앉아 있는 병실을 힘없이 둘러보던 고죽은 다시 짙은 비애와도 흡사한 회상 속으로 빠져들어 갔다. 물론 그것은 서화였다. 이미 보아온 것처럼 그에게는 애초부터 가족이나 생활의 개념이 없었다. 소유며 축적이란 말도 그에게는 익숙한 것이 아니었고, 권력욕이나 명예욕 같은 것에 몸 달아 본 적도 없었다. 언뜻 보기에는 분방스럽고 다양해도 사실 그가 취해온 삶의 방식은 지극히 단순했다. 자기를 사로잡는 여러 개의 충동 중에서 가장 강한 것에 사회적인 통념이나 도덕적 비난에 구애됨이 없이 충실하는 것, 말하자면 그것이 그를 이해하는 실마리이기도 한 그의 행동 양식이었다. 그런데 가장 세차면서도 일생을 되풀이된 충동이 바로 미적(美的) 충동이었고, 거기에 충실하는 것이 그의 서화였다.

하지만 결국 그것이 내게 무엇을 줄 수 있었단 말인가. 고죽은 다시 자조적인 기분이 되면서 스스로에게 물었다. 아직도 그것이 내게 무엇을 줄 수 있다는 것인가……

스승 석담과의 관계에서 알 수 있듯이, 고죽의 전 반생(前半生)은 두 개의 상반된 예술관 사이에 끼어 피 흘리며 괴로워한 세월이었다.

동양에서의 미적 성취, 이른바 예술은 어떤 의미로 보면 통상 경향적(傾向的)이었다. 애초부터 통치 수단의 일부로 출발한 그것은 그 뒤로도 끝내 정치권력의 그늘을 벗어나지 못했으며, 때로는 학문적인 성취나 종교적 각성에 의해서까지도 침해를 입었다. 충성이나 지조 따위가 가장 흔한 주제가 되고, 문자향이니 서권기니 하는 말과 마찬가지로 도골 선풍(道骨仙風)이니 선미(禪味)니 하는 말이 일쑤 그 높은 품격을 나타내는 말로 쓰이는 것이 그 예일 것이다.

물론 서양에 있어서도 근세까지는 사정이 이와 별반 다르지 않왔다. 오랜 기간 예술은 제왕이나 영주(領主)들의 궁성을 꾸미거나 권력이며 부(富)에 기생하였고, 또는 신의 영광을 찬양하는 데 바쳐지기도 했다. 그러나 시민사회의 형성과 더불어 그들의 예술은 주체성을 획득하고 팔방미인 격인 동양의 예술가와는 다른 그 특유의 인간성을 승인받았다.

다시 말해 그들은 예술을 강력한 인접 가치로부터 독립시키고, 예민한 감수성이나 풍부한 상상력 같은 이른바 예술적 재능도 하나의 사회적 가치로 승인하게 된 것이다. 그런데 고죽이 태어날 때만 해도 시대는 아직 동양의 전통적인 예술관에 얽매어 있었다. 예인(藝人)은 대부분 천민 계급에 속해 있었으며, 그들의 특징은 역마살이나 무슨 — '기'로 비웃음의 대상이었다. 예술의 정수는 여전히 학문적인 것에 있었고, 그 성취도 도(道)나 선정(禪定)에 비유되고 있었다. 그리고 스승 석담은 아마도 끝까지 그런 견해에 충실했던 마지막 사람이었다.

서구적인 견해로 보면 고죽은 타고난 예술가였다. 그러나 석담 선생의 눈에는 천박하고 잡상스러운 예인 기질에 지나지 않았다. 만약 고죽이 개성이 보다 약했거나 그가 태어난 시대가 조금만 일렀다면, 그들 사제 간의 불화가 그토록 길고 심각하지는 않았을 것이다. 하지만 고죽은 자기의 예술이 그 본질과는 다른 어떤 것에 얽매이는 것을 못 견뎌 했고, 점차 시민사회로 이행해 가는 시대도 그런 그의 편에 서 있었다. 정말로 그들 사제 간을 위해 다행한 것은 스승의 깊은 학문에 대한 제자의 본능적인 외경(畏敬) 못지않게, 스승에게도 제자의 타고난 재능에 대한 애정이 남아 있어 늦게나마 화해가 이루어진 일이었다.

그러나 석담 선생의 문하로 돌아왔다고 해서 고죽의 정신적인 방황이 끝난 것은 아니었다. 다시 십 년간의 칩거를 통해 고죽은 스승의 전통적인 예술관과 화해를 시도했지만 끝내 뜻을 이루지는 못했다. 추사에의 앞뒤 없는 몰입과 어쩔 수 없는 이탈이 바로 그 과정이었다.

그 뒤 다시 이십 년 ── 나름대로는 끊임없이 연마하고 모색해 온 세월이었지만 과연 나는 구하던 것을 얻었던가. 그러다가 고죽은 혼절하듯 잠이 들었다.

고죽이 이상한 수런거림에 다시 눈을 뜬 것은 이미 날이 저문 후였다.

"곧 통증이 시작될 것입니다. 그것만이라도 막아드리지요."

누군가가 그렇게 말하며 이불을 젖혔다. 정 박사였다. 이어 살 갗을 뚫고 드는 주삿바늘의 느낌이 무슨 찬바람처럼 몸을 오싹하게 했다. 방 안에 앉은 사람들의 수가 늘어 있었다. 고죽은 직감적으로 그것이 무엇을 뜻하는지 알 수 있었다.

"아버님, 절 알아보겠습니까? 재식입니다."

주삿바늘을 뽑기가 무섭게 언제 왔는지 아들 재식이 울먹이며 손을 잡았다. 열여섯에 거두어들인 후로도 언제나 차가운 눈빛으로 집안을 겉돌던 아이, 그 아이가 첫 번째로 집을 나간 일이 새삼 섬뜩하게 떠올랐다. 제 이름이라도 쓰게 하려고 붓과 벼루를 사준 이튿날이었다. 망치로 부수었는지 밤톨만 한 조각도 찾기 힘들만큼 박살이 난 벼루와 부챗살처럼 쪼개 놓은 붓대, 그리고 한 움큼의 양모(羊毛)만 방 안에 흩어 놓고 녀석은 사라지고 없었다. 그 뒤 그가 군에 입대할 때까지 고죽은 속깨나 썩었었다. 낙관도 안 찍힌 고죽의 서화를 들고 나가 푼돈으로 흩어버리기도 하고 금고를 비틀어 안에 든 것을 몽땅 털어 집을 나가기도 했다. 그러나 제대하고 돌아와서부터 기세가 좀 숙여지더니, 덤프트럭 한 대 값을 얻어 나간 후로는 씻은 듯이 발길을 끊었다. 그가 다시 고죽을 보러오기 시작한 것이 마흔 줄에 접어든 재작년부터였다.

"윤식이도 왔어요."

추수가 흐느끼는 윤식의 손을 끌어 고죽의 남은 손에 쥐어주었다. 그녀의 눈은 이미 보기 흉할 정도로 부어 있었다. 각각 어미 다른 불쌍한 것들. 몹쓸 아비였다. 이제 너희에게 남기는 약간의 재물이 아비의 부족함을 조금이라도 메꾸어줄는지……. 고죽은 이미 그들 삼 남매를 위해 유산을 몫 지어 놓았다. 근교에 있는 과수원은 재식의 앞으로, 서실 건물은 윤식이 앞으로, 그리고 살고 있는 집은 추수에게, 그러고 보니 나머지 동산(動産)으로 문화상(文化賞)이라도 하나 제정할까 하던 계획을 취소한 것이 새삼 잘했다는 생각이 들었다. 평생을 무관하게 지내온 사회라는 것에 대해 삶의 막바지에 와서 그런 식으로 아첨하고 싶지는 않았다.

"이 사람들, 진정하게. 사람을 이렇게 보내는 법이 아니야."

둘러앉은 사람들 중에서 어떤 여자 하나가 흐느끼는 삼 남매를 말렸다. 그리고 그들을 대신하여 고죽의 두 손을 감싸 쥐면서 가만히 물었다.

"절 알아보시겠어요?"

벌써 약효가 퍼지는지 고죽은 풀리는 시선을 간신히 모아 그녀를 바라보았다. 옥교(玉橋)라는 여류 서예가였다. 고죽의 첩이라는 소문이 파다하게 돌 정도로 한때 몰두했던 여자였는데, 지금은 근교에서 자신의 서실을 가지고 조용히 살고 있었다. 알지, 알고 말고……. 그러나 무슨 말을 하기도 전에 혼곤한 잠이 먼저 고죽을 사로잡았다.

금시조가 날고 있었다. 수십 리에 뻗치는 거대한 금빛 날개를 퍼득이며 푸른 바다 위를 날고 있었다. 그러나 그 날갯짓에는 마군(魔軍)을 쫓고 사악한 용을 움키려는 사나움과 세참의 기세가 없었다. 보다 밝고 아름다운 세계를 향한 화려한 비상의 자세일 뿐이었다. 무어라 이름할 수 없는 거룩함의 얼굴에서는 여의주가 찬연히 빛나고 있었고, 입에서는 화염과도 같은 붉은 꽃잎들이 뿜어져 나와 아름다운 구름처럼 푸른 바다 위를 떠돌았다. 그런데 그 거대한 등 위에 그가 있었다. 목깃 한 가닥을 잡고 미끄러지지 않으려고 애쓰면서 매달려 있었다. 갑자기 금시조가 두둥실 솟아오른다. 세찬 바람이 일며 그의 몸이 쏠려 깃털 한 올에 대롱대롱 매달린다. 점점 손에서 힘이 빠진다. 아아……. 깨고 보니 꿈이었다. 꽤 오랜 시간을 잔 모양으로, 마루의 괘종시계가 새벽 네 시임을 알리는 소리가 들렸다. 진통제의 기운이 걷힌 탓인지 형용할 수도 없고 부위도 짐작이 안 가는 그야말로 음험한 동통이 온몸을 감돌고 있었지만, 정신만은 이상하게 맑았다.

문병객은 대부분 돌아가고 없었다. 남은 것은 벽에 기대어 잠들어 있는 재식이 형제와 책궤에 엎드려 자고 있는 초헌뿐이었다. 고죽은 가만히 상체를 일으켜보았다. 뜻밖에도 쉽게 일으켜졌다. 허리의 동통이 조금 가라앉은 것 같았다. 그러나 문득 자기가 할 일이 남았다는 것을 상기했다.

"상철아."

고죽은 조용한 목소리로 초헌의 이름을 불렀다. 미욱해 보이는 얼굴에 비해 잠귀는 밝은 듯 초헌은 몇 번 부르지 않아 머리를 들었다.

"서, 선생님, 무슨 일이십니까?"

잠이 덜 깬 눈에도 상체를 벽에 기대고 있는 고죽이 이상하게 보이는 모양이었다. 그는 황급히 일어나 고죽을 부축하려고 무릎걸음으로 다가왔다. 그러나 고죽은 손짓으로 그를 저지한 후 말했다.

"벽장과 문갑에서 그간 거두어들인 서화를 꺼내라."

"네?"

"모아 놓은 내 글씨와 그림들을 꺼내 놓으란 말이다."

그러자 초헌은 일어나서 시키는 대로 했다. 여기저기서 꺼내 놓고 보니 이백 점이 훨씬 넘었다. 액자는 모두 뺴 없앴는데도 제법 방 한구석에 수북했다.

"아버님, 뭘 하십니까?"

그제야 재식이와 윤식이도 깨어나 눈을 비비며 궁금한 듯 물었다. 고죽의 행동이 거의 아픈 사람 같지 않아서, 간밤에 정 박사가 한 말은 잊어버린 듯했다. 그러나 고죽은 대답 대신 초헌에게 물었다.

"이 방의 불을 좀 더 밝게 할 수 없겠느냐?"

"스탠드가 어디 있는 것을 보았는데…… 한번 찾아보겠습니다."

여간해서는 고죽이 하는 일을 캐묻지 않는 초헌이 그렇게 말하며 밖으로 나가더니 잠시 후에 스탠드 하나를 찾아왔다. 방 안이 갑절이나 밝아지자 고죽은 초헌에게 명했다.

"지금부터 그걸 하나씩 내게 펴보이도록 해라."

초헌은 여전히 말없이 고죽이 시키는 대로 했다. 첫 장은 고죽이 오십 대에 쓴 것으로 우세남(虞世南)의 체를 받은 것이었다.

"우백시(虞伯施)의 글인데, 오절(五節, 덕행, 충직, 박학, 문사 등)을 제대로 본받지 못했다. 왼쪽으로 미뤄 놓아라."

그다음은 난초를 그린 족자였다.

"이미 소남(所南, 정사초)을 부인해 놓고 오히려 석파(石坡, 대원군)의 그늘을 벗어나지 못했구나. 산란(山蘭)도 심란(心蘭)도 아니다. 왼쪽으로 미뤄 놓아라."

고죽은 한 폭 한 폭 자평(自評)을 해나갔다. 오랜 원수의 작품을 대하듯 준엄하고 냉정한 평이었다. 글씨에 있어서는 법체(法體)를 본받을 경우에는 그 임모(臨模)나 집자(集子)의 부실함을 지적하여, 그리고 자기류(自己流)의 경우에는 그 교졸(巧拙)과 천격(賤格)을 탓하면서 모두 왼편으로 제쳐놓았다. 그림에 있어서도 마찬가지였다. 옛법의 엄격함에다 자신의 냉정한 눈까지 곁들이니, 또한 오른편으로 넘어갈 게 없었다.

새벽부터 시작한 그 작업은 아침 해가 높이 솟을 때까지 계속되었다. 나중에 정 박사가 몇 번이고 감탄했던 것처럼 거의 초인적인 정신력이었다. 아침부터 몰려든 사람들로 고죽의 넓은 병실은 어느덧 발 디딜 틈 없이 빽빽해졌다. 그러나 엄숙한 기세에 눌려 누구도 그 과도한 기력의 소모를 말릴 엄두를 못 냈다. 고죽도 초헌 외에는 아무도 느끼지 못하는 것 같았다.

그러다가 열 시가 넘어서야 분류가 끝났다. 초헌의 오른쪽으로 넘어간 서화는 단 한 폭도 없었다.

"더 없느냐?"

마지막까지 간절한 기대에 찬 눈으로 자신의 작품을 검토하고 있던 고죽이 더 이상 제자의 무릎 앞에 놓인 서화가 없는 것을 뻔히 보면서도 이상하게 불안에 떨리는 목소리로 물었다.

"네."

초헌이 무감동하게 대답했다. 그러자 고죽의 얼굴에 일순 처량한 빛이 떠돌더니 그때까지 꼿꼿하던 고개가 힘없이 떨구어지며 그의 몸이 스르르 무너져내렸다. 무슨 끔찍한 일이라도 당한 줄 알고 몇 사람이 얕은 외마디 소리와 함께 고죽 주위로 모였다. 그러나 고죽은 그 순간도 명료한 의식으로 내면의 자기에게 중얼거리고 있었다. 결국 보이지 않았다. 나 역시 일생에 단 한 번이라도 그걸 보고자 소망했지만, 어쩌면 그 소망은 처음부터 이룰 수 없는 것이라는 걸 실은 알고 있었는지도 모르지. 그래서 마지막 순간까지 이 일을 미루어온 것인지도 모르지…….

그렇다면 고죽이 그의 일생에 걸친 작품에서 단 한 번이라도 보고자 했던 것은 무엇이었을까. 그것은 바로 그 새벽의 꿈에서와 같은 금시조였다. 원래 그 새가 스승 석담으로부터 날아올 때는 굳센 힘이나 투철한 기세 같은 동양적 이념미의 상징으로서였다. 그러나 고죽이, 끝내 추사에 의해 집성되고 그 학통을 이은 스승 석담에게서 마지막 불꽃을 태운 동양의 전통적 서화론에서 벗어나게 되면서 그 새 또한 변용되었다. 고죽의 독자적인 미적 성취 또는 예술적 완성을 상징하는 관념의 새가 되어버린 것이었다.

이미 생애 곳곳에서 행동으로 드러나긴 하였지만, 특히 후인을 지도하면서 보낸 마지막 이십 년 동안에 더욱 뚜렷해진 고죽의 서화론은 대개 두 가지 점으로 요약될 수 있었다. 그 하나는 전통적인 견해가 글씨로써 그림까지 파악한 데 비해 그는 그림으로써 글씨를 파악하려 했다. 만약 글씨를 쓴다는 것이 문자로 뜻을 전하는 과정에 불과하다면 서예란 일생을 바칠 만한 의미가 없어지고 만다. 붓으로도 몇 달이면 뜻을 전할 만큼은 되고, 더구나 연필이나 볼펜 같은 간단한 필기구가 나온 지금에는 단 며칠로도 충분하다. 그러므로 서예는 의(意)에 있는 것이 아니라 정(情)에 있으며 글씨보다는 그림으로 파악되어야 한다. 특히 서예가 상형문자인 한문을 표현 수단으로 사용하는 동양권에서만 발달하고 표음 문자를 쓰는 서양에서는 발달하지 못한 것도 그 까닭이다. 그런데 도 글씨로만 파악했기 때문에 처음부터 그림이었던 문인화(文人畵)까지도 문자의 해독을 입고 끝내 종속적인 가치에 머물러 있었다. ― 이것이 고죽의 주장이었다.

그다음 고죽의 서화론에서 특징적인 것은 물화(物畵)와 심화(心畵)의 구분이었다. 물화란 사물을 있는 그대로 표현하면서 거기다 가 사람의 정의(情意)를 의탁하는 것이고, 심화란 사람의 정의를 드러내기 위해 사물을 빌려오되 그것을 정의에 맞추어 가감하고 변형시키는 것인데, 아마 서양화의 구상 비구상에 대응하는 것 같다. 고죽은 전통적인 서화론에서 그 두 가지가 묘하게 혼동되어 있음을 지적하면서 그 구분을 주장하였다. 그리고 서화가에 있어서 그 둘의 관계는 우열의 관계가 아니라 선택적일 뿐이며, 문자향이니 서권기 같은 것은 심화에서의 한 요소이지 서화 일반의 본질적인 요소일 수는 없다고 생각했다.

따라서 고죽의 금시조는 그런 서화론의 바다에서 출발하여 미적 완성을 향해 솟아오르는 관념의 새였다. 죽음을 생각해야 할 나이에 이르면서부터 고죽이 마음속에 간직하고 있던 서원(誓願)의 하나는 자기의 붓끝에서 날아가는 그 새를 보는 일이었다. 그는 그것으로 자신의 일생에 걸친 추구가 헛되지 않았으며 쓸쓸하고 괴로웠던 삶도 보상될 것으로 믿었다. 그런데 ― 그는 끝내 그 새를 보지 못했다. 그가 힘없이 자리로 무너져내린 것은 단순히 기력을 지나치게 소모한 탓만은 아니었다.

그 자리에 있던 제자들이나 친지들은 고죽이 다시는 깨어나지 못할 것으로 생각했으나, 그는 채 오 분도 되지 않아 다시 눈을 떴다. 그리고 주위의 만류에도 불구하고 전처럼 상체를 일으키더니 뚜렷한 목소리로 초헌을 불렀다.

"이걸, 싸서 밖으로 가지고 나가거라. 장독대 옆 화단이다."

"……?"

좀체 스승의 말을 되묻지 않는 초헌도 그때만은 좀 이상한 느낌이 드는 듯했다.

"나는 저것들로 일평생 나를 속이고 세상 사람들을 속여 왔다. 스스로 값진 일을 하고 있다고 착각하고, 당연한 듯 세상 사람들의 찬탄과 존경을 받아들였다."

"무슨 말씀을……."

"물론 그와 같은 삶이 있을지도 모르지. 그러나 나는 아니다."

"……."

"조금 전까지만 해도 나는 그것들에서 솟아오르는 금시조를 보기를 간절히 원했다. 그것으로 내 삶이 온전한 것으로 채워질 줄 알았다. 그러나 지금은 설령 내가 그 새를 보았다 한들 과연 그러할지 의문이다."

"……."

"자, 그럼 이제는 시키는 대로 해라. 이것들을 남겨두면 뒷사람까지도 속이게 된다."

그러자 초헌은 말없이 서화 꾸러미를 안고 문을 나섰다. 스승의 참뜻을 알아들었기 때문인지, 아니면 더는 명을 거역할 수 없기 때문인지는 알 수 없지만, 자리에 있던 사람들은 아무도 그런 초헌을 말리러 나서지 못했다. 언제부터인가 고죽을 감돌고 있는 이상한 위엄과 기품에 압도된 탓이었다.

"문을 닫지 마라."

초헌이 나가고 누군가 문을 닫으려 하자 고죽이 말렸다. 그리고 마당께로 걸어가고 있는 초헌을 향해 임종을 앞둔 병자답지 않게 높고 뚜렷한 목소리로 말했다.

"거기다. 모두 내려놓아라."

방 안에서 한눈에 들어오는 장독대 곁 화단이었다. 몇 포기 시들어가는 풀꽃 옆에 초헌이 서화 꾸러미를 내려놓자 고죽이 다시 소리 높여 명령했다.

"불을 질러라."

그제야 방 안이 술렁거렸다. 일부는 고죽을 달래고 일부는 달려 나와 초헌을 붙들었다. 모두가 쓸데없는 소란이었다. 자기를 달래는 사람들을 거들떠보지도 않은 채 고죽이 돌연 벽력 같은 호통을 쳤다.

"어서 불을 붙이지 못할까!"

그런데 알 수 없는 것은 초헌이었다. 그 역시 까닭 모르게 성난 눈길이 되어 잠깐 고죽을 노려보더니, 말리려는 사람을 거칠게 제쳐버리고 불을 질렀다. 뒷날 고죽을 사이비(似而非)였다고까지 극언한 것으로 보아, 그의 내면에 숨겨져 있던 석담 선생적(的)인 기질이 고죽의 그 철저한 자기 부정(自己否定) 또는 지나친 자기 비하(自己卑下)에 반발한 것이리라. 마를 대로 마른 종이와 헝겊인 데다 개중에는 기름까지 먹인 것도 있어 서화 더미는 이내 맹렬한 불꽃으로 타올랐다. 신음 같은 탄식과 숨죽인 흐느낌과 나지막한 비명들이 여기저기서 터져 나왔다.

어떤 사람에게는 고죽 일생의 예술이 타고 있었다. 어떤 사람에게는 그 철저한 진실이 타오르고 있었고, 또 어떤 사람에게는 고죽의 삶 자체가 타는 듯도 보였다. 드물게는 불타는 서화 더미가 그대로 그만한 고액권 더미처럼 보이는 사람도 있었다. 반세기 가깝게 명성을 누려온 노대가, 두 대통령이 사람을 보내 그의 서화를 얻어가고, 국전 심사 위원도 한마디로 거부한 고죽의 진적(眞蹟)들이 한꺼번에 타 없어지고 있는 것이었다.

그러나 그때 고죽은 보았다. 그 불길 속에서 홀연히 솟아오르는 한 마리의 거대한 금시조를, 찬란한 금빛 날개와 그 힘찬 비상을.

── 고죽이 숨진 것은 그날 밤 여덟 시경이었다. 향년 일흔두 살.

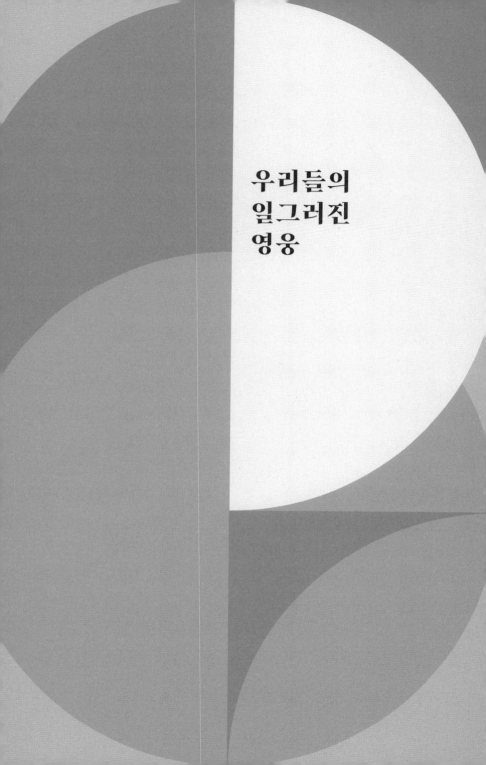

우리들의
일그러진
영웅

벌써 삼십 년이 다 돼 가지만, 그해 봄에서 가을까지의 외롭고 힘들었던 싸움을 돌이켜보면 언제나 그때처럼 막막하고 암담해진다. 어쩌면 그런 싸움이야말로 우리 살이가 흔히 빠지게 되는 어떤 상태이고, 그래서 실은 아직도 내가 거기서 벗어나지 못했기 때문에 받게 되는 느낌인지도 모르겠다.

　자유당 정권이 아직은 마지막 기승을 부리고 있던 그해 3월 중순, 나는 그때껏 자랑스레 다니던 서울의 명문 국민학교를 떠나 한 작은 읍의 별로 볼 것 없는 국민학교로 전학을 가게 되었다. 공무원이었다가 바람을 맞아 거기까지 날려간 아버지를 따라 가족 모두가 이사를 가게 된 까닭이었는데, 그때 나는 우리 나이로 열두 살에 갓 올라간 5학년이었다.

그 전학 첫날 어머님의 손에 이끌려 들어서게 된 Y국민학교는 여러 가지로 실망스럽기 그지없었다. 붉은 벽돌로 지은 웅장한 3층 본관을 중심으로 줄줄이 늘어섰던 서울의 새 교사(校舍)만 보아온 내게는, 낡은 일본식 시멘트 건물 한 채와 검은 타르를 칠한 판자 가교사 몇 채로 이루어진 그 학교가 어찌나 초라해 보이는지 갑자기 영락한 소공자의 비애 같은 턱없는 감상에 젖어들기까지 했다. 크다는 것과 좋다는 것은 무관함에도 불구하고, 한 학년이 열다섯 학급이나 되는 학교에서 공부해 온 탓인지 한 학년이 겨우 여섯 학급밖에 안 된다는 것도 그 학교를 까닭 없이 얕보게 했고, 남녀가 섞인 반에서만 공부해 온 눈에는 남학생반 여학생반이 엄격하게 나누어져 있는 것도 촌스럽게만 보였다.

거기다가 그런 내 첫인상을 더욱 굳혀준 것은 교무실이었다. 내가 그때껏 다녔던 학교의 교무실은 서울에서도 손꼽는 학교답게 넓고 번들거렸고 거기 있는 선생님들도 한결같이 깔끔하고 활기에 찬 이들이었다. 그런데 겨우 교실 하나 넓이의 교무실에는 시골 아저씨들처럼 후줄그레한 선생님이 맥없이 앉아 굴뚝같이 담배연기만 뿜어대고 있는 것이었다. 나를 데리고 교무실로 들어서는 어머니를 알아보고 다가오는 담임선생님도 내 기대와는 너무도 멀었다. 아름답고 상냥한 여선생님까지는 못 돼도 부드럽고 자상한 멋쟁이 선생님쯤은 될 줄 알았는데, 막걸리 방울이 튀어 하얗게 말라붙은 양복 윗도리 소매부터가 아니었다. 머릿기름은커녕 빗질도 하지 않은 부수수한 머리에 그날 아침 세수를 했는지가 정말로 의심스러운 얼굴로 어머님의 말씀을 듣는 둥 마는 둥 하고 있는 그가 담임선생님이 된다는 게 솔직히 그렇게 실망스러울 수가 없었다. 그 뒤 일 년에 걸친 악연이 그때 벌써 어떤 예감으로 와닿았는지 모를 일이었다.

그 악연은 잠시 뒤 나를 반 아이들에게 소개할 때부터 모습을 드러냈다.

"새로 전학 온 한병태다. 앞으로 잘 지내도록."

담임선생님은 그 한마디로 소개를 끝낸 뒤 나를 뒤쪽 빈자리에 앉게 하고 바로 수업에 들어갔다. 새로 전학 온 아이에 대해 호들갑스럽게 느껴질 정도로 자랑 섞인 소개를 늘어놓던 서울 선생님들의 자상함을 상기하자 나는 야속한 느낌을 억누를 길이 없었다. 대단한 추켜세움까지는 아니더라도, 최소한 내가 가진 자랑거리는 반 아이들에게 일러주어, 그게 새로 시작하는 그들과의 관계에 도움이 되기를 나는 바랐다.

그때 내게는 나름으로 내세울 만한 게 몇 있었다. 첫째는 공부, 1등은 그리 자주 못했지만, 그래도 나는 그 별난 서울의 일류 학교에서도 반에서 다섯 손가락 안에는 들었다. 선생님뿐만 아니라 아이들과의 관계에서도 내 이익을 지켜주는 데 적지 않은 몫을 하던 내 은근한 자랑거리였다. 또 나는 그림에도 남다른 솜씨가 있었다. 역시 전국의 어린이 미술대회를 휩쓸었다 할 정도는 아니었어도, 서울시 규모의 대회에서 몇 번이나 특선을 따낼 만했다. 내 성적과 아울러 그 점도 어머니는 몇 번이나 강조하는 듯했는데, 담임선생님은 그 모두를 깨끗이 무시해 버린 것이었다. 내 아버지의 직업도 경우에 따라서는 내게 힘이 될 만했다. 바람을 맞아도 호되게 맞아 서울에서 거기까지 날려가기는 했어도, 내 아버지는 그 작은 읍으로 봐서는 몇 손가락 안에 들 만큼 직급 높은 공무원이었다.

야속스럽기는 아이들도 담임선생님과 마찬가지였다. 서울에서는 새로운 전입생이 들어오면 아이들은 쉬는 시간이 되기 바쁘게 그를 빙 둘러싸고 이것저것 묻게 마련이었다. 공부를 잘하는가, 힘은 센가, 집은 잘 사는가, 따위로 말하자면 나중 그 아이와 맺게 될 관계의 기초가 될 자료 수집인 셈이었다. 그런데 그 새로운 급우들은 새로운 담임선생님과 마찬가지로 그런 쪽으로는 별로 관심이 없었다. 쉬는 시간에는 저만치서 힐끗힐끗 훔쳐보기만 하다가 점심시간이 되어서야 몇 명이 몰려와서 묻는다는 게 고작 전차를 타봤는가, 남대문을 보았는가 따위였고, 부러워하거나 감탄하는 것도 기껏 나만이 가진 고급 학용품 따위였다.

하지만 삼십 년이 가까워 오는 오늘까지도 그 전학 첫날을 생생하게 기억하도록 만든 것은 아무래도 엄석대와의 만남이 될 것이다.

"모두 저리 비켜!"

아이들이 나를 둘러싸고 앞서 말한 그런 실없는 것들이나 묻고 있는데, 문득 그들 등 뒤에서 그런 소리가 나지막이 들려왔다. 잘 모르는 나에게는 담임선생님이 돌아온 것이나 아닐까 생각이 들 만큼 어른스러운 변성기의 목소리였다. 아이들이 움찔하며 물러서는데 나까지 놀라 돌아보니 가운뎃줄 맨 뒤쪽에 한 아이가 버티고 앉아 우리 쪽을 지그시 바라보고 있었다.

아직 같은 반이 된 지 한 시간밖에 안 됐지만 그 아이만은 나도 알아볼 수 있었다. 담임선생님과 처음 교실로 들어왔을 때 차렷, 경례를 소리친 것으로 보아 급장인 듯한 아이였다. 그러나 내가 그를 엇비슷한 60명 가운데서 금방 구분해 낼 수 있었던 것은 그가 급장이어서라기보다는 다른 아이들보다 머리통 하나는 더 있어 뵐 만큼 큰 앉은키와 쏘는 듯한 눈빛 때문이었다.

"한병태랬지? 이리 와 봐."

그가 좀 전과 똑같은, 나지막하지만 힘 실린 목소리로 말했다. 손끝 하나 까딱하지 않았으나 나는 하마터면 일어날 뻔했다. 그만큼 그의 눈빛은 이상한 힘으로 나를 끌었다.

하지만 나는 서울에서 닳은 아이다운 영악함으로 마음을 다잡아 먹었다. 이게 첫 싸움이다. — 문득 그런 생각이 들며 버티는 데까지 버텨볼 작정이었다. 처음부터 호락호락해 보여서는 앞으로 지내기 어려워진다는 나름의 계산도 있었지만, 다른 아이들의 까닭 모를, 거의 절대적인 복종을 보자 야릇한 오기가 난 탓이기도 했다.

"왜 그래?"

내가 아랫도리에 힘을 주며 간깐하게 묻자 그가 피식 웃었다.

"물어볼 게 있어."

"물어볼 게 있다면 네가 이리로 와."

"뭐?"

일순 그의 눈꼬리가 치켜 올라가는 것 같더니 이내 별소리 다 듣는다는 듯 다시 피식 웃었다. 그런 다음 더는 입을 열지 않고 나를 가만히 보았는데, 그 눈길이 너무도 쏘는 듯해 맞받기가 몹시 어려웠다. 하지만 이미 내친김이었다. 이것도 싸움이다 싶어 안간힘을 다해 버티고 있는데 그 아이 곁에 앉아 있던 키 큰 아이 둘이 일어나 내게로 왔다.

"일어나, 임마!"

둘 다 금세 덤벼들기라도 할 듯 성난 기색이었다. 아무리 가늠해 봐도 힘으로는 어느 쪽도 당해내기 어려울 것 같은 녀석들이었다. 나는 얼결에 벌떡 일어났다. 그중 하나가 왁살스레 그런 내 옷깃을 잡으며 소리쳤다.

"임마, 엄석대가 오라고 하잖아? 급장이."

내가 엄석대란 이름을 들은 건 그때가 처음이었다. 그 이름은 듣는 순간 그대로 내 기억에 새겨졌는데 아마도 그것은 그 이름을 말하는 아이의 말투가 유별났기 때문이었을지도 모르겠다. 무언가 대단히 높고 귀한 사람의 이름을 부르고 있다는, 그래서 당연히 존경과 복종을 바쳐야 한다는 그런 느낌을 주는 어조였다.

그게 다시 나를 까닭 모르게 움츠러들게 했지만 그래도 물러설 수는 없었다. 백여 개의 눈초리가 나를 지켜보고 있는 까닭이었다.

"너희들은 뭐야?"

"나는 체육부장이고 쟨 미화부장이다."

"그런데 너희가 왜……."

"엄석대가, 급장이 와보라고 하잖아?"

내가 그에게 가서 대령해야 되는 유일한 이유가 그가 엄석대이고 급장이기 때문이란 걸 두 번이나 되풀이 듣게 되자 비로소 나는 심상찮은 느낌이 들었다.

그때껏 서울에서 내가 겪었던 급장들은 하나같이 힘과는 거리가 멀었다. 집안이 넉넉하거나 운동을 잘해 거기서 얻은 인기로 급장이 되는 수도 있었으나 대개는 성적순으로 급장, 부급장이 결정되었고, 그 역할도 급장이란 직책이 가지는 명예를 빼면 우리와 선생님 사이의 심부름꾼에 가까웠다. 드물게 힘까지 센 아이가 있어도 그걸로 아이들을 억누르거나 부리려고 드는 법은 거의 없었다. 다음 선거가 있을 뿐만 아니라, 아이들도 그런 걸 참아주지 않는 까닭이었다. 그런데 나는 그날 전혀 새로운 성질의 급장을 만나게 된 듯했다.

"급장이 부르면 다야? 급장이 부르면 언제든 달려가서 대령해야 하느냐구?"

그래도 나는 서울내기다운 강단으로 마지막 저항을 해보았다.

그때 알 수 없는 일이 벌어졌다. 그런 말이 떨어지자마자 구경하고 있던 아이들은 갑자기 큰 소리로 웃어댔다. 내가 무슨 바보 같은 소리를 했다는 듯, 그때껏 나를 을러대던 두 녀석과 엄석대까지를 포함한 쉰 몇 명 모두의 홍소였다. 나는 어리둥절했다. 겨우 정신을 가다듬어 내가 한 말 어디가 그들을 그토록 웃게 만들

었는지를 생각해 보고 있는데 미화부장이라는 녀석이 웃음을 참
으며 물었다.

"그럼, 급장이 부르는데 안 가? 어디 학교야? 어디서 왔어? 너희
반에는 급장이 없었어?"

그런데 그 무슨 어이없는 의식의 굴절이었을까. 나는 문득 무엇
인가 큰 잘못을 하고 있다는 느낌, 특히 담임선생님이 부르시는데
뻗대고 있었던 것과 흡사한 착각이 일었다.

어쩌면 그때까지도 멈춰지지 않고 있던 아이들의 왁자한 웃음
에 압도된, 굴종에의 미필적인 고의 섞인 착각이었는지도 모르겠
다.

내가 머뭇머뭇 그에게 다가가자 엄석대는 그동안의 웃음을 사
람 좋아 뵈는 미소로 바꾸며 물었다.

"나한테 잠깐 오기가 그렇게도 힘들어?"

목소리도 전과 달리 정이 뚝뚝 묻어나는 듯했다. 나는 그 너그
러움에 하마터면 감격해 펄쩍 뛰며 머리를 저을 뻔했다. 의식 밑
바닥으로 가라앉기는 했어도 아직은 나를 강하게 지배하고 있
는 어떤 거부감이 겨우 그런 채신머리없는 짓거리를 막아주었다.

엄석대는 확실히 놀라운 아이였다. 그는 잠깐 동안에 내가 그에
게 억지로 끌려갔다는 느낌을 깨끗이 씻어주었을 뿐만 아니라 내
가 담임선생님에게 품었던 야속함까지도 풀어주었다.

"서울 무슨 국민학교랬지? 얼마나 커? 물론 우리 학교와는 댈
수 없을 만큼 좋겠지?"

먼저 그렇게 물어주어 3학년은 20반도 넘고 육십 년 가까운 전통이 있으며 그해 입시에서는 경기중학교만도 90명이나 들어간 서울의 학교를 자랑할 수 있게 해주었고,

"공부는 어땠어? 거기서 몇 등이나 했지? 다른 건 뭘 잘해?"

그렇게 물어줌으로써 내가 4학년 때 국어과목에서 우등상을 탄 것이며(그때 이미 그 학교는 과목별로 우등상을 주었다.), 또한 그 전해 가을 경복궁에서 열린 어린이 미술대회에서 입선한 걸 자연스럽게 자랑할 수 있도록 해주었다.

그것만도 아니었다. 마치 내 마음속을 읽었기나 한 듯 석대는 내 아버지의 직업과 우리 집안의 살림살이도 물어주었다. 그 덕분에 나는 또한 특별히 내세운다는 느낌을 아이들에게 주지 않고도 군청에서 군수 다음가는 자리에 있는 내 아버지와, 라디오가 있고 시계는 기둥시계까지 셋이나 되는 우리집의 넉넉함을 아이들 앞에 드러낼 수 있었다.

"좋오아 ― 그럼……."

이런저런 얘기를 다 듣고 난 엄석대는 어른처럼 팔짱을 끼고 무언가를 생각하는 눈치더니 제 줄 앞의 앞자리를 가리키며 말했다.

"너는 저기 앉도록 해. 저게 네 자리야."

그 갑작스러운 지시에 나는 약간 정신이 들었다.

"선생님이 저기 앉으라고 하셨는데……."

문득 되살아나는 서울에서의 기억으로 그렇게 대꾸했지만, 얼마 전의 투지가 되살아나지 않았다. 엄석대는 내 말은 못 들은 척

넘어갔다.

"어이, 김영수, 여기 이 한병태와 자리 바꿔."

석대가 그 자리에 앉았던 아이에게 그렇게 말하자 그 아이는 두말없이 책가방을 챙겼다. 그 아이의 철저한 복종이 다시 묘한 힘으로 나를 몰아, 잠시 머뭇거린 것으로 저항에 갈음하고 나도 자리를 옮겼다.

하지만 참으로 알 수 없는 일은 그날만도 두 번이나 더 있었다.

한 번은 바로 그 점심시간 때였다. 석대와 나의 대화가 끝난 뒤에 석대가 도시락을 책상 위로 올려놓자 아이들도 모두 도시락을 펼치기 시작했는데 그중에 대여섯 명이 무언가를 들고 석대에게로 갔다. 그 애들이 석대의 책상 위에 내려놓은 걸 보니 찐 고구마와 달걀, 볶은 땅콩, 사과 같은 것들이었다. 뒤이어 맨 앞줄의 아이 하나가 사기 컵에 물을 떠다 공손히 놓는 것까지 모두가 소풍 가서 담임선생님께 하듯 했다. 그런데도 석대는 고맙다는 말 한마디 없이 그것들을 받았다. 기껏해야 달걀을 가져온 아이에게 빙긋 웃어준 게 전부였다.

또 한 번은 다섯째 쉬는 시간에 내 옆 분단의 두 아이가 무슨 일인가로 싸워 한 아이가 코피가 난 때였다. 구경하던 아이들은 모든 걸 제쳐놓고 먼저 석대부터 찾았다. 마치 서울 아이들이 무슨 큰일을 만났을 때 먼저 선생님부터 찾는 것과 비슷했고, 얼마 뒤 불려온 석대가 한 일도 선생님과 크게 다르지 않았다. 코피가 난 아이는 구급함에서 꺼낸 솜으로 코를 막은 다음 고개를 뒤로 젖

혀 기대 있게 했고, 코피를 나게 한 아이는 몇 대 쥐어박은 뒤 교
단 위에 팔을 들고 꿇어앉아 있게 했다. 두 아이 모두 신통하리만
치 고분고분 석대의 말을 따랐는데, 더 이상한 건 여섯째 시간 수
업을 들어온 담임선생님이었다. 석대의 보고를 가만히 듣고 있다
가 흑판 지우개를 터는 막대기로 벌을 서고 있는 아이의 손바닥
을 몇 차례 호되게 때려줌으로써 내게는 월권이라고만 생각되는
석대의 처리를 그 어떤 말보다 확실하고 강력하게 추인해 버렸다.

　그날 내가 다시 그 새로운 환경과 질서에 대해 다시 곰곰이 생
각하기 시작한 것은 수업이 끝나고 집으로 돌아온 뒤였다. 학교에
서는 내가 갑자기 던져지게 된 그 환경의 지나친 생소함에서 온
어떤 정신적인 마비와, 또한 갑자기 나를 억눌러오는 그 질서의 강
력함이 주는 위압감이, 내 머릿속을 온통 짙은 안개와 같은 것으
로 채워 몽롱하게 만들어버린 탓에 아무것도 생각할 수가 없었다.

　그때 우리 나이로 열두 살은 아직도 아이의 단순함에 지배되기
쉬운 나이지만, 그리고 아직은 생생한 낮의 기억들이 은근히 의식
의 굴절과 마비를 강요하고 있었지만 나는 아무래도 그 새로운 환
경과 질서에 그대로 편입될 수는 없다는 기분이 들었다. 그러기에
는 그때껏 내가 길들어온 원리 — 어른들 식으로 말하면 합리와
자유 — 에 너무도 그것들이 어긋나기 때문이었다. 직접으로는 제
대로 겪어보지 못했으나, 그 새로운 질서와 환경들을 수락한 뒤의
내가 견디어야 할 불합리와 폭력은 이미 막연한 예감을 넘어, 어김
없이 이루어지게 되어 있는 어떤 끔찍한 예정처럼 보였다.

하지만 싸운다는 것도 실은 막막하기 그지없었다. 먼저 어디서부터 시작해야 할지가 그랬고, 누구와 싸워야 할지가 그랬고, 무엇을 놓고 싸워야 할지가 그랬다. 뚜렷한 것은 다만 무엇인가 잘못되어 있다는 것뿐 — 다시 한번 어른들 식으로 표현한다면, 불합리와 폭력에 기초한 어떤 거대한 불의가 존재한다는 확신뿐 — 거기에 대한 구체적인 이해와 대응은 그때의 내게는 아직 무리였다. 솔직히 털어놓으면, 마흔이 다 된 지금에조차도 그런 일에는 온전한 자신을 갖지 못하고 있다.

형이 없는 내가 아버지에게 엄석대를 이야기하게 된 것은 아마도 그런 막막함 때문이었을 것이다. 나는 먼저 그날 내가 겪고 본 엄석대의 짓거리를 얘기한 뒤 앞으로 내가 어떻게 해야 할 것인가를 아버지에게 물으려 했다. 하지만 아버지의 반응은 뜻밖이었다. 겨우 엄석대가 그날 한 일들을 모두 얘기한 내가 막 충고를 바라는 물음을 던지려는데 아버지가 불쑥 감탄 섞어 말했다.

"거 참 대단한 아이로구나. 엄석대라고 그랬지? 벌써 그만하다면 나중에 인물이 돼도 큰 인물이 되겠다."

도무지 불의의 존재 자체를 인정하지 않는 것 같은 소리였다. 후끈 단 나는 합리적으로 선거되고 우리의 자유를 제한한 적이 없던 서울의 급장제도를 얘기했던 것 같다. 그러나 아버지에게는 그 합리와 자유에 대한 내 애착이 나약의 표지로만 이해되는 것 같았다.

"약해 빠진 놈. 너는 왜 언제나 걔를 뺀 나머지 아이들 가운데만 있으려고 해? 어째서 너 자신은 급장이 될 수 없다고 믿어? 만약 네가 급장이 되었다고 생각해 봐. 그보다 멋진 급장 노릇이 어디 있겠어?"

그러고는 반 아이들이 빠져 있는 불행한 상태나 그런 상태를 만들어낸 제도 또는 그 제도의 그릇된 운용에 화낼 것 없이 엄석대가 차지하고 있는 급장 자리를 노려보도록 권하는 것이었다.

가엾으신 어른. 이제니까 나는 당신을 이해할 듯도 하다. 그때 당신은 중앙부서의 노른자위 자리에서 시골 군청의 총무과장으로 떨려나 굴욕과 무력감을 짓씹고 계실 때였다. 장관의 초도순시에 달려나가 마중하지 않고 자기 일만 보고 있었다고 직속 국장의 과잉충성에 찍혀 그리된 만큼 힘에 대한 갈증은 그 어느 때보다 크셨을 것이다. 어렸을 적에는 내가 똑똑한 것과 밖에 나가 다른 아이를 때리고 돌아오는 것을 일쑤 혼동하던 어머니를 늘상 호되게 나무라곤 하시던 그런 합리적인 분이셨는데.

하지만 그 같은 내막을 알 길 없던 그때의 나는 그저 아버지의 그런 돌변이 어리둥절할 뿐이었다. 학교의 선생님 다음으로 내 의사결정에 영향을 줄 수 있는 이가 그렇게 나와 더욱 혼란이 가중됐을 것이다. 나는 내가 싸우는 데 필요한 방책을 듣기는커녕 그 싸움이 필요한가 아닌가를 판단하는 불의의 존재 자체마저 헷갈리게 되어버린 셈이었다.

그럼에도 불구하고 나는 그런 아버지의 충고를 제법 귀담아 들었던 듯싶다. 다음 날 나는 등교하자마자 그 가능성을 살펴보기 시작했는데, 그러나 그 충고는 현실적으로 아무런 쓸모가 없었다.

우선 급장 선거는 한 학기에 한 번 하는 서울과 달리 거기서는 그 이듬해 봄에야 있을 거라는 얘기였고, 또 그때는 반이 어떻게 갈릴지 알 수 없어 준비를 한댔자 5학년이나 되어 갑자기 흘러들어온 내가 그 선거에서 이길 가능성은 거의 없었다. 설령 이길 수 있다 해도 그동안을 다른 아이들과 같이 굴욕에 시달릴 일이 꿈같았으며 — 거기다가 엄석대도 내가 느긋이 다음 해를 준비하도록 기다려주지 않았다.

비록 내 굴복으로 끝나기는 했으나 전입 첫날의 그 작은 충돌은 엄석대에게 꽤 강한 인상과 더불어 어떤 경계심을 일으켰음에 틀림없었다. 그는 첫날의 승리가 못 미더웠던지 다음 날 한 번 더 그걸 확인하려 들었다. 역시 점심시간의 일이었다. 내가 바쁘게 도시락 뚜껑을 여는데 앞줄에 앉은 아이가 나를 돌아보며 말했다.

"오늘은 네가 물당번이야. 엄석대가 먹을 물 떠다주고 와서 밥 먹어."

"뭐야?"

나는 자신도 모르게 목소리를 높였다. 그 애는 찔끔하여 석대 쪽을 보더니 빈정거리듯 내 말을 받았다.

"너, 귀먹었어? 급장이 목메지 않도록 물 한 컵 갖다주란 말이야. 오늘은 네가 당번이니깐."

"그 당번 누가 정했어? 어째서 우리가 급장에게 물을 떠다 바쳐야 하느냔 말이야? 급장이 뭐 선생님이야? 급장은 손도 발도 없어?"

나는 더욱 격해 소리치듯 그렇게 따졌다. 그도 그럴 것이 서울에서라면 그따위 심부름은 참을 수 없는 모욕에 속했다. 욕설을 퍼붓지 않는 것만도 내 딴에는 많이 참은 셈이었다. 그런 내 서슬에 그 아이가 다시 주춤할 때였다. 문득 등 뒤에서 귀에 익은 엄석대의 목소리가 나를 위압하듯 들려왔다.

"어이, 한병태. 잔소리 말고 물 한 컵 떠 와."

"싫어. 난 못해!"

나는 그 또한 매몰차게 거절했다. 이미 약이 오를 대로 오른 내 눈에는 엄석대조차 보이지 않았다. 그러자 엄석대는 거칠게 도시락 뚜껑을 닫고는 험한 얼굴로 내게 다가왔다.

"요 새끼, 요거 쬐끄만 게 안 되겠어."

석대는 눈을 부라리며 그렇게 얼러대더니 주먹까지 을러메며 소리쳤다.

"어서 일어나! 가서 물 떠오지 못해?"

그는 힘으로라도 나를 굴복시키려고 마음을 굳힌 듯했다. 금세라도 큰 주먹을 내지를 것 같은 그 무서운 기세에 그제서야 덜컥 겁이 난 나는 얼른 몸을 일으켰다. 그러나 아무래도 그 심부름만은 할 수 없어 잠깐 멈칫거리고 있는데 문득 좋은 생각이 떠올랐다.

"좋아. 그럼 먼저 담임선생님께 물어보고 떠주지. 급장이면 한 반 아이라도 물을 떠다 바쳐야 하는지 말이야."

나는 그렇게 말하고 성큼성큼 걸었다. 그가 담임선생님에게 잘

보이려고 애쓰는 눈치를 알아차리고 걸어본 승부였다. 내 스스로
도 놀랄 만한 효과가 있었다.

"서!"

내가 몇 발자국 떼놓기도 전에 석대가 빽 소리를 질렀다. 그리
고 이어 으르렁거리듯 덧붙였다.

"알았어, 그만둬. 너 같은 새끼 물 안 먹어도 돼."

얼핏 보면 나의 한바탕 멋진 승리였다. 하지만 실은 그것이야말
로 그 뒤 반년이나 이어갈 내 외롭고 고달픈 싸움의 시작이었다.

사실 그전 일 년을 거의 아무에게도 저항받지 않고 그 반을 지
배해 온 석대에게는 그런 내가 얄밉고도 분했을 것이다. 그날의
내 행동은 단순한 저항을 넘어 중대한 도전으로 보이기조차 했을
것이다. 더군다나 그는 마음만 먹으면 얼마든지 나를 혼내줄 힘
도 이쪽저쪽으로 넉넉했다. 급장으로서 담임선생님으로부터 위임
받은 합법적인 권한과 전 학년을 통틀어 가장 센 주먹이 그랬다.

그러나 그는 성급하게 주먹을 휘두르기는커녕 직접적으로는 적
의조차 드러내지 않았다. 숙제검사나 청소검사같이 담임선생님으
로부터 물려받은 권한을 행사할 때도 그걸 내세워 나를 불리하게
만드는 법은 없었다. 지금 와서 돌이켜봐도 으스스할 만큼 아이답
지 않은 침착성과 치밀함이었다.

내게 대한 박해와 불리는 항상 그에게서 멀찌감치 떨어진 곳에
서 왔다. 대수롭지 않은 일로 싸움을 거는 것도 석대와는 전혀 가
까워 뵈지 않는 아이였고, 반 아이들이 떼 지어 나를 골리거나 놀

려대는 것도 언제나 석대가 없을 때였다. 아이들이 까닭 없이 적의를 보이며 놀이에 나를 끼워주지 않는 것도, 저희끼리 모여 무언가를 재미있게 떠들다가 내가 다가가면 굳은 얼굴로 입을 다물어버리는 것도 마찬가지였다. 틀림없이 그 원인은 석대에게 있는 것 같은데도 그는 그 근처 어디에도 눈에 띄지 않았다.

어른들에게는 별것 아니게 보일 테지만 아이들에게는 중요하기 짝이 없는 정보, 이를테면 어떤 공터에 약장수가 자리 잡았고, 어디에서 서커스단이 천막을 쳤으며, 공설운동장에서는 언제 소싸움이 벌어지고, 강변에서는 언제 문화원의 공짜 영화가 상영되는가 따위의 소식에서 나는 언제나 따돌려졌는데, 그것도 겉으로는 석대와 무관했다.

오히려 석대 자신이 내게 다가오는 것은 대개 한 구원자나 해결사로서일 때가 많았다. 맞싸우기에는 아무래도 자신이 서지 않는 아이로부터 시비가 걸려 진땀을 빼고 있을 때 나타나 말려주는 것도 석대였고, 외톨이로 돌다가 겨우 아이들과의 놀이에 끼어들 수 있게 되는 것도 석대가 거기 있어 가능했다.

그러나 석대의 침착함이나 치밀성 못지않은 게 그런 면에 대한 내 예민한 감각이었다. 나는 진작부터 아이들의 박해와 석대의 구원 사이를 연결하고 있는 보이지 않는 끈을 직감으로 느끼고 있었으며, 결국은 그것이 나를 그의 질서 안으로 편입시키기 위한 음흉한 술책임도 차갑게 뚫어보고 있었다. 따라서 그가 베푸는 구원이나 해결도 언제나 고마움으로 나를 감격시키기보다는 야릇한 치욕감으로 떨게 했다. 그때마다 내 마음속에는 한층 더 치열하게 적의가 타올랐으며 ─ 그리하여 그것은 그 뒤의 길고 힘든 싸움을 내가 견뎌낼 수 있게 해준 힘이 되었다.

싸움인 이상 열두 살의 아이가 먼저 생각할 수 있는 승리는 말할 것도 없이 물리적인 힘에 의한 것이었다. 하지만 석대와의 싸움에서 그쪽은 애초부터 가망이 없었다. 석대의 키는 나보다 머리통 하나는 더 컸고 힘도 그만큼은 더 세었다. 듣기로 호적이 잘못되어 우리와 같은 학년에 다닐 뿐 석대의 나이는 우리보다 적어도 두셋은 많다는 것이었다. 거기다가 싸움의 기술도 타고났다 싶을 만큼 남달랐다. 그는 벌써 4학년 때 중학생과 싸워 이긴 적이 있을 만큼 날래고 대담했다.

따라서 내가 처음 시도한 것은 모두가 그의 편이 되어 있는 반 아이들을 그로부터 떼어내는 일이었다. 특히 뒷줄에 앉은 그와 비슷한 몸집의 아이들 서넛은, 그들만 떼내 힘을 합쳐도 석대를 어떻게 해볼 수 있으리란 계산에서 내가 가장 공을 들인 축이었다. 그러나 그쪽도 내 뜻대로는 되지 않았다. 어머니의 꾸중을 들어가며 무리하게 타낸 용돈으로 아이들의 일시적인 환심은 살 수 있었지만 그들을 석대로부터 떼어내는 일은 번번이 실패였다. 어느 정도 내게 호감을 보이다가도 석대에게 적대적인 부추김만 하면 아이들은 어김없이 긴장으로 굳어졌고, 다음 날부터는 나를 피하기 일쑤였다. 그들은 석대에게 어떤 본능적인 공포 같은 걸 품고 있는 듯했다.

그러나 이제 와서 생각해 보면, 그 실패는 석대의 남다른 통솔력 못지않게 나의 잘못도 큰 원인이 된 듯싶다. 아무리 아이들의 정신 속이라고 해도, 어른들의 정의와 자유에 대한 열망에 상응하는 부분은 있었을 것이다. 그런데 나는 내 개인적인 감정과 조급으로 그들을 대의로 깨우치거나 설득하는 대신 눈앞의 이익으로 매수하려고 들었을 뿐이었다. 거기다가 기껏 더할 게 있다면 어른들의 선동에 해당되는 저급하면서도 교활한 정치기술 정도였을까.

하지만 석대와의 싸움에서 가장 결정적인 패배는 내가 은근히 믿었던 공부 쪽에서 왔다. 그와의 싸움을 시작하면서부터 나는 먼저 성적으로 그를 납작하게 만들어놓으리라고 별러왔다. 때마침 4월 중순의 일제고사가 한 달 전부터 예고되고 있어서 그 기회까지 마련되어 있는 셈이었다.

내가 그쪽에서만은 자신을 가졌던 데는 그만한 까닭이 있었다. 서울의 국민학교와 그 학교의 격차로 보아 거기서의 일등은 쉬울 것으로 보인 데다 내 눈에도 아무래도 석대가 공부하는 아이로는 비치지 않았기 때문이었다. 지금도 나는 상대편이 정신의 사람인가 육체의 사람인가를 한눈으로 가늠하려 드는 버릇이 있고 또 대개의 경우는 그 가늠이 맞아떨어지는데 어쩌면 그 버릇은 그때부터 시작된 것이나 아닌지 모르겠다.

나는 은근히 날짜까지 손꼽아가며 일제고사를 기다렸으나 결과는 참으로 뜻밖이었다. 놀랍게도 석대는 평균 98.5로 우리 반에서는 물론 전 학년에서 1등이었다. 나는 평균 92.5, 우리 반에서는 겨우 2등을 차지했지만 전 학년으로는 10등 바깥이었다. 주먹의 차이만큼은 안 돼도 그쪽 역시 상대가 안 되는 싸움이 되어버린 셈이었다. 그 뚜렷한 결과 앞에서는 이상해도 어쩔 수 없고 분해도 어쩔 수 없었다.

그런데도 나는 거의 스스로도 알 수 없는 어둡고도 수상쩍은 열정에 휩싸여 그 가망 없는 싸움에 매달렸다. 주먹에서도 편가르기에서도 공부에서도 가망이 없어진 내가 그다음으로 눈독을 들인 것은 석대의 약점 — 특히 아이들을 상대로 하고 있으리라고 확신되는 못된 짓거리였다. 어른들의 싸움에서 이래저래 수단이 다했을 때 하는 그 비열한 추문 폭로 작전의 원형을 나는 일찍도 터득한 셈이었다.

내가 석대의 나쁜 짓을 캐 모으려 한 것은 그것으로 먼저 담임선생님과 그를 떼어놓기 위함이었다. 나는 그의 힘 중에서 싸움솜씨에 못지않게 많은 부분이 담임선생님의 신임에서 왔다는 걸 알고 있었다. 청소검사, 숙제검사에 심지어는 처벌권까지 석대에게 위임하는 담임선생님의 그 눈먼 신임이 그의 폭력에 합법성을 부여해 그를 그토록 강력하게 우리 위에 군림하게 했다. 그렇게까지 조리 있는 설명은 못하겠지만 어쨌든 그런 면에서는 나도 제법 눈이 밝았던 것 같다.

하지만 그쪽도 곧 쉽지는 않았다. 교실을 꽉 찍어 누르는 듯한 분위기나 아이들의 어둡고 짓눌린 듯한 표정으로 보아서는 틀림없이 파보기만 하면 그의 죄상들이 쏟아져 나올 것 같은데도 도

무지 마땅한 게 걸리지 않았다. 그는 분명히 아이들을 때리고 괴롭혔지만 대개는 담임선생의 추인을 끌어낼 수 있는 꼬투리를 가지고 있었고, 또 대가 없이 아이들의 것을 먹고 썼지만 그 형식은 언제나 아이들의 자발적인 증여였다.

오히려 석대를 관찰하면서 더 자주 확인하게 되는 것은 담임선생님이 그를 신임하지 않을 수 없는 까닭들이었다. 그에게 맡겨진 우리 반의 교내생활은 다른 어느 반보다 모범적이었다. 그의 주먹은 주번 선생님들이나 6학년 선도들의 형식적인 단속보다 훨씬 효율적으로 우리 반 아이들의 학교 안 군것질이나 그 밖의 자질구레한 교칙 위반을 막았다. 그에게 맡겨진 청소검사는 우리 교실을 그 어떤 교실보다 깨끗하게 하였으며, 우리의 화단을 드러나게 환하게 했다. 또 그에게 맡겨진 실습감독은 우리의 실습지에 가장 많은 수확을 안겨주었으며, 그의 강제 할당으로 우리 반의 비품은 그 어느 반보다 넉넉했고, 특히 교실 벽은 값진 액자들로 넘쳐 날 판이었다. 그가 이끌고 나가는 운동팀은 모든 반 대항 경기에서 우리 반에 우승을 안겨주었고, '돈내기(작업할당제)'란 어른들의 작업 방식을 흉내 낸 그의 작업 지휘는 담임선생님들이 직접 나서서 아이들을 부리는 반보다 훨씬 더 빨리, 그리고 번듯하게 우리 반에 맡겨진 일을 끝내 주게 했다. 별로 대단한 건 아니지만, 그가 주먹으로 전 학년을 휘어잡아 적어도 우리 반 아이가 다른 반 아이에 얻어맞는 일은 없게 된 것도 담임선생님으로서는 그리 불쾌하지 않았을 것이다.

그럼에도 불구하고 나는 모반의 열정과도 비슷한, 가망이 없을 수록 더 치열해지는 비뚤어진 집착으로 그 힘든 싸움을 계속해 나갔다. 눈과 귀를 온통 석대에게만 모아 그의 잘못을 캐내는 일이었다.

지금도 잘 알 수 없는 것은 그런 내게 대한 석대의 반응이었다. 그때는 그럭저럭 전학 간 지 석 달에 가까웠고, 그동안 이런저런 내 바둥거림도 아이들을 통해 그의 귀에 들어갔을 법하건만 그는 조금도 처음과 달라지지 않았다. 그때껏 버티고 있는 나를 미워하는 기색을 보이기는커녕 초조해하는 눈치조차 없었다. 실로 두어 살의 나이 차이만으로는 설명이 안 되는, 비상하다고밖에 할수 없는 참을성이었다. 앞서 말한 그 모반의 열정 같은 것이 아니었다면 나는 아마도 그쯤에서 그에게 무릎을 꿇고 말았을 것이다.

하지만 기다리고 기다린 보람이 있어 끝내는 내게도 때가 왔다. 학교 둑길에 아카시아꽃이 하얗게 피었던 걸로 미루어 그해 6월 초순의 어느 날이었다. 윤병조란 세탁소집 아이가 신기한 물건을 학교로 가지고 와 교실에서 아이들에게 자랑을 했다. 우리가 '둥글라이터'라고 부르던 원통형의 금도금된 고급 라이터였다. 그 라이터가 이 손 저 손으로 옮아 다니며 작은 소동을 일으키고 있는데, 어디선가 잠시 나갔다 돌아온 석대가 그걸 보고 다가가 불쑥 손을 내밀었다.

"어디 봐."

그때껏 낄낄거리기도 하고 감탄의 소리를 내기도 하며 시끌벅

182

적하던 아이들이 이내 조용해지며 라이터가 석대의 손바닥에 놓였다. 한참을 들여다보던 석대가 표정 없이 병조에게 물었다.

"누구 꺼냐?"

"울 아부지 꺼."

병조가 문득 기어들어 가는 목소리로 그렇게 대답했다. 석대도 약간 소리를 낮춰 물었다.

"얻었어?"

"아니, 그냥 가져왔어."

"네가 가져온 걸 누가 알아?"

"내 동생밖에 몰라."

그러자 석대는 희미한 웃음을 머금으며 새삼 그 라이터를 이모저모 뜯어보았다.

"야, 이거 좋은데."

이윽고 석대가 그 라이터를 쥔 채 가만히 병조를 바라보며 그렇게 말했다.

진작부터 유심히 그쪽을 바라보고 있던 나는 그 말에 갑자기 긴장이 되었다. 그동안 살펴본 바로는 석대가 방금 한 말은 보통 사람들이 쓸 때와 뜻이 달랐다. 석대는 아이들이 가진 것 중에 탐나는 물건이 있으면 "야, 거 좋은데."로 달라는 말을 대신했다. 아이들은 대개 그 말 한마디에 손에 든 것을 석대에게 넘겼으나, 그래도 버티는 아이가 있으면 다음번 석대의 말은 "것, 좀 빌려줘."였다. 그 바른 뜻은 "내놔, 인마."쯤 될까. 그리 되면 누구든 그걸 내놓지 않고는 못 배겼다. 그것이 석대가 언제나 아이들로부터 '뺏는' 게 아니라 '얻을' 뿐인 일의 진상이었다. 그렇지만 묵시적 강요나 비진의(非眞意) 의사표시의 개념을 알 길이 없는 나는 그것을 아무런 흠 없는 증여로만 알아왔는데, 그날은 그런 최소한 형식도 갖출 수 있을 것 같지 않았다. 예상대로 병조는 아무래도 그것만은 안 되겠다는 듯 울상을 지으면서도 강경하게 말했다.

"이리 줘. 울 아버지 돌아오시기 전에 제자리에 갖다 놔야 돼."

"너희 아버지 어디 가셨는데?"

병조의 내민 손을 본척만척 석대가 다시 은근하게 물었다.

"서울. 낼이면 돌아오셔."

"그래애⋯⋯."

석대가 그렇게 말꼬리를 끌며 다시 한번 라이터를 쳐다보다가 갑자기 무슨 생각이 났는지 힐끗 내 쪽을 돌아보았다. 그가 결정적인 약점을 보여주기를 기대하며 유심히 그쪽을 살펴보고 있던 나는 그의 갑작스러운 눈길에 찔끔했다. 그 눈길 어딘가 성가시다는 듯하기도 하고 화난 듯하기도 한 빛이 숨겨져 있어 더욱 그랬는지도 모를 일이었다. 하지만 그건 그야말로 일순이었다. 석대는 곧 아무렇지 않은 표정으로 라이터를 병조에게 돌려주며 말했다.

"그럼 안 되겠구나. 좀 빌렸으면 했는데⋯⋯."

나는 석대가 너무도 쉽게 그 라이터를 포기하는 데 적이 실망했다. 그걸 만지작거리며 들여다보던 그 끈끈한 눈길은 분명 예사 아닌 그의 탐심을 내비치고 있었는데, 간단히 절제하고 돌아설 줄 아는 그가 새삼 두렵기까지 했다.

그렇지만 결국 그에게도 한계가 있었다. 그날 수업을 끝내고 집으로 돌아가는 길이었다. 병조가 아침과는 달리 걱정 가득한 얼굴로 어깨를 축 늘어뜨린 채 왁자하게 교문을 나서는 아이들로부터 몇 발자국 떨어져 걷고 있는 게 보였다. 그걸 보자 나는 대뜸 짚이는 게 있었다.

마침 사는 동네가 비슷해서 그와 함께 걸어도 괜찮을 듯 했지만 나는 굳이 제법 거리를 두고 그를 뒤따랐다. 어디선가 숨어서 보고 있는 것만 같은 석대의 눈을 의식해서였다. 그러다가 아이들이 이 길 저 길 흩어져 제 동네로 가버리고 병조만 터덜터덜 걷고 있는 걸 보고서야 나는 걸음을 빨리했다.

"어이, 윤병조."

금세 그 곁에 바짝 따라붙은 내가 그렇게 이름을 부르자 무언가 골똘한 생각에 잠겨 느릿느릿 걷고 있던 병조가 화들짝 놀라 돌아보았다.

"너 석대에게 라이터 뺏겼지?"

나는 틈을 주지 않고 대뜸 그렇게 물었다. 병조가 재빨리 주위를 돌아본 뒤 풀 죽은 소리로 말했다.

"뺏기지는 않았지만…… 빌려줬어."

"그게 바로 뺏긴 거 아냐? 더구나 너희 아버지가 널 돌아오신다며?"

"동생보고 아무 말 못 하게 하지 뭐."

"그럼 넌 아버지의 라이터를 훔쳐 석대에게 바치겠단 말이니? 너희 아버지가 그 귀한 걸 잃어버리고 가만있을까?"

그러자 병조의 얼굴이 한층 어둡게 일그러졌다.

"실은 나도 그게 걱정이야. 그 라이터는 일본 계신 삼촌이 아버지께 선물로 보내주신 거거든."

이윽고 병조는 그렇게 털어놓았으나 아이답지 않은 한숨을 푹 내쉬며 덧붙였다.

"그렇지만 어떻게 해? 석대가 달라는데."

"빌려준 거라며? 빌려줬음 돌려받으면 되잖아?"

나는 병조의 그 어이없는 체념이 밉살스러워 그렇게 빈정거려 보았다. 그러나 녀석은 제 걱정에 빠져 내가 빈정거리고 있다는 것조차 느끼지 못하고 곧이곧대로 내 말을 받았다.

"안 돌려줄 거야."

"그래? 그럼 그게 어디 빌려준 거야? 뺏긴 거지."

"……"

"그러지 말고…… 차라리 선생님께 이르지 그래? 아버지한테 혼나는 것보담은 낫잖아?"

"그건 안 돼!"

병조의 목소리가 갑자기 높아졌다. 고개까지 세차게 흔드는 게 여간 강경하지 않았다. 그곳 아이들의 심리 중에서 아무래도 내가 잘 알 수 없는 부분에 나는 다시 부딪치게 된 것이었다.

"석대가 그렇게 무서워?"

나는 이번에야말로 그걸 확실히 알아낼 기회라 생각하고 슬쩍 녀석의 자존심부터 건드려보았다. 소용없는 일이었다. 눈은 갑작스러운 굴욕감으로 새파란 불길까지 이는 듯했지만, 대답은 단호하기 그지없었다.

"넌 몰라. 모르면 가만있어."

그렇지만 소득이 전혀 없었던 것은 아니었다. 나는 그 말을 끝으로 조개처럼 입을 다물고 걷기만 하는 그를 뒤따라가며 부추겨, 적어도 그가 라이터를 석대에게 준 것이 아니라 빼앗긴 것이라는 부분만은 명백히 하게 했다. 실은 그거야말로 석대의 증거 있는 비행을 찾고 있는 내게는 더할 나위 없는 호재였다.

다음 날 아침 나는 학교에 가기 바쁘게 교무실로 담임선생님을 찾아갔다. 그리고 별로 비겁한 짓을 하고 있다는 느낌 없이 윤병조의 일을 일러바침과 아울러 그동안 내가 보고 들은 그 비슷한 사례들을 모조리 얘기했다. 서울서 온 아이의 똑똑함을 여지없이 보여준 셈이었지만 담임선생님의 반응은 뜻밖이었다.

"무슨 소리야? 너 분명히 알고 하는 말이야?"

그렇게 묻는 담임선생님의 표정에서 내가 먼저 읽을 수 있었던 것은 귀찮음이었다. 나는 그게 안타까워 그때까지는 짐작일 뿐인 석대의 다른 잘못까지 늘어놓기 시작했다. 그러나 담임선생은 귀담아들으려고도 않고 짜증난 목소리로 나를 쫓아냈다.

"알았어. 돌아가. 내 이따가 알아보지."

나는 그런 담임선생님의 반응이 못 미덥긴 했지만, 어쨌든 조사해 보겠다는 말에 한 가닥 기대를 가지고 수업 시작을 기다렸다. 그런데 조회 시간이 얼마 안 남은 자습 시간의 일이었다. 급사 아이가 뒷문께로 와 석대를 손짓해 부르더니 무언가를 작은 소리로 알려주었다. 한 이태 전에 그 학교를 졸업하고 급사로 눌러앉은 아이였는데, 그를 보자 나는 갑자기 불안해졌다. 내가 담임선생님께 석대의 잘못들을 일러바칠 때 그가 멀지 않은 등사기 앞에서 무언가를 등사하고 있던 게 떠올랐기 때문이었다.

아니나 다를까, 제자리로 돌아온 석대는 잠깐 무언가를 생각하다가 주머니에서 라이터를 꺼내 들고 윤병조 앞으로 갔다.

"니네 아버지 오늘 돌아오신댔지? 자, 이거 아버지께 돌려드려."

그렇게 말하며 라이터를 병조에게 돌려준 석대는 이어 한층 소리를 높여 덧붙였다.

"혹시 네가 잘못해 불이라도 낼까 봐 잠시 맡아뒀지. 애들은 그런 거 가지고 노는 게 아니야."

반 아이들이 다 들을 수 있을 만큼 큰 소리였다. 처음 어리둥절해하던 병조의 얼굴이 이내 활짝 펴졌다.

담임선생이 여느 때보다 굳은 얼굴로 교실을 들어선 것은 그로부터 채 오 분도 안 돼서였다.

"엄석대."

담임선생은 교탁에 올라서기 바쁘게 엄석대를 불렀다. 그리고 태연한 얼굴로 대답과 함께 일어난 그에게 손을 내밀며 말했다.

"라이터 이리 가져와."

"네?"

"윤병조 아버님 것 말이야."

그러자 엄석대는 안색 하나 변함없이 대꾸했다.

"벌써 윤병조에게 돌려줬습니다. 혹시 불장난이라도 할까 봐 맡아두었다가."

"뭐라구?"

담임선생님이 힐끗 나를 쏘아보더니 그래도 확인한답시고 다시 윤병조를 불렀다.

"엄석대 말이 맞아? 라이터 어딨어?"

"넷, 여기 있습니다."

윤병조가 얼른 그렇게 대답했다. 나는 그 말에 그저 아득했다. 어디서부터 어떻게 돌변한 그 상황을 설명해야 될지 몰라 멍청해 있는데 담임선생이 내 이름을 부르는 소리가 들렸다.

"어떻게 된 거야?"

담임선생은 이미 묻고 있다기보다는 나무라는 투였다.

"아침에 돌려줬습니다. 조금 전에……."

나는 펄쩍 뛰듯 일어나 그렇게 소리쳤다. 선생님이 나를 믿지 않고 있다고 생각하자 자신도 모르게 목소리가 떨렸다.

"시끄러. 아무것도 아닌 걸 가지고……."

담임선생이 그렇게 내 말을 끊었다. 그 바람에 나는 급사 아이가 와서 석대에게 알려줬다는 중요한 말을 덧붙일 수 없었다. 하기는 급사 아이가 석대에게 꼭 그 말을 일러주었다는 증거도 없었지만.

그때 담임선생이 다시 나를 버려두고 반 아이 모두를 향해 물었다.

"엄석대가 너희들을 괴롭힌다는데 정말이야? 너희들 중 그런 일 당한 적 없어?"

말이 난 김이니 짚고 넘어가자는 투였다. 아이들의 얼굴이 일순 묘하게 굳었다. 그걸 본 담임선생은 이번에는 제법 신경 써주는 척 목소리를 부드럽게 해 물었다.

"여기서는 무슨 말을 해도 괜찮다. 엄석대를 겁낼 건 없어. 말해 봐, 어디. 무얼 빼앗기거나 잘못 없이 얻어맞은 사람, 누구든 좋아."

하지만 손을 들거나 일어나는 아이는커녕 그럴까 망설이는 아이도 보이지 않았다. 이상한 안도 같은 걸 엿보이며 한동안 그런 아이들을 살펴보던 담임선생이 한 번 더 물었다.

"아무도 없어? 들리기에는 적잖은 모양이던데."

"없습니다!"

석대 곁에 있는 아이들 몇을 중심으로 반 아이들의 절반가량이 얼른 그렇게 소리쳤다. 담임선생이 한층 더 밝아진 얼굴로 다짐받듯 물음을 되풀이했다.

"정말이야? 정말로 그런 일 없어?"

"예에, 없습니다아."

이번에는 나와 석대를 뺀 아이들 전체가 목청껏 소리쳤다.

"알았어, 그럼 조회 시작한다."

담임선생은 처음부터 그런 결과를 짐작했다는 듯이나 그렇게 일을 매듭짓고 출석부를 폈다. 나를 여럿 앞에 불러내 꾸중하지 않는 게 오히려 다행이다 싶을 만큼 석대와 아이들 쪽만을 믿어 버리는 것이었다.

뒤이어 수업이 시작되었지만 그 어이없는 역전에 망연해져 있는 내 귀에 담임선생의 말소리가 들어올 리 없었다. 다만 전에 없이 의기양양해서 담임선생의 질문마다 도맡아 대답하고 있는 석대의 목소리만이 이상한 웅웅거림으로 머릿속을 울려왔다. 그러다가 겨우 담임선생의 말소리를 알아듣게 된 것은 첫 시간 수업이 끝난 뒤였다.

"한병태, 잠깐 교무실로 와."

담임선생은 애써 평온한 표정을 지으며 그렇게 말하고 나갔으나 뒷모습은 어딘가 성나 있는 듯했다. 나는 기계적으로 자리에서 일어나 그 뒤를 따랐다.

"새끼, 알고 보니 순 고자질쟁이로구나."

누군가의 적의에 찬 말이 후비듯 내 고막을 파고들었다.

"남의 잘못을 윗사람에게 몰래 일러바치는 것은 좋지 못한 짓이다. 거기다가 너는 거짓말까지 했어."

담임선생은 화를 삭이느라 거푸 담배를 빨아들이고 있다가 내가 들어가자 그렇게 나무랐다. 그리고 내가 하도 기가 막혀 얼른 대꾸하지 못하는 걸 스스로의 잘못을 승인하는 것으로 알았는지 한마디 덧붙였다.

"네가 서울에서 오고 공부도 잘한다기에 기대했는데 솔직히 실망했다. 나는 이 년째 이 반 담임을 맡아왔지만 아직 그런 일은 없었어. 순진한 아이들이 너를 닮을까 겁난다."

그렇잖아도 교실을 나올 때 들은 적의에 찬 빈정거림으로 은근히 악에 받쳐 있던 나는 담임선생의 그 같은 단정적인 말에 하마터면 고함이라도 지를 뻔했다. 하지만 갑작스러운 위기의식이 오히려 그런 앞뒤 없는 흥분에서 나를 건져냈다. 어떻게든 이 일을 바로잡지 못하면 이제는 정말로 끝장이다. — 그런 절박감에 사로잡혀 나는 거의 필사적으로 정신을 가다듬었다.

"내가 선생님께 말씀드린 걸 급사가 석대에게 알려주었습니다. 석대는 그 말을 듣고…… 바로 선생님께서 들어오기 직전에……."

내가 겨우 교실에서 못 했던 그 말을 생각해 내고 그렇게 더듬거렸다.

"그럼 아이들은 어찌된 거야? 60명 모두가 입을 모아 그런 일은 없다고 했잖아?"

선생이 그래도 아직, 하는 투로 그렇게 나를 몰아세웠다. 하지만 이미 말한 대로 나도 필사적이었다.

"아이들이 엄석대를 겁내 그렇습니다."

"나도 그럴지 모른다고 생각해서 두 번 세 번 물어보았어."

"그렇지만 엄석대가 보고 있는 데서……."

"그럼 아이들이 나보다 엄석대를 더 겁낸단 말이지?"

그때 내 머릿속이 번쩍하듯 한 가지 좋은 생각이 떠올랐다.

"엄석대가 없는 곳에서 하나씩 불러 물어보시거나 자기 이름을 밝히지 말고 적어 내게 해보십시오. 그러면 틀림없이 엄석대가 한 나쁜 일들이 쏟아져 나올 것입니다."

내가 확신에 차게 된 것은 서울에 있을 때 선생님들이 종종 그 방법을 써서 도저히 해결될 수 없는 문제들까지 해결하는 걸 보았기 때문이었다. 이를테면 언제 어디서 잃어버렸는지도 모르는 물건까지 그 방법으로 찾아내곤 했다.

"이제는 60명 모두를 밀고자로 만들라는 뜻이군."

담임선생이 어이없어하는 눈길로 곁의 선생을 돌아보고 한숨 쉬듯 말했다. 곁의 선생도 나를 흘겨보며 맞장구를 쳤다.

"서울 선생들이 애들 상대로 못 할 짓을 자주 했나 보군요. 그참……"

나는 내가 생각해 낸 방법이 그렇게도 풀이될 수 있다는 게 도무지 이해할 수 없었다. 그저 모두가 석대만을 편들고 있으며, 그래서 내 말은 무엇이든 나쁘게만 받아들이고 있다는 게 속상하고 분하기 그지없었다. 갑자기 숨이 콱 막히고 걷잡을 수 없이 눈물이 쏟아졌다.

전혀 기대한 적은 없지만 그 눈물이 의외의 효과를 냈다.

내가 갑자기 숨을 헉헉거리며 줄줄이 눈물만 쏟아내고 있자 담임선생이 약간 놀란 듯한 기색으로 나를 올려다보았다. 그러다가 한참 뒤 책상 모서리에 담배를 비벼 끄며 조용히 말했다.

"좋아, 한병태. 네 말대로 다시 한번 해보지. 돌아가 있어."

드디어 어느 정도는 그도 문제의 심각성을 인식한 것 같은 표정이었다.

그래도 얕보이기는 싫어 내가 눈물 자국을 깨끗이 씻고 교실로 돌아가니 분위기가 이상했다. 아이들이 쿵쾅거리고 뛰어다닐 쉬는 시간인데도 교실 안은 연구수업이라도 받고 있는 듯 조용했다. 그게 이상해 아이들이 눈길을 모으고 있는 교탁 쪽을 보니 거기 엄석대가 나와 서 있었다. 조금 전까지 무슨 얘기를 했는지 내가 들어서자 아이들을 보며 주먹만 높이 흔들어 보였다. 너희들 알았지. ― 꼭 그렇게 말하고 있는 것 같았다.

다음 시간 담임선생은 아예 수업을 포기한 듯 시험지 크기의 백지만 한 뭉치 달랑 들고 교실로 들어왔다. 그리고 엄석대가 차렷, 경례의 구령을 마치기 바쁘게 그를 불러 말했다.

"급장은 교무실로 가 봐. 거기 내 책상 위에 그리다 온 학급 저축실적 도표를 마저 그리도록. 다른 것은 다 해두었으니까 실적 크기를 보여주는 막대만 붉은색으로 그려 세우면 돼."

엄석대가 나간 뒤 아이들에게 말하는 태도도 그전 시간과는 사뭇 달랐다.

"이번 시간에 여러분과 처리할 것은 엄석대 문제인데…… 지난 시간에는 선생님이 묻는 방법에 잘못이 있었다. 이제 다시 묻는다. 여러분과 엄석대 사이에 아무런 문제가 없나? 단, 이번에는 팔을 들고 일어나거나 큰 소리로 말할 필요는 없다. 이름도 적지 말고 여기 이 시험지에 여러분이 당한 일만 쓰면 된다. 선생님이 알기로는 여러분 중에 엄석대에게 죄 없이 얻어맞은 사람도 많고 학용품이나 돈을 뺏긴 사람도 많다. 아무리 작더라도 그런 일이 있으면 모두 여기에 써라. 이것은 무슨 고자질이나 뒤돌아서 흉을 보는 것과는 다르다. 학급을 위해서 그리고 여러분을 위해서 하는 일인 만큼 어느 누구의 눈치도 볼 것 없고 의논하거나 간섭받아서도 안 된다. 모든 일은 이 선생님이 책임지고 여러분을 지켜주겠다."

그러고는 스스로 백지를 아이들에게 한 장 한 장 나누어주었다.

나는 그동안 그에게 품었던 야속함이나 원망이 눈 녹듯 스러짐을 느꼈다. 그리고 이번에야, 하는 기분으로 내가 아는 엄석대의 잘못을 나눠 받은 종이에 모두 썼다.

그런데 여전히 알 수 없는 것은 아이들이었다. 한참을 쓰다가 문득 주위를 둘러보니 열심히 쓰고 있는 것은 오직 나뿐이었다. 다른 아이들은 모두 서로서로를 흘금거릴 뿐 연필조차 잡고 있지 않았다.

오래잖아 담임선생도 그 눈치를 알아차린 듯했다. 무언가를 잠시 생각하더니 아이들을 얽고 있는 마지막 굴레를 풀어주었다. 그들 틈에 섞여 있는 눈에 보이지 않는 석대 편의 감시자들을 무력하게 만든 것이었는데 — 내가 보기에도 옳은 듯했다.

"아마도 내가 또 잘못한 것 같다. 내가 알고 싶은 것은 엄석대 개인의 잘못이 아니다. 나는 우리 반 모두가 안고 있는 문제를 알고 싶을 뿐이다. 따라서 하필 엄석대가 아니라도 좋다. 급우의 잘못을 알고도 숨겨주는 사람은 잘못한 그 사람보다 더 나쁠 수도 있다."

선생님이 다시 그렇게 말하자 이번에는 여기저기서 연필을 잡는 아이들이 생겨났다. 그걸 보고 나도 적이 마음이 놓였다. 이제는 그동안 감춰져 왔던 석대의 나쁜 짓들이 모두 드러날 것이다. ── 나는 그렇게 믿으며, 그때껏 망설이던 짐작까지도 분명한 것인 양해서 석대의 죄상으로 백지의 나머지를 채워나갔다.

이윽고 수업 시간이 끝난 걸 알리는 종이 울리자 담임선생은 아이들에게 나눠주었던 백지들을 도로 거두어 말없이 교실을 나갔다. 아무런 선입견이 없음을 보여주려는 듯 어느 누구에게도 눈길 한 번 주는 법이 없었다.

나는 은근히 기대하면서 그 결과가 나오기를 기다렸다. 내가 교무실로 불려간 사이 석대가 아이들을 상대로 어떤 짓을 했는지 몰라도 이번만은 그의 모든 죄상이 어김없이 백일하에 드러날 줄 나는 굳게 믿었다.

우리들의 그 무기명 고발장을 다 읽고 오느라 그랬는지, 다음 시간 선생님은 한 십 분쯤 늦게 교실로 들어왔다. 그러나 내 기대와는 달리 그는 자신이 읽은 것에 대해서는 한마디 내비치지도 않고 바로 수업에 들어갔다.

다음 시간도, 그다음 시간도 마찬가지였다. 선생님은 마치 아무 일도 없었던 것처럼 수업만 해나갈 뿐이었다. 수업 중 이따금 나와 눈길이 마주칠 때도 있었으나 그때조차도 특별한 조짐은 아무엇도 느껴지지 않았다. 그러다가 종례까지 끝난 뒤에야 비로소 담임선생은 나를 불렀다.

그때 나는 이미 까닭 모를 불안에 두어 시간이나 시달린 뒤였다. 처음 아이들로부터 자신이 없는 동안 교실에서 일어난 일을 들을 때만 해도 석대의 얼굴은 드러나게 어두웠다. 셋째, 넷째 시간만 해도 여전히 풀이 죽어 있었는데 — 점심시간이 지나자 갑자기 달라졌다. 전처럼 오만하고 자신에 찬 태도로 되돌아가 이따금씩 내게 가엾다는 듯한 눈길을 보내는 것이었다. 내가 까닭 모를 불안에 시달리기 시작한 것은 바로 그 때문이었다.

"우선 이걸 봐라."

내가 쭈뼛거리며 교무실로 들어서자 담임선생은 먼저 그 무기명 고발장 뭉치부터 내게 내밀었다. 나는 떨리는 손으로 그걸 받아 하나씩 들춰보았다. 담임선생의 거듭된 당부에도 불구하고 절반은 백지였는데, 놀라운 것은 무언가가 쓰인 그 나머지 절반의 내용이었다.

정확히 헤어 서른두 장 중에 열다섯 장이 나의 이런저런 잘못들을 들추고 있었다. 등하굣길에서의 군것질, 만화가게 출입 같은 것에서 교문 아닌 뒤쪽 철조망으로 학교를 빠져나간 것이며 남의 오이밭에서 대나무 지주를 걷어찬 것, 강가 다리 밑에 묶어둔 짐수레 말 엉덩이에서 말총을 잡아뽑은 것 따위의 그 시절에 저지를 법한 자질구레한 비행들이 내 기억 속보다 더 가지런하게 거기 나열되어 있는 것이었다. 담임선생이 서울의 선생보다 추레하고 멍청하다고 한 말을 몇 배나 튀겨 적어 놓았는가 하면, 이웃집에 사는 윤희라는 6학년 여자 아이와 몇 번 논 걸 내가 그 여자 아이와 '삐꾸쳤다'는 상스러운 말로 일러바치고 있기도 했다.

내 다음으로 많은 것은 약간 저능 기미가 있는 김영기란 아이의, 악성(惡性)에 따른 못된 짓이라기보다는 머리가 나빠 저지른 실수 대여섯 개였다. 그다음이 고아원생인 이희도란 아이의 나쁜 짓 서넛에 또 누구 두어 명 하는 식이었는데, 기막힌 것은 엄석대였다. 그의 비행이 적힌 시험지는 단 한 장, 내가 쓴 것뿐이었다.

읽기를 마친 나는 억울하거나 분하기보다는 깊이 모를 허탈에 빠져들었다. 아니, 무언가 단단하고 높은 벽이 코앞을 콱 막아선 듯해 그저 아뜩하고 막막했다. 담임선생의 조용조용한 목소리가 멀리 하늘 위에서 뿌려지는 것처럼 그런 내 귓전을 맴돌았다.

"짐작은…… 간다. 모든 게…… 맘에 차지 않겠지. 서울에서 겪은 것과는…… 많이 다를 거야. 특히 엄석대가 급장으로서 하는 일은 어떻게 보면 못돼 먹고 — 거칠기도 하겠지. 하지만 그게 바로…… 이곳의 방식이다. 자치회가 있고, 모든 게 토론과 투표에 의해 결정되고 — 급장은 다만 심부름꾼인 그런 학교도 있다는 건 나도 안다. 아니, 서울 아이들같이 모두가 똑똑하면…… 오히려 학급은 그렇게 운영되는 게 마땅하겠지. 그러나 거기서 좋았다고…… 그게 어디든 그대로 되는 건 아니다. 이곳은 이곳의 방식이 있고…… 너는 먼저 거기 적응할 필요가 있어. 서울에서의 방식이 무조건 옳고 이곳은 무조건 틀리다는 식의 생각은 버려야 해. 굳이 그게 옳다고 고집하고 싶다면…… 너의 태도라도 바꿔. 네 편이 되어주지 않는다고 반 아이들 모두와 싸우려 하거나…… 외톨이로 빙빙 겉돌아서는 안 돼. 봤지? 오늘…… 60명 중 네 편은 단 하나도 없었어. 네가 꼭 석대를 급장 자리에서 쫓아내고…… 우리 반을 서울에서 네가 있던 반처럼 만들고 싶었다면…… 먼저 그 아이들을 네 편으로 만들었어야지. 석대가 이미 그 아이들을 휘어잡고 있어서 어찌해 볼 수가 없었다고 말할지도 모르겠지만…… 그래도 너는 내게 달려오기 전에 아이들부터 먼저 네 편으로 돌려놨어야 했어. 그게 안 되니까 내게 왔다고 할지 모르지만……. 그리고…… 아이들이 어리석으니까 선생인 내가 고쳐 놓아야 한다고 생각할지 모르지만 그건 틀렸어. 설령 네가 옳더라도…… 나는 반 아이들 모두의 지지를 받고 있는 석대를 지지할 수밖에 없다. 네가 반드시 그러리라 믿고 있을 것처럼…… 아이들의 그 지지란 것이 실상은 석대의 위협이나 속임수에 넘어간 거짓된 것일지라도…… 마찬가지야. 나는 어쨌든……. 아이들을 그렇게 만든 석대의 힘을…… 존중하지 않을 수 없어. 지금껏 흐트러짐 없이 잘 돼 나가던 우리 반을…… 막연한 기대만으로는 흩어버릴 수 없기 때문이지. 거기다가…… 어쨌거나 석대는 전 학년에서 가장 공부 잘하고…… 통솔력 있는…… 모범적인 급장이다. 무턱대고 비뚤어진 눈으로만 보지 말고…… 그의 장점도…… 인정할 줄 알아야 한다. 그리고…… 무엇보다도 그 아이들 속으로 들어가…… 그들과 함께 새로…… 시작해 보아라. 석대와 경쟁하고 싶다면…… 정당하게 경쟁해라. 알겠니······."

담임선생의 말은 곧 끝날 것 같으면서도 한참이나 이어졌다. 만약 그가 소리 높여 꾸짖었더라면 아마도 나는 어떻게든 맞서 달리 나를 주장하려 들었을 것이다. 아니, 성난 얼굴이었거나 조금이라도 나를 미워하는 기색이 있었더라도 기억에서처럼 그렇게 조용히 듣고 앉아 있지만은 않았을 것이다. 그러나 자신의 감정을 억누르고 나를 이해하려 애쓰는 듯한 그 목소리와 진정으로 나를 염려하는 듯한 그의 눈길은 내게서 그런 기력마저 빼앗아 가버렸다. 나는 넋 나간 사람처럼 한참을 더 그 무정하고 성의 없는 담임선생의 이상한 논리 앞에 앉았다가 이윽고 쥐어짜다 만 빨래 같은 몸과 마음이 되어 거기서 풀려났다.

만약 싸움이란 게 공격 정신이나 적극적인 방어 개념으로만 되어 있다면 석대와의 싸움은 그날로 끝이었다. 그러나 불복종이나 비타협도 싸움의 한 형태로 볼 수 있다면 내 외롭고 고단한 싸움은 그 뒤로도 두어 달은 더 이어진다. 어른들 식으로 표현한다면, 어리석은 다수 혹은 비겁한 다수에 의해 짓밟힌 내 진실이 무슨 모진 한처럼 나를 버텨나가게 해준 것이었다.

이미 내 수단이 다하고 궁리가 막힌 게 다 드러난 셈이건만 신중한 석대는 그날 이후로도 직접으로는 나와의 싸움에 나서지 않았다. 그러나 그 공격은 전보다 몇 갑절이나 더 집요하고 엄중했고, 따라서 내게는 그때부터 전보다 몇 갑절이나 더 괴롭고 고단한 학교생활이 시작되었다.

가장 괴로웠던 것은 그날 저녁을 시작으로 시도 때도 없이 걸려오는 주먹싸움이었다. 그 무렵 어떤 학급이든 공부의 석차처럼 주먹싸움의 등수가 매겨져 있게 마련이었고, 내 체격과 강단이 차지할 수 있는 원래의 싸움 등수는 대략 열서너 번째가 되었다. 그런데 갑작스레 그 등수가 무시되고, 그때껏 내가 이긴 걸 인정하고 있던 아이들이 공공연히 시비를 걸어오기 시작했다. 말할 것도 없이 나는 그런 도전에 힘을 다해 맞섰다. 그러나 나의 싸움 등수는 하루하루 뒤로 밀려나기 시작했다. 힘으로든 강단으로든 분명히 이겨낼 수 있는 상대인데도 막상 싸움이 붙으면 결과는 나의 참패로 끝났다. 전 같으면 울거나 달아남으로써 진 것을 자인할 녀석들이 무엇을 믿는지 끝까지 버텨냈고 떼 지어 둘러서서 일방적으로 그 녀석만 응원하는 아이들은 은근히 내 기를 죽여 놓았다. 그러다가 흙바닥에서 엉겨 붙게 되면 나는 어느새 알지 못할 손길의 도움에 밀려 밑에 깔려버리기 일쑤였다. 라이터 사건이 있고 한 달도 채 되기 전에 나는 반에서 아주 제쳐놓은 조무래기 몇을 빼고는 우리 끼리의 싸움에서 꼴찌나 다름없게 밀려나고 말았다…….

그다음으로 괴로운 것은 친구 놀이동무 문제였다. 벌써 전학 온지 한 학기가 지났건만 나는 그때껏 단 한 사람의 동무도 만들 수 없었다. 라이터 사건이 있기 전만 해도 내가 애써 다가가면 마지못해 놀아주는 아이들이 있었고 우리 집까지 따라와 준 것도 그럭저럭 대여섯은 되었다. 그러나 그 사건 뒤로는 학교에서뿐만 아니라 동네에서조차 나와 어울리려는 반 아이들이 없었다. 그전의 따돌림과는 견줄 수도 없을 만큼 철저한 따돌림이었다.

오늘날처럼 설비 잘된 어린이 놀이터도 없고 혼자서도 견뎌낼 수 있는 TV나 전자오락은커녕 마땅한 읽을거리나 장난감마저 흔치 않던 그 시절 동무가 없다는 것은 하나의 큰 형벌이었다. 그 무렵 학교에서의 점심시간이나 수업 전과 방과 후의 놀이시간을 떠올리면 지금에조차 가슴이 서늘해진다. 그 어떤 놀이에도 끼지 못한 나는 교실 창가나 운동장 구석 그늘진 곳에 붙어 서서 아이들이 패를 갈라 뛰노는 걸 물끄러미 바라보는 게 고작이었다. 겨우 갓난아기 머리통만 한 고무공으로 하는 그 축구가 어찌 그렇게도 재미나 보였던지 찜뿌(방망이 없이 하는 소프트볼 같은 놀이)나 8자깽깽이(땅에 S자를 그려 놓고 아래위로 편을 가른 뒤 좁은 출구를 나와서는 외발로 걸어 다녀야 하는 놀이. 상대를 만나 외발싸움에 지면 죽은 것으로 처리해 한편이 모두 죽으면 경기에 지는 것이 됨)를 하며 이빨이 쏟아질 듯 웃어대던 그 아이들은 또 얼마나 즐겁고 행복해 보였던지.

집으로 돌아와 동네에서 놀아도 사정은 크게 나아지지 않았다. 그때는 다른 나라 사람들만큼이나 멀어 보이던 딴 반 아이들에 끼어 괄시를 받거나 상급생을 따라다니며 졸병질을 하는 게 내가 동네에서 기껏 할 수 있는 선택의 범위였다. 더 있다면 어두컴컴한 만화가게 골방에 처박히는 것과 네 살이나 터울지는 아우와의 싸움질로 어머니의 허파를 뒤집는 일 정도였을까.

한 번은 이런 일도 있었다. 옆 반에 새로 석대보다 더 크고 힘센 아이가 전학 와서 석대와 방과 후 학교 솔밭에서 겨뤄보기로 한 바람에 우리 반 전체가 돌돌 뭉쳐 성원을 가게 되었을 때였다. 반이라는 동료집단에 함께 소속된 까닭인지, 나도 석대 편이 되어 아이들을 따라나섰다. 아이들도 그날만은 그런 나를 못 본 체해, 나는 별일 없이 그들과 하나가 될 수 있었고, 싸움이 석대의 승리로 끝이 나고도 한동안 그런 분위기는 이어졌다. 개선한 영웅을 맞아들이듯 석대를 둘러싼 아이들 중에 하나가 힘든 싸움으로 땀에 젖고 흙투성이가 된 석대를 위해 가까운 냇가로 멱 감으러 갈 것을 제안하고, 아이들도 일제히 찬성해 나도 슬그머니 끼어들었다. 그런데 냇가에 이르러서야 나를 발견한 석대가 가볍게 눈살을 찌푸리자 분위기는 일변했다.

"어이, 한병태 넌 왜 왔어?"

눈치 빠른 녀석 하나가 그렇게 쏘아붙인 걸 시작으로 아이들이 나를 몰아대기 시작했다.

"정말, 저게 언제 끼어들었지?"

"인마, 누가 널 보고 응원해 달랬어?"

나는 갑자기 콧등이 시큰하며 눈물이 핑 돌았다. 뚜렷하지는 않지만 나는 그때 이미 소외된 자의 서러움 또는 그 쓰디쓴 외로움을 맛보고 있었던 것이나 아니었던지.

하지만 주먹싸움의 등수가 터무니없이 뒤로 밀리거나 아이들로부터 소외되는 것에 못잖게 괴로운 것은 합법적이고도 공공연한 박해였다. 앞서 내비친 적이 있듯, 어른들의 세계에서와 마찬가지로 아이들의 세계에서도 지켜야 할 규범들은 있게 마련이고, 또

한 어른들이 그 누구도 그런 걸 모두 다 지키며 살아가지 못하듯 아이들 역시 그 모든 걸 다 지켜내기는 어렵다. 털어 먼지 안 나는 사람 없다는 말처럼, 엄격히 보면 아이들도 어른들의 범법이나 부도덕에 견줄 만한 자질구레한 비행들을 수없이 저지르며 하루하루를 보내고 있다. 학칙, 교장선생님의 훈시, 주훈(週訓), 담임선생님의 말씀과 자치회의 결정 같은 걸 지키지 않거나 부모님과 웃어른의 당부, 일반 윤리 및 사회가 통념으로 어린이에게 요구하는 행동 양식을 어기는 것인데, 나는 바로 그러한 규범들의 가장 엄격한 적용을 받았다.

조금만 손톱이 길어도, 며칠만 이발이 늦어져도 나는 어김없이 위생 불량자의 명단에 올랐고, 옷솔기가 터지거나 단추 하나만 떨어져도 복장 위반자로 크건 작건 벌을 받아야 했다. 재수 없게 주번 선생님에게만 걸리지 않으면 되는 등하굣길의 군것질도 내게는 모두가 범죄를 구성했으며, 동네 만화가게의 골방에 숨어서 읽은 만화도 담임선생님의 귀에 들어가 어김없이 꾸중을 듣게 되었다. 요컨대 딴 아이들이 다 하는, 그리고 어쩌다 재수 없이 걸려도 가벼운 꾸중으로 끝날 뿐인, 그런 자질구레한 잘못들도 내가 하면 엄청난 비행으로 여럿 앞에 까발려져 성토 당하고, 자치회의 기록에 올려지고, 담임선생의 매질이 되거나 변소 청소 같은 벌로 끝을 보았다. 언제나 고발자는 따로 있었지만 그 뒤에 있는 것은 틀림없이 석대였다.

성의 없고 무정한 담임선생의 위임으로 대개의 경우 그 같은 규칙 위반의 감찰권과 처벌권을 아울러 가지고 있는 석대는 아이들의 고발이 있을 때마다 겉으로는 공정하게 그 권한을 행사했다. 예를 들면, 입에 혀같이 노는 자기 졸병들도 나하고 같이 걸리면 여럿 앞에서는 일단 똑같은 벌을 주었다. 그러나 그와 상대만이 알게 되어 있는 집행에서는 나와 달랐고, 그게 나를 더욱 이 갈리게 했다. 다 같이 벌로 변소 청소를 하게 되어도 그쪽은 대강 쓸기만 하면 합격판정을 내려 집으로 보냈지만, 나는 물로 바닥의 때까지 깨끗이 씻어내야 겨우 집으로 돌아갈 수 있게 되는 때가 바로 그랬다.

어디까지나 짐작이기는 하지만, 석대는 그 밖에도 자신이 가진 합법적인 권한을 악용해 적극적으로 나를 불리하게 만들기도 했다. 다른 아이들에게는 그 전날 가만히 알려주어 나만 갑자기 당하는 꼴이 되는 위생검사나, 학교 오는 길에 말수레를 따라 걷다가 쇠고리에 걸려 옷이 찢긴 때와 같은 날만 골라 느닷없이 복장 검사를 하는 따위가 그 예였다. 그 바람에 나는 마침내 우리 반에서뿐만 아니라 학년 전체에 다 알려질 만큼 말썽 많은 불량스러운 아이가 되어버렸다.

학교생활이 그 모양이 되고 나니 공분들 제대로 될 리가 없었다. 어떻게든 그 학교에서는 일등을 차지하리라던 전학 초기의 내장한 결심과는 달리, 내 성적은 차츰차츰 떨어져 한 학기가 끝났을 때는 겨우 중간을 웃돌 뿐이었다.

물론 그렇다고 내가 가만히 앉아 당하고 있었던 것만은 아니었다. 나름대로는 있는 힘과 꾀를 다 짜내 그런 상태를 개선해 보려고 애썼다. 그 가운데 하나가 부모님을 동원하는 것이었다. 담임선생에 대한 기대를 온전히 거둔 뒤 나는 먼저 아버지에게 내가 빠져 있는 외롭고 힘든 싸움을 털어놓고 도움을 구했다. 그러나 무력감으로 전 같지 않게 비뚤어져 있던 아버지는 무정하고 성의 없는 담임선생과 크게 다르지 않았다.

"못난 자식. 누구 일을 누구더러 해달라는 거야? 힘이 모자라면 돌맹이도 있고 막대기도 있잖아? 그보다 공부부터 그 녀석을 이겨 놓고 봐, 그래도 아이들이 널 안 따르나⋯⋯."

내가 감정을 앞세워 상황을 잘 설명하지 못한 것도 있고, 아버지가 내 일을 아이들 세계에 흔히 있는 사소한 다툼쯤으로 쉽게 여긴 탓도 있겠지만, 나는 아버지의 그 같은 역정에 더 어떻게 말해 볼 기력을 잃고 말았다.

그래도 나를 이해하려고 애쓰며 안달하고 부지런을 떤 것은 어머니였다. 곁에서 듣고 있다가 아버지를 매섭게 몰아붙인 어머니는 이어 내게 여러 가지를 가만가만 묻더니 다음 날 새벽같이 학교로 달려갔다. 나는 그런 어머니에게 다시 은근한 기대를 걸어보았지만 결국은 부질없는 짓이었다.

"너는 애가 왜 그리 좀스럽고 샘이 많으니? 그리고 공부는 또 그게 뭐야? 도대체 너 왜 그래? 거기다가 엄마한테 거짓말까지 하고⋯⋯. 오늘 네 담임선생님 만나 두 시간이나 얘기했다. 엄석댄가 하는 애도 만나봤지. 순하면서도 아이답지 않고 속이 트인 애더구

나. 공부도 전교에서 일등이고……."

　내가 학교에서 돌아가자마자 어머니는 나를 기다렸다는 듯이
나 그렇게 나무라기 시작했다. 그리고 이어 한 반 시간을 좋게 담
임선생과 비슷한 잔소리를 늘어놓았으나 내 귀에는 그 이상 한마
디도 들어오지 않았다. 그때 나를 사로잡고 있던 것은 절망을 넘
어 허탈감에 가까운 감정이었다. 그런데도 내가 그 뒤로도 한참이
나 더 그 막막한 싸움을 버텨낸 걸 돌이켜보면 지금에 와서조차
스스로가 대견스럽게 느껴질 때가 있다.

　하지만 이윽고는 그 싸움도 끝날 날이 왔다. 그렇게 한 학기를
채우자 나는 차츰 지쳐가기 시작했다. 처음의 그 맹렬하던 투지
는 간 곳 없어지고, 무슨 모진 한처럼 나를 지탱시켜주던 미움도
차차 무디어져 갔다. 그리하여 새 학기가 시작되면서 나는 은근
히 석대에게 내 굴복을 표시하기에 마땅한 기회를 기다리게까지
되었지만 참으로 괴로운 일은 그런 기회조차 쉬이 나타나지 않는
다는 것이었다.

　그도 그럴 것이 나는 그때껏 힘들여 싸웠으나, 한 번도 석대와 직
접으로 맞부딪쳐 본 적은 없었다. 언제나 나를 괴롭힌 것은 그 아
닌 다른 아이 또는 그 동아리였고, 아니면 이런저런 자질구레한
규칙이거나 급장이란 직책이 지닌 합법적인 권한이었다. 개별적
으로 석대는 내게 말을 걸기는커녕 오래 얼굴을 마주보는 일조
차 없었다.

　그 바람에 나는 이미 저항의 의사를 모두 버리고서도 괴롭게

반을 겉돌고 있는데 드디어 때가 왔다. 다음 날 장학관의 순시가 있어 대청소가 벌어진 날이었다. 그날 우리는 오전 수업만 마친 뒤 교실은 말할 것도 없고 화단이며 운동장에 실습지까지 나누어 각자가 청소해야 할 몫을 받았다.

워낙 쓸고 닦고 다듬어야 할 곳이 많다 보니 나눠진 몫도 많아, 내게 돌아온 것은 화단 쪽으로 난 창틀 두 개였다. 창살 사이로 가로세로 한 자 남짓한 유리창이 여덟 장 박힌 미닫이 창이라 창틀 둘을 합치면 작은 유리로는 서른두 장을 닦아야 하는 셈이었다. 평소로 봐서는 많은 편이었지만 교실과 복도의 마룻바닥은 마른걸레로 닦고 양초까지 먹일 정도의 대청소라 결코 부당하다고 할 수는 없는 할당이었다.

그런데 문제는 담임선생에게서부터 비롯됐다. 다른 반 담임들은 모두 팔을 걷어붙이고 나서 청소를 지휘하고 감독했건만 우리 담임은 겨우 일만 자신이 나서서 몫몫이 나누어주었을 뿐, 검사는 여느 때처럼 석대에게 맡기고 일찌감치 없어져 버린 까닭이었다.

석대에게 맞서고 있을 때 같았으면 담임선생의 그런 무책임한 위임부터가 비위에 거슬렸겠지만 그날 나는 오히려 그걸 다행으로 여겼다. 그럴 때 일을 잘하는 것도 석대의 눈에 드는 길이라는 걸 나는 잘 알고 있었다. 실은 그 얼마 전까지만 해도 석대의 검사를 받아야 하는 게 까닭 없이 고까워 그가 검사를 해주는 청소는 아무렇게나 해치우곤 하던 나였다.

그날 나는 정말로 공을 들여 내가 맡은 창문을 닦았다. 먼저

물걸레로 유리창이며 창틀에 더께 앉은 먼지와 때를 씻어내고, 이어 마른 수건으로 깨끗이 물기를 닦았다. 그리고 신문지, 하얀 습자지의 순으로 입김을 호호 불어가며 잔 먼지들을 없애나갔다.

공을 들인 만큼 시간도 많이 걸려 내가 두 개의 창틀 유리를 말끔히 했을 때는 반 아이들 태반이 자기 몫의 청소를 끝낸 뒤였다. 석대는 그 아이들과 어울려 마당에서 공놀이를 하고 있었다. 석대 편이 몇 명을 접어주지만 그래도 언제나 석대 편이 우세한 그런 축구 시합이었다.

내가 청소검사를 맡으러 왔다고 하자 석대는 마침 몰고 있던 공을 자기편에게로 차주고 선선히 앞장을 섰다. 담임선생의 성실한 대리인다운 태도였다. 그가 눈으로 내가 닦은 창틀을 훑어보는 동안 나는 가슴을 두근거리며 결과를 기다렸다. 스스로 보기에도 내가 닦은 유리창틀은 곁의 창틀과는 비교도 안 될 만큼 말갛고 깨끗했다. 나는 만약 기분이 좋아진 그가 부드럽게 대해 주면 내 쪽에서도 적당히 그의 호감을 살 수 있는 맞장구를 쳐 내가 생각을 바꾼 걸 넌지시 알릴 참이었다. 그런데 결과는 뜻밖이었다.

"안 되겠는데. 여기 얼룩이 그대로 있어. 다시 닦아."

한동안 유리창틀을 살펴본 석대가 그렇게 말하고는 다시 운동장으로 뛰어나갔다. 나는 피가 한꺼번에 얼굴로 확 치솟는 듯한 느낌으로 무언가를 항의하려 했으나 석대는 어느새 저만치 달려가고 있었다.

나는 간신히 속을 누르고 먼저 두 개의 창틀부터 다시 한번 살펴보았다. 정말로 왼쪽 창틀 유리 몇 장에 물이 흐른 듯한 자국이 어렴풋이 비쳤다. 나는 맞대놓고 항의하지 않은 걸 다행으로 여기며 정성들여 그 얼룩을 지웠다. 그러다 보니 그 밖에도 다른 얼룩이나 점 같은 것들도 눈에 띄어 제법 시간이 흐른 뒤에야 다시 석대에게 검사를 맡으러 갈 수가 있었다.

그때는 이미 교실뿐만 아니라 실습지 정리를 맡은 아이들까지 모두 일을 끝낸 뒤여서 시합판이 한창 열기를 뿜고 있는 중이었다. 선수들도 제법 발 빠른 아이들로 골라 열한 명 대 열세 명으로 고정되어 있었고, 공은 어디서 났는지 가죽으로 된 진짜 축구공이었다. 나는 한창 불이 붙은 시합판을 깨기 싫어 한참을 기다리다가 석대가 한 골을 넣은 걸 보고서야 다가가 검사 맡으러 왔음을 알렸다.

이번에도 석대는 조금도 지체 없이 놀이에서 빠져나왔다. 그러나 결과는 마찬가지였다.

"여기 아직 파리똥이 그대로 있잖아? 이 구석 먼지하고 다시 닦아."

이번에는 나도 참지 못하고 가느다랗게 항의했다. 곁의 창틀과 견주어보라는 말이었는데, 석대는 내가 가리키는 창틀을 돌아보지도 않고 냉담하게 내 말을 잘랐다.

"걔는 걔고, 너는 너야, 어쨌든 이 창틀 청소는 합격시켜줄 수 없어."

마치 나는 반드시 엄격한 검사를 받아야 하는 별종이라는 투의 말이었다. 그렇게 나오면 하는 수 없었다. 나는 다시 창틀에 올라가 서른두 장 유리창 구석구석을 살피며 이번에는 칭찬은커녕 불합격을 면하기 위해 정성을 다 쏟았다.

세 번째도 석대는 무언가 트집을 잡아 또 딱지를 놓았다. 나는 마음에도 없는 미소까지 지으며 그의 호감을 사려고 애써 보았지만 소용없는 일이었다. 그는 불합격의 뜻만 밝히고는 초가을이라고는 해도 아직은 따가운 햇살 아래서 그때껏 뛰고 뒹군 아이들을 데리고 가까운 냇가로 나가버렸다.

나는 네 번째로 창틀에 올라가 다시 유리창에 달라붙었다. 그러나 온몸에서 맥이 싹 빠져 손가락 하나 까딱하고 싶지 않았다. 넋 나간 사람처럼 멀거니 뒷문 솔숲 사이로 사라지는 석대와 아이들을 바라보다가 슬그머니 창틀에 주저앉았다. 이미 합격, 불합격은 내 노력에 달린 것이 아니라 석대의 마음에 달려 있다는 걸 안 이상 헛수고를 하고 싶지 않아서였다.

어느덧 해는 서편으로 뉘엿해지고 교정에는 인적이 드물어졌다. 아이들은 하나도 보이지 않고 띄엄띄엄 퇴근하는 선생님들의 발자국 소리만 유난히 크게 들릴 뿐이었다. 나는 그사이 몇 번인가 모든 걸 팽개치고 집으로 달려가버리고 싶은 충동을 느꼈다. 이미 모든 저항을 포기한 뒤이긴 해도 그냥 참아 넘기기에는 너무 심한 횡포였다. 그러나 다음 날 석대의 말만 듣고 여럿 앞에서 나를 불러내 매질할 담임선생님과 또 그걸 고소하게 바라볼 석대의 얼굴을 떠올리자 그런 충동은 이내 잦아들었다. 대신 좀 비굴

하기는 하지만 아이답지 않게 고급한 책략을 생각해 내면서 오히려 석대가 더 늦게 오기를 바라게 되었다. 내가 괴로워하는 걸 보고 싶다면 보여주마. 네가 돌아오면 눈물이라도 흘리며 괴로워해 주마. 그렇게라도 네 양심을 풀 수 있다면. — 그게 내가 생각해 낸 책략이었다.

석대와 아이들이 다시 뒷문께에 나타난 것은 교정 서쪽의 아름드리 히말라야시다 그늘이 운동장을 온전히 가로지른 뒤였다. 그런데 그게 어찌된 일이었을까, 멱을 감았는지 젖은 머리칼들을 반짝이며 와자하게 운동장으로 들어서는 그들을 보자, 별로 애쓸 것도 없이 내 눈에서 갑자기 눈물이 쏟아졌다. 얼마 전의 책략 따위는 까맣게 잊은, 마음 깊은 곳에서 우러나는 진짜 눈물이었다.

얼핏 들으면 느닷없고 이상하게 느껴질지 모르지만, 이제 와서 냉정히 따져보면 그때의 그 눈물을 전혀 설명할 수 없는 것은 아니다. 저항을 포기한 영혼, 미움을 잃어버린 정신에게서 괴로움이 짜낼 수 있는 것은 슬픔의 정조(情調)뿐이다. 나는 그때 아마도 스스로의 무력함이 슬퍼서 울었고, 그 외로움이 슬퍼서 울었을 것이다.

"어이, 한병태."

그 갑작스러운 눈물은 걷잡을 수 없는 흐느낌으로 변해 내가 창틀을 붙들고 울고 있을 때 가까운 곳에서 그런 소리가 들렸다. 눈물을 씻고 그쪽을 보니 아이들을 저만치 떼어놓고 석대 혼자 창틀 아래로 와서 나를 올려다보고 있었다. 전에 없이 너그럽고 — 신비스러워 뵈기까지 하는 얼굴이었다.

212

"이제 돌아가도 좋아. 유리창 청소 합격."

샘솟는 내 눈물로 이내 뿌옇게 흐려진 그 얼굴 쪽에서 다시 그런 부드러운 목소리가 들렸다. 짐작컨대 그는 내 눈물의 본질을 꿰뚫어보았음에 틀림이 없다. 거기서 이제는 결코 뒤집힐 리 없는 자신의 승리를 확인하고 나를 그 외롭고 고단한 싸움에서 풀어준 셈이었다. 그러나 내게는 그 너그러움이 오직 감격스러울 뿐이었다. 이튿날 나는 그 감격을 아끼던 일제 샤프펜슬로 그에게 나타냈다…….

너무도 허망하게 끝난 싸움이고 또한 그만큼 어이없이 시작된 굴종이었지만, 그 굴종의 열매는 달았다. 오래고 끈질긴 반항 끝에 이루어진 굴종의 열매라 특히 더 달았는지도 모를 일이었다. 내가 그의 질서 안으로 편입된 게 확인되면서 석대의 은혜는 폭포처럼 쏟아졌다.

석대가 먼저 내게 베푼 것은 주먹싸움의 서열을 바로잡아준 것이었다. 그의 그늘에서 부당하게 내 순위를 가로채 간 녀석들 가운데 몇몇은 호된 값을 치르고 내게 그 순위를 내놓아야 했다. 석대는 그새 나를 얕볼 대로 얕보게 된 아이들이 제 힘도 헤아려보지 않고 내게 함부로 이 새끼 저 새끼 하는 걸 보면 느닷없이 녀석을 윽박질렀다.

"야, 너 정말 병태한테 이겨? 싸워서 이길 자신 있느냐구?"

그러고는 다시 내게 넌지시 권하듯 말했다.

"병태, 너 다시 한번 안 싸워 볼래? 저런 병신 같은 새끼한테 영영 죽어지낼 작정이야?"

그러면 거기 힘을 얻은 나는 그가 마련해 준 공정한 링에서 싸움을 벌였고, 그동안 맺힌 앙심은 내 주먹을 한층 맵게 해주어 번번이 통쾌한 승리를 내게 안겨주었다. 그 기세에 겁먹은 아이들은 싸워보지도 않고 손을 들었으며 — 그 바람에 나는 몇 번 싸우지도 않고 원래의 내 주먹 서열보다는 오히려 두세 등급 높은 열두 번째로 올라설 수 있었다.

동무들과 놀이도 되찾았다. 내가 석대에게서 사면받은 게 알려지자 아이들도 더 나를 피하려 들지 않았다. 오히려 석대가 나를 남달리 생각하는 걸 눈치 채고 놀이 같은 데서 서로 자기편을 만들려고 애를 썼다. 한 학기의 외로움과 쓰라림을 한꺼번에 씻어줄 만한 반전이었다.

나를 우리 학급에서뿐만 아니라 학교 전체에서도 유명한 말썽꾼으로 만들었던 크고 작은 규칙 위반의 문제도 더는 나를 괴롭히지 않았다. 아무것도 아닌 잘못까지도 시시콜콜히 물고 늘어지던 고발자들은 자취를 감추고 나는 차츰 모범생으로 변해 갔다. 우리가 지켜야 할 규범들이 갑자기 줄어든 것도 아니고 내 자신이 변한 것도 없건만, 담임선생도 돌아온 탕아를 맞는 아버지처럼 그런 나를 따뜻이 반겨주었다.

그렇게 되자 공부도 차츰 제자리로 돌아왔다. 2학기가 절반도 가기 전에 나는 10등 안으로 들어섰고, 겨울방학 전의 일제고사에서는 마침내 2등을 되찾았다. 그리고 성적을 되찾은 것을 끝으로 제법 심각했던 아버지와 어머니의 걱정도 없어졌다. 나는 다시 그분들의 자랑스럽고 똑똑한 맏아들로 돌아갔다.

따지고 보면 그 모든 것은 기실 석대가 내게서 빼앗아갔던 것들이었다. 냉정히 말하자면 나는 내 것을 되찾은 것뿐이고, 한껏 석대를 보아 준댔자 꼭 필요하지도 않는 곳에 약간의 이자를 보태 준 것에 지나지 않았다. 그러나 한 번 굴절을 겪은 내 의식에는 모든 것이 하나같이 석대의 크나큰 은총으로만 느껴졌다.

거기에 비해 석대가 대가로 요구하는 것은 생각 밖으로 적었다. 다른 아이들에게는 그렇지 않았던 듯도 싶지만, 그는 내게서 무엇을 빼앗기는커녕 달라는 법조차 없었다. 내가 맘이 내켜 맞난 것이나 귀한 학용품을 갖다줘도 그는 받으려 하지 않았고, 어쩌다 받게 되면 반드시 그 몇 배로 돌려주었다. 그래서 오히려 더 잦은 것은 내가 그에게서 무엇을 얻어 쓴 것 같은 기억이었다. 그것들이 하나같이 다른 아이들에게서 빼앗거나 억지로 거둬들인 것이어서 께름칙하기는 했어도.

또 석대는 내게 무슨 의무를 지우거나 무엇을 강제하지 않았다. 때로 아이들은 무언가 석대가 지운 부당한 의무와 강제를 이행하느라 고통스러워하는 듯했지만, 나는 한 번도 그런 적이 없었다. 그 바람에 그 소극적인 특전 — 의무와 강제의 면제 — 은 본래의 뜻 이상으로 나를 자주 감격시켰다.

그가 내게 바라는 것은 오직 내가 그의 질서에 순응하는 것, 그리하여 그가 구축해 둔 왕국을 허물려 들지 않는 것뿐이었다. 실은 그거야말로 굴종이며, 그의 질서와 왕국이 정의롭지 못하다는 전제와 결합되면 그 굴종은 곧 내가 치른 대가 중에서 가장 값비싼 대가가 될 수도 있었지만 이미 자유와 합리의 기억을 포기한 내게는 조금도 그렇게 느껴지지 않았다.

하기야 나중에 — 그러니까 내가 그의 질서에 온전히 길들여지고 그의 왕국에 비판 없이 안주하게 되었을 때 — 그가 베푼 은총의 대가로 내가 지불해야 했던 게 한 가지 더 있기는 했다. 그것은 바로 나의 그림 솜씨였다. 나는 미술 실기 시간만 되면 다른 아이들이 한 장을 그리는 동안 두 장을 그려야 했다. 그림 솜씨가 시원찮은 석대를 위해서였는데, 그 바람에 교실 뒷벽 '우리들의 솜씨' 난에는 종종 내 그림 두 장이 석대의 이름과 내 이름을 달고 나란히 붙어 있곤 했다. 그러나 그것도 석대가 원해서 그랬는지, 내가 자청해서 그랬는지조차 뚜렷하게 기억나지 않을 만큼 강요받은 흔적은 보이지 않는다. 짐작으로는 그의 왕국에 안주한 한 신민으로서 자발적으로 바치는 조세나 부역에 가까운 것인 성싶다.

✕ ✕ ✕

저 화려한 역사책의 갈피에서와는 달리 우리 반의 혁명은 갑작스럽고 약간은 엉뚱한 방향에서 왔다. 그 이듬해 담임선생이 갈린지 채 한 달도 안 돼 그렇게도 굳건해 보였던 석대의 왕국은 겨우 한나절로 산산조각이 나고 그 철권의 지배자는 한낱 범죄자로 전락해 우리들의 세계에서 사라져간 일이 그랬다.

그렇지만 내게는 그 혁명의 발단이나 경과를 얘기하기 전에 먼저 고백해 둘 일이 하나 있다. 그것은 바로 석대의 왕국을 뿌리째 뒤흔든 계기가 된 그의 엄청난 비밀을 내가 진작부터 알고 있었다는 점이었다.

아마도 그해 12월 초순의 일이었던 걸로 기억된다. 일제고사를 친 날이었는데, 시험을 공정하게 보인다는 뜻에서 이례적으로 자리를 막 뒤섞는 바람에 내 곁에는 박원하라는 공부 잘하는 아이가 앉게 되었다. 여러 과목 중에서도 특히 산수가 뛰어난 아이로 석대와 가깝기로도 열 손가락 안에 들었다. 언제나 산수가 모자라 걱정인 내게는 그 아이가 내 곁에 앉은 게 왠지 든든하게 느껴졌다.

그런데 두 시간째 산수 시험 시간이 되어 나는 우연히 박원하가 이상한 짓을 하는 걸 보게 되었다. 응용문제 하나가 막힌 내가 꼭 컨닝을 하겠다는 뜻에서라기보다 그 애는 답을 썼나 안 썼나가 궁금해 힐끗 훔쳐보니, 이미 답안지를 다 채운 그 애가 자신의 이름을 지우개로 지우고 있었다. 나는 문득 수상쩍은 느낌이 들었다. 답이야 지웠다 새로 쓰는 수도 있지만 자기 이름을 잘못 써서 지우는 수는 없기 때문이었다.

그 바람에 나는 시간이 얼마 안 남았다는 것도 잊고 박원하가 하는 짓을 유심히 살폈다. 그 애는 힐끔힐끔 시험 감독을 나온 딴 반 담임을 훔쳐보며 방금 말끔히 지운 곳에 얼른 이름을 써넣었는데 놀랍게도 그 이름은 엄석대의 것이었다. 이름을 다 써넣고야 여유를 찾은 그 애가 사방을 슬그머니 돌아보다 나와 눈이 마주치자 찔끔했다. 그러나 그 눈꼬리에 곧 웃음기가 비치는 게 나를 경계하거나 두려워하는 것 같지는 않았다.

"너 아까 뭘 했니?"

쉬는 시간이 되자마자 나는 박원하에게 가만히 물어보았다. 원하는 비실비실 웃으며 대답했다.

"이번에는 — 산수가 내 차례였어."

"산수가 네 차례라니? 그럼 다른 과목도 누가 그러는 거야?"

나는 놀랍고도 어이없어 다시 그렇게 물었다. 박원하가 잠깐 사방을 둘러보더니 소리를 낮춰 말했다.

"몰랐어? 지난 시간 국어 시험은 아마도 황영수가 했을걸."

"뭐야? 그럼 너희들은……."

"엄석대의 점수를 받는 거지, 뭐. 너는 미술을 대신 그려주니까 눈치 봐서 두 장을 그려내면 되지만 시험은 그게 안 되잖아? 석대하고 점수를 바꾸는 수밖에……."

그제서야 나는 엄석대가 그토록 놀라운 평균 점수를 얻어내는 비결을 알아차렸다. 내가 별 생각 없이 그려준 그림도 사실은 석대의 전 과목 수(秀)를 돕고 있었다는 것도.

"전 과목 모든 시험마다 그래?"

나는 놀란 가슴을 진정시키며 다시 물었다. 박원하는 공범자끼리의 은근한 말투로 내가 묻는 대로 숨김없이 대답해 주었다.

"전 과목 모두는 아니야. 대개 두 과목쯤은 제 스스로 공부해 오지. 이번에는 자연과 사회만 진짜 엄석대의 실력이야. 그러나 시험마다 그 과목도 바꾸고 대신 이름을 써낼 아이도 바꿔."

"그럼, 그 두 과목을 뺀 나머지 시험에서 엄석대가 받는 점수는 어때?"

"한 80점 안팎일 거야."

"그렇다면 이번 산수 시험의 경우 너는 15점 이상 손해 보잖아?"

"할 수 없지, 뭐. 다른 애들도 다 그러니까. 거기다가 석대는 차례를 공정하게 돌리기 때문에 손해는 모두 비슷해. 따라서 석대만 빼면 우리끼리의 성적순은 실력대로야. 너같이 재수 좋은 애가 우리 앞에 끼어들지 않는다면 말이야."

원하가 우리라고 하는 것은 석대가 특별히 우대하는 예닐곱을 가리키는 말이었다. 공부로는 반에서 가장 윗길인 동아리로, 끼어든 지 얼마 되지는 않지만 나도 그중의 하나였다.

"그런데…… 아직 석대가 그걸 네게 말해 주지 않았어? 이상한데……."

그 엄청난 비밀이 준 충격으로 멍해 있는 나를 보다가 원하가 갑자기 걱정스런 얼굴이 되어 물었다. 그러다가 이내 스스로를 안심시키듯 덧붙였다.

"뭐, 이제야 말해 줘도 괜찮겠지. 너도 석대의 그림을 대신 그려

주고 있으니까. 그건 미술 실기 시험 대신 쳐주는 셈이잖아. 거기다가 곧 석대와 시험지를 바꿔야 할지도 모르고……."

하지만 그때 이미 나는 갑작스럽고도 세찬 유혹에 휘말려 제정신이 아니었다.

그 유혹이란 방금 알아낸 이 엄청난 비밀로, 어느 누구도 용서할 리 없는 무서운 비행의 이 움직일 수 없는 증거로, 이미 끝난 석대와의 싸움을 뒤집어보자는 것이었다. 담임선생이 아무리 무정하고 성의 없다 해도 석대의 그 같은 비행까지는 묵인하지 않을 것 같았다. 그리하여 석대를 잡기만 한다면 그것은 지금껏 그를 두둔해 온 담임선생에게 멋진 앙갚음이 될 뿐만 아니라, 나를 믿지 않고 윽박지르기만 한 아버지, 어머니에게도 멋진 앙갚음이 될 것이었다. 억눌려 참고는 있어도 실은 괴로워하고 있음에 틀림없는 아이들에게 나는 새로운 영웅으로 떠오를 것이고, 쓰라림으로 포기해야 했던 자유와 합리의 지배가 되살아날 것에 대해서도 나는 분명 가슴 두근거렸다.

그러나 다시 수업 시작을 알리는 종소리가 나고 시험 감독으로 들어온 담임선생의 얼굴을 보게 되면서부터 들떠 있던 내 마음은 조금씩 가라앉기 시작했다. 이미 있는 것은 모두가 심드렁하고 새로움과 변화는 오직 귀찮고 성가실 뿐이라는 듯한 그의 표정에서 라이터 사건 때의 내 참담한 실패가 떠오른 까닭이었다. 움직일 수 없는 증거를 코앞에 들이대지 않는 한 그의 둔감과 무관심의 벽을 허물 수 있는 일은 아무것도 없을 성싶었다.

거기서 나는 다시 아이들을 돌아보았다. 움직일 수 없는 증거가 돼 줄 수 있는 것은 그들이었으나, 그들이 갑자기 내 편이 되어 그때껏 묵인하고 협조해 오던 석대의 그 같은 비행을 담임선생에게 밝혀주리라는 보장 또한 그리 많아 보이지는 않았다. 거기다가, 어떤 의미에서는 그들도 석대의 공범자들이 아닌가, 석대와 힘을 합쳐 담임선생의 공정한 채점을 방해해 오지 않았는가, 하는 생각이 들자 나는 더욱 자신이 없어졌다. 그때 분명히 석대에게 라이터를 빼앗겨 놓고도 담임선생이 묻자 빌려주었을 뿐이라며 시치미를 떼던 병조의 얼굴이 머릿속에 생생히 떠오르고, 모처럼 석대를 마음놓고 고발할 기회를 주었건만 오히려 내 자신의 자질구레한 잘못들만 가득 적혀 있던 시험지들이 섬뜩하게 눈앞에 되살아났다.

그때는 이미 두 달 가까이나 맛들인 굴종의 단 열매나 영악스런 타산도 나를 말렸다. 사실 이런저런 어른들 식의 정신적인 허영을 빼면 석대의 질서 아래 있다고 해서 내게 불리할 것은 아무것도 없었다. 이미 말했듯, 나의 끈질기고 오랜 저항은 오히려 훈장이 되어 내게 여러 가지 특전으로 되돌아온 까닭이었다. 어떤 면에서 나는 어린이 자치회와 다수결의 지배를 받던 서울에서보다 더 많은 자유를 누렸고 반 아이들에 대한 영향력에 있어서도 서울에서의 내 위치였던 분단장 급보다 크면 컸지 작지는 않았다. 성적에 있어서도. ― 석대가 그런 식으로 계속 다른 아이들의 발목을 잡아주는 게 내게 유리할 수도 있었다. 일등을 넘보지 않는 한 이등은 그리 힘들이지 않고도 내 차지가 될 것이기 때문이었다.

그러나 내가 담임선생에게 달려가는 걸 결정적으로 막은 것은 다름 아닌 석대 그 자신이었다. 두 가지 상반된 유혹에 시달리면서도 그날 시험이 다 끝날 때까지 마음을 정하지 못한 내가 복잡한 머릿속으로 종회를 기다리고 있을 때 석대가 불쑥 내 책상 앞으로 다가와 말했다.

"야, 한병태, 오늘 일제고사도 끝났고 하니까 우리 어디 놀러 가는 거 어때?"

그가 내 마음속을 들여다보았을 리는 없었지만 제풀에 놀란 내가 펄쩍 일어나며 물었다.

"추운데 어딜?"

"미포쯤이 어때? 거기 춥지 않게 놀 수 있는 곳을 알아."

미포는 학교에서 오 리쯤 떨어진 솔숲 끝의 냇가였다. 어른들의 눈으로는 폭격에 반쯤 부서진 일제 때의 공장 건물 몇 채가 있을 뿐인 황량한 곳이었으나 아이들에게는 바로 그 부서진 공장이 좋은 놀이터가 되었다.

"그래, 좋아."

"우리 모두 가자."

나보다 곁에서 듣고 있던 아이들이 더 신이 나 그렇게 떠들며 나섰다. 나도 그걸 마다할 마땅한 구실이 없었다. 수상쩍게 보이지 않기 위해서도 찬동하지 않을 수 없었는데, 그걸로 종회 뒤에 따로이 담임선생을 만날 길은 절로 막혀버렸다.

떨떠름하게 따라나서긴 했어도, 그 오후는 오래오래 기억에 뚜렷할 만큼 별나고도 재미있었다. 석대는 한꺼번에 거의 모두가 따라나서는 반 아이들 중에서 여남은 명만 추렸다. 얼핏 보기에는 마구잡이로 추리는 것 같았으나 나름으로는 어떤 기준을 두었음에 분명했다.

"너희들 돈 가진 거 있지?"

미포에 도착해 양지바른 어떤 부서진 공장 건물에 자리 잡자마자 석대가 아이들을 돌아보며 물었다. 그중의 대여섯이 주머니를 털어 그 당시 우리들에게는 꽤 많은 돈인 370환을 모아 바쳤다. 석대는 그중에서 둘을 지목해 그 돈으로 과자와 사이다를 사 오게 하고 다시 아이들을 돌아보며 물었다.

"너희들은 나무를 주워 와. 햇볕이 따뜻하지만 곧 쌀쌀해질 거야. 고구마와 땅콩도 구워야 하구."

그때 이미 제법 석대의 질서에 길들어 있던 나는 내 자신도 당연히 그 나머지에 포함된 줄 알았다. 그래서 그들과 함께 나무를 주워 모으러 가려는데 석대가 나를 불러 세웠다.

"한병태, 너는 여기 남아. 거들어줄 게 있어."

나는 거기서 다시 한번 까닭 없이 찔끔했지만 그게 순전히 호의에서 나온 것임은 이내 알 만했다. 석대는 돌 몇 개를 옮겨 불 피울 자리를 만든 걸로 제 일을 끝내고 줄곧 나와 얘기만 했다. 나를 이런저런 심부름에서 빼내 준 것 이상의 뜻이 있는 것 같았다. 이를테면 나도 석대 밑이기는 하지만 그 애들과 같은 졸병은 아니라든가 하는.

이윽고 여기저기로 흩어져 갔던 아이들이 돌아오자 지붕이 반쯤 날아간 그 부서진 공장은 세상에서 가장 즐거운 놀이터가 되었다. 겨울 아이들에게 잘 핀 모닥불보다 더 재미있고 신나는 놀잇감이 있을까. 거기다가 그 불에 구워 먹을 땅콩과 고구마가 수북이 쌓여 있고, 또 그게 익을 때까지 입을 다시고도 남을 과자와 사이다가 있었다.

우리는 거기서 해질 때까지 먹고 마시고 웃고 떠들었다. 말 타기도 하고 술래잡기도 하고 노래자랑도 했다. 그리고 배꼽을 움켜잡게 만든 '케세라' 악단의 연주. — 한 녀석은 바지를 내리고 여물지도 않은 고추를 꺼내 그 살가죽을 잡아당겨 한 뼘이나 되게 한 뒤, 그걸 현으로 삼고 검지를 활로 삼아 바이올린을 켜는 시늉을 했다. 한 녀석은 두 손을 묘하게 움켜잡아 만든 손나팔로 제법 진짜 나팔 비슷한 소리를 냈고, 다른 한 녀석은 불룩한 배를 드러내 북 대신 철썩거리고 쳤다. 그 곁에서 몸을 비꼬며 가수 흉내를 내는 녀석에다 물구나무서기와 공중제비를 번갈아 하며 주위를 돌던 녀석.

그런데 한 가지 특기할 일은, 그 오후 갑자기 전보다 갑절이나 내게 은근해진 석대의 태도였다. 그는 나를 다른 아이들과는 사뭇 격을 달리해 대접했고, 그곳에서의 놀이도 거의 나를 위한 잔치처럼 진행시켰다. 아니, 그 이상 그날만은 숫제 나를 자신과 동격으로 올려놓았다는 편이 옳겠다. 지나친 비약이 될지 모르지만, 어쩌면 그 무서운 아이는 내게서 어떤 좋지 못한 낌새를 느끼고 '권력의 미각'으로 나를 구워삶으려 한 것이나 아니었는지 모르겠다.

여하튼 나는 석대가 맛보인 그 특이한 단맛에 흠뻑 취했다. 실제로 그날 어둑해서 집으로 돌아가는 내 머릿속에는 그의 엄청난 비밀을 담임선생에게 일러바쳐 무얼 어째 보겠다는 생각 따위는 깨끗이 씻겨지고 없었다. 나는 그의 질서와 왕국이 영원히 지속되기를 믿었고 바랐으며 그 안에서 획득된 나의 남다른 누림도 그러하기를 또한 믿었고 바랐다. 그런데 그로부터 채 넉 달도 되기 전에 그 믿음과 바람은 모두 허망하게 무너져버리고 몰락한 석대는 우리들의 세계에서 사라지게 되고 마는 것이었다.

혁명이라고 부르기에는 너무 갑작스럽고 또 약간은 엉뚱하기도 한 그 기묘한 혁명의 발단과 경과는 이러했다.

6학년으로 올라가면서 우리는 본격적인 중학 입시 준비에 들어가고 담임선생도 거기에 맞춰 바뀌었다.

새로 우리 반을 맡게 된 선생님은 사범학교를 나온 지 몇 해 안된 젊은 분이었다. 아직 경험은 많지 않지만 그 유능함과 성실함이 인정되어 특별히 입시반 담임으로 발탁되었다는 소문도 있었다.

여럿 가운데서 뽑혀 오신 분인 만큼 새 담임선생은 첫날부터 남다른 데가 느껴졌다. 작은 일도 지나쳐보거나 흘려듣는 일이 없는 만큼이나 느낌도 예민해 첫 종회 시간에 이미 그분은 우리를 은근히 몰아세웠다.

"이 반은 왜 이리 활기가 없어? 어릿어릿하며 눈치나 슬슬 보구……."

그런 그의 남다른 관찰력은 반을 맡은 지 사흘 만에 벌써 문제의 핵심에 다가들고 있었다. 그날 6학년 들어 새로운 급장 선거가 있었는데, 석대가 61표 중 59표로 당선되자 담임선생은 벌컥 화를 냈다.

"이 따위 선거가 어디 있어? 무효표 하나와 당선자 본인의 표를 빼면 전원 일치잖아? 선거 다시 해."

그리고 재빨리 실수를 알아차린 석대가 손을 쓴다고 써 다음 선거에서 51표로 떨어뜨려도 마찬가지였다.

"이건 뭐야? 엄석대를 빼면 나머지 후보자 아홉은 전부 한 표씩이잖아? 도대체 경쟁자가 없는 선거가 무슨 소용 있어?"

그렇게 화를 내며 엄석대와 우리를 번갈아 쏘아보는 것이었다. 그분도 명백한 선거 결과는 어쩔 수가 없어 엄석대를 급장으로 인정하기는 했지만 어쩌면 그 기묘한 혁명은 이미 거기서부터 시작됐다고 할 수도 있었다.

"이 못난 것들. 그저 겁만 많아 가지고……."

"눈알 똑바로 두어! 사내자식들이 흘금흘금 눈치는 무슨……."

다음 날부터 담임선생님은 틈틈이 우리를 그렇게 몰아세우는 한편, 좀 어렵다 싶은 문제만 나오면 석대를 불러내 풀게 했다. 석대도 어떤 위기감을 느낀 듯했다. 제 딴에는 기를 쓰고 대비하는 것 같았지만 담임선생님을 만족시키기에는 많이 모자라 보였다.

첫 평가 시험이 있었던 다음 날 석대에게 준 핀잔이 그 한 예였다.

"엄석대, 너는 어째 시험은 잘 치면서 수업시간 중에는 그게 뭐야? 영 알 수 없는 놈이잖아."

하지만 그분도 석대가 하고 있는 엄청난 속임수에까지는 생각이 미치지 않았던 듯했다. 언제나 의혹의 눈을 번쩍이면서도, 석대가 이미 확보하고 있는 권위나 우리 학급을 움직이는 기존 질서는 인색하게나마 인정을 해주었다.

그럼에도 불구하고 담임선생의 그 같은 태도는 아이들에게 적지 않은 영향을 미쳤다. 담임선생님이 석대의 편이 아니라는 것, 전번 담임선생처럼 석대를 턱없이 믿기는커녕 오히려 무언가를 의심하고 있다는 것이 점점 명백해지자, 그 전해 내가 그렇게 움직여 보려고 해도 꿈쩍 않던 아이들이 절로 꿈틀대기 시작했다. 감히 정면으로 도전하지는 못해도 조그마한 반항들이 심심찮게 일었고, 무슨 일이 일어나도 석대보다는 담임선생님을 먼저 찾는 아이들이 하나둘 늘어갔다.

거듭거듭 말하지만 석대는 참으로 무서운 아이였다. 우리보다 나이가 많다 해도 기껏 열네댓의 소년에 지나지 않았건만, 그는 참아야 할 때와 물러나야 하는 곳을 아는 듯했다. 그쪽으로는 본능적으로 발달된 감각을 지닌 아이 같았다. 그전 같으면 주먹부터 내지르고 볼 일은 가벼운 눈흘김으로 대신하고, 눈흘김으로 대할 일은 너그러운 미소로 대신하며 어렵게 버텨나갔다. 눈치 빠른 아이들이 '공납'을 게을리해도 응징을 자제했고, "야, 그거 좋은데."

와 "그거 좀 빌려줘."란 말은 아예 쓰지도 않았다.

내 생각에, 그때 석대는 시험지 바꿔치기의 위험도 충분히 알고 있었으리라고 본다. 그러나 그것만은 그만둘 수가 없었을 것이다. 이미 호랑이 등에 올라탄 격이 되어 끝 가는 데까지 달려보는 수밖에 없었다. 공부 쪽을 포기하는 것도 생각할 수 없는 길은 아니지만, 그러기에는 '전교 1등 엄석대'로서의 이 년에 가까운 세월의 부담이 너무 컸다⋯⋯.

그리하여 마침내 일이 터진 것은 3월 말의 첫 일제고사 성적이 발표되던 날이었다. 그날 새파랗게 날선 얼굴로 아침 조례를 들어온 담임선생님은 대뜸 우리들의 성적부터 불러준 뒤에 차갑게 말했다.

"엄석대는 평균 98점으로 전 학년에서 1등을 했고 나머지는 모두가 전 학년 10등 밖이다. 나는 오늘 이 수수께끼를 풀어야겠다."

그러고는 갑자기 매서운 목소리로 엄석대를 불러냈다.

"교단 모서리를 짚고 엎드려뻗쳐."

엄석대가 애써 태연한 표정을 지으며 교탁 앞으로 나가자 담임선생님은 아무런 앞뒤 설명 없이 그렇게 명령했다. 그리고 엄석대가 엎드리자 출석부와 함께 들고 온 굵은 매로 그의 엉덩이를 모질게 내려쳤다.

갑자기 찬물을 끼얹은 듯 조용해진 교실 안은 매질 소리와 신음을 참는 석대의 거친 숨소리로 가득했다. 나로서는 처음 보는 모진 매질이었다. 제법 어린애 팔목만 하던 매는 금세 끝이 갈라지고 조각조각 떨어져 나갔다. 그러나 그런 모진 매질보다 더욱 내게 충격적인 것은 석대가 매를 맞고 있다는 사실 그 자체였다.

석대도 매를 맞는다. 저토록 비참하고 무력하게. — 그것은 나뿐만 아니라 우리 반 아이들 모두에게 충격이었을 것이다. 그리고 그때 담임선생님이 노린 것도 바로 그런 충격이었음에 틀림없다. 그사이 담임선생님의 손에 들린 매는 반 토막으로 줄어 있었으나 매질은 멈춰지지 않았다. 아픔을 못 이겨 몸을 비틀면서도 어지간히 견디던 석대도 마침내는 교실 바닥에 엎어지며 괴로운 신음을 뱉어냈다.

담임선생님은 그때를 기다리고 있었던 듯했다. 쓰러진 석대를 버려두고 교탁으로 가더니 석대의 시험지를 찾아 다시 엎드려뻗쳐를 하고 있는 석대 곁으로 갔다.

"엄석대, 여기를 잘 봐. 여기 이름 쓴 데 지우개 자국이 보이지?"

그제서야 나는 담임선생님이 드디어 석대의 비밀을 눈치챘음을 알았다. 그러자 문득 석대를 향한 동정이나 근심보다는 일의 결말이 더 궁금해지기 시작했다. 석대가 그전 라이터 사건 때처럼 자신의 잘못을 부인하고 아이들도 그때처럼 입을 모아 그를 뒷받침해 준다면 어떻게 될까 하는 것이었다.

"잘못……했습니다."

한참 뒤에 들리는 석대의 대답은 실망스럽게도 그랬다. 아무래도 그는 열네댓 살의 소년에 지나지 않았고, 또 굴복하기 쉬운 육체를 지닌 인간이었다. 어쩌면 담임선생님의 그 모진 매질은 다른 번거로운 절차 없이 그에게서 바로 그 말을 끌어내기 위함이었는지도 모를 일이었다.

석대의 그 같은 말이 들리자 아이들 사이에는 다시 한 차례 눈에 보이지 않는 동요가 일었다. 석대도 항복을 한다. — 있을 것 같지 않던 그런 일이 눈앞에서 벌어진 데서 온 충격 때문이었을 것이다. 나도 그랬다. 그 말을 듣는 순간 나도 모르게 몸을 움찔했을 정도였다.

그 담임선생님이 받은 유능하다는 평판은 두뇌가 조직적이고 치밀하다는 뜻이나 아니었는지 모르겠다. 바라던 굴복을 받아내자 담임선생은 석대에게 거의 생각할 틈을 주지 않고 다음 단계로 들어갔다.

"좋아, 그럼 교탁 위로 올라가 꿇어앉고 손들어."

담임선생님은 금세라도 모진 매질을 다시 시작할 듯 석대에게로 다가가며 그렇게 명령했다. 뒷일로 미뤄보면 그때 아마도 석대는 기습과도 같은 매질에 잠시 얼이 빠졌던 듯싶다. 채찍에 몰린 맹수처럼 어기적거리며 교탁 위로 올라가 두 손을 들고 꿇어앉았다.

그런 석대를 보며 나는 또 한 번 이상한 경험을 했다. 그전의 석대는 키나 몸집이 담임선생님과 비슷하게 보였고, 따로 떼어놓고 생각하면 오히려 석대 쪽이 더 큰 것처럼 느껴지기까지 했다. 그런데 그날 교탁 위에 꿇어앉은 석대는 갑자기 자그마해져 있었다. 어제까지의 크고 건장했던 우리 반 급장은 간곳없고, 우리 또래의 평범한 소년 하나가 볼품없는 벌을 받고 있을 뿐이었다. 거기 비해 담임선생님은 키와 몸집이 갑자기 갑절은 늘어난 듯했다. 그리하여 무슨 전능한 거인처럼 우리를 내려다보고 서 있는 것 같았다. 이 또한 짐작에 지나지 않지만, 그 같은 느낌은 다른 아이들에게도 마찬가지였을 것이고, 어쩌면 담임선생님은 처음부터 그걸 노렸는지도 모를 일이었다.

"박원하, 황영수, 이치규, 김문세……."

이어 담임선생님은 다시 여섯 명의 아이들을 불러냈다. 모두 번갈아가며 석대의 대리 시험을 쳐준 우리 반의 우등생들이었다. 낯이 하얗게 질린 그 애들이 쭈뼛거리며 교탁 앞으로 나서자 담임선생님이 약간 풀어진 목소리로 말했다.

"나는 너희들이 지난 한 달의 각종 시험에서 번갈아가며 자신의 이름을 지우고 딴 이름을 써서 낸 걸 알고 있다. 어쩔래? 맞고 입을 열래? 좋게 물을 때 바로 댈래? 그게 누구야? 누구와 시험점수를 바꾼 거야?"

그런데 담임선생님의 그 같은 물음이 채 끝나기도 전이었다. 그때껏 초점을 잃고 반쯤 감겨져 있던 석대의 눈이 번쩍 치켜떠지며 갑자기 무서운 빛을 뿜었다. 들고 있는 팔의 무게로 처져 있던 그의 어깨도 어느새 ����곿하게 세워져 있었다. 그걸 본 아이들이 움찔했다. 그러나 대세는 이미 기울어진 뒤였다. 아이들은 이미 석대가 약한 걸 보았고 따라서 서슴없이 강한 담임선생님을 택했다.

"엄석댑니다."

아이들이 입을 모아 그렇게 대답하자 석대는 괴로운 듯 눈을 질끈 감았다. 분명히 석대의 입은 굳게 다물어져 있었지만 나는 몸속 깊은 곳에서 우러나는 그의 신음소리를 들은 듯했다.

"좋아, 그럼 어째서 그런 짓을 하게 됐는지 황영수부터 말해 봐."

담임선생님은 한층 목소리를 부드럽게 해서 달래듯 말했다. 매를 축 늘어뜨리고 말하는 폼이, 너희들은 바로 대답하기만 하면 용서해 줄 수도 있다고 하는 것 같았다. 거기 희망을 건 아이들이 석대의 존재는 거의 무시한 채 제각기 이유를 댔다. 때릴까 겁이 나서, 아무것도 아닌 걸 위반으로 걸어 벌주기 때문에, 놀이에서 따돌림 받기 싫어, 따위로 대개 나도 겪은 이유들이었다.

"그래, 그동안 기분들이 어땠어?"

담임선생님이 다시 그렇게 물었다. 이번에도 아이들은 숨김없이 속을 털어놓았다. 잘못했습니다, 죄스러웠습니다가 절반, 선생님께 들킬까 봐 겁났습니다가 절반이었다. 그런데 참으로 알 수 없는 것은 담임선생님이었다. 마지막 아이의 말이 끝나는 순간 그의 표정이 험하게 일그러졌다.

"그래애?"

담임선생님은 비꼬듯 내뱉으며 그들 여섯을 차갑게 쏘아보다가 갑자기 우리 모두가 흠칫할 만큼 목소리를 높였다.

"모두 교단을 짚고 엎드려뻗쳐!"

그러고는 한 사람 앞에 열 대씩 매질해 나가기 시작했다. 맞는 동안에 두어 번씩은 몸이 교실 바닥으로 내려앉을 만큼 모진 매질이었다. 매질이 끝나자 교실 안은 한동안 그들의 훌쩍거림으로 시끄러웠다.

"모두 일어나!"

이윽고 훌쩍거림이 잦아들자 담임선생님은 그들 여섯을 일으켜 세우고 간신히 성을 가라앉힌 목소리로 말했다.

"나는 되도록 너희들에게 손을 안 대려고 했다. 석대의 강압에 못 이겨 시험지를 바꿔준 것 자체는 용서할 수도 있었다. 그러나 그동안 너희들의 느낌이 어떠했는가를 듣게 되자 그냥 참을 수가 없었다. 너희들은 당연한 너희 몫을 빼앗기고도 분한 줄 몰랐고, 불의한 힘 앞에 굴복하고도 부끄러운 줄 몰랐다. 그것도 한 학급의 우등생인 녀석들이……. 만약 너희들이 계속해 그런 정신으로 살아간다면 앞으로 맛보게 될 아픔은 오늘 내게 맞은 것과는 견줄 수 없을 만큼 클 것이다. 그런 너희들이 어른이 되어 만들 세상은 상상만으로도 끔찍하다……. 모두 교단 위에 손 들고 꿇어앉아 다시 한번 스스로를 반성하도록."

아마도 그때 담임선생님은 우리에게 지나치게 어려운 걸 가르치려고 들었던 것이나 아닌지 모르겠다. 우리 중 누구도 그 자리에서는 그 말의 참뜻을 알아듣지 못했고, 더러는 십십 년이 지난 지금에조차 그 말을 다 이해한 것 같지는 않다.

담임선생님이 드디어 자리에 앉아 있는 우리 모두에게로 돌아선 것은 그 여섯이 눈물로 범벅진 얼굴이 되어 교단 위에 나란히 꿇어앉은 다음이었다.

"지금껏 선생님이 알아낸 것은 석대와 저 아이들이 시험지를 바꾸어 공정한 채점을 방해한 것뿐이다. 하지만 그것만으로는 아직 넉넉하지 못하다. 우리 반을 새롭게 만들어나가기 위해서는 먼저 그릇된 지난날부터 정리해야 한다. 내 짐작으로는 그 밖에도 석대가 한 나쁜 짓들이 많이 있을 것이다. 이제 1번부터 차례로 자신이 알고 있는 석대의 잘못이나 석대에게 당한 괴로운 일들을 있는 대로 모두 얘기해 주기 바란다."

이번에도 시작은 부드러운 목소리였다. 그러나 다시 눈을 흡뜨고 쏘아보는 석대의 눈길에 흠칫해진 아이들이 머뭇거리자 그 목소리에는 이내 날이 섰다.

"5학년 때 담임선생님께 작년에 있었던 일을 얘기 들었다. 그분의 말씀으로는 그때 아무도 석대의 잘못을 써 내주지 않아 이 학급에 아무런 문제가 없는 줄 알고 계속해 석대를 믿게 되었다고 하셨다. 오늘 나도 마찬가지다. 너희들이 석대의 딴 잘못들을 알려주지 않는다면 이제 시험지 바꾼 일의 벌은 끝났으니 나머지는 지금까지 지내온 대로 다시 석대에게 맡길 수밖에 없다. 그래도 좋겠나? 1번, 우선 너부터 말해 봐."

그 말은 금세 효과를 냈다. 실은 아이들도 내가 늘 얕봤던 것처럼 맹탕은 아니었다. 다만 서로 힘을 합칠 줄 몰랐을 뿐, 마음속에서 불태우던 분노와 굴욕감은 한참 석대와 맞서고 있을 때의 나와 크게 다르지 않음에 분명했다. 변혁에 대한 열렬한 기대도. 그리하여 이제 문턱까지 이른 변혁이 다시 뒷걸음치려 하자 용기를 짜내 거기 매달렸다.

"석대는 제 연필깎기를 빌려가 돌려주지 않았습니다. 단속 주간이 아닌데도 쇠다마(구슬)를 빼앗어가고……."

1번 아이가 그렇게 입을 열자 2번, 3번도 아는 대로 털어놓기 시작했다. 봇물처럼 쏟아지기 시작한 석대의 비행은 끝없이 이어졌다. 여자 애들의 치마를 들추게 시켰다든가, 비누를 바른 손으로 수음을 하게 했다는 따위 성적인 것도 있었으며, 장삿집 애들은 매주 얼마씩 돈을 바치게 하고 농사짓는 집 아이들에게는 과일이나 곡식을, 대장간 아이에게는 엿으로 바꿀 철물을 가져오게 하는 따위의 경제적인 수탈도 있었다. 돈 100환을 받고 분단장을 시켜준 일이며, 환경 정리를 한다고 비품 구입비를 거두어 일부를 빼돌린 게 밝혀지고, 그 전해 한 학기 자신이 직접 나서지 않고도 나를 괴롭힌 과정도 대강은 드러났다.

그런데 한 가지 묘한 것은 그런 것을 고발하는 아이들의 태도였다. 처음에는 마지못해 선생님만 쳐다보고 머뭇머뭇 밝히다가 한 번호 한 번호 뒤로 물릴수록 차츰 목소리가 커지면서 눈을 번쩍이며 쏘아보는 석대를 향해 말하기 시작했다. 그리고 나중에는 '임마', '새끼' 같은, 전에는 감히 입 끝에 올려보지도 못한 엄청난 욕들을 섞어 선생님에게 고발한다기보다는 석대에게 바로 퍼대는 것이었다.

이윽고 39번 내 차례가 왔다.

"저는 잘 모릅니다."

내가 선생님을 쳐다보고 그렇게 말하자 일순 교실 안이 조용해졌다. 그러나 그것도 잠시, 담임선생님보다 먼저 아이들이 와 하고 내게 덤벼들었다.

"너 정말 몰라?"

"저 새끼, 순 석대 꼬붕이……."

"넌 임마, 쓸개도 없어?"

아이들은 담임선생님만 없으면 그대로 내게 덮칠 듯한 기세로 퍼부어댔다. 나는 그들이 뿜어대는 살기와도 같은 흉맹한 기운에 섬뜩했으나 그대로 버텼다.

"정말로 모릅니다. 전학 온 지 얼마 안 돼서……."

내가 그들 쪽은 보지도 않고 선생님만 바라보며 그렇게 되뇌자 아이들은 한층 험한 기세로 나를 몰아세웠다. 그때 알 수 없는 눈길로 나를 가만히 살피던 선생님이 그런 아이들을 진정시켰다.

"알겠어. 다음, 40번."

내가 석대의 비행에 대해 잘 모른다고 한 것은 진심과 오기가 반반 섞인 말이었다. 내가 마지막 서너 달을 석대와 유난히 가깝게 지낸 것은 사실이었지만 그때도 그는 어찌된 셈인지 자신의 치부만은 애써 감추었다. 첫 한 학기 그에게서 받은 피해도 모두 간접적인 것이어서 내게는 증거가 없었으며 또 그 대강은 이미 딴 아이들의 입으로 들추어진 뒤였다. 거기다가 5학년 한 해 학급에서의 내 위치 자체가 구석구석 숨겨진 석대의 비행을 알아내기에는 묘하게 불리했다. 그 한 해의 절반은 내가 석대의 유일한 적대자였기 때문에, 그리고 다른 절반은 내가 그의 한 팔처럼 되었기 때문에 속을 터놓고 지낼 친구들을 얻을 수가 없었고, 그래서 어디엔가 불의가 존재한다는 막연한 느낌뿐, 교실 구석에서 은밀하게 벌어지는 일들을 다른 아이들보다 더 많이 더 잘 알 수는 더욱 없었다.

오기는 그날 내 앞까지의 아이들이 석대를 고발하는 태도 때문에 생긴 것이었다. 석대의 나쁜 짓을 까발리고 들춰내는 데 가장 열성적이고 공격적인 아이들은 대개 두 부류였다. 하나는 간절히 석대의 총애를 받기 원했으나 이런저런 까닭으로 끝내는 실패한 부류였고, 다른 하나는 그날 아침까지도 석대 곁에 붙어 그 숱한 나쁜 짓에 그의 손발 노릇을 하던 부류였다.

한 인간이 회개하는 데 꼭 긴 세월이 필요한 것은 아니며, 백정도 칼을 버리면 부처가 될 수 있다고도 하지만, 나는 아무래도 느닷없는 그들의 분노와 정의감이 미덥지 않았다. 나는 지금도 갑작스러운 개종자나 극적인 전향 인사는 믿지 못하고 있다. 특히 그들이 남 앞에 나서서 설쳐 대면 설쳐 댈수록. 내가 굳이 석대를 고발하려 들면 꺼리가 전혀 없는 것은 아니었지만, 그날 끝내 입을 다문 것은 아마도 그런 아이들에 대한 반발로 오기가 생긴 때문이었다. 내 눈에는 그 애들이 석대가 쓰러진 걸 보고서야 덤벼들어 등을 밟아대는 교활하고도 비열한 변절자로밖에 비쳐지지 않았다.

마지막 61번 아이가 고발을 끝냈을 때는 어느새 첫째 시간 수업이 끝났음을 알리는 종이 울리고 있었다. 그러나 담임선생님은 그 종소리를 무시하고 우리에게 말했다.

"좋다. 너희들이 용기를 되찾은 걸 선생님은 다행으로 생각한다. 이제 앞으로의 일은 너희 손에 맡겨도 될 것 같아 마음 든든하다. 그렇지만 너희들도 값은 치러야 한다. 첫째로는 너희들의 지난 비겁의 값이고, 둘째로는 앞으로의 삶에 주는 교훈의 값이다. 한 번 잃은 것은 결코 찾기가 쉽지 않다. 이 기회에 너희들이 그걸 배워두지 않으면, 앞으로 또 이런 일이 벌어져도 너희들은 나 같은 선생님만 기다리고 있게 될 것이다. 괴롭고 힘들더라도 스스로 일어나 되찾지 못하고 언제나 남이 찾아주기만을 기다리게 된다."

그렇게 말을 맺은 담임선생님은 청소 도구함 쪽으로 가서 참나무로 된 걸렛대를 하나 빼내 들었다. 그리고 다시 교단 앞에 서더니 나직이 명령했다.

"1번부터 한 사람씩 차례로 나와."

그날 우리 모두에게 돌아온 매는 한 사람 앞에 다섯 대씩이었다. 앞의 아이들을 때릴 때와 다름없이 모진 매질이어서 교실은 또 한 번 울음바다를 이루었다.

"자, 이제 선생님이 너희들을 위해 해줄 수 있는 일은 다 끝났다. 모두 제자리로 돌아가라. 엄석대도. 그리고 이제부터는 너희들끼리 의논해서 다른 그 어떤 반보다 훌륭한 반을 만들어 봐라. 너희들은 이미 회의 진행 방법도 배웠고 의사를 결정짓는 과정과 투표에 대해서도 알 것이다. 지금부터 나는 그냥 곁에 앉아 지켜보기만 하겠다."

매질을 끝낸 선생님은 갑자기 지친다는 표정으로 그렇게 말하고 교실 한구석에 있는 교사용 의자에 가 앉았다. 손수건을 꺼내 이마에 흐르는 땀을 닦는 것만 보아도 우리가 당한 매질이 얼마나 호된 것이었는가를 잘 알 수 있었다.

그곳 아이들은 학급자치회의 운영 방식을 전혀 모르거나 까맣게 잊어버린 걸로 알았는데 막상 기회가 주어지니 그렇지도 않았다. 분위기가 약간 어색하고 행동들이 서툴기는 해도 그런대로 서울 아이들 흉내는 낼 줄 알았다. 쭈뼛거리며 말을 더듬는 것도 잠시, 아이들은 이내 자신을 회복해 동의하고 재청하고 찬성하고 투표했다. 그래서 결정된 게 먼저 임시 의장단을 구성하고 그들의 선거 관리 아래 자치회 의장단이자 학급의 임원직을 새로 뽑는다는 것이었다.

해명이 좀 늦은 듯한 감이 있지만, 어떻게 보면 아무래도 혁명적이 못 되는 석대의 몰락을 내가 굳이 혁명이라고 표현한 것은 실로 그 때문이었다. 비록 구체제에 해당되는 석대의 질서를 무너뜨린 힘과 의지는 담임선생님에게 빚졌어도, 새로운 제도와 질서를 건설한 것은 틀림없이 우리들 자신의 힘과 의지였다. 거기다가 되도록이면 그날의 일을 우리들의 자발적인 의지와 스스로의 역량에 의해 쟁취된 것으로 기억되게 하려고 애쓰신 담임선생님의 심지 깊은 배려를 존중하여, 나는 이런저런 구차한 수식어를 더해 가면서까지도 굳이 혁명이란 말을 써왔다.

임시 의장은 부급장이던 김문세가 거수 표결로 뽑혔고, 김문세의 재청에 의해 검표 및 기록을 맡을 임시 의장단이 번거로운 선거 없이 무더기로 선출되었다. 다섯 번이나 선거하는 대신 일정한 숫자로 끝나는 번호를 가진 아이들에게 그 일을 맡기자는 임시 의장단의 의견을 아이들이 받아들여 번호의 끝자리 숫자가 5인 다섯 명을 역시 거수 표결로 한꺼번에 결정한 결과였다.

뒤이어 두 시간에 걸친 선거가 실시되었다. 전에는 급장, 부급장, 총무만 선거로 뽑혔으나 이번에는 자치회의 부장들과 학급의 분단장까지 선거로 뽑게 되었다. 그 뒤 한동안 우리 반을 혼란스럽게 했던 선거 만능 풍조의 시작이었다.

그런데 급장 선거의 개표가 거의 끝나갈 무렵이었다. 추천 제도없이 바로 하게 된 선거라 반 아이 절반쯤의 이름이 흑판 위에 도토리 키재기를 하고 있는데, 갑자기 거세게 교실 뒷문이 열리는 소리가 들렸다. 모두 흑판 위에서 불어가는 正자에 정신이 팔려 있다가 놀라 돌아보니 엄석대가 그 문을 나가다 말고 우리를 무섭게 흘겨보며 소리쳤다.

"잘해 봐, 이 새끼들아."

그리고 잽싸게 복도로 뛰어나가 교사 밖으로 달아나버렸다. 우리들이 하는 양을 살피느라 잠깐 엄석대를 잊고 있던 담임선생님이 급하게 그의 이름을 부르며 뒤쫓아 나갔으나 끝내 붙잡지 못했다.

그 갑작스러운 일에 아이들은 잠깐 흠칫했지만 개표는 다시 계속돼 곧 결과가 나왔다. 김문세가 16표, 박원하가 13표, 황영수가 11표, 그리고 5표, 4표, 3표 하나씩에 한 표짜리가 대여섯 나오더니 무효표 둘로 반 전체 61표가 찼다.

석대의 표는 단 하나도 없었다. 아마도 석대는 그런 굴욕적인 개표 결과가 확정되는 걸 참고 기다리지 못해 뛰쳐나갔을 것이다. 그러나 뛰쳐나간 것은 그 굴욕의 순간으로부터만은 아니었다. 그 뒤 그는 영영 학교와 우리들에게로는 돌아오지 않았다.

그런데 부끄럽지만, 여기서 한 가지 밝혀두고 싶은 것은 그 무효표 두 표의 내역이다. 한 표는 틀림없이 석대 자신의 것이었고 다른 한 표는 바로 내 것이었다. 그러나 그걸 곧 여러 혁명에서 보이는 반동과 동질로 볼 수 없는 것이, 나는 이미 무너져내린 석대의 질서에 연연해하거나 그 힘에 향수를 품고 그런 것은 아니었다. 그때는 이미 담임선생님이 은연중에 불 지핀 그 혁명의 열기가 내게도 서서히 번져와 나도 새로 건설될 우리 반에 다른 아이들 못지않은 기대를 가지게 되었다.

하지만 막상 그 우리 반을 이끌 지도자를 선택해야 될 순간이 되자 나는 갑자기 난감해졌다. 공부에서건 싸움에서건 또 다른 재능에서건 남보다 나은 아이치고 석대가 받을 비난에서 자유로울 수 있는 아이는 아무도 없었다. 오히려 대리 시험으로 석대가 그전 담임선생님의 믿음과 총애를 훔치는 걸 돕거나 석대의 보이지 않는 손발이 되어 그의 불의한 질서가 가차 없이 우리 반을 위압하게 만들어준 것은 바로 그들이었다. 내가 혼자서 그렇게 힘겹게 석대에게 저항하고 있을 때 가장 나를 괴롭게 한 것도 그들이었고, 갑작스러운 반전으로 내가 석대의 가장 가까운 측근이 되었을 때 가장 많이 부러워하거나 시기한 것도 그들이었다.

그렇다고 6학년이면서도 아직 구구단도 제대로 외지 못하는 돌대가리나 싸움도 하기 전에 눈물부터 보여 앞줄의 꼬맹이들에게까지 업신여김을 당하는 허풍선이를 급장으로 세울 수도 없었다. 그 아침까지도 석대가 보장해 주는 특전에 만족해 있던 나 자신을 내세울 수는 더욱 없고 그래서 정직하게 던진 표가 무효를 가장한 기권표였다. 변혁을 선뜻 낙관하지 못하는 내 불행한 허무주의는 어쩌면 그때부터 싹튼 것이나 아닌지 모르겠다.

하지만 내 기분이야 어찌됐건 그날의 선거는 모두가 순조롭게 진행되었고 우리는 분단장까지 분단원의 투표로 뽑을 만큼 철저하게 우리 손으로 우리의 대표를 뽑았다. 우리를 규율하는 질서도 많은 부분이 새롭게 개편되었다. 서울에서의 기억이 무색할 만큼 모든 것은 토의와 표결에 붙여졌고, 그 결과 학교와 담임선생님으로부터 오는 것 이외에는 어떠한 강제도 철폐되었다. 석대가 물러난 지 얼마 안 돼 4·19가 있었지만, 그러나 그게 어린 우리에게 어떤 영향을 미쳤다고는 감히 말하지 못하겠다.

물론 혁명에 따르는 혼란과 소모는 우리에게도 있었다. 아니, 그저 단순히 있었다는 것 이상으로, 우리는 그 뒤 몇 개월에 걸쳐 처음과 끝을 온전히 우리의 힘만으로는 달성하지 못한 그 혁명의 값을 안팎으로 호되게 물어야 했다.

교실 안에서 우리에게 가장 많은 혼란과 소모를 강요한 것은 의식의 파행이었다. 선생님의 격려와 근거 없는 승리감에 취한 우리 중의 일부는 지나치게 앞으로 내달았고, 아직도 석대의 질서가 주던 중압에서 깨어나지 못한 아이들은 또 너무 뒤처져 미적거렸다. 임원직으로 뽑힌 아이들도 마찬가지였다. 어른들의 식으로 표현하면, 한쪽은 너무나 민주의 대의에 충실해 우왕좌왕했고, 또 한쪽은 석대 식의 권위주의를 청산하지 못한 채 은근히 작은 석대를 꿈꾸었다. 거기다가 새로 생긴 건의함은 올바른 국민 탄핵 제도의 기능을 하기보다는 밀고와 모함으로 일주일에 하나씩은 임원들을 갈아치웠다.

학교 밖에서 우리를 괴롭힌 것은 대담하고 잔혹하기 이를 데 없는 석대의 보복이었다. 석대가 떠난 뒤로 한 달 가까이 우리 교실은 매일같이 어딘가 한 모퉁이는 자리가 비었다. 석대가 길목을 막고 있는 동네의 아이들이 결석하기 때문이었는데, 그때 그 아이들이 입게 되는 피해는 하루 결석 정도로 그치지 않았다. 어딘가 후미진 곳으로 끌려가 한나절 배신의 대가를 치렀고, 그렇게까지는 안 돼도 가방이 예리한 칼로 찢기거나 책과 도시락이 든 채 수채 구덩이에 던져졌다.

나중에는 석대를 몰아낸 걸 아이들이 공공연히 후회할 만큼 그 보복은 끈질기고 집요했다.

그렇지만 시간이 흐르면서 안팎의 도전들은 차츰 해결되어갔다.

먼저 해결된 것은 석대 쪽이었는데, 그 해결을 유도한 담임선생님의 방식은 좀 특이했다. 우리에게는 거의 불가항력적이었건만 어찌된 셈인지 담임선생님은 석대 때문에 결석한 아이들을 그 어느 때보다 호된 매질과 꾸지람으로 다루었다.

"다섯 놈이 하나한테 하루 종일 끌려다녀? 병신 같은 자식들."

"너희들은 두 손 묶어 놓고 있었어? 멍청한 놈들."

그렇게 소리치며 마구잡이 매질을 해댈 때는 마치 사람이 갑자기 변한 것처럼 보였다. 우리는 영문을 몰랐으나 그 효과는 오래잖아 나타났다. 우리 중에서 좀 별나고 당찬 소전거리 아이들 다섯이 마침내 석대와 맞붙은 것이었다. 석대는 전에 없이 표독을 떨었지만 상대편 아이들도 이판사판으로 덤비자 결국은 혼자서 다섯을 당해 내지 못하고 꽁무니를 뺐다. 선생님은 그 아이들에게 그 당시 한창 인기 있던 케네디 대통령의 『용기 있는 사람들』이란 책 한 권씩을 나눠주며 우리 모두가 부러워할 만큼 여럿 앞에서 그들을 추켜세웠다. 그러자 다음 날 미창(米倉) 쪽에서도 똑같은 일이 벌어지고 그 뒤 석대는 두 번 다시 아이들 앞에 나타나지 않았다.

거기 비해 우리 내부에서 일어나는 혼란을 대하는 담임선생님의 태도는 또 앞서와 전혀 달랐다. 잘못된 이해나 엇갈리는 의식 때문에 아무리 교실 안이 시끄럽고 학급의 일이 갈팡질팡해도 담임선생님은 철저하게 모르는 척했다. 토요일 오후 자치회가 끝없는 입씨름으로 서너 시간씩 계속돼도, 급장 부급장이 건의함을 통해 밀고된 대단치 않은 잘못으로 한 달에 한 번씩 갈리는 소동이 나도 언제나 가만히 지켜보고 있을 뿐 충고 한마디 하는 법이 없었다.

그 바람에 우리 학급이 정상으로 돌아가는 데는 거의 한 학기가 다 소비된 뒤였다. 여름방학이 지나자 벌써 서너 달 앞으로 닥친 중학입시가 말깨나 할 만한 아이들의 주의를 온통 그리로 끌어들인 까닭도 있지만, 그보다는 경험의 교훈이 자정 능력을 길러준 덕분이 아닌가 한다. 서로 다투고 따지고 부대끼고 시달리는 그 대여섯 달 동안에 우리는 차츰 스스로가 스스로를 규율한다는 게 어떤 것인가를 배우게 된 듯하다. 하지만 그때껏 그런 우리를 지켜보기만 했던 담임선생님의 깊은 뜻을 이해하는 데는 아직도 훨씬 더 많은 세월이 지나야 했다.

학급생활이 정상으로 돌아감과 아울러 굴절되었던 내 의식도 차츰 원래대로 회복되어갔다. 다시 어른들 식으로 표현하면, 새로운 급장 선거에서 기권표를 던질 때만 해도 머뭇거리던 내 시민 의식은 오래잖아 자신과 희망을 가지게 되고 자유와 합리에 대한 예전의 믿음도 이윽고는 되살아났다. 가끔씩 — 이를테면 내가 듣기에는 더할 나위 없는 의견 같은데도 공연히 떠드는 게 좋아 씨알도 먹히지 않는 따지기로 회의만 끝없이 늘여놓는 아이들을 볼 때나, 다 같이 힘을 합쳐야 할 작업에 요리조리 빠져나가 우리 반이 딴 반에 뒤지게 만드는 아이들을 보게 될 때와 같은 때 — 석대의 질서가 가졌던 편의와 효용성을 떠올린 적이 있었지만 그것도 금지돼 있기에 더 커지는 유혹 같은 것에 지나지 않았다.

석대는 미창 쪽 아이들과의 싸움이 있고 난 뒤 우리들뿐만 아니라 그 작은 읍에서도 사라져버렸다. 얼마 후 들리는 소문으로는 서울에 있는 어머니를 찾아갔다고 했다. 상이군인으로 돌아온 남

편이 일찍 죽자 어린 석대를 할머니 할아버지에게 떼어놓고 개가
해 버렸다던 그의 어머니였다.

✕ ✕ ✕

　그 뒤 내 삶도 숨 가빴다. 학교와 부모의 성화 속에 남은 학기
를 어떻게 보냈는지조차 모르게 입시공부에 허덕이며 보낸 덕으
로 나는 겨우 괜찮은 중학에 들어갈 수 있었고, 그때를 시작으로
경쟁과 시험 속에 십 년이 흘러갔다. 따라서 한동안은 제법 생생
했던 석대의 기억은 차차 희미해지고, 힘들게 힘들게 일류 고등학
교와 일류 대학을 거쳐 사회에 나왔을 때는 짧은 악몽 속에서나
퍼뜩 나타났다 사라지는 의미 없는 환영에 지나지 않게 되어 있
었다. 하지만 내가 석대를 잊게 된 것은 반드시 내 삶이 숨 가쁘고
힘겨웠기 때문만은 아니었다. 그보다는 그동안의 내 환경에 그 시
절을 상기시킬 요소가 거의 없었다. 일류와 일류, 모범생과 모범생
의 집단을 거쳐 자라가는 동안 나는 두 번 다시 그 같은 억눌림
또는 가치 박탈의 체험을 안 해도 좋았기 때문이었다. 재능과 노
력, 특히 정신적인 능력과 학문에 대한 천착의 깊이로 모든 서열이
정해지고 자율과 합리에 지배되는 곳들만을 지나와, 그때까지도
석대는 여전히 부정(否定)의 이미지에 묻혀 있을 수밖에 없었다.
　그러다가 — 석대가 다시 내 의식 표면으로 떠오르기 시작한

것은 군대를 거쳐 사회에 나온 내가 한 십 년 가까이 생활의 진창에 짓이겨진 뒤였다. 처음 일류 학교 출신답게 대기업에 들어갔던 나는 이태 만에 모래 위에 세운 궁궐같이만 느껴지는 그곳을 떠나 고급 세일즈로 재출발했다. 근무하기에 자유롭지도 않고 경영이 합리적이지도 않으며 성장 과정조차 정의롭지 못한 집단 속에서 젊음과 재능을 낭비하고 싶지 않아서였다. 나는 머지않아 닥쳐올 세일즈맨의 시대를 꿈꾸며 삼 년 가까이 이 나라의 대기업들이 만든 갖가지 허위와 과대 선전에 찬 상품들을 열심히 팔았다. 약품과 보험과 자동차의 상품 카탈로그를 한 가방 넣어 뛰어다니는 사이에 이 나라의 70년대 후반과 내 청춘의 끄트머리가 함께 지나갔다. 그리하여 결국 이 나라의 세일즈맨은 그 자체가 한 고객에 지나지 않거나, 기껏해야 내구연한이 이 년을 넘지 않는 대기업의 일회용 소모품에 지나지 않음을 깨달았을 때는 벌써 삼십대도 중반으로 접어든 협수룩한 가장이 되어 있었다.

나는 그제서야 놀라 주위를 돌아보았다. 모래 위의 궁궐같이만 느껴지던 대기업은 점점 번창하기만 했고, 거기 남아 있던 옛 동료들은 계장으로 과장으로 올라가 반짝반짝 윤기가 돌았다. 어떤 동창은 부동산에 손을 대 벌써 건물 임대료만으로 골프장을 드나들고 있었고, 오퍼상인가 뭔가 하는 구멍가게를 열었던 친구는 용도도 가늠 안 가는 어떤 상품으로 떼돈을 움켜 거들먹거렸다. 군인이 된 줄 알았던 동창이 난데없이 중앙부처의 괜찮은 직급에 앉아 있었으며, 재수마저 실패해 자비유학으로 낙착을 보았던 녀석은 어물쩍 미국박사가 되어 돌아와 제법 교수 티를 냈다.

나는 급했다. 그때 이미 내 관심은 그런 성공의 마뜩치 못한 과정이나 그걸 가능하게 한 사회 구조가 아니라 그들이 누리고 있는 그 과일 쪽이었다. 한마디로 말해, 나도 어서 빨리 그들의 풍성한 식탁 모퉁이에 끼어들고 싶었다. 그러나 그 급함이 나를 한층 더 질퍽한 생활의 진창에다 패댕이를 쳤다. 겨우겨우 마련한 열아홉 평 아파트 팔고 이 돈 저 돈 마구잡이로 끌어대 벌인 어떤 수상쩍은 벤처 사업의 대리점은, 잘 수습됐다는 게 나를 두 칸 전세방에 들어앉은 실업자로 만들어버리는 것으로 끝났다.

실업자가 되어 한 발 물러서서 보니 세상이 한층 잘 보였다. 내가 갑자기 낯선, 이상한 곳으로 전학 온 듯한 느낌을 가지게 된 것은 그 무렵이었다. 그전 학교에서의 성적이나 거기서 빛났던 내 자랑들은 아무런 소용이 없는, 그들만의 질서로 다스려지는 어떤 가혹한 왕국에 내던져진 느낌. — 거기서 엄석대는 아득한 과거로부터 되살아나왔다.

이런 세상이라면 석대는 어디선가 틀림없이 다시 급장이 되었을 것이다. — 나는 그렇게 단정했다. 공부의 석차도 싸움의 순위도 그의 조작에 따라 결정되고, 가짐도 누림도 그의 의사에 따라 분배되는 어떤 반, 때로 나는 운 좋게 그 반을 찾아내 옛날처럼 석대 곁에서 모든 걸 함께 누리는 꿈을 꾸다가 서운함 속에 깨어나기까지 했다.

다행히도 실제 세상은 그때의 우리 반과 꼭 같지는 않아 그래

도 내가 나온 일류 대학과 거기서 닦은 지식을 써주는 곳이 아직
은 더러 남아 있었다. 그중에 내가 하나 찾아낸 곳이 사설 학원이
었다. 그곳도 꼭 옛날의 성적대로 되는 것은 아니고 뒤늦게 출발한
강사 생활이라 적응에 고생은 좀 됐지만, 어쨌든 나는 거기서 다
시 아내와 아이들을 보살필 만한 수입은 벌어들일 수 있었다. 그
리고 몇 달 지나지 않아서는 제법 내 집 마련의 꿈까지 키울 수 있
을 만큼 살이는 펴졌다. 하지만 석대에 대한 나의 그런 단정은 조
금도 변하지 않았다.

이따금씩 만나는 국민학교 동창들도 심심찮게 그런 내 단정을
뒷받침해 주었다.

"엄석대 그 친구, 역시 물건이더만. 그라나다 뒷자석에 턱 제끼
고 앉아 가는 걸 봤지."

"고향에 갔다가 엄석대 개 때문에 기분 콱 잡쳤어. 고향 친구들
불러 술 한 잔 하는데 온통 개 얘기뿐이더군. 무얼 하는지 젊은 녀
석 둘을 달고 와 중앙통을 돈으로 휩쓸고 간 모양이야."

녀석들은 감탄조로 그렇게 말했지만, 나는 오히려 그들이 석대
를 일부러 왜소하게 만들고 있는 듯한 느낌까지 들었다.

우리들의 석대는 그렇게 작아서는 안 되었다. 그렇게 속된 성공
으로 그쳐서는 이미 실패의 예감이 짙은 내 삶을 해명할 길이 없
어지고 만다. 또 우리들의 석대는 그렇게 쉽게 그의 힘과 성공이
눈에 띄어서도 안 되었다. 보다 은밀하고 깊은 곳에 숨어 지금의
이 반을 주물러대고 있어야 했고, 그래서 내가 자유와 합리의 기

억을 포기하기만 하면 다시 그의 곁에 불러 앉혀주어야 했다. 내 재능의 일부만 바치면 그는 전처럼 거의 모든 것을 내게 줄 수 있어야 했다.

그런데…… 끝내는 나도 그를 만나고 말았다. 바로 지난여름의 일이었다. 입시반 때문에 겨우 사흘 얻은 휴가로 나는 아내와 아이들을 데리고 강릉으로 갔다. 딴에는 마음먹고 나선 피서 길이라 군이 돈을 아끼려는 것은 아니었으나 마침 새마을 표가 매진돼 어쩔 수 없이 타게 된 우등칸은 고생스럽기 그지없었다. 따로 좌석을 사기에는 아직 어려서 하나씩 데리고 앉은 아이들이 칭얼대는 데다 통로는 입석객이 들어차 에어컨도 제구실을 못했기 때문이었다. 그래서 강릉에 도착하기 바쁘게 기차를 빠져나와 출구 쪽으로 가는데, 문득 등 뒤에서 귀에 익은 외침 소리가 들려왔다.

"놔, 이거 못 놔?"

무심코 소리 나는 쪽을 돌아보니 대여섯 발자국 뒤에서 사복형사인 듯싶은 두 사람에게 양팔을 잡힌 어떤 건장한 젊은 남자가 그들을 뿌리치려고 애쓰며 지르는 고함이었다. 미색 정장에 엷은 갈색 넥타이를 점잖게 받쳐 맸으나 왼쪽 소매는 그 실랑이로 벌써 뜯겨져 있었다. 나는 그런 그의 선글라스 낀 얼굴이 이상하게 눈에 익어 나도 모르게 발걸음을 멈추었다.

"튀어 봤자 벼룩이야. 역 구내에 쫙 깔렸어!"

형사 한 사람이 차갑게 내뱉으며 허리춤에서 반짝반짝하는 수

250

갑을 꺼냈다. 그걸 보자 붙잡힌 남자는 더욱 거세게 몸부림쳤다.

"이 새끼가 아직도 정신 못 차려?"

보다 못한 다른 형사가 그렇게 쏘아붙이며 한 손을 빼 그 남자의 입가를 쳤다. 그 충격에 선글라스가 벗겨져 날아갔다. 그러자 비로소 온전히 드러난 그 남자의 얼굴, 아 그것은 놀랍게도 엄석대였다. 삼십 년 가까운 세월이 지나갔건만 한눈에 알아볼 수 있는 그 우뚝한 콧날, 억세 뵈는 턱, 그리고 번쩍이는 눈길……

나는 못 볼 것을 본 사람처럼 질끈 두 눈을 감았다. 그런 내 눈앞에 교탁 위에서 팔을 들고 꿇어앉아 있던 이십육 년 전 그날의 석대가 떠올랐다. 몰락한 영웅의 비장미도 뭐도 없는 초라하고 무력한 우리들 중의 하나가.

"여보, 당신 왜 그러세요?"

영문도 모르고 내 곁에 붙어 섰던 아내가 가만히 옷깃을 당기며 걱정스레 물었다. 나는 그제서야 눈을 뜨고 다시 석대 쪽을 보았다. 그사이 수갑을 받은 석대는 두 손으로 피 묻은 입가를 씻으며 비척비척 끌려가고 있었다. 내 곁을 지날 때 힐끗 나를 곁눈질했지만 조금도 나를 알아보는 것 같지는 않았다……

— 그날 밤 나는 잠든 아내와 아이들 곁에서 늦도록 술잔을 비웠다. 나중에는 눈물까지 두어 방울 떨군 것 같은데, 그러나 그게 나를 위한 것이었는지 그를 위한 것이었는지, 또 세계와 인생에 대한 안도에서였는지 새로운 비관에서였는지는 지금에조차 뚜렷하지 않다.

시인과
도둑

시인이 길을 간다. 사람의 자취 끊어진 그윽한 산길을 시인이 휘얼휘 간다. 바람이 불 때는 바람에 밀리듯이, 구름이 흐를 때는 구름 따라 흐르듯이. 들꽃을 만나면 들꽃 찾아 나선 듯이, 산새가 울면 산새에 불려온 듯이.

그는 긴 세월을 허비해 두 개의 상반된 세계와 인식을 거쳐왔다. 쓸쓸하고 슬퍼 오히려 아름답게 보이는 유년과 불같은 젊은 날의 태반을 바쳐 먼저 그가 건너야 했던 것은 긍정과 시인(是認)과 보수(保守)의 세계였고 그 인식이었다. 그 세계에서의 삶은 이겨 살아남고 이룩하고 누리는 것이 본모습으로 상정(想定)되어 있었으며, 인식의 주류는 '지금' 이루어지는 것이 모두 옳으며 '여기' 있는 것은 모두 존중되고 유지되어야 한다는 것이었다.

그러나 그의 일생을 인도한 일탈(逸脫)의 별은 그를 그 같은 세계와 인식 속에 안주할 수 있도록 놓아두지는 않았다. 그의 젊음도 스산하게 저물어갈 무렵 새로운 세계와 인식이 뒤틀린 운명에 피 흘리던 그의 영혼을 사로잡았다. 억눌리고 빼앗기고 괴로움 속에 던져진 시간을 때워야 하는 목숨들의 세계와 '지금' 이루어지고 있는 일은 모두가 틀렸으며 그르고 '여기' 있는 것은 모두가 부서져 거듭나야 한다는 인식이 바로 그것이었다.

그는 어두워 더 치열한 열정으로 그 새로운 세계와 인식에 자신을 내던졌다. 하지만 그 또한 그 안에서 늙어갈 만한 세계도 그 믿음 속에서 죽어갈 수 있는 인식도 아니었다. 그늘 없는 양지가 어디 있고 속없는 겉, 뒤 없는 앞이 어디 있는가. 세계도 인식도 겹이었고, 그 시비는 '지금'과 '여기'에서의 하염없는 노래에 지나지 않았다.

그 뒤 그는 한동안 적막 같은 양비(兩非)와 양시(兩是)의 세월을 보냈다. 때로는 우주와 인생을 다 이해한 것처럼 그 두 상반된 세계와 인식을 한꺼번에 꾸짖었고, 때로는 그 둘을 아울러 껴안고 아파하며 뒹굴었다. 하지만 그가 가진 것은 답이 아니었으므로 스스로도 막막했으며, 두 세계와 인식은 너무도 완강하게 등을 돌려 그는 외로웠다. 극단으로 대립되어 있는 두 세계와 인식 사이에서 중용이나 조화를 추구함은 시비의 끝이 아니라 시작이었다. 양비일 때는 어김없이 양쪽 모두가 적이 되면서도 양시일 때는 모두가 벗이 되어주지 않았다.

그러다가 그가 새로운 기대로 찾아 나선 것이 자연이었다. 그의 적막함은 결국 사람들의 시비에 끼어든 데서 비롯되었음을 깨닫고 사람들의 마을과 저잣거리를, 어느 쪽이든 편이 되지 않으면 허전하고 불안해 못 견뎌 하는 그들의 의식을 벗어났다. 그것은 또한 세상의 시비에 상처 입고 비틀거리는 그의 시를 위한 떠남이기도 했다.

오래된 지혜는 모든 앎, 모든 아름다움, 모든 참됨, 모든 거룩함의 원형으로 곧잘 자연을 암시해 왔다. 실은 그도 그러한 옛 지혜를 따라 앎을 길렀고 아름다움과 거룩함을 그렇지 못한 것들과 분별해 왔으며 시에서는 진작부터 그 흉내를 내기도 했다. 하지만 그때는 아직 자연에 이르는 오래된 길인 관조(觀照)라든가 자기 침잠(自己沈潛)에는 이르지 못하고 있었다.

그런데 이제는 아니었다. 반복 학습에 의해 강요된 전범(典範)으로서의 자연이 아니라 내면의 절실한 요구에 따른, 모든 가치의 이상태(理想態)로서의 자연 속을 그는 추구하며 헤매는 중이었다. 그와 그의 시가 아울러 이르려 했고 종당에는 아마도 이른 것으로 보이는 자연에의 귀일(歸一) 내지 합일과는 여전히 멀었지만, 공리적 효용에서 점차 떠나고 있다는 점에서는 이전의 경험과는 또 다른 세계와 인식으로 접어들고 있는 셈이었다.

계절은 이미 가을도 깊어 산기슭은 불타는 듯한 단풍으로 덮여 있었다. 만지면 묻어날 듯 파아란 하늘과 어우러진 눈부신 단풍을 바라보던 그는 그곳이 기억에 있는 곳임을 깨달았다. 아련한 유년의 어느 날에 지금은 둘 다 가고 없는 형과 아버지와 함께 넘은 적이 있는 구월산(九月山)의 한 자락이었다.

그 무엇에 이끌렸는지 그는 금강산 다음으로 자주 그 산을 찾았다. 길은 달라도 거의 해마다 지났는데 그해는 공교롭게도 유년의 기억이 묻어 있는 그 기슭을 지나게 된 듯했다.

산은 언제나 옛 그대로인데 자신은 어느새 여덟 살의 아이에서 귀밑머리 희끗한 중년으로 변한 게 새삼 비감(悲感)을 불러일으켰다. 그러나 뒷사람들이 가장 감탄하는 그의 특질 중에 하나가 자신의 비참과 고통을 일순에 빛나는 시정(詩情)으로 바꾸어 놓는 기지와 해학이었다. 그날도 그는 갑작스레 밀려든 비감을 이내 한 편의 희시(戲詩)로 지워버렸다.

지난해 구월에 구월산을 지나고[昨年九月過九月]
올 구월에 또 구월산을 지나네[今年九月過九月]
해마다 구월에 구월산을 지나지만[年年九月過九月]
구월산 풍광은 언제나 구월이라네[九月山光長九月]

그가 단풍 그늘에서 땀을 식히며 동음이의(同音異意)인 구월을 여덟 번이나 되풀이해 그런 칠언(七言) 한 구절을 읊고 있는데 으슥한 숲 속에서 누군가 거친 목소리로 외쳤다.

"이놈, 게 섰거라. 꼼짝하면 머리통을 뚫어 놓을 테다!"

퍼뜩 정신을 차린 그가 소리 나는 곳을 보니 화승총을 겨눈 장정을 중심으로 환도며 창을 꼬나쥔 화적패가 천천히 그에게로 다가들고 있었다. 그런 후미진 고갯길에서 흔히 만날 수 있는 도둑 떼로 특별히 놀랄 일은 아니었다.

그가 살던 시대에는 여러 이름의 도둑 떼가 깊은 골짝마다 득시글거렸다. 흔히 화적으로 뭉뚱그려 불리는 명화적(明火賊), 선화당(宣火黨), 녹림당(綠林黨)이 있었고, 좀 거창하게는 활빈당(活貧黨), 살주계(殺主契) 같은 옛 도당의 후인(後人)을 자처하는 무리도 있었다.

그들 대부분은 조선조 후기의 세도정치와 가뭄과 역병으로 대표되는 재해에 희생된 유맹(流氓)들이었다. 그러나 가만히 살펴보면 그들은 크게 두 부류로 나뉘었다. 하나는 그 노리는 바가 다만 재물이고, 주장하는 바도 기껏해야 스스로의 도둑 됨을 발명하는 것에 지나지 않는 작은 도둑이고, 다른 하나는 노리는 바와 주장하는 바가 그와 다른 큰 도둑이었다. 비록 흔하지는 않았지만 그 큰 도둑 중에는 세상을 노리고, 사민(四民)의 평등과 공영(共榮)을 외치는 무리도 있었다.

일생을 떠돌며 산 그에게는 그런 패거리들과의 만남이 그리 드문 일은 아니었다. 그리고 그 어느 부류이든 그들과의 만남을 두려워해야 할 까닭은 많지 않았다. 이름이 항간에 알려지기 시작한 뒤는 말할 것도 없거니와 별로 이름이 알려지지 않았던 시절에도 본질적으로는 그들과 크게 다를 바 없는 유맹인 그라 대개는 별일 없이 놓여날 수 있었다.

그런데 그날은 달랐다. 그를 덮친 패거리는 그가 삿갓과 대지팡이를 앞세우고 시인으로서의 이름을 대도 아는 체를 않았고, 실은 그들과 다를 바 없이 가난하고 힘없음을 밝혀도 그대로 놓아주지 않았다. 어르고 윽박질러 그를 기어이 산채로 끌고 갔다.

그가 말로만 듣던 큰 도둑을 만났음을 직감한 것은 오봉산(五鳳山) 쪽 후미진 계곡에 자리 잡은 산채로 끌려간 뒤였다. 지키기는 쉽고 치기는 어려운 계곡 막장 험한 곳에 제법 돌성까지 쌓아 만든 산채부터가 길 가는 나그네의 봇짐이나 터는 좀도둑 떼의 소굴과는 달랐다. 망 보기의 배치며 저희들끼리의 규율도 어지간한 관아보다 엄했다.

그러나 무엇보다도 심상찮은 느낌을 주는 것은 그들의 우두머리 되는 자였다. 희면서도 어딘가 음침한 얼굴의 그 중년 사내에게서는 흔히 그런 산채의 두령들에게서 보이는 허세나 거드름은 찾아볼 수 없었다. 짐승의 털가죽을 덮은 교의 따위도 없고, 호위하는 졸개도 없이 토막 안 거친 돗자리에 앉아 있다가 떠들썩한 보고를 듣고서야 가만히 뜰로 나왔는데 크지 않은 키에 근골도 힘을 쓸 수 있는 사람 같지는 않았다. 그런데도 놀라운 것은 졸개들이 보여주는 우러름의 자세였다. 그가 나서자 백 명이 넘는 범 같은 장정들이 일시에 굳은 듯 서서 공손히 두 손을 모았다.

그는 표정 없는 얼굴로 가만히 시인을 살폈다. 볼을 찔러오는 듯한 강렬한 눈빛이 까닭 모르게 시인을 압도해 왔다. 그러나 한

편으로는 그의 생김과 거동 어디에선가 짙게 배인 먹물기가 있어 시인을 다소간 안도하게 했다.

"나는 가진 것 없는 길손이오. 앗아가 봤자 두령께는 아무런 쓸모없는 목숨뿐이니 그냥 보내주시오."

비로소 섬뜩해진 시인이 그렇게 입을 떼자, 곁에 있던 졸개들이 험한 눈길로 주의를 주었다.

"두령이 아니라 제세 선생(齊世先生)이시다. 우리를 하찮은 화적패로 보고 선생님을 망령되이 부르면 용서치 않으리라!"

그러는 졸개들의 목소리가 꽤나 높았으나 제세 선생이라 불리는 그 두령의 귀에는 아무 소리도 들리지 않는 듯했다. 그대로 한동안을 그윽히 시인만을 바라보다가 가만히 고개를 저으며 말을 받았다.

"우리 젊은 동무들이 멀리까지 나가 길목을 지키는 것은 다만 재물을 바라서만은 아니다. 때로는 목숨을 거두기 위해서도 나간다."

나지막하면서도 뒷골에 찬바람이 이는 듯한 느낌을 주는 목소리였다.

"남의 목숨을 앗아 어디에 쓰려는 것이오?"

"쓰임이 있어서가 아니라 쓸데없으면서도 세상의 물자를 축내는 목숨을 줄이려 함이다."

"어떤 목숨이 그런 쓸데없는 목숨이오?"

"일하지 않고 먹는 자, 생산하지 않고 쓰는 자다. 그대에게 묻겠다. 그대는 들에 나가 일하는가? 스스로 먹을 것은 스스로 거두는가?"

그 같은 물음에 시인은 벌써 그 우두머리가 어떤 종류의 사람인지 알 듯했다. 산속 깊숙이 자리 잡고 있어도 장안 저잣거리에 선 것이나 다름없는 사람, 시인이 오래전에 지나온 시비의 한 극단에 자리 잡은 정신을 뜻 아니하게 만난 것이었다. 시인은 문득 치솟는 야릇한 호기심으로 그를 살펴보았다. 그 표정의 깊은 물속 같은 고요함이 오랜 세월에 걸쳐 닦아온 자신의 이념에 대한 확신을 싸늘하게 내비치고 있었다. 그게 까닭 모르게 오기를 건드려 시인을 정직하게 만들었다.

"아니오. 나는 오랫동안 일하거나 거두어본 적이 없소."

"그러면 그대는 베를 짜는가? 그 베로 남을 따뜻하게 해주고 밥을 빌어먹는가?"

"그렇지도 않소. 나뿐만 아니라 이 나라의 남자는 아무도 베를 짜지 않소."

"묻는 말에만 대답을 하라. 그러면 그대는 공장이[工匠]인가? 후생(厚生)에 이용되는 도구를 벼리거나 만들 줄 아는가?"

"그렇지도 않소. 나는 풀무 곁에 앉아본 적조차 없소."

"가진 봇짐으로 보아 재화를 고루고루 나누어주고 이문을 뜯어먹는 장사치도 아닌 듯하고 생김을 보니 백정도 아니겠다. 그렇다면 그대는 바로 선비겠구나."

"그렇지도 못하오. 벼슬을 해 그 녹으로 사는 대부(大夫)를 꿈

262

꾼 적도 없고 학문으로 빌어먹는 사(士) 되기를 바라지도 않았으니 선비라고도 할 수 없을 게요."

시인의 대답이 거기에 이르자 갑자기 두령의 목소리가 차고 매서워졌다.

"어쨌든 너는 일하지 않으면서 먹고 생산하지 않으면서도 쓰는 자다. 우리가 목숨을 앗으려 하는 것은 바로 너 같은 도둑이다."

진작부터 예상해 온 진행이라 시인은 그대로 준엄한 선고가 될 수도 있는 그의 말에도 놀랍지가 않았다. 오히려 덜된 양반을 상대로 골계(滑稽)라도 던지는 심경이 되어 물었다.

"구차하게 목숨을 빌기 위해서가 아니라 궁금해서 묻는 것이니 대답해 주시오. 그럼 선생은 무얼 생산하시오? 무얼 생산하시기에 그렇듯 당당하게 먹고 입고 쓰실 수가 있소?"

"나는 민초들이 믿고 의지할 꿈을 생산했고, 참고 기다릴 앞날을 생산했다. 그리고 장차는 보다 나은 세상을 생산하려 한다."

"그렇다면 나도 생산하오. 나는 시(詩)를 생산했소."

"시를 생산했다고?"

"선생 같은 분에게 시 그 자체가 바로 생산이라고는 말하지 않겠소. 그러나 꿈도 생산이 되고 기대도 생산이 될 수 있다면 시도 생산이 될 수 있을 것이오. 시도 꿈과 기대를 생산할 수 있기 때문이오. 하지만 보다 나은 세상을 생산하기 위해서는 어쩌면 훨씬 더 많은 것이 필요할지 모르겠소. 꿈과 기대 외에 다른 감정들도. 그런데 그 같은 감정의 생산에는 시도 유용한 도구일 수가 있소."

시인의 짐작대로 그는 먹물 출신임에 틀림없었다. 선비로서 어느 정도의 성취를 이룬 뒤에 그 길로 접어들었는지는 알 길이 없었으나 적어도 시의 외면적인 효용은 알고 있었다. 다시 한동안 말 없이 시인을 살피다가 물었다.

"틀림없이 보다 나은 세상을 생산하는 데는 더 많은 것이 필요하다. 좋다. 그럼 그대는 시를 통하여 공포와 무력감을 생산할 수 있는가?"

"아마 있을 것이오."

"용기와 믿음도 생산할 수 있는가?"

"그것도 될 것이오."

"그렇다면 너도 생산하는 자다. 살아서 입고 먹고 쓸 수 있다. 그러나 여기에 남아 우리를 위해 생산해야 한다. 공포와 무력감은 우리의 적들을 위해 생산하고, 용기와 믿음은 이곳의 동무들과 산 아래의 우리 편을 위해 생산하도록 하라."

시인은 물론 그가 무엇을 원하는지 알아들었다. 어떤 이는 그걸 공리적 효용이라 말하지만 시인은 이미 세속적 효용으로 치부하여 내던진 시의 한 기능을, 그 큰 도둑은 지금 자신의 최종적인 생산을 돕는 데 쓰고자 하고 있었다.

그런데도 시인은 왠지 불현듯한 의욕을 느꼈다. 비록 한때 민중 시인으로 떠들썩하게 저잣거리를 휘젓고 다닌 적은 있지만 시의 그 같은 효용은 속속들이 시험해 보지 못한 까닭이었다. 그때의 시는 기껏해야 가진 자, 누리는 자를 빈정거리거나 비꼬고 웃음거리를 만들었을 뿐 두려워 떨게 하지는 못했고, 가난하고 약한 이들에게도 그저 동정과 연민을 보내었을 뿐 용기와 믿음으로 새 세상을 열려고 떨쳐 일어나게 하지는 못했다.

'어쩌면 나는 그때 그 세계와 인식의 껍데기만을 훑고 지나쳤는지 모른다. 나는 부정과 거부의 열정에는 충실했지만 그 세계와 인식의 핵심은 거기에 있는 것이 아니라 오히려 내가 소홀히 했던 파괴와 재창조의 의지에 있는지도 모른다. 낡고 부패한 세상을 무너뜨리고 살기 좋은 새 세상을 여는 것. — 만약 나의 시가 그 일의 한 모퉁이라도 맡아낼 수 있다면 그것은 큰 쓰임이다. 그리고 그 같은 큰 쓰임은 내가 자연 속에서 찾고자 하는 몽롱한 그 무엇에 갈음될 수 있을지도 모른다……'

시인은 그렇게 때늦은 기대까지도 품어보았다. 하지만 시인에게는 그 큰 도둑이 요구하는 생산을 약속하기 전에 먼저 풀어야 할 궁금증이 있었다.

"자발적인 회개를 생산해 보는 것은 어떻겠소? 위로부터 스스로 고쳐 나갈 의지는? 그것들을 생산하여 선생의 적들에게 나눠 준다면 힘들고 험한 싸움 없이도 나은 세상을 만들 수 있지 않겠소?"

시인이 조심스레 그렇게 묻자 제세 선생이 처음으로 안색을 바꾸었다.

"그런 것들을 생산해서는 안 된다. 그것들은 생산하기 힘들 뿐만 아니라 생산해 봤자 소용없다는 것은 수천 년의 세월을 통해 이미 증명된 바다. 언제 가진 것들, 힘 있는 자들이 스스로 회개하고 고쳐 나갔느냐? 세상이 열리고 수천수만 년, 조금씩이라도 고쳐지고 나아졌다면 세상이 어찌 이 모양이겠느냐? 그들은 다만 더 버틸 수 없을 때에야 비로소 고쳐 나가는 척할 뿐이다. 아침에 세 개 주고 저녁에 네 개 주던 도토리를 아침에 네 개 주고 저녁에 세 개 주는 걸로 바꾼다고 배고픈 원숭이들에게 무엇이 달라지겠느냐?"

"반드시 그렇지만은 않을 듯싶소. 예를 들면 공자나 맹자 같은 이의 생산은 틀림없이 세상의 실질도 고쳐 나갔소. 그들은 힘없고 가난한 이들에게 참고 고개 숙이기를 가르치기도 했지만 힘세고 가멸한 자들에게 스스로 돌아보고 고쳐 나가도록 권하기도 하지 않았소? 그리하여 그들의 생산이 존중받던 시절에는 세상도 분명히 그 전보다 나아지지 않았소?"

"그래서 나는 그들, 높은 갓 쓰고 긴 수염 기른 선비들을 미워한다. 그것들이 공맹(孔孟)을 치켜세우며 이천 년을 보냈지만 과연 세상이 얼마나 나아졌느냐? 공맹의 생산은 다만 그 개 같은 선비들이 힘 있는 자에게 빌붙는 길로 이용되었을 뿐이다. 그것들은 민초 사이에 있을 때는 제법 그럴듯한 말로 왕도(王道)를 논하고 다스리는 이의 인의(仁義)를 따지나 한번 조정에 들면 그 하는 짓은 오직 각기 그 주인을 위해 짖어 대는 것뿐이다."

제세 선생은 격한 어조로 그렇게 받더니 칼로 베듯 말을 받았다.

"우리는 이제 더 기다릴 수 없다. 힘센 자들과 가진 축이 스스로 뉘우치고 고쳐갈 수도 있다는 것, 그래서 세상은 혁명 없이도 나아질 수 있다는 주장이야말로 어쩌면 이 세상이 지금 이대로 충분히 훌륭하다고 믿는 것보다 우리에게 더 해로울 수도 있다. 얼마나 기다려온 우리냐? 그런데 아직도 그 가망 없는 주장에 홀려 더 참고 기다려야 한다는 것이냐?"

그때 시인이 아무런 저항 없이 그 산채에 남아 그 기이한 생산에 한동안을 바칠 수 있었던 까닭에 대해서는 여러 가지 설명이 있을 수가 있다. 아직은 함부로 던져 버리고 싶지 않은 목숨이 그 까닭이었을 수도 있고, 제세 선생의 논리가 한 신선한 충격이 되어 일으킨 산 아래 사람들의 세상에 대한 새로운 관심 탓이었을 수도 있다. 하지만 가장 중요한 것은 아마도 한 시인으로서의 호기심이었을 것이다.

기실 시인에게는 제세 선생이 신념으로 제시한 시의 자리와 쓰임이 그리 낯선 것도 새로운 것도 아니었다. 그러나 한 시론(詩論)을 구체적인 상황에 적용하고 관찰함으로써 그 진정성을 확인해 볼 기회를 갖는다는 것은 시인으로서는 쉽게 포기할 수 없는 매력일 수밖에 없었다. 어쨌든 시인은 그 산채에 남았고, 기꺼이 그의 시를 그들의 용도에 바쳤다.

곧 겨울이 오고 산채는 두터운 눈 속에 파묻혔다. 눈 때문에 크게 무리를 지어 산채를 내려가기도 나쁘고 길이 끊겨 길목을 지키는 일도 얻을 게 없어 정탐을 위해 은밀히 가까운 고을을 나다니는 발 빠른 장정 몇과 높고 사방이 트인 산채 뒤 봉우리에서 망을 보는 한둘을 빼고는 모든 식구가 산채에 웅크린 채 긴 겨울을 보내었다.

제세 선생이 생산하여 그들 모두에게 나누어준 꿈은 생각보다 훨씬 원대하면서도 세밀했다. 공화(共和), 대동(大同), 정전(井田), 균수(鈞輸) 따위 오래된 이상과 제도들로 정교하게 짜인 세상이 바로 그 꿈을 바탕해서 생산하려는 보다 나은 세상이었는데, 그대로 될 수만 있다면 더할 나위가 없을 듯싶었다. 게다가 얼른 보기에는 그 생산의 방식과 과정도 실제적이고 일관되게 구성되어 있었다. 먼저 물고기가 놀 물을 마련하고, 다음에 물고기를 길러 늘리며, 마지막으로 뭍에 올라가 썩은 세상을 쓸어버린다는 것으로, 이미 그들은 첫 번째 단계로 돌입해 있었다. 본거지는 그대로 구월산에 두되, 인근의 고을들을 들이쳐 나라의 다스림이 미치지 못하는 곳을 넓힘으로써 그들이 놀 물을 되도록 넓혀 둔다는 단계였다.

제세 선생이 맨 먼저 나라의 다스림이 미치지 못하는 구역을 삼으려고 노리고 있는 곳은 신천(信川)이었다. 그는 봄이 되는 대로 그곳 관아를 들이쳐 인뚱이[인뒤웅이: 印櫃]를 빼앗은 뒤 버틸 수 있을 때까지 버티면서 고을 전체를 위압해 뒷날에도 그들이 놀 수 있는 물을 만들어 두려 했다. 경사(京師)의 관군이 내려와 다시 고을을 내어주고 산채로 물러나더라도 그 고을의 인민들은 한 번 자기들을 다스린 적이 있는 세력을 쉽게 무시하지 못할 것이기 때문이다.

　제세 선생과 그의 젊은 동무들이 이듬해 봄을 위해 스스로를 다그치고 단련하는 동안 시인은 그들에게 약속한 생산에 전념했다. 주제가 결정돼 있고 목적이 뚜렷한 그러한 종류의 생산은 어쩌면 그 이전에 경험한 어떠한 생산보다 쉬웠을 것이다. 그가 고심해야 되는 것은 어휘의 선택이나 운율의 조정 따위 기교의 문제로만 축소되기 때문이었다.

　오래잖아 시인의 생산이 쏟아지기 시작하고 제세 선생은 그중에서 자신의 생산을 가장 효율적으로 도울 수 있는 것들만 골라 미리 정해 둔 대로 분배했다. 산채의 젊은 동무들은 동짓날로 접어들면서부터 새로운 노래들로 적개심을 높이고 용기와 믿음을 길러갔다. 그때 시인이 생산한 노래는 그 뒤 거의가 산일되었으나 더러는 아직도 전해지고 있다.

　구월산에 눈 내린다
　창칼을 들어라, 출전이다
　원수의 칼날에 쓰러진 동무여,
　그 원수는 내가 갚으리

　높이 올려라, 의(義)의 깃발을
　그 밑에서 싸우다 죽으리라
　비겁한 자여, 갈 테면 가라

우리들은 이 깃발을 지킨다

원수와 싸우다가 목숨을 던진
우리의 죽음을 슬퍼 말아라
흘린 피 방울방울 꽃송이 되어
살기 좋은 세상으로 피어나리라

시인이 생산한 또 한 갈래의 노래는 몰래 산 아래 고을을 정탐 가는 젊은 동무들에 의해 그곳의 적들에게 전해졌다. 그러나 적들이 부르는 노래로서가 아니라 듣게 되는 노래로서였다.

정월에 접어들면서 신천 고을에는 전에 들어보지 못한 괴이한 노래들이 퍼졌다. 젊은 종놈은 쇠여물을 썰면서 웅얼거렸다.

저문 날 등불 걸고 여물을 썬다
나뭇짐 물지게에 무거운 팔다리로
싹둑싹둑 썬다, 여물을 썬다
부자 놈들 흰 손목을 작두로 썬다
탐관오리 굵은 목을 싹둑싹둑 썬다

백정은 버둥거리는 돼지에 올라타고 그 멱을 따며 신명 나게 불러젖혔다.

오늘은 너희를 위해 돼지를 잡는다만
너희 부른 배를 더 불리기 위해
주린 배를 움켜잡고 돼지 멱을 딴다만
언젠가는 이 칼로 너희 멱을 따리라
기름 껴 두터운 그 배때기를 도리리라

늙은 작인(作人)의 아낙도 밤새워 길쌈을 하다 말고 난데없는
김매기 타령을 한 가락 뽑아냈다.

어화, 동무들아 김매러 가세
가라지 도꼬마리 매자기 어수라지
밭곡식 아니어든 모두 뽑아 태우세
밭은 그렇다손 세상 김은 누가 매나
양반 나리 부자 나리 누가 모두 없애 주나
바이 걱정 마소. 구월산이 있지 않나
구월산 동무들이 세상 김을 매 준다네
양반 없고 부자 없는 좋은 세상 만든다네

제세 선생이 알아본 바로 시인의 생산은 매우 효과가 있었다.
새 세상을 만들 열정에 들뜬 산채의 젊은 동무들은 봄이 더디 오
는 것을 한탄했고, 더러는 제세 선생을 찾아와 눈 속의 출진을 졸
라 대기도 했다. 그들은 한결같이 원수를 향한 불타는 증오심과

목숨을 돌보지 않는 용기와 승리에 대한 확고한 믿음으로 충만해 있어 노래 속에서 죽이고 노래 속에서 죽고 노래 속에서 이기는 것만으로는 성에 차지 않아 했다.

산 아래 고을에서의 효과도 대단했다. 아무리 아랫것들 사이에서 은밀하게 불리는 노래라지만 윗사람들 중에도 귀 밝은 이는 있게 마련, 정월도 가기 전에 신천 고을의 양반과 부자들에게는 물론 관아에까지 그 노래는 흘러들어 갔다. 그 엄청나고 끔찍한 내용에 놀란 부사(府使)는 사람을 풀어 내막을 캐는 한편 엄하게 그 노래들을 금지시켰지만 소용없었다. 노래는 막을수록 훨씬 더 빨리 퍼져 나갔고 뒤따라 공포와 무력감이 무슨 모진 염병처럼 번졌다. 겁을 먹은 부자와 양반들 중 더러는 아예 짐을 싸 성벽이 높고 든든한 인근의 대처(大處)나 임금과 경군(京軍)이 있는 서울로 옮겨 앉기도 했다.

그 같은 생산의 효용 덕분에 시인은 산채에서 군사(軍師)나 막빈(幕賓)에 못지않게 귀한 대접을 받았다. 한동안은 차고 엄하기만 하던 제세 선생도 누그러져 마침내는 시인을 참된 동무로 받아들여주었다. 그러나 시인은 그 어느 것도 기쁘거나 즐겁지가 않았다. 자신없는 시권(試券)을 내고 과장(科場)을 나서는 선비의 그것과 흡사한 불안감과 초조함만이 그 겨울을 난 정서의 전부였다.

이윽고는 언제까지고 끝날 것 같지 않던 겨울도 가고 봄이 왔다. 앞뒷산에 첩첩이 쌓였던 눈이 녹으면서 산 아래로 길이 열리고 막혀 있던 먼 데 소문도 전해져 왔다. 이월 들면서부터 이따금씩 걸려드는 길손들에 따르면 삼남(三南)은 민란이 일어 시끄러웠고, 관북(關北)에는 괴질이 돌아 민심이 흉흉하다는 내용이었다.

겨우 산 아래로 내려갈 수 있을 만큼 길이 열리면서부터 시작된 젊은 동무들의 성화를 억지로 누르고 있던 제세 선생도 그 같은 소문들이 거듭 확인되자 출진을 결정했다. 춘궁기를 기다려 시끄러운 지방이 더 많아지면 움직이려 했으나 들리는 소문만으로도 이미 넉넉하다는 판단이 선 듯했다.

산채의 젊은 동무들이 고대하고 고대했던 출전의 날이 왔다. 겨울 동안 벼린 창칼과 쌓은 훈련, 그리고 시인이 생산해 준 용기와 믿음으로 단단히 무장한 이백 가까운 병력은 삼월 삼질을 날로 받아 진작부터 노려오던 신천으로 밀고 내려갔다. 전에도 여러 번 고을을 들이쳐 재미 본 적이 있을 뿐만 아니라 준비도 그 어느 때보다 세밀해 기세는 그지없이 드높았다.

"창칼을 들고 싸우지는 못하겠지만, 그대도 가야 한다. 가서 그대의 생산을 확인하고 뒷날의 보다 효율적인 생산을 준비하라."

제세 선생이 그같이 권해 와 시인도 그들 무리의 뒷줄에 섰다. 살육하고 파괴하는 그 자체는 시인의 몫이 아니었으나 그에게도 불안한 대로 자신의 생산을 확인하고 싶은 마음은 있었다. 어쩌면 자신을 몽롱한 자연으로부터 결별시켜 확실한 시비의 세계, 사람들의 거리와 마을로 되돌릴 계기가 될지도 모른다는 기대까지도 품었는지 모를 일이었다.

한낮에 산채를 떠난 그들은 다음 날 새벽녘에 신천 고을 뒷산에 이르러 거기서 하루 낮을 쉬었다. 밤새 걸은 피로를 씻은 다음 다시 어둡기를 기다려 불시에 관아를 들이칠 작정이었다.

그런데 거기서 벌써 차질이 났다. 그들은 전 같으면 숲 속에 죽은 듯 숨어 날이 저물기를 기다렸겠지만 그날은 그렇지 못했다. 제세 선생의 생산에다 시인의 생산이 더해져 그들이 당연히 유지했어야 할 조심성을 줄여버린 까닭이었다. 그리하여 그들의 실세와는 무관하게 관념적으로만 생산된 근거 없는 그 감정들로 그들이 숨어 있던 산골짜기는 공연히 웅성거렸고, 그 기척은 나무꾼과 이른 봄나물을 캐러 나온 아낙들에게 감지되어 그날이 저물기 전에 이미 관아에 알려지게 되고 말았다. 피로하더라도 그 새벽에 그대로 관아를 치는 것보다 훨씬 못하게 되어버린 셈이었다.

시인이 생산해 적들에게 내려 보낸 공포와 무력감도 반드시 제세 선생이 기대한 대로의 효과만 낸 것은 아니었다. 고을의 가진 자들과 벼슬아치며 아전바치들 중에는 그 겨우내 어디선가 흘러든 섬뜩한 노래들과 상민들 사이를 떠도는 심상찮은 분위기에 겁먹은 자들이 많이 있었다. 그리고 또한 틀림없이 그것은 구원을 바라기 어려운 썩은 중앙정부로 인해 무력감과 패배감으로 자라가기도 했다. 도성이나 방어사가 있는 큰 성 안으로 옮겨 앉은 자들이 바로 그랬다.

그러나 지킬 게 너무 많아 아무래도 자신의 땅을 버리고 떠날 수 없는 자나 어떤 연유에서건 결국은 그 사회, 그 체제와 운명을

같이할 수밖에 없는 자들은 달랐다. 곧 방어 본능이 되살아난 그들은 이제는 감정으로서가 아니라 생존을 위한 처절한 결의로 그 예사 아닌 도둑 떼의 내습에 대비했다. 그들은 그동안 버려두었던 녹슨 무기들을 꺼내 손질하고 무너진 성벽을 수리했다. 불만에 찬 향무(鄕武)들을 다독거려 다시 자신들의 칼로 기능하게 해두었고, 철 이른 기민(饑民)까지 먹여 양민들의 흔들림도 어느 정도는 막아두었다. 거기다가 조심성 없는 행군 때문에 산에서 내려온 패거리의 동정까지 미리 전해지니 고을의 대비는 그야말로 철통같았다.

이경 무렵 해 산패들이 어둠을 헤치고 산을 내려가 보니 관아에는 횃불이 대낮같이 밝고 역졸 토졸에 적잖은 인근의 장정이 가세해 수백이 넘는 군사가 관아를 에워싼 채 진을 치고 있었다. 그 뜻밖의 사태에 제세 선생이 알 수 없다는 듯 물었다.

"저게 어찌 된 일인가?"

처음 알 수 없기는 시인도 마찬가지였다. 어떤 썩은 체제라도 어쩔 수 없이 지켜야만 하는 자들이 있다는 것, 그리고 그들에게는 공포가 오히려 절망적인 용기와 결의를 이끌어낼 수도 있다는 것. ― 아무리 시인이라지만 어떻게 그런 미묘한 이치를 한순간에 알아낼 수 있겠는가. 하지만 그때까지도 제세 선생은 그 같은 사태를 자기편에 유리하게만 해석했다.

"저것들이 마지막 발악을 하고 있다. 허장성세에 속지 마라!"

제세 선생이 그렇게 영을 내리자 아직도 자기들의 노래에 취해 있던 젊은 동무들은 기세도 좋게 그 어림없는 공격에 들어갔다. 함성과 함께 화승총을 놓고 창칼을 휘두르며 밀고 들 때까지는 좋았으나 결과는 참담했다. 관아 담벽에 이르기도 전에 벌써 여남은 명의 동무들이 화살에 다치고 담벽에 이르러서는 다시 지키던 군졸들의 창칼에 앞선 대여섯이 짚단처럼 쓰러졌다.

거기다가 그들의 패배를 한층 결정적으로 만든 것은 그들 자신의 질적인 변화였다. 미래에 대한 전망도, 보다 나은 세상에 대한 환상도 없던 시절의 그들은 용감했다. 자포자기적인 흉폭성과 막연한 울분에 차 있던 무식한 산도둑 떼에 지나지 않던 그들은 그런 싸움에서 물불 가리지 않고 내달았으나 제세 선생의 이치와 시인의 감정으로 겨우내 세례받은 그때는 달랐다. 이치를 따지게 됨으로써 스스로의 목숨까지 따지게 되었고 시인의 생산으로 감정을 다스리는 동안 어느새 문약(文弱)이 스며든 탓인지도 모를 일이었다. 그 겨울 내내 말로 너무도 많은 부자와 탐관오리를 죽여와 그동안에 얻은 대리 만족도 전 같은 용감성을 이끌어내는 데는 틀림없이 방해가 되었다.

"젊은 동무들, 어찌 된 일인가? 지난날의 용기와 투지는 어디로 갔는가?"

한바탕 싸움에서 형편없이 져서 쫓겨 온 패거리를 보고 제세 선생이 불안을 감추지 못하며 물었다.

"적이 너무 강합니다. 산채로 돌아가 힘을 더 기른 뒤에 쳐야겠습니다."

젊은 동무들은 그렇게 이치로 대답했다. 이미 겁먹은 눈치가 완연했으나 한사코 그것만은 부인하려 들었다.

"모두 달려 나가 죽으라면 죽겠습니다. 하지만 그리되면 새 세상은 누가 엽니까? 도탄에 빠진 저 민초들은 누가 구합니까?"

그러는 사이 관아 근처에는 적잖은 백성들이 몰려나와 있었다. 제세 선생은 문득 그들에게로 기대를 옮겨 소리쳤다.

"여러분 무얼 하고 계시오? 우리를 도와 썩은 벼슬아치들과 조정을 몰아내고 새 세상을 엽시다! 여러분이 주인 되는 나라를 만듭시다!"

하지만 백성들의 반응도 기대와는 전혀 달랐다. 전에는 드러내 놓고 돕지는 못해도 은근히 편들어주던 그들이었다. 거기에 제세 선생과 시인의 생산이 더해졌으니 이제는 당연히 팔 걷어붙이고 나서야 하건만 그렇지가 못했다. 그들도 이미 감정과 이치로 배불러 있었다. 그 겨우내 노래 속에서 그 미운 양반 놈들과 벼슬아치들을 수없이 멱을 따고 배를 가른 뒤라 실제로 칼을 들고 일어날 마음은 전보다 오히려 줄어 있었다. 대신 구경꾼 심리만 발달해 오히려 멀찍이서 눈만 멀뚱거리며 이제 또 어떤 재미난 일이 벌어지나를 기다리고 있을 뿐이었다.

제세 선생은 거기서 거의 젊은 동무들을 내몰듯 하여 한 번 더 관아로 돌진했지만 백성들의 가담이 없는 한 머릿수부터가 모자랐다. 다시 여남은 명을 잃고 그사이 자신을 되찾은 관군에게 오히려 쫓겨 십 리나 물러나서야 겨우 대오를 수습했다.

"이제는 하는 수가 없구나. 외딴 부잣집이나 털어 산채로 돌아가자. 가서 더 힘을 기른 뒤에 뒷날을 도모하리라!"

제세 선생은 그렇게 방향을 바꾸었다. 하지만 그쪽도 뜻 같지가 못했다. 겁을 먹고 대처로 나가버린 부자들의 집에는 쌀 한 가마 비단 한 자투리 제대로 남아 있지 않았고 움직이기에 너무 몸이 큰 부자들은 또 그들 나름대로 대비를 해놓고 있었다. 건장한 머슴들을 수십 명씩 배불리 먹여 파수 보게 하는 한편 인근의 소작인들에게도 연통을 놓아 그들이 저택을 에워쌌을 때는 그 방비가 관아에 못지않았다.

거기다가 잘 닫는 말을 여러 필 놓아 가까이 있는 다른 부자며 관아에 구원을 청하니 도무지 어찌해 볼 수가 없었다.

한 군데 부잣집에서 허탕을 치고 또 다른 외딴 부잣집을 찾아나서면서 제세 선생이 탄식처럼 물었다.

"어째서 저것들까지 맞서 싸울 생각을 하게 됐을꼬……?"

"어차피 물러날 곳이 없는 까닭이 아닌지요. 우리의 노래가 그걸 일깨워……."

시인이 쓸쓸한 목소리로 말끝을 흐렸다.

그들이 두 번째로 덮친 부잣집은 첫 번째 집보다 규모가 작고 지키는 사람의 머릿수도 적었다. 구원을 청하는 말이 빠져나간 것은 마찬가지였지만 담 안에서 날아오는 화살의 수나 횃불의 밝기로 보아 젊은 동무들이 조금만 더 거칠게 밀어붙였으면 관군이 오기 전에 털어 갈 수도 있었다.

하지만 두 번이나 져서 쫓긴 뒤라서 그런지 산 동무들은 그 허술한 담조차 넘지 못했다. 함성만 요란하고 저희끼리의 목소리나 높을 뿐, 막상 돌진을 하다가도 화살 여남은 대만 날아오면 허둥지둥 물러나고 마는 것이었다.

그사이 기별이 닿았는지 멀리서 구원 오는 군사들의 횃불이 밤하늘을 버얼겋게 비추며 다가오고 있었다.

"틀렸다. 물러나라!"

마침내 단념한 제세 선생이 괴로운 듯 소리쳤다.

그들이 모든 추적을 따돌리고 산채로 접어드는 산기슭에 이르렀을 때는 날이 훤히 밝아오고 있었다. 한군데 후미지고 바람 없는 산자락에 밤새껏 소득 없는 싸움에 다치고 지친 무리를 쉬게 한 제세 선생은 자신도 넓적한 바위 위에 자리 잡고 앉았다. 이어 두 눈을 질끈 감는 것이 무슨 깊은 생각에라도 잠겨 드는 모습이었다. 알지 못할 불안에 이끌린 듯 제세 선생 곁으로 간 시인은 망연히 그를 바라보며 서 있었다. 무거운 정적 속에 한 식경이나 지났을까. 이윽고 눈을 뜬 제세 선생이 문득 시인을 돌아보고 말했다.

"그대는 이제 떠나도 좋다. 애초에 그대가 약속한 생산은 반드시 지켜진 것은 아니었다. 그러나 적어도 목숨을 부지하고 떠날 수 있는 생산은 틀림없이 했다. 그게 무언지 아는가?"

"……."

"혁명을 꿈꾸는 자들에 대한 경고이다. 무릇 혁명하려는 자는 실질 없는 혁명의 노래가 거리에서 너무 크게 불려지는 걸 경계하여라. 온 숲이 다 일어나야 날이 새는 것이지, 일찍 깬 새 몇 마리가 지저귄다 해서 날이 새는 것은 아니다."

"……"

"오히려 일찍 깬 그들의 소란은 숲의 새벽잠을 더 길고 깊게 할 수도 있다. 선잠에서 깨났다가 다시 잠들게 되면 정작 날이 새도 깨나지 못하는 법."

그러면서 번질거리는 두 눈을 소매로 씻은 제세 선생이 차갑게 덧붙였다.

"어서 떠나가라. 이번 실패의 연유를 그대에게 전가할 유혹이 일기 전에."

시인이 다시 길을 간다. 사람의 자취 끊어진 그윽한 산길을 시인이 휘얼휘얼 간다. 세상 시비의 먼지 툭툭 털며, 구름처럼 바람처럼 들꽃처럼 산새처럼.

전야前夜,
혹은 시대의
마지막 밤

서로 잘 모르는 대한민국 남자들을 쉽게 어울릴 수 있게 하는 화제 중에 으뜸은 아무래도 정치 얘기일 것이다. 우리에게도 그랬다. 아마도 내가 켜둔 자동차 라디오에서 방금 흘러나오고 있는 다섯 시 뉴스의 영향이었겠지만 정치 얘기를 먼저 꺼낸 것은 그였다.

　"이 사람 이거 너무 설치는 것 아냐?"

　그가 혼잣말처럼 그렇게 중얼거렸을 때 이미 나는 그가 무슨 말을 하고 있는지 알아들었다. 하지만 솔직히 그때까지만 해도 나는 그의 말을 받을 여유가 없었다. 내 주의는 며칠 전에 내린 큰 눈으로 아직도 고갯길 군데군데 남아 있는 빙판에 온통 쏠려 있었다. 늦어진 출발에다 도로 정체까지 겹쳐 기회 있을 때마다 액

셀러레이터를 밟아야 하는 게 그때의 내 처지였다.

"방송 이 쌔끼들도 그래. 이런 위대한 인물을 왜 30년 동안이 나 그렇게 못 알아봤지? 오공(五共) 때 땡, 전(全)이란 말이 있더니 요즈막은 땡, 김(金) 당선자라니까."

그가 한층 뚜렷하게, 그리고 무언가 나의 동조를 기다리는 투로 다시 그렇게 중얼거렸다. 마침 기울기가 덜하고 곧은 오르막이 시작된 데다 나도 어느 정도 그런 기분에 동조하고 있던 터라 무심코 한마디 받았다.

"다 그런 거죠, 뭐. 어쩌면 그게 인지상정(人之常情) 아니겠습니까?"

그가 당선자를 지지한 사람인지 반대한 사람인지 알 수 없어 그렇게 두루뭉술하게 대답했는데 그게 시작이었다.

"나는 당최 못 미더워서……. 아닌 말로 승냥이 꼬리 3년 묻어둔다고 해서 개 꼬리 되겠소? 내, 참. 앞으로 5년 보낼 생각을 하면 꿈자리가 다 뒤숭숭하다니까."

그는 그렇게 반대자의 입장을 분명히 한 뒤에 은근히 동조를 구해 왔다.

"그리고 아무리 다수결 원칙이라도 그렇지, 싫어하는 사람이 더 많은데 대통령이 되다니. 그리고 세상에 2퍼센트로 이기는 선거가 어딨어?"

개표 당일은 소주병깨나 비웠음 직한 불복(不服)의 언사였다.

"그건 꼭 그렇게 볼 수 없을 겁니다. 아마도 이인제 후보의 19퍼센트도 반대표로 계산하신 것 같은데 그건 모르죠. 그 사람들이 당선자를 더 싫어했는지 이회창 후보를 더 싫어했는지는 알 수 없으니까요. 만약 그들이 당선자를 더 싫어했다면 차점자 쪽으로 표를 몰아주었어야 했습니다. 그런데 군이 가능성이 적은 이인제 후보에게 표를 던진 것은 이회창 후보보다 지금의 당선자가 낫다고 생각해서일 수도 있지 않겠습니까? 그리고 다수결 투표인 이상 2퍼센트가 아니라 0.2퍼센트라도 그건 아주 중요하죠."

나는 당선자를 옹호한다기보다는 그의 논리적 허점을 일깨워 준다는 기분으로 그렇게 받았다. 거기에는 아직도 포기하지 않고 있는 '반DJ'란 이름의 끈질기고 음험한 정서에 대한 일침의 뜻도 없지 않았다. 그가 금세 벌겋게 달아올라 목소리를 높였다.

"그건 저쪽 동네 얘기고……. 긴말할 거 없이 이번 선거 이 꼬라지 난 건 모두 이인제 고 악종(惡種) 때문이라. 지지표의 분포를 한번 보쇼. 경남, 충청도, 강원도 그게 다 원래 어디 갈 표요? 거기다가 뭐라더라. 고 얌통머리 없는 게 선거 다음 날 신문에 대고 한 말 들었지요? 세상에 겨우 19퍼센트 얻은 놈이 38퍼센트 얻은 사람보고 지가 양보했으면 내가 됐을 거라구 할 수도 있는 거요? 두고 봐요. 고런 놈한테 앞날이 있는강. 어림없지. 우리 같은 보수적 정치 풍토에……. 아직도 헤헤닥거리고 있지만 고 쥐 같은 누깔에 피눈물 흐를 날이 멀잖을 거라."

흥분해서인지 표준말에 감춰져 있던 그의 영남 억양이 조금씩 드러났다. 그게 다시 심기를 건드려 내 의사와 달리 그를 정면으로 반박하게 만들었다.

"그것도 꼭 그렇게 볼 수만은 없을 겁니다. 모든 게 한 젊고 패기 있는 정치가의 치밀한 계산 끝에 나온 정략일 수도 있지요. 이회창 체제 아래서는 살아남을 수가 없지만, 현 당선자의 정권 안에서는 은근한 논공행상(論功行賞)까지 기다리며 살아남을 수 있다는 게 그가 빠져 있는 상황이었다면, 그런 선택을 나무랄 수도 없지 않습니까? 자신이 살아남기 위한 선택은 살인도 위법성이나 책임을 면제해 주는 법입니다."

어떤 흥에선지 내 대꾸가 차츰 길어지기 시작했다. 어쩌면 나자신 그와 별반 다를 바 없는 감정의 터널을 막 빠져나온 뒤라 그럴 수 있었는지도 모를 일이었다. 타는 불에 기름을 끼얹은 격이랄까. 기실 나로서는 그리 힘주어 말한 것도 아닌데 상대는 이제 숨소리까지 씩씩거리며 목소리를 더욱 높였다.

"정말로 이인제가 그만큼이라도 앞날을 헤아리고 그랬다면 내 손바닥으로 장을 지지지. 그 물건은 처음부터 YS 꼭두각시라. 아니, 그놈의 몸서리나는 소산(小山)인가 '나사본'인가의 기획 팀 작품이지. 척하면 삼천리라고 이 마당에 와서도 이번 선거 진상이 안 보이슈? 이인제는 벌써 YS 집권 초기부터 있었던 시나리오라구요. 덜떨어진 자식새끼가 끝까지 저희 아빌 잡아 놓은 거라."

그렇게 아무 근거도 없는 단언으로 난데없이 대통령의 영식(令息)을 물고 늘어졌다. 이번에는 반대하고 싶어서가 아니라 그가 그 같은 믿음을 품게 된 과정이 궁금해져 물었다.

"그런 말이 있긴 했지만 그것도 별로 근거가 있어 뵈지 않는데요. 영식이 거느리고 있던 기획 팀이 어느 정도 이인제 씨 캠프에 가담했는지 정확히 확인된 바도 없고…… 또 실제에 있어서도 그들이 이번 선거에 무슨 대단한 몫을 한 것 같지는 않고……."

"그럼 취임 이듬해 YS가 세대 교체론을 말하면서 '상당히 젊은' 혹은 '깜짝 놀랄 만큼 젊은'이라고 말한 것은 누굴 지칭하는 겁니까? 뭘 보고 기라성 같은 정치 선배들이 떼를 지어 귀때기 새파란 이인제 밑으로 몰려갔겠어요? 공직자 재산 등록 때 이십억도 안 되던 재산으로 어떻게 백억도 넘게 드는 창당 자금을 잡음 한번 내지 않고 감당했나 이겁니다."

얘기가 그렇게 불붙으면 자동차의 속도는 포기하는 수밖에 없었다. 나는 자동 기어를 내리막 서행으로 바꾸고 시답잖게 시작한 그 화제에 점점 깊이 빨려 들었다.

"저도 신문에서 그런 걸 읽은 기억은 납니다만…… 그렇게 진작부터 치밀하게 기획돼 있었고 YS의 의중이 그랬다면 경선 때는 왜 그리됐겠어요?"

"정말 그걸 몰라 물으십니까? 한번 가만히 따져보세요. 이회창, 이홍구, 박찬종, 이수성, 이런 중량급을 한꺼번에 받아들였다는 것부터가 개별적으로는 무슨 약속을 했건 결국 그들 중에는 아무도 후보감이 없었다는 뜻입니다. 원래 있는 당내 중진들에 보태 표 분산용으로 끌어들였을 뿐이죠. 그래서 표가 조각조각 날

때 그 망할 놈의 기획이란 게 위력을 발휘할 수 있는 겁니다. 아무리 민주적 경선(競選)이라지만 당내(黨內) 행사인 만큼 상황이 그리되면 얼마간은 막후의 힘을 이용할 수 있는 것 아니겠습니까? 그래서 이인제가 후보로 추대됐으면 정말 YS가 좋아하는 깜짝쇼가 되었을 겁니다. 어쩌면 그 기획으로 대통령까지 무난히 만들수 있었을는지도 모르구요. 그런데 차질이 난 겁니다. 한보(韓寶) 사건이 터지고, 최형우 쓰러지고, 이른바 소산(小山) 비리가 드러나 핵심적인 멤버가 구속됨으로써 기획 팀이 한껏 위축되어 있을때 경선이 치러지게 된 바람에 모든 게 빗나가버린 거죠. 거기다가 더 나쁜 것은 첫 단추가 잘못 끼워진 뒤에도 계속 그 망할 놈의 기획을 포기하지 않은 일이라 이겁니다. 세상에 일생의 정적(政敵)에게 생색 한번 제대로 못 내보고 대권을 갖다 바치는 그런 돌대가리가 어딨습니까? 만약 YS가 정말로 DJ의 경륜을 믿고 처음부터 그를 밀었다면 그건 정말 세계사에서도 드문 감동적인 사건이 되었을 겁니다."

그때 나는 그가 이회창 후보 선거 본부의 잘 알려지지 않은 중요 멤버 중에 하나가 아니었을까 추측했다. 대한민국 남자들에게 세계 어느 나라 남자들보다 실력이 두드러진 게 고스톱과 정치 평론이라지만 맞든 틀리든 분석이 그쯤 되면 아무래도 아마추어 수준은 넘어 보였다. 그래도 그에게서 아마추어의 특성을 보여주는 게 있다면 자신의 감정을 감추지 못하는 정도일까. 하지만 적어도 자신이 나의 호의(好意)를 입고 있는 처지라는 것은 잊지 않았는지 내게 더는 공격적으로 나오지 않았다.

내가 인제(麟蹄)를 지나 한계령 초입에 들어선 것은 오후 네 시를 조금 넘겨서였다. 서울서의 출발이 예정보다 한 시간이나 늦은 데다 양평 근처의 병목 구간에서 다시 한 시간 가까이 갇혀 있은 탓이었다. 그 바람에 나머지 길은 스스로도 지나치다 싶을 만큼 과속으로 달려왔지만 아직도 군데군데 빙판 져 있는 한계령에 접어들면서는 속력을 줄일 수밖에 없었다.

그때부터 조금씩 눈에 들어오는 응달진 골짜기의 설화(雪花)도 눈먼 복수감(復讐感)과 같은 속도에의 집착에서 벗어나는 데 도움이 되었다. 누가 일부러 물을 뿌려 얼린 듯 하얀 얼음 막을 덮어쓰고 있는 소나무들과 참나무 등걸의 숲은 섬뜩한 아름다움으로 젊은 시절의 한때를 상기시켜 주었다. 유학을 앞두고 내 땅을 다시 한번 둘러보겠다고 길을 떠난 70년대 중반의 어느 이름 모를 재[嶺]에서, 나는 그와 같은 풍경에 압도되어 하마터면 눈길에 그대로 풀썩 주저앉을 뻔한 적이 있었다. 그 아련한 추억이 스산하다 못해 울적하기까지 한 현재의 기분과 결합되어 야릇한 감상을 자아냈다.

그때서야 나는 인선(仁善)과 함께 출발하지 않은 것을 후회했다. 아름다움은 때로 함께 누릴 사람이 없으면 쓸쓸함이 되기도 한다. 멀리 동해안에서 한 승용차에 탄 채 사람들의 눈에 띄는 것은 위험하다 여겨 따로 출발한 것인데 아무래도 잘못된 결정 같왔다. 그러고 보니 서울을 떠날 때 확인한 그녀의 호출기에 남았던 메시지에도 여린 한숨이 서려 있는 듯했다.

"저예요. 지금 열 시고 강남에서 떠나요. 도착 뒤에 다시 메시지 남길게요."

모든 것을 함께 누리지 못하는 것, 그게 지난 2년 동안 그녀가 한처럼 품어왔던 불만이요 결핍감이었다. 이제 어쩌면 마지막이 될지 모르는 여행조차 시작과 끝을 함께할 수 없다는 게 어찌 가슴 아프지 않았으리…….

그런데 오르막을 절반쯤이나 올랐을까, 굽이진 길 위쪽에 멀리서부터 때 아닌 감상에 젖은 내 눈길을 끄는 게 하나 있었다. 어떤 남자가 산중턱에 있는 고장 차량 대피소에 승용차를 세워 놓고 담배를 피우고 있었는데 그 모습이 꽤 인상적이었다. 훤칠한 키에 잘 어울리는 잿빛 바바리코트 자락을 바람에 날리며 맞은편의 눈 덮인 바위산을 그윽하게 바라보고 있는 게 까닭 모를 비장미와 아울러 얕지 않은 품격을 드러내고 있었다.

하지만 내가 비탈을 올라 그 곁에 이르러 보니 사정은 먼빛으로 볼 때의 인상과는 달랐다. 그는 거기서 갑자기 서 버린 자신의 승용차를 간신히 대피소로 밀어 넣고, 지나가는 차량의 도움을 기다리고 있는 중이었다. 그의 번질거리는 얼굴과 공연히 허풍스러워 보이는 대형 승용차가 먼빛으로 보았던 비장미와 품격을 단번에 씻어버렸다.

솔직히 말해 나는 처음 정지 신호를 보내는 그를 그대로 지나

처버릴까 했다. 그때까지의 감상에서 깨어나면서, 무언가 그를 위해 지체해야 할 듯한 시간이 갑자기 부담으로 느껴졌기 때문이었다. 그러나 그의 절박한 표정을 보고 이내 마음을 바꾸었다. 시간도 이미 다섯 시에 가까워 골짜기 깊은 곳은 벌써 어둑어둑해 오고 있었다.

"죄송하지만 양양까지만 편승할 수 없을까요? 아니, 빈 택시라도 잡아탈 수 있는 곳까지만이라도. 보시다시피 내 차가 저 모양이라서…… 작년에 뺀 건데 내 참……."

차를 세우자 그가 간절한 어조로 그렇게 말했다. 자동차 수리를 돕거나 부품을 구해 달라거나 또는 가까운 정비 업체를 알아보고 연락을 취해 달라는 것보다는 시간이 적게 먹히는 요청이라 나는 더욱 거절할 수 없었다.

내가 고개를 끄덕이자 그는 공손하게 조수석에 올랐다. 그런데 그 뒤가 잠깐 이상했다. 그럴 때 흔히 있게 마련인 공치사나 자기소개가 없는 게 그랬다. 대신 무슨 근심이 있는지 내게 양해도 구하지 않고 줄담배만 피워 댔다. 가끔씩 자신 쪽의 차창을 열어 환기를 시키는 게 그래도 나를 의식하고는 있다는 표현이었을까.

그렇지만 나도 그런 그를 불쾌하게 여기지는 않았다. 그의 말 못할 사정을 감안해서가 아니라 내가 운전에 전념하는 데는 오히려 그게 나았기 때문이었다. 그가 일깨워준 현실감은 내 상념을 다시 인선과 늦어도 너무 많이 늦게 된 그녀와의 약속 시간 언저리만을 맴돌게 했다.

그렇게 한 십 분이나 갔을까. 혼자 한숨도 쉬고 주먹도 불끈 쥐어보던 그가 갑자기 꺼낸 게 정치 얘기였다. 그도 상식을 크게 벗어난 사람은 아니어서 자신의 태도가 내 호의에 대한 답으로는 적합지 못하다는 것을 의식하고 있었던 듯했다. 하지만 나는 그때까지도 그의 이름이나 직업은 물론 주소의 가장 큰 지역 단위조차 모르는 채였다.

그사이 차는 오르막을 거의 다 올라 길가 안내판이 멀지 않은 정상의 휴게소를 알려주었다. 마지막 말 뒤로 한참을 씩씩거리다가 조용해졌던 그가 갑자기 딴 사람이라도 된 것처럼 은근한 목소리로 물었다.

"저…… 바쁘지 않으시면 휴게소에서 뭘 좀 드시고 가시지 않겠습니까? 제가 대접하고 싶습니다만."

그렇지만 그 친절은 결코 고맙지 않았다. 한계령 꼭대기에서 날이 저무는 것도 싫었거니와 저녁도 인선과 함께하기로 약속되어 있는 터였다. 그녀는 식당에서 홀로 하는 식사를 가장 못 견뎌 했다. 거기다가 그의 청을 들어주면 먼저 도착한 그녀의 기다림은 그만큼 더 길어질 것이었다.

"실은 약속 시간이 많이 늦어졌습니다. 고맙습니다만 대접받은 걸루 치고 어둡기 전에 이 고개부터 넘는 게 좋겠는데요."

나는 정중하게 그의 호의를 거절했다. 그도 나를 배려해서였을 뿐 자신은 별로 식욕이 없었던 듯 더 조르지는 않았다. 이미 불이 환히 켜진 휴게소를 지나는데 썰렁해서 더욱 넓어 보이는 주차장이 IMF 한파를 실감나게 했다. 몇 년 전인가 비슷한 계절, 비슷한 시각에 그 재를 넘은 적이 있는데, 그때는 잠시 차를 대기조차 마땅한 곳이 없을 만큼 붐비고 있었다.

"저, 어디서 많이 뵌 분 같은데……. 그렇지, 선생님은 작가시죠?"

내리막길을 들어선 지 얼마 안 돼 한동안 말없이 나를 살피는 눈치이던 그가 불쑥 그렇게 물어왔다. 그로서는 지극히 상식적인 인간관계에 시동을 건 셈인지 몰라도 나에게는 가장 당황스러운 물음이었다.

"아닙니다. 이것저것 몇 권 쓰기는 했지만 작가라고는 할 수 없습니다."

나는 공연히 쓸쓸해 오는 기분은 억누르며 그렇게 잘라 말했다. 그러나 그는 그걸 내 겸양쯤으로 오인하는 듯했다.

"틀림없어요. 책 표지에서 사진으로도 뵜고 TV 화면에서도 더러 뵌 듯한데. 맞아요. 제게도 선생님 책이 있습니다. 뭐더라, 그렇지. 『인간의 얼굴을 한 기업』. 솔직히 다 읽지는 못했지만 최신 경영 이론을 대중적으로 쉽고 재미있게 풀이하신 책이라고 알고 있는데……."

"강의하는 틈틈이 쓴 잡문들을 묶은 겁니다. 읽으셨다니 부끄럽군요."

그 대답은 한때 변형된 거드름으로서의 겸양이었다. 그러나 이제는 내 진심이 되었다. 하지만 그가 갈수록 짐스러워지는 내 부업(副業)을 들먹인 이유는 다른 데 있었다.

"아, 맞아요. 원래는 교수님이시죠. 미국에서도 명문대에서 학위를 받은 박사님이시고……. 신문에 쓰신 칼럼도 몇 편 기억납니다만."

아아. 그건 또 무슨 주제넘음이었을까. 한창 공허한 이름에 취해 있을 때 나는 모든 것을 다 알고 있다는 착각에 빠져 이것저것 가리지 않고 세상 시비에 간섭했다.

"분에 넘치는 짓을 가끔 한 셈입니다."

내가 그렇게 시인하자 그가 갑자기 활기에 찬 목소리가 되어 추궁하듯 물었다.

"그런데 선거전이 한창일 때 나온 칼럼에는 은근히 DJ를 비판하는 것이 많았던 것 같은데……."

그는 내 멱살이라도 잡은 듯 느긋한 미소까지 지었다. 아마도 그는 반(反)DJ 정서가 가지는 또 하나의 특징인 집요함까지 갖춘 사람이었다. 잠시 대화가 중단되어 있던 동안도 그의 생각은 줄곧 지난 대선(大選)에 머물러 있었던 듯했다.

"지지자는 아니었습니다."

"그런데도 이번 선거 결과에 별로 충격을 받지 않으신 듯하군요. 깨끗한 승복입니까? 아니면 속된 말로 이제 줄을 바꿔 서신 겁니까?"

그는 그렇게 묻다가 스스로도 너무 추궁조라고 생각됐는지 자

신의 속부터 먼저 털어놓았다. 우리끼리니까, 라는 전제가 생략
된 말투였다.

"지금 발등에 떨어진 불이 급해 그렇지. 나는 솔직히 이민이라
도 떠나고 싶은 기분입니다. 아니, 지금이라도 사정만 나아지면 곧
장 이민 수속 들어갈 겁니다."

참 엉뚱한 곳, 엉뚱한 상황에서 정치 얘기를 하고 있구나, 싶으
면서도 나는 다시 그가 이끌어 낸 화제에 빨려 들어가지 않을 수
없었다. 그만큼 그의 표정과 목소리는 절실하였다.

"열렬히 지지한 사람이 선거에 떨어지면 누구든 서운할 겁니
다. 하지만 선거가 벌써 열흘이나 지났는데…… 혹시 영남 출신
이십니까?"

"물론 아버지 할아버지를 따지면 나도 영남이지요. 선산과 문
중이 그쪽에 있으니까. 하지만 나는 입학한 초등학교부터 영남과
는 멀어요. 중고등 대학은 서울에서 했고……. 거기다가 이번 선거
에서도 꼭히 지지한 사람은 없어요. 다만 딱 한 사람. 그 사람만 되
지 않았으면 했는데 — 그게 거꾸로 되니……."

나는 먼저 질문을 받은 쪽이 나라는 것을 잊고 내처 반문하지
않을 수 없었다.

"그 사람이 왜 그렇게 싫습니까?"

"그의 거짓과 술수가 싫습니다. 허구와 조작이 정교한 게 싫고,
그것에 놀아나는 집단 히스테리가 겁납니다……."

그렇게 시작한 당선자에 대한 험구는 곧 그의 이력과 행적으

로 번져 길게 이어졌다. 대부분이 이제는 너무 오래되어 증명할 수도 부인할 수도 없게 된 뜬소문들이었다. 이 사람의 직업이 무얼까. ― 그때 나는 문득 그런 의문을 가졌다. 지금은 아니더라도 한때는 신문이나 그 비슷한 언론기관에 몸을 담은 적이 있는 사람 같았다.

진위(眞僞)야 어떻든 그가 늘어놓는 것은 오래된 정치부 기자나 나이 먹은 정치 건달들도 가끔은 헷갈려 하는 정치 비사(秘史)가 되었다. 세상일 다 아는 척해 온 나도 주제넘은 잡문으로 신문사를 들락거리면서 겨우 귀동냥한 일들이 태반이었다. 하지만 그렇다고 무턱대고 그에게 동조해 주고 싶은 마음은 없었다.

"그건 정치를 너무 순진하게 이해하고 계신 탓 아닙니까? 다시 말해 정치란 원래가 책략과 술수를 싫어하지 않는 분야고 그런 뜻에서는 오히려 이번 당선자야말로 가장 정치적 자질이 있는 사람이라고 볼 수도 있습니다. 현대 정치학에서도 정치를 사적(私的) 동기 혹은 이익의 공적(公的) 전화(轉化)라고 정의하니까요. 집단 히스테리로 보신 지역감정도 그렇습니다. 그렇다면 영남도 온전하지는 못할 텐데요. 수치만으로 본다면 호남보다 훨씬 덜해 보이지만 그 지역에 대규모 공업단지가 많아 유입돼 있는 타 지역 인구를 뺀다면 적어도 DJ를 반대한다는 점에서는 호남의 지지율이나 크게 다를 게 없을 테니까요."

그러자 그도 이번에는 어지간히 기분이 상한 표정이었다. 내게 호의를 입고 있다는 사실마저 잊은 듯 빈정거림으로 받았다.

"이거 아무래도 제가 실례한 것 같은데요. 당연히 한편이라고 믿고 눈치 없는 소리 많이 했습니다. 깨끗한 승복이든 줄을 바꿔선 것이든 선생님의 입장은 이미 전 같잖으신 듯한데……."

그 말이 은근히 사람을 자극하는 데가 있어 나는 또 길게 말하지 않을 수 없었다. 그것도 그때까지 한 번도 남 앞에서 그렇게 진지하게 털어놓아 본 적이 없는 속마음이었다.

"그건 아닙니다. 나도 그를 싫어하지만 이유가 다를 뿐이죠. 사실 86년 내가 유학에서 돌아왔을 때만 해도 나는 그에게 별다른 선입견이 없었습니다……."

하지만 한참 계속하다 보니 스스로도 한심한 기분이 들었다. 이 무슨 쓸 데 없는 험구를 하고 있는가……. 그렇게 되자 이야기는 절로 맥이 빠졌다. 나는 텔레비전 토론 때의 실수들 — 태연하게 일생 양심과 정의를 위해 살았다고 한다든가, 95년 위기 때 미국 친구들에게 얘기해서 카터를 북한에 보냈다든가, 따위 턱없는 허풍에 대해서까지 얘기했지만 끝이 어떻게 맺어졌는지 기억에 없을 정도로 그 화제는 흐지부지되었다. 내가 적어도 투표 때까지는 한편이었음을 확인한 것으로 만족한 듯 그도 더는 서로가 난감해질 수도 있는 정치 얘기를 끌어가려 하지 않았다.

차가 양양읍으로 들어선 것은 이미 날이 저문 뒤였다. 저만치 거리의 가로등이 보이는 곳에서 그가 지갑을 꺼내더니 명함 한 장을 내밀었다.

"오늘 신세 많이 졌습니다. 언제 연락 한번 주십시오."

예의 삼아 명함을 훑어보니 그의 직함은 '㈜청암(靑岩)문화사 대표'로 되어 있었다. 정확히 어떤 분야의 업체인지는 알 수 없었지만 대강 짐작은 갔다. 상호(商號)에 문화가 붙어 실속 있고 번듯한 업체는 본 적이 없었다.

그가 차에서 내리고 나자 내 머릿속은 이내 인선의 생각으로 온전히 채워졌다. 바로 낙산으로 갔다면 두 시간은 넉넉히 기다렸겠구나. 마지막까지 저를 우선시키지 않았다고 원망하겠지. — 문득 전에 경험한 낙산비치의 객실 사정이 상기되었다. 재작년인가, 연말 가까울 무렵 그곳에 묵은 적이 있는데 객실이 차버려 바다 쪽이 아닌 복도 건너 줄 온돌방에서 적잖은 불편을 겪어야 했다.

그때 내 눈에 공중전화 부스 하나가 눈에 들어왔다. 아무래도 그냥 낙산비치로 차를 몰고 가는 것보다는 확인을 하고 가는 게 나을 것 같았다. 인선이 거기서 객실을 잡았든 아니든 호출기에 메시지를 남겼을 것이기 때문이었다.

나는 전화 부스 곁에 차를 대고 내렸다. 동전 전화기는 고등학생인 듯한 여학생 둘에게 점령되어 있었다. 송수화기를 번갈아 바꿔 들며 한없이 이어지던 소녀들의 통화는 내 세 번째 헛기침이 있고서야 끝났다. 인선이 남긴 메시지는 두 개였다.

"여긴 '뉴비치'라고 낙산비치에서 속초 쪽으로 2킬로쯤 되는 바닷가에 새로 지은 호텔이에요. 규모는 작지만 깨끗하고 조용하네요. 503호실 예약해 두었어요. 저는 506호실인데 전망이 아주 좋아요. 기다릴게요."

첫 번째 메시지는 그랬다. 호텔이 바뀐 것으로 보아 망하네, 죽네, 해도 경관 좋은 바닷가 호텔의 연말 특수(特需)는 그대로인 듯했다. 그런데 시간으로 봐서는 먼저인 두 번째 메시지가 그런 내 짐작이 틀렸음을 일깨워주었다.

"낙산비치예요. 길을 잘 알지도 못하면서 구룡령(九龍嶺)을 넘다가 좀 늦어졌어요. 하지만 저보다 한 시간이나 늦게 출발하셨다니 아직 도착하지는 못하셨겠지요. 과연 IMF 바람이 차긴 차네요. 연말인데도 객실은 많이 비어 있어요. 하지만 무슨 문화 단체의 모임이 있어 우리가 묵기에는 마땅치 않군요. 제가 아는 얼굴이 몇 있어서요. 아마 선생님을 알아볼 사람은 더 많을 성싶어요. 다른 곳을 알아보고 다시 메시지 남길게요."

특별히 강조되지 않은 것 같은데도 IMF 바람이라는 말이 강하게 내 의식을 찔러왔다. 그러고 보니 서울을 떠난 뒤로 다섯 시간 가까이 나는 그 말을 잊고 있었다. 요즘 그 말은 어디를 가든 삼십 분에 한 번은 듣게 되는 말이었다. 아직 나와는 상관없는 말 같으면서도 다른 한편으로는 이미 무의식의 바닥에 어둡고 무겁게 가라앉은 그 말. 어쩌면 우리도 그 바람에 쓸려 여기까지 오게 되었는지 모른다……

"아무래도 이대로는 견뎌내지 못할 것 같아요. 거품이 잔뜩 낀 이 의상실부터 정리하고 어디 가서 몇 년 조용히 공부나 더 해야겠어요."

지난가을부터 인선은 가끔씩 그런 말을 했다. 그러나 나는 그 말을 귀담아듣지 않았다. 이미 유학을 다녀온 데다 나이도 마흔에 가까운 그녀였다. 의상 디자인에 그녀가 더 공부해야 할 학구적인 측면이 있다는 것도 별로 실감 나지 않는 얘기였지만, 압구정동 요지에 있는 그녀의 의상실도 그 바닥에서는 아직 예전의 성가를 누리는 걸로 듣고 있었다. 오히려 나는 그 말을 내게 보내는 그녀의 간접적인 압력 정도로 이해했다. 이제는 태도를 분명히 결정해 주세요. 이대로 마냥 기다릴 순 없어요, 라는.

그런데 지난번에 만났을 때 그녀는 제법 입술까지 잘근거리며 말했다.

"결심했어요. 의상실 내놓고 모교로 가서 한 3년 공부나 제대로 해보기루. 껍데기만 남았지만 이리저리 뜯어 맞추면 의상실 보증금은 제 손에 남을 것 같네요. 아무리 달러 값이 올랐다지만 몇 년 버틸 학비는 되겠지요."

"그다음엔?"

"돌아와 다시 시작해 보는 거죠. 정식으루 대학에 자리 잡든가. 그때쯤이면 이 사태도 끝나 있지 않겠어요?"

내가 알기로 그녀가 공부한 디자인 스쿨은 여러 종류의 학위를 주는 곳이었다. 공부만 제대로 하고 오면 그녀가 받은 A.A.S라는 일종의 수료증만으로도 대학에 자리 잡을 길이 전혀 없는 것은 아니었지만 앞으로는 그것도 어려울 것 같았다. 지금 같은 우리 대학 풍토에서는 정식의 박사 학위나 적어도 M.FA는 따야 하는데 그녀에게는 너무 요원해 보였다. 따라서 내게는 그녀의 계획이 모든 것을 털어버리고 빈손으로 다시 시작하겠다는 비장한 결의로만 느껴졌다.

나는 그 비장한 결의 뒤에 지난 3년의 피곤한 우리 사랑과 무엇이든 미루기만 하는 내가 있음을 알아보았다. 그녀는 자신이 빠져 있는 유예(猶豫)와 불확실성에서 달아나고 싶어 한다. — 여행은 그런 그녀를 안쓰럽게 여겨 내가 제안한 것이었다. 나도 이제는 무언가 결단할 때가 되었다는 자각이 새삼 가슴을 저리게 했다.

이 여행을 결정하고 난 다음 사나흘 내 생각은 밤낮없이 그 결단에 쏠려 있었다. 한번 마음을 다잡아먹자 도저히 해체나 일탈이 불가능해 보이던 완강한 인간관계들에도 빈틈들이 보였다. 그러나 단번에 그것들로부터 자유로워지는 길은 없었다.

그래서 나는 우회(迂廻)를 생각했다. 그녀의 계획에서 암시 받은지도 모르지만, 일단 지금의 인간관계로부터 한발 물러선 곳으로 나를 빼낸 다음 다시 궁극적인 단절로 가는 방식이었다. 교환교수나 초청교수의 형식을 빌려 나도 잠시 이 나라를 떠난다…….

하지만 결정은 언제나 마지막 순간으로 미루는 습성에 따라 그 이상 구체적인 계획을 진전시키지 못한 채로 나는 서울을 떠났다. 나머지는 차 안에서 생각할 수도 있다는 핑계로. 그런데 전반은 늦은 출발과 뜻밖의 교통 체증이 준 다급함 때문에, 그리고 후반은 한계령에서 내 차에 편승한 그 사내와의 잡담 때문에 더 생각할 여유를 잃고 말았다.

생각이 거기에 미치자 나는 갑자기 그 훼방꾼이 밉살맞게 느껴졌다. 눈 덮인 한계령을 넘으면서 고작 정치 얘기라니, 그것도 이미 끝나버린 대통령 선거의 당선자 험구라니. ― 나는 뒤늦은 핀잔을 중얼거리면서 피우던 담배를 끄고 시동을 걸었다.

그때 누군가가 다가와 차창을 두드렸다. 차창을 내리고 보니 좀 전에 헤어진 그 사내였다.

"아직 여기 계셨군요."

"네, 전화 한 통 하느라구요. 어떻게 차는 잘 해결되었습니까?"

나는 마지못해 그렇게 받았다. 그러자 그가 다시 들러붙는 어조로 말했다.

"글쎄. 그게 잘…… 시골이라서 그런지 읍내에는 레커차 있는 곳이 없어요. 그런데 아까 얼른 들으니 낙산 쪽으로 가신다고 한 것 같은데……."

"네, 낙산 좀 지나 외딴 바닷가에 새로 지은 '뉴비치'라는 작은 호텔로 가는데……."

나는 그가 다시 편승을 바라는 게 싫으면서도 그 때문에 오히려 더 정직하게 내가 가는 곳을 밝히고 말았다. 거기에는 내가 가는 곳이 외진 곳인 만큼 더 이상의 편승은 어렵다는 뜻도 포함돼 있었다. 갑자기 그의 얼굴이 어둠 속에서도 알아볼 만큼 환해졌다. 그제야 나는 아차, 싶었다.

"뭐라고 하셨습니까? 뉴비치요?"

"네, 아직 잘 알려지지 않은 모텔 같은 곳인 모양입니다만……."

"아, 압니다. 잘 알지요. 실은 나도 바로 그리로 가고 있는 중입니다."

나는 그때 그와 나 사이에 얽힌 알 수 없는 인연 같은 것을 느꼈다. 그게 뒤이은 그의 편승 요청을 일종의 체념으로 받아들이게 했다.

"남의 일을 봐주려면 삼년상까지 치러 주랬다구 — 그럼 거기까지 같이 갑시다. 가서 한턱 단단히 내지요. 그 호텔 주인이 바로 고종형님 됩니다. 제 차 문제는 거기서 전화로 해결하기로 하고……. 어차피 내가 레커차 끌고 다시 한계령을 넘을 여유는 없으니까."

하지만 그도 좀 전과는 달리 닫혀버린 내 마음을 곧 읽은 듯했다. 차에 오른 그는 또 정치 얘기를 꺼내다가 성의 없이 대꾸하는 내게 갑자기 변명조가 되어 말했다.

"나 같은 장사꾼이야 장사만 잘하면 되지, 무슨 정치에 그리 관심이 많으냐고 나무라실 테지만 그게 어디 그렇습니까? 들으니 재경원에서 하마 이 사태를 알아차린 게 지난 육칠월이라고 합디다. 그런데 뻔히 알고도 경제를 이 꼴로 만들었으니……. 어디 입 안대게 생겼습니까? DJ도 그래요. 그 사람의 멘탈리티가 바로 이 나라를 이 지경으로 만든 그 사람들과 별로 다른 것 같지 않아 이렇게 불안하다 이겁니다. 정치 논리로 경제를 풀어 나가려는 발상 같은 거 말입니다."

그러나 그때 나는 그의 존재가 조금씩 난감스럽기 시작하였다.

'뉴비치'에 기다리고 있을 인선 때문이었다. 왠지 그는 거기 가서도 줄곧 우리 사이에 끼어들 것 같은 예감이 들었다. 거기다가 그가 인선을 알아보게 되는 것도 걱정거리였다. 하지만 내가 대꾸 없는 걸 자신의 설명 부족으로 여겼는지 그는 목소리에 한층 힘을 주어 이었다.

"인수위원회란 게 설치는 꼴 한번 보쇼. 이 난판에 뭐 경제 청문회를 해? 한보 비리, 대규모 정부 수주 공사 내막 다시 조사한다? 전직 대통령 잡아들이는 일이야 자신이 길을 냈으니, 그래서 YS 옭아 넣는 거야 YS의 자업자득이겠지만 이 나라 경제 꼴은 어떻게 되겠어요? 드러나 봐야 우리 관료의 무능 아니면 부패일 텐데, 그거 매스컴에 떠들어 세계에 알려봐야 외자(外資) 유치에 무슨 득이 되겠나 이 말입니다. 불교에 '독전(毒箭)의 비유'란 게 있지 않습니까? 사람이 독화살을 맞았으면 빨리 화살을 빼고 치료하는 게 중요하지, 누가 이 독화살을 쏘았는가, 어디서 날아왔으며 크기는 얼마인가를 따지는 일은 급하지 않단 말입니다. 그런데 지금 그 사람들 하는 짓이 꼭 그렇다니까. 하마 싹수가 노래요. 내 참……."

그러다가 느닷없이 시비조가 되어 내게 따지듯이 말했다.

"한 달 전에 담보까지 등기 설정하고 떠먹듯이 약속한 기업 운영자금 이제 와서 오리발이 뭡니까? 이자만 잘 물면 당연히 유예해 주던 설비 자금을 이제 와서 갑자기 회수하겠다고 설쳐 대면 우리 같은 중소기업은 무슨 수로 견딥니까? 이따위 은행들이나 어떻게 손봐 하루에도 수십 개씩 엎어지는 기업 살릴 생각은 않고, 그저 한다는 소리가……."

가는 동안 차 안이 좀 소란스럽기는 했지만, 그가 길을 알고 있어 '뉴비치'를 찾아가는 데는 크게 어려움이 없었다.

"저깁니다. 지난 여름휴가 여기서 보냈는데 장사 한번 기차게 되더니……. 낼 돈 다 내고 묵어도 오래 방 차지하고 있기가 미안하더라니까. 그런데 여기도 지금은 썰렁한 분위기네."

그러면서 그가 가리킨 곳은 바닷가 작은 언덕에 세워진 푸른색의 아담한 오 층 건물이었다. 낙산과 물치의 중간쯤 될까, 바닷가 호텔로서는 나무랄 데 없는 위치였다. 그러나 나는 그가 더 이상 내게 들러붙는 게 싫어 되도록 쓸데없는 대꾸를 삼갔다. 그도 거기 이르자 뭔가 긴한 용무에 마음을 뺏겼는지 간단한 인사와 함께 프런트 데스크 안으로 사라졌다. 주차를 마치고 뒤따라가면서 보니 데스크 직원들도 그를 잘 아는 것 같았다.

예약되어 있는 503호실에 짐을 푼 다음 나는 전화도 없이 인선의 방문을 두드렸다. 누구세요? 하는 인선의 목소리가 몹시 가라앉아 있었다. 그렇게 보아서 그런지 나를 말끄러미 바라보는 그녀의 두 눈에도 물기 같은 것이 어려 있었다.

"미안해. 오는데 길까지 막혀서…… 많이 기다렸지?"

"기다리고 또 기다리는 거 ― 제 운명 아녜요?"

그녀가 희미하게 웃으며 내 말을 받았다. 그 웃음이 또 나를 가슴 아프게 했다. 방 안을 둘러보니 창가에 있는 테이블 위 재떨이에 그녀가 방금 끈 듯한 담배가 아직도 연기를 피워 올리는 중이었다.

그녀는 평소의 빈틈없이 격식을 갖춘 나들이옷에서 청바지에 헐렁한 티셔츠 차림으로 갈아입고 있었다. 그새 샤워를 했는지 긴 머리칼도 여고생의 생머리나 다름없었다. 그런데 화장이 지워진 그녀의 얼굴이 다시 애틋한 연민을 자아냈다. 왠지 파슬파슬하게 느껴지는 피부와 숨김없이 드러나는 잔주름이 내게 뭔가를 문책하는 듯했다. 그때는 얼마나 눈부신 아름다움으로 다가왔던가. ― 나는 때아니게 3년 전 그녀를 처음 만난 날을 떠올렸다.

그 무렵 나는 이미 전공과 무관한 프로에도 별다른 거부감 없이 출연하기 시작해 일주일에 한 번은 방송국을 드나들고 있었다. 그날 오전 강의를 마치고 곧장 달려갔는데도 생방송 시간이 임박해서 나는 지정된 녹화실로 뛰듯이 걸음을 재촉했다. 그런데 휴게실 옆 자판기를 지날 때였다. 뭔가 한 줄기 눈부신 빛살처럼 두 눈을 찔러오는 게 있었다.

나는 다급한 중에도 걸음을 멈추고 그쪽을 살펴보았다. 한 젊은 여자가 방금 자판기에서 뺀 커피를 마시고 있었다. 그리 성장(盛裝)을 한 게 아니면서도 어딘가 격식과 품위를 느끼게 하는 옷차림에 역시 화려하지는 않지만 사람의 눈길을 끌기에는 충분히 아름다운 얼굴이었다.

어디서 본 듯한 느낌 때문에 나는 처음 그녀를 신인 탤런트거나 가수쯤으로 짐작했다. 그러나 다시 살피니 신인으로서는 좀 나이가 들어 보여 이번에는 아나운서거나 토크쇼 프로 진행자가 아닐까 추측했다. 그쪽도 아니었다. 전문으로 방송에 매달려 있는 처지는 아니지만 적어도 아나운서나 진행자들의 얼굴 정도는 알고 있을 만큼 나는 자주 방송국을 드나들었고 또 관심을 가지고 있었다.

그러다가 그녀가 누구인지를 알게 된 것은 내 대담 프로가 막 시작되기 직전이었다. 프로듀서가 체크하는 몇 개의 모니터 중에 그녀가 비쳤는데, 그 대담 분위기를 보자마자 나는 이내 그녀를 기억해 냈다. 내가 텔레비전에 끌려 나오기 시작한 것과 비슷한 시기부터 패션계에서 떠오르는 별로 지목되어 그 분야의 대담에 자주 불려 나오는 디자이너였다.

그녀는 양장점 출신의 제1세대나 외국 패션을 눈요기한 정도로 시작한 제2세대와는 달리 체계 있게 디자인을 공부한 이른바 제3세대 디자이너로 아마도 내가 그녀를 기억하게 된 것은 그녀가 공부한 학교 때문일 것이다. 나는 보스턴에서 학위를 받았지만 처음 어학연수를 받은 뉴욕 대학 부근도 좀 아는 편이었다. 그런데 그녀가 수학한 디자인 학교는 그 뉴욕 대학 근처에 있고 나도 먼빛으로 바라본 적이 있었다.

하지만 그녀가 누구인지를 알아도 그날 그렇게 총총히 뛰어가던 내 눈길을 끈 그 빛의 정체는 얼른 잡히지 않았다. 여인의 아름다움 혹은 성적인 호기심에 끌린 것이라면 텔레비전 방송국에는 그 점에서 그녀보다 훨씬 매력적인 여자들이 얼마든지 있다.

그런데 전에는 한 번도 그런 일이 없었다. 거기다가 나는 그때 이미 사십을 훌쩍 넘어 우스갯소리로 불감(不感)의 중턱을 넘고 있는 나이였다.

그런데 그로부터 보름도 되지 않아 나는 다시 그 빛과 마주쳤다. 그날 세 시간 연강(連講)을 마치고 역시 무언가 학교 밖의 일로 교정을 나서던 나는 이제 막 잎이 돋기 시작하는 은행나무 가로수 길 아래서 또 그 빛을 보았다. 그녀였다. 옷차림도 방송국에서 만났을 때와는 다르고 화장도 그랬지만 내 눈을 쏘아오는 그 빛은 똑같았다. 그 빛이 끌어들인 힘이 얼마나 강했던지 나는 따로 마음을 다잡을 필요도 없이 걸음을 빨리해 그녀에게로 다가갔다.

"안녕하십니까?"

내가 그녀에게 인사를 던지자 그녀도 스스럼없이 인사를 받았다.

"안녕하세요?"

"우리 구면이지요?"

"네. 그런 것 같네요."

"그럼 지난번 방송국에서……."

"네."

그 대답을 듣고 나는 비로소 그 빛살의 정체를 안 느낌이었다. 그녀도 나를 보고 있었다. 내가 본 것은 나를 향해 보낸 그녀 존재의 어떤 신비한 신호였다. ─ 해석은 곧장 그렇게 비약했다. 그때 다시 그녀가 짤막하게 보탰다.

"하지만 전에도 몇 번 뵈었어요. 또 전 선생님 독자구요."

"내게 이런 미인 독자가 있었는지 몰랐군요. 영광입니다."

평소 같으면 잘 모르는 젊은 여자와 그 정도로 대화를 끌어가기 위해서는 예사 아닌 용기를 내야 했다. 그런데 그날은 왠지 모든 게 자연스럽기만 했다.

"그런데 이 학교에는 무슨 일로?"

"이번 학기 의상학과에 강의를 맡은 게 있어서……."

"호오, 그럼 동료 선생님이 되신 셈이네. 진작 알았으면 연구실로 초대해 커피라도 한잔 내는 건데……."

거기까지도 말은 자연스럽게 나왔다. 그러나 그때부터 내 마음은 조금씩 흔들리고 있었다. 나는 커피 호사를 즐기는 편이었고 남자 교수들에게는 흔치 않은 커피 집기들도 갖추고 있었지만 젊은 여자를 혼자 쓰는 연구실에 불러들여 커피를 마신 적은 없다. 제자라도 나이 찬 여학생이 혼자 찾아오면 공연히 불편해지는 게 그 방면의 결벽 아닌 결벽이었다. 그런데 그녀의 대답이 한층 나를 혼란스럽게 했다.

"초대 고마워요. 실은 저도 이 학교에 강의를 맡으면서 여기가 선생님이 계시는 학굔데…… 했어요. 다음 주 강의 끝나면 한번 들를게요."

나는 처음 그녀의 그런 반응을 기혼 여성의 당돌함으로 추측했다. 그러나 다시 기억해 보니 그녀는 아직 미혼이었다. 그것도 미혼이라기보다는 독신이라는 말이 더 어울릴 30대 중반이었다. 그러자 갑작스레 모든 게 어색하고 쑥스러워졌다.

"그것 참 기대되는데요. 좋은 커피 마련해 기다리겠습니다."

간신히 그렇게 받기는 했지만 목덜미까지 화끈해졌다. 그러나 그때만 해도 그게 그녀와 나를 특별하게 맺어주는 계기가 되리라고는 감히 상상도 못했다. 그런데 다음 주 그 시각 그녀는 정말로 왔다…….

내가 얼마나 회상에 잠겨 있었는지 모르지만 그때까지 참고 나를 살피던 그녀가 회상의 한 단락이 끝난 걸 어떻게 알아차렸는지 가만히 물어왔다.

"무얼 그렇게 골똘히 생각하세요?"

"처음 인선을 만났을 때, 그때 네가 얼마나 눈부시게 예뻤던지를."

나는 솔직히 그렇게 대답했다. 그러자 그녀가 살풋 웃으며 반문했다.

"그런데 지금은? 이젠 눈부시지도 않고 예쁘지도 않아요?"

그 웃음이 내게는 다시 쓸쓸하기 그지없게 보여 갈수록 가슴 흥건히 괴어오는 슬픔의 정조(情調)를 더했다. 나는 그게 견딜 수 없어 그녀를 껴안았다.

"아니야. 더 예쁘고 눈부셔."

나는 그러면서 팔에 힘을 주었다. 부스러질 듯 안겨오는 그녀의 여윈 몸이 또 한 번 슬픔의 정조를 자극하는가 싶더니 이내 견

310

딜 수 없는 요의(尿意)와도 같은 욕망으로 변해 그녀를 침대 가로 끌어가게 했다.

흔히 요구되는 예비 동작이나 사전 교감 없이 치러진 것이었지만 우리의 성합(性合)은 그 어느 때보다 길고 뜨겁고 집요한 것이 되었다. 그 바람에 성합이 끝난 뒤의 적막과 정지도 깊고 길었다. 온몸에 뒤덮어쓰다시피 한 땀이 닦지 않았는데도 가시어 갈 무렵에야 그녀가 입을 열었다.

"전 아무래도 바타이유란 사람, 뭘 잘못 알고 말한 것 같아요."

그런 그녀의 목소리에는 나이를 잊게 하는 해맑음과 천진성이 되살아나 있었다. 그러나 서서히 깨어나는 내 가슴에는 잠시 욕정에 밀려났던 슬픔의 정조가 다시 제자리를 찾아들고 있었다. 떠나야 할 사람, 혹은 보내야 할 사람……

"응, 바타이유?"

"언젠가 제게 말씀해 주셨잖아요? 에로티즘은 본질적으로 슬픔이나 허무와 관련된 것이라구요."

"생식과 죽음의 관련을 그렇게 표현한 것이겠지. 생식의 가장 기초적 형태인 세포분열에서도, 분열로 새로 태어나는 세포에게는 그게 생명이고 출생이지만 분열하는 원래의 세포에게는 죽음의 의미일 뿐이니까. 왜냐하면 분열한 둘과 원래의 하나 사이에는 이미 동일성이 없거든."

그녀가 깨어났다면 나도 굳이 비감에 젖어 있을 필요가 없었다. 나는 그녀가 좋아하는 논리적 명쾌함을 회복하려 애쓰면서 그렇게 대답했다. 그래, 우리를 기다리는 것이 이별이라 할지라도 그것이 다시 만나기 위한 이별임을 믿자. 아니, 다시 만나지 못하게 되더라도 한 되지 않을 사랑으로 이 순간을 채워 나가자.

"그게 바로 일면적인 논리로만 짜여진 관념일 것 같다구요. 왜 원래의 세포가 가졌던 의지 혹은 목적성은 무시하죠? 원래의 세포가 분열로 생식을 의지했다면 혹은 그런 목적성에 따라 분열했다면 설령 그게 자기 존재의 소멸을 뜻한다 해도 반드시 슬픔이나 허무만을 의미할까요?"

"세포의 의지라⋯⋯."

"존재의 의지라는 편이 옳죠. 내가 보기에 에로티즘이나 그 원초적 양식인 섹스는 오히려 존재 확인 혹은 존재 확대의 의지와 관련된 어떤 것이라는 게 옳을 듯한데요."

"그런데 왜 갑자기 그런 생각을 했지?"

"실은 섹스 뒤의 제 느낌이 그렇거든요. 우울하고 쓸쓸하고 한스럽고 ─ . 어두운 상념에 젖어 선생님을 만났다가도 한차례의 뜨거운 섹스가 있고 나면 그 모든 걸 다 잊어버리고 이렇게 아늑하고 느긋해지니까요. 처음엔 이게 섹스의 마비 작용이 아닌가 의심했는데, 시간이 갈수록 그게 아니라는 생각이 들어요. 무언가 근원적인 낙관과 관련된 감정이라는 거죠."

그녀는 그 말과 함께 갑자기 몸을 일으켰다. 그리고 침대에서 뛰어내려 조금 전 내가 함부로 벗겨 던져 둔 옷을 찾아 입는 모습이 꼭 어릴 적 강둑에서 훔쳐본, 멱을 다 감은 또래의 여자애 같았다. 새파래진 입술로 몸을 옹송그리고 서둘러 옷을 걸치는. 헐렁한 티셔츠 위에 오리털 파카까지 걸친 그녀가 아직도 늘어져 누워 있는 내 팔을 잡아끌며 성미 급한 아이처럼 보챘다.

"우리 어디 맛있는 거 먹으러 가요. 저녁이 늦었어. 벌써 여덟 시야. 너무너무 배가 고파요."

그런 그녀의 웃고 있는 얼굴에서는 처음 만났을 때 본 그 빛살이 눈부시게 쏘아져 나오고 있었다.

습관처럼 따로따로 호텔을 나와 주차장 후미진 곳에 세워 둔 그녀의 차에 올랐을 때 그녀가 다시 뽐내는 아이처럼 말했다.

"제가 이래 봬도 미리 와서 사전 답사까지 다 해두었다는 거 아녜요. 대포나 낙산까지 갈 것도 없이 바닷가 분위기 나는 횟집들이 들어선 곳이 새로 생겼더군요. 시설은 포장마차 같지만 괜찮을 것 같아 선생님이 오면 함께 가야지 하고 봐뒀어요. 어때요? 이만하면 똑똑한 선발대 아녜요?"

그리고 그녀가 차를 몰아 간 곳은 호텔에서 오 분 거리도 안 되는 곳에 있는 물치라는 조그만 포구의 시멘트 방파제 위였다. 거기에 전에 보지 못했던 대형의 포장마차 같은 횟집들이 줄지어 들어섰는데, 역시 IMF 한파 탓인지 아니면 아직 그리 알려지지 않아선지 거의가 텅 비어 있었다.

인선은 그중에서 낮에 미리 점찍어 둔 듯한 집으로 나를 안내했다. 바다 가까운 쪽으로, 내부도 포장마차 분위기 그대로였으나 난방만은 제대로 신경을 써 춥지는 않았다. 그녀가 이것저것 아는 체 주문을 했다.

나도 되도록 인선의 기분에 맞춰 밝고 가벼운 마음을 가져보려 애썼다. 하지만 무슨 강박관념처럼 나를 억누르고 있는 이번 여행의 의미에서 좀체 자유로워질 수가 없었다. 비장한 결단으로 내 삶과 세계를 바꾸지 않으면 결국은 이별의 의식(儀式)이 되고 말 이 여행, 그것도 종당에는 이별의 의식으로 낙착될 공산이 더 큰 이 여행. — 어쩌면 눈물과 한탄만이 그녀에 대한 내 예의일지도 모른다는 생각까지 들었다.

"선생님 오늘 왜 이러세요? 꼭 장례식에 온 사람 같애, 힘내세요. 하늘이 무너지는 것도 아니고 땅이 꺼지는 일도 없어요."

그런 내 기분을 애써 무시하던 인선이 마침내 참지 못한 듯 그렇게 말했다. 그러나 이내 그 화제를 끌어낸 것 자체가 후회스럽다는 듯 재빠르게 말머리를 돌렸다.

"애인 중에 대학교수가 가장 인기 있는 이유가 뭔지 아세요?"

"뭔데?"

"첫째, 시간이 많아 언제든지 만날 수 있다. 둘째, 머리에 든 게 많아 배울 게 많다. 그리고 마지막으로 정히 못 나올 때는 조교라도 대신 보낸다. 이거예요. 그런데 우리 교수님은 왜 이래?"

그녀가 그래 놓고 깔깔거렸다. 나도 따라 웃지 않을 수가 없었다. 그러나 가슴속에는 여전히 검은 안개가 자우룩한 듯했다. 둘만의 자리에서는 좀체 시키지 않는 술을 그날따라 독주로 시킨 것은 아마도 그 때문이었을 것이다. 그녀는 내가 술에 취하는 것을 별로 좋아하지 않았다.

　빈속이라 그런지 소주를 몇 잔 하자 짜르르 술이 오르며 무겁던 기분이 조금씩 풀려왔다. 내가 뒤늦게 그녀의 농담을 받은 것도 그 표현이었을 것이다.

　"아까 대학교수 어쩌고 그랬지? 그럼 이번에는 내가 한번 물어볼까? 대학교수하고 거지하고 비슷한 점 세 가지 뭔지 알아?"

　"뭐예요?"

　"첫째, 출퇴근 시간이 자유롭다. 둘째, 되기는 어렵지만 되고 나면 편하다. 셋째, 한번 맛 들이면 그만두지 못한다."

　그녀가 좀 전보다 더 크게 깔깔거렸다. 그런데 그 웃음에 왠지 과장이 섞인 듯해 모처럼 풀려가던 내 기분이 다시 움츠러들었다. 서로에게 중요한 화제는 뒤로 물려 놓고 변죽만 울리는 게 아무래도 온당치 못한 노릇 같아 내가 먼저 얘기를 꺼냈다.

　"그런데 수속은 별 문제 없어? 어드미션은……."

　그러다가 나는 자신도 모르게 입을 다물었다. 곧 울음이 터질 듯한 눈으로 나를 보며 항의하는 그녀의 표정 때문이었다.

　"선생니임……."

　그녀가 차가운 목소리로 나를 불렀다.

　"응?"

　"우리에게 사흘이 있댔죠? 제발 그 사흘이라도 망치지 말아요. 그 얘긴 마지막 한 시간을 남겨 놓고 시작하는 거예요. 알겠어요?"

　그렇게 말을 끝내는 그녀의 목소리는 거의 애원조였다. 이제는 정말 항복이었다. 나는 진심으로 그녀가 마음이 내켜 스스로 그 얘기를 꺼낼 때까지는 결코 우리의 음울한 처지를 상기시키는 말을 하지 않으리라 결심했다. 우리는 행복한 연인들이다. 겨울 바다를 찾아 아름다운 추억 만들기에 나섰고 지금은 그 달콤한 첫 밤이다. — 나는 스스로에게 최면이라도 걸듯 그렇게 속으로 다짐하며 축 처진 분위기를 힘들여 수습했다.

"나도 알아. 이게 오랜만에 맞게 되는 우리 둘만의 밤이라는 것. 그리고 정말로 행복해. 하지만 너무 완전한 행복은 왠지 불안한 느낌을 줘. 이럴 때 중국 사람들은 일부러 하늘을 바라보며 불행한 척 엄살을 떨어 하늘의 질투를 막는다더군. 나도 우리 행복이 그리 완전한 것이 아니라는 것을 하늘에 상기시키려고 엄살을 떨고 있는지도 몰라."

그런 내 말은 어느 정도는 진실이었다. 하지만 내 어조가 너무 진지한 탓인지 그녀의 어두운 기색은 쉬 풀어지지 않았다. 대신 평소에는 입에 대지 않는 술 한잔을 청하는 것이었다. 아아, 어쩌다 우리가 여기까지 왔나.

인선이 처음 내 연구실에 나타난 날을 나는 아직도 선명히 기억한다. 며칠 전부터 나는 세심한 주의로 그날을 모든 약속으로부터 뺐다. 강의에 들어가기 전에 일부러 조교실에 들러 연구실 청소까지 부탁했고 강의마저 이십 분 일찍 끝냈다. 연구실로 돌아와 커피를 준비할 때는 가슴마저 설렜다.

그 설렘의 정체는 무엇이었을까. 그때는 나 자신도 잘 몰랐지만 이제는 무엇인지 알 듯도 하다. 그것은 황폐하고 삭막한 젊은 날을 보낸 중년 남자의 한(恨)과도 같은 보상 심리 혹은 비뚤어진 욕망이었을 것이다.

그해 마흔다섯 고개를 넘으면서 나는 전에 없던 감정을 경험해야 했다. 일류 대학을 향한 집념과 코흘리개들을 가르치는 일로 또래와 격리되어 흘러가 버린 고등학교 시절. 병든 홀어머니와 어린 동생들을 돌보면서 학업을 잇기 위해 세 군데 네 군데까지 겹쳤던 시간제 가정교사로 앞뒤를 돌아볼 틈이 없던 대학 시절. 절실한 필요에 따른 이른 결혼과 오직 유학 준비에만 몰두해 기억조차 희미한 중등 교원 시절 5년, 그리고 다시 송금 없이 견뎌야 했던 유학 시절 5년과 그곳에서의 실속 없는 강사 노릇 2년. 귀국 뒤 그래도 괜찮은 대학에 자리 잡기 위해 분주했던 몇 년과 시답잖은 저서로 일약 유명 인사가 되어 매스컴과 캠퍼스 사이를 팽이처럼 돈 몇 년⋯⋯. 은근한 자족(自足)이고 자부였던 그 이력이 갑자기 고달프고 초라한 삶의 역정으로 비하되기 시작했다.

한때는 나를 위해 열심히 살았다고 믿었지만 엄밀히 따져보면 나를 위한 것은 그리 많지 못했다. 남이 규정한 가치에 충실하게 삶을 기획하고 거기 따라 숨 가쁘게 달려온 나날들. 그래서 어느 정도 목표에 근접하게 되면서부터는 삶 자체가 남에 의해 기획되고 집행되고 어이없는 전도(轉倒)가 일어나고 이제는 화석화(化石化) 현상마저 일어나고 있다. 육체적인 욕망과 허영을 가진 인간,

느낌과 누림 같은 피와 살의 생생한 진실로 보면 얼마나 억지스러우면서도 허황된 삶인가. — 유치하고 섣부른 허망감일 수도 있고 달리는 작은 성취에서 비롯된 자만의 변형일 수도 있지만 당시에 내게는 자못 절실한 회의였다.

인선이 나타난 것은 바로 그런 때였다. 나이는 이제 더 이상 젊음을 주장할 수 없고 따라서 젊음에 바탕한 여러 즐거움과 누림도 내 삶의 기획에 더는 끼어들 여지가 없게 된 때에, 특히 사랑이나 여성적인 구원(救援)을 말하는 것은 그대로 망령이 될 수도 있는 시기로 접어드는 길목에서. 하지만 솔직히 말하자면 그날 커피를 마시면서 내 연구실을 꼼꼼히 돌아보는 그녀의 호기심과 선망어린 눈길에서 나는 이미 내 삶의 마지막 축복과 마주하고 있다는 환상까지 품었다.

"여어, 이게 누구십니까? 교수님 아니십니까?"

잠깐 회상에 빠져 있는 내 목덜미를 후려치듯 누군가 등 뒤에서 술기 있는 외침을 보냈다. 돌아보니 술기운과 예사 아닌 반가움으로 벌겋게 단 사내의 얼굴이 저만치서 다가오고 있었다. 그러나 나는 조마조마하며 기다리던 일이 현실로 벌어지는 걸 보는 심경이었다. 결국 나타났구나.

"실은 두어 시간 전부터 찾았습니다. 503호실로 여러 차례 전화 드렸지만 안 받으시더군요. 호텔 레스토랑에서도 한 시간은 좋게 기다렸습니다. 맥주나 마시며 기다리다 보면 저녁 식사 하러 내려오실 것 같아서. 그런데 알고 보니 동행이 있었군요."

다가온 사내가 인선을 곁눈질하며 다시 큰 소리로 너스레를 떨었다. 갑자기 인선과 나 사이를 추궁받는 것 같아 그 난감함이 사내의 출현을 더욱 못마땅하게 했다. 처음에는 인선과 동행임을 강력하게 부인해두고 싶었으나 나는 곧 생각을 바꾸었다.

"네 아는 분을 만나서……. 술이나 한잔할까 하고."

멀리 동해안의 호젓한 바닷가에서 밤 아홉 시가 넘은 시간 술집에 마주 앉아 있는 남녀를 무관한 사이로 해명할 길은 없다 싶자 나는 그렇게 애매하게 대답했다. 그러면서도 마음속으로는 그가 분별 있게 그 정도의 수인사로 우리에게서 떠나주기를 간절히 바랐다. 하지만 헛된 바람이었다. 그가 승낙도 받지 않고 내 곁의 의자 등받이를 잡으며 천연덕스레 말했다.

"이놈의 밤을 어떻게 보내나 막막했는데 잘됐습니다. 두 분에게 실례가 될지 모르지만 잠시 여기서 시간을 죽이고 들어가야겠습니다. 술은 제가 사지요. 어차피 여기 교수님께 신세 진 것도 있고……."

그러다가 나의 굳은 표정과 인선의 눈가에 지는 희미한 찌푸림의 주름을 느꼈는지 갑자기 간절한 어조가 되었다.

"대신 오래 훼방 놓지는 않겠습니다. 이대로 들어가 누웠다가는 내 속이 그냥 터져버릴 것 같아서……. 맞아요. 터지고 말지, 확 불이 일던가……."

그 말에 이은 깊은 한숨과 왠지 젖어 있는 듯 번들거리는 눈가에서는 어떤 처절함까지 느껴졌다. 인선도 그 분위기에 눌렸는지 희미한 찌푸림을 살풋한 웃음으로 바꿔 그의 말을 받았다.

"괜찮아요. 어차피 우리도 술 한잔하며 세상 얘기나 나누려고 앉은 자린데요 뭘."

그러자 그는 고마움의 표정을 숨김없이 드러내며 내 곁에 앉았다. 나도 마지못해 굳은 얼굴을 풀고 순간적으로 변화된 상황에 알맞은 대처를 궁리했다. 어차피 오래 얼굴을 맞대고 앉게 될 거라면 어떻게든 인선을 설명해 두어야 하지 않을까. 대학 제자로 만들어 지금은 근처 관동대(關東大)쯤에 출강하는 것으로.

하지만 애써 그런 거짓말을 지어낼 필요는 없었다. 자연산을 유난히 강조하며 회 한 접시를 추가로 주문한 사내가 받은 첫 잔을 비우기 바쁘게 인선을 바라보며 말했다.

"그런데, 저…… 이 선생님도 제게 많이 낯이 익은데요. 아니 분명 제가 아는 분 같습니다만……."

"저를요?"

인선이 긴장을 감추지 못하고 되물었다. 그러자 그가 스스럼없이 받았다.

"김인선 선생이시죠? 압구정동에서 '부티크 조앤'을 경영하시고. 대학에도 출강하시던가? 맞아, 어딘가 강의 나가신다는 말 들었어요."

그래 놓고는 서로 듣기 민망한 거짓말을 할 생각은 말란 듯 덧붙였다.

"실은 제 공장에서 몇 종류의 여성지(誌)를 찍습니다. 워낙에 미인이시라 그랬는지 거기서 몇 번인가 선생님의 인터뷰 꼭지를 읽은 적이 있습니다. TV「여성살롱」에서도 언뜻언뜻 뵌 듯하구요."

또 꼼짝없이 멱살을 잡혔구나. 나는 이번에는 까닭 모르게 낙담한 기분이 되었다. 그래도 한 가닥 위로가 되는 것은 그가 적어도 무식하고 막돼먹은 사람은 아닌 것 같다는 그동안의 짐작 정도였다. 인선도 더는 위장을 포기했는지 다시 웃음기를 되살린 표정으로 받았다.

"관심을 가져주셔서 고맙습니다."

하지만 그대로 두면 그가 우리 사이를 두고 대답하기 거북한 질문을 할 것 같아 내가 적당히 화제를 바꾸었다.

"그럼 청암문화사란 게 인쇄 사업……."

"꼭 인쇄만은 아닙니다. 출판이나 광고 기획도 곁들일 예정입니다."

"그런데 여기는 어떻게?"

"빌어먹을 IMF 바람 때문이죠. 아까 말씀드렸지만 이눔의 바람이 얼마나 거센지…… 평생 공들여 키운 기업 흑자도산(黑字倒産)으로 날리게 되었습니다."

"그래도 문화 쪽은 그리 크게 여파가 미치지 않는 것으로 알았는데……."

나는 뻔히 알면서도 그의 주의를 딴 데로 돌리기 위해 그렇게 건드려보았다. 내 의도대로 그는 이내 그 화제에 말려들었다.

"원래 불경기는 문화 쪽이 더 민감하다는 거 모르십니까? 그런데 IMF 사태 같은 태풍을 만났으니…… 말 마십쇼. 인쇄소건 출판사건 절반 이상이 문 닫아야 할 겁니다. 아니 열에 한둘 정도밖에 살아남지 못할지도 모르지요."

"설마 그렇게야……."

"이눔의 바닥은 어찌 된 셈인지 옛날부터 어음 쪼가리로만 왔다 갔다 하는 게 무슨 관행이 되어 있죠. 그런데 지금 어찌 된지 아십니까? 그 어음이 모두 휴지 쪼가리가 되어버렸단 말입니다. 이렇다 할 대기업 어음도 할인이 안 되는데 언제 엎어질지 모르는 군소 출판사 어음 누가 거들떠나 봅니까? 이 보십쇼."

그래 놓고 그는 문득 양복 안주머니를 뒤지더니 두툼한 편지 봉투 하나를 꺼냈다. 그가 보인 봉투 안에는 여남은 장의 어음들이 들어 있었다.

"이거 이래 뵈도 하나같이 은행도(渡) 어음들로 일억입니다. 내 사무실 캐비닛에도 이만큼은 더 있죠. 그렇지만 이제는 좋던 시절의 문방구 어음보다 더 시세가 없어요. 거 왜 있잖습니까? 문방구에서 파는 어음 용지 사서 금액만 써넣은 사제(私製) 어음……. 그런데 이 멀쩡한 은행도 어음들을 은행은 물론이고 사채시장에 가져가 한 달에 일 할을 떼 준다 해도 손사래를 칩니다. 하지만 내가 발행한 어음은 또 어찌 되는지 아십니까? 기일되어 현금으로 박아 넣지 못하면 그날로 바로 부도란 말입니다. 에익, 이눔의 얘기 하자니 또 속에서 열불이 꽉꽉 나네."

그는 자기 앞에 놓인 술을 훌쩍 비운 뒤 잔을 내밀었다. 그리고 내가 잠자코 채워 준 잔을 거푸 털어 넣고서야 얘기를 이었다.

"경영학 전공하신 교수님이니 훤히 아시겠지만 속이라도 시원할까 싶어 이리 떠들어보는 겁니다. 생각해 보십쇼. 남의 어음은 이익이 넘게 받아 들고 있으면서 현금이 없어 단돈 일억에 삼십 억짜리 공장이 넘어가게 된다면 얼마나 허파가 뒤집히겠습니까? 그런데 지금 내가 바로 그 꼴이 난 겁니다. 바로 내일이라구요. 내일 다섯 시까지 일억 이천을 못 막으면 부도란 말입니다. 그래서 부모 형제 일가친척 다 돌았지만 지금이 어떤 땝니까? 사업하는 치들은 모두 나나 저나 싶게 그 모양이고, 그 힘 남은 이들도 제 몸 사리기 바빠 죽는 시늉이더군요. 하기야 누가 이 판에 이 휴지 쪼가리 같은 어음 맡고 현금 일억을 척척 헤어 내놓겠습니까? 그래도 가만히 앉아서 당할 수는 없어 마지막으로 여기 있는 고종형님 만나러 온 겁니다. 바로 '뉴비치' 사장 말입니다. 워낙 돌다리도 두드려 보고 건너시는 성미라 언제나 여유를 가지고 사업하시는 분이죠. 근년에는 좀 소원하게 지냈지만 학창 시절에는 몇 년 한솥밥도 먹은 적이 있어 생떼라도 한번 써볼까 하고……."

그는 묻지도 않은 일까지 단숨에 주욱 늘어놓고 땅이 꺼져라 한숨을 내쉬었다. 그러고 보니 내가 짐작하기보다 훨씬 더 취해 있는 듯했다.

"그래, 얘기는 잘되셨습니까?"

"얘기가 잘되기는……. 아직 만나 보지도 못했습니다. 지배인 말로는 무슨 급한 일루 강릉에 가셨다는데 오늘 밤 늦을 거라는 전화가 있었다는군요. 하는 수 없이 자 누워 가며 기다려보기로 했지만 여기 분위기도 어째 심상치 않습니다. 뭔가 형님도 크게 일을 벌여 허덕이는 눈치라⋯⋯."

화제를 바꾼다고 거기까지 얘기를 끌고는 왔지만 그 이상 늘여 갈 기분은 없었다. 화제가 그리 절실한 것이 아니었거니와 점점 뚜렷해지는 그의 취기도 부담스러워졌다. 그래서 어색한 침묵으로 대꾸를 대신하고 있는데 그가 돌연 목소리를 높였다.

"하여튼 이 쌔끼들 일렬로 나란히 세워 놓고 총살을 하든지 해야지⋯⋯. 어떻게 나라꼴을 이 꼴로 만들 수 있어?"

취기에서 비롯된 악의가 또 정치에서 그 희생을 찾고 있는 듯했다. 그때껏 잘 참아내던 인선의 얼굴에 다시 살풋 짜증이 어렸다. 그러나 사내는 아랑곳 않고 퍼부어 댔다.

"뭐? 문제는 인식하고 있었지만 푸는 방식에서 시각이 달랐다고? 남은 죽어 자빠지는 판에 그 말로 될 일이야? 거기다가 책임지겠다는 놈 하나 없고⋯⋯. 하지만 그걸 해결하겠다고 큰소리치고 나서는 작자들도 그래. 생빚으로 임시낭패나 겨우 면하나 하는 판에 무슨 경제 청문회를 한다고? 넘어진 놈 꼭지 누르기로 벌써부터 자기들 정권 홍보에나 열을 올리는 그런 작자들이 하긴 뭘 해? 내가 보기에는 이눔의 밤이 새로운 시대의 전날 밤이 아니라 아직 덜 끝난 시대의 마지막 밤 같다니까. 진짜 어둠은 아직 남은⋯⋯."

그리고 다시 소주 한 잔을 입에 털어 넣더니 안주도 집지 않고 이번에는 재벌들을 짓씹어 댔다.

"하기야 정말로 코를 꿰고 주리를 틀 것들은 재벌 놀음 한 새끼들이지. IMF 사태 터지지 않았다면 나같이 순진한 중소기업가는 평생 속고 살 뻔하지 않았어? 몇 천억 달러가 될지 모르는 우리 외채 누가 썼어? 모두 그 새끼들이 가져다 쓴 거 아니야? 제 돈처럼 끌어다 이것저것 문어발식으로 덩치만 키워 놓고 저희가 망하면 나라 경제가 어쩌구, 하며 거꾸로 우리한테 공갈쳐 온 걸 생각하면……. 나쁜 새끼들. 간도 크지. 자산의 열 배가 넘는 부채를 지고도 그걸 제 거라고 우기며 대대손손 해먹을 궁리를 해?"

별로 새로운 얘기는 없었지만 절박한 그의 사정을 알고 들으니 그런 비분강개가 영 어울리지 않는 것은 아니었다. 하지만 인선에게는 그렇지 않은 모양이었다. 사내가 다시 술잔을 비우느라 고개를 젖히는 사이 인선이 내게 살짝 눈짓을 보냈다. 아무래도 안 되겠으니 우리가 자리를 뜨자는 신호 같았다.

그사이 마신 술 때문인지, 아니면 전공 때문인지 문득 나를 사로잡는 호기심으로 나는 인선의 눈짓을 못 본 척했다. 이 사내는 정말로 이번 사태에 무죄한 자일까, 하는 의심에서 비롯된 호기심이었다.

"그게 어디 어제오늘 얘깁니까? 하지만 앞으로는 달라지겠지요."

나는 그가 취기를 드러낸 뒤 처음으로 그렇게 대꾸해 놓고 슬며시 물었다.

"아까 공장이 삼십억 간다고 하셨지요? 그것도 적은 자산이 아닌데…… 어떻게 일으켰습니까? 혹 물려받은 자산이라도 있으셨는지요?"

"물려받은 자산이오?"

사내가 손까지 휘휘 내저으며 강하게 부인했다.

"대학 마치고 시골집에 가보니 남은 거라고는 텃밭 서너 마지기와 오두막 한 채뿐입디다. 별수 없이 단칸방에서 이제는 망해 버린 어떤 일간지 기자로 시작했지요. 그 뒤 출판사, 잡지사 돌다가 제작 일을 맡게 되고 제작 일 하다 보니 인쇄까지 알게 되었는데 유(類, 동종업자)는 많아도 잘만 하면 먹고살기는 할 것 같아 인쇄소를 해보기로 했습니다. 그래서 한 20년 고생한 끝에 근근히 얽은 변두리 집 한 칸을 자산으로 일을 벌여본 겁니다."

사내는 내 의도도 모르고 자못 감개까지 섞어 창업의 비화를 털어놓기 시작했다.

"집 한 채루요?"

"살 때는 수유리도 끄트머리 오두막이었는데 서울이 자꾸 밀려나오는 데다 대지가 좀 있고 골목 코너라 사억 팔천을 손에 쥐게 되더군요. 팔천으로 일산에 널찍한 아파트 한 채 전세 얻고 사억으로 출판단지에서 멀지 않은 논 이천 평을 사서 시작했습니다."

"출판단지라면 말이 나온 지 사오 년밖에 안 되는데 그새 사억이 삼십 억짜리 공장이 된 겁니까? 대단한 수완이시군요."

그러자 사내는 취한 중에도 자랑스러운 빛을 감추지 못하며 받았다.

"운도 따랐지만…… 나같이 하기도 쉬운 일은 아닐 거라."

"나도 십수 년 경영학이란 걸 해왔지만 그 비법이 궁금하군요."

그 과정이 전혀 짐작 가지 않는 바는 아니었으나 나는 모르는 척 능청을 떨었다. 그간 마신 술이 있어 그런 능청이 자연스러웠던지 사내는 별 의심 않고 계속해 털어놓았다.

"평당 십팔만 원에 산 논을 삼천만 원 들여 매립한 뒤 공장 부지로 바꾸고 보니 손에 달랑 이천만 원이 남더구만. 그걸 운용 자금으로 사방 뛰어다녀 먼저 끌어낸 것이 중소기업 시설 자금 오억이었습니다. 그걸로 조립식 건물 팔백 평 얽고 대강 공장 흉내를 낸 뒤 일본으로 건너갔지요. 그리고 남은 돈에 여기저기서 끌어들인 일억을 보증금으로 최신 인쇄기 세 대를 월 구백에 리스해 왔습니다. 개중에는 전지(全紙)를 올 컬러로 자동 인쇄할 수 있는 놈도 있지요. 여성지 십만 권쯤은 한나절에 찍어 낼 수 있는……."

사내는 제법 성취감까지 드러내며 떠들고 있었지만 나는 그때부터 그의 경영 수지를 계산하기 시작했다. 은행 빚과 사채를 합쳐 육억이니 IMF 시절에 각오해야 할 은행 연이율(年利率) 20퍼센트만 쳐도 월 천이백에, 리스료 월 구백은 환율 상승으로 일천팔백이 되었으니 그것만으로도 금융비용이 월 삼천만 원은 들어가야 하는 기업이구나.

"그래 놓고 감정원에 우리 공장 평가를 시켜보니 그새 십사억짜리로 불어 있습디다. 그 감정에 뒷돈이 좀 들어가기는 했지만,

그렇다고 그게 전혀 터무니없는 것은 아닙니다. 주변 땅값이 오른데다 토지와 건물과 기계 설비가 결합되는 과정에서 생긴 부가가치란 게 있으니까. 뭐, 시너지 효과라던가……"

뒷돈은 더 있다. 농지를 매립해 공장 부지로 바꿀 때, 각종 인허가를 낼 때, 나대지 이천 평과 거기에 지어질 공장을 후치 담보(後置擔保)로 중소기업 자금 오억을 끌어낼 때, 일본을 오가며 시원찮은 담보로 고가의 기계 설비를 리스해 올 때도 적잖은 뒷돈을 물었을 것이다. 부실한 신용 때문에 물게 된 가외 비용이지만 나중에 모두 그 기업의 생산원가에 전가되어야 할. 그래도 사내는 자랑스레 이어갔다.

"그 공장을 다시 은행에 담보로 넣고 중소기업 자금 융자를 뺀 차액에서 운용 자금 오억을 더 빼내니 제본 설비, 포장 설비, 운송 장비에 기타 공장에 필요한 모든 설비를 갖추고 사무 집기까지 번 듯하게 차려 놓을 수 있더군요. 부대 설비는 대개 부도난 기업에서 중고를 싸게 인수한 덕분이지만…… 물론 그 과정에서 어려움도 있었습니다. 리스해 온 기계를 설치하는 데 하자가 발생해 기계를 돌릴 때까지 여섯 달이나 끌었고, 인수해 온 중고 기계들도 한두 달씩은 말썽을 부렸지요. 논을 매립하기 시작한 날로부터 공장이 돌 때까지 거진 이 년이 걸렸으니까요."

금융비용이 월에 일천만 원 더 늘었고, 미리 투입된 구억의 2년 간 자본 이율도 생산원가에 추가로 전가되어야겠구나.

"하지만 기업이란 게 설비만으로 끝나는 게 아니더군요. 운영자금이란 게 엄청납디다. 내 주먹구구로 운영자금은, 남는 공장 건물 삼백 평을 남에게 빌려주고 그 임대 보증금 일억으로 어떻게 버텨볼 생각이었는데 어림없더군요. 열여섯 명 종업원 봉급에 엄청난 전기료만 해도 한 달에 삼천만 원 가까이 들어가는 판이라……. 거기다가 기계 세 대를 돌릴 만큼 인쇄 물량도 들어오지 않고. 다시 한 대여섯 달 고전했지요. 금방 호전될 것 같아 이번에는 사채로 메워 나갔는데 안 되겠더라구요. 빚내 이자 갚는 꼴이 나자 덜컥 겁이 납디다. 그래서 다시 공장 평가를 시키고 은행을 찾았지요. 그사이의 투자가 감안돼 이번에는 이십삼억으로 평가가 나오고 거기서 이미 받은 융자를 뺀 나머지를 담보로 운영자금 삼억을 더 뺐습니다. 이억은 필요하면 추후로 융자해 주겠다는 언질을 받고 말입니다."

인건비 경상비 월 삼천만 원에다 금융비용 육백을 추가하면 이 기업은 최소한 한 달 팔천만 원의 이윤을 올려야 현상 유지가 되겠구나. 이윤 박하기로 소문난 인쇄업으로, 그것도 이 같은 IMF 시대에.

"그제야 모든 게 제대로 돌아가는가 싶더군요. 일거리도 점차 늘어 기계도 두 대는 돌고……. 그런데 이 빌어먹을 IMF 바람이 불어온 겁니다. 여름부터 뭔가 이상하다 싶더니 찬바람 불면서 어음 부도로 슬슬 모습을 드러내더군요. 거기다가 결정타가 된 것은 은행의 오리발이었습니다. 나중에 빌려주겠다던 그 운영자금 이억 말입니다. 나는 그걸 믿고 미리 담보까지 설정해 주었는데 이제

와서 오리발이지 뭡니까? BIS인가 뭔가에 눈깔들이 뒤집혀 추가 융자는커녕 이미 빌려간 것도 내놓으라고 떼를 쓰는 겁니다. 망할 새끼들, 재벌들한테는 빤스까지 다 벗어 주고도 아무 말 못하면서 우리만 쥐 잡듯 하더라구요. 그 이억만 약속대로 나와도 이 고비 는 어떻게 넘겨볼 만한데……."

사내의 말에 다시 비분이 어리기 시작했다. 그러나 이미 동조의 기분을 잃어버린 나는 조금씩 난감해졌다. 그때 인선이 잔기침으 로 주위를 끈 뒤 내게 말했다.

"그럼 두 분 얘기 나누세요. 저는 이만 들어가 잘까 해요."

목소리는 상냥해도 그 눈길은 차갑기 그지없었다. 그녀가 핸드 백을 잡고 일어서려는 것을 보고 나는 당황했다. 우리에게 불리 한 질문을 피하기 위해 꺼낸 화제가 오히려 그녀를 못 견디게 만 든 것 같았다.

다행히도 사내는 내 짐작대로 최소한의 분별은 보여주었다. 완 연히 취한 기색인데도 자신의 실수를 금세 알아차리고 서둘러 수 습에 나섰다. 일어서면 어깨라도 눌러 되앉히겠다는 듯한 과장스 러운 몸짓으로 인선을 말린 뒤 스스로 자리에서 일어났다.

"아뇨, 제가 일어서겠습니다. 술이 과해 실례가 많았습니다."

그리고는 새삼 나와 인선에게 정중하게 머리를 숙인 뒤 예절 있게 말했다.

"두 분 선생님 끼워주셔서 정말 고맙습니다. IMF와는 무관한 두 분께 어지러운 저잣거리 얘기로 소란을 떨어 죄송합니다. 그래도 아직은 초저녁이니 천천히 즐기다 오십시오."

그는 애써 반듯한 걸음걸이로 계산대에 가 자신의 몫을 치른 뒤 횟집을 나갔다. 그러나 포장을 걷고 밖으로 나서는 그의 발걸음은 멀리서도 알아볼 수 있을 정도로 휘청거리고 있었다.

"선생님도 차암, 속도 좋으시네요."

그 사내가 나간 뒤에도 한동안이나 새침해 있던 인선이 뾰족한 목소리로 말했다. 나는 그게 무슨 뜻인지 잘 알면서도 모르는 척했다.

"뭘?"

"오늘 첨 만난 사람이라면서요? 그런데 자리에 불러 앉혀 한 시간씩이나 그런 한가한 얘기를 주고받을 만큼 저와 있는 게 지루하세요?"

"사정이 딱해 속이라도 시원하라고 하소연을 들어준 거지."

나는 자신도 모르게 변명조가 되어 그렇게 대답했다. 그러나 인선은 쉽게 풀어지지 않았다. 이번에는 비난의 방향을 그 사내에게로 돌렸다.

"자기야말로 IMF 사태를 불러들인 기업인의 전형(典型)이면서 남의 욕이나 해대고……. 빚 많이 얻어내는 걸 무슨 대단한 사업 수완으로 아는가 봐."

"그게 우리 기업 풍토야. 농촌까지 번져가는……. 그리고 실제에 있어서도 어떤 때는 그게 사세(社勢) 확장이나 자산 증식의 유효한 수단이 될 수도 있어. 부채도 엄연한 자산이니까 말이야."

내가 마음에도 없이 그를 변명해 준 게 거슬렸는지 그녀가 완연히 토라진 목소리로 받았다.

"하기야 선생님은 전공이 그쪽이시니까……. 그렇지만 멀리 동해바다까지 와서 자신과는 아무 상관없는 얘기를 한 시간씩이나 듣고 앉았어야 하는 나는 뭐예요?"

그래 놓고는 입을 꼭 다물었다. 그 입을 다시 열게 하자면 꽤나 공을 들여야 할 것 같았다. 그러나 나는 서둘러 그녀를 달래지 않았다. 사내의 마지막 말에 이어 그녀에게서 들은 '무관한' 혹은 '상관없는'이란 말 때문이었다. 정말 이 사태는 우리와 무관한가, 비난받을 것은 저들 정치와 경제뿐이고 다른 분야는 모두 그 피해자일 뿐일까.

하지만 금세 마음을 고쳐먹은 그녀가 막 풀어지려던 내 상념의 실마리를 끊었다. 내가 말이 없는 까닭을 잘못 읽은 듯했다.

"기분 상하셨어요?"

그렇게 묻는 그녀의 얼굴에는 양보의 기색이 뚜렷했다. 나는 그 자리에 어울리지도 않는 상념으로 그녀에게 엉뚱한 부담을 준 게 되레 미안해 황급하게 부인했다.

"아니, 그냥 잠시……."

그런 내 대답에 그녀가 반짝 미소까지 되살리며 제안했다.

"그럼 우리 진짜 한잔해요. 오늘은 나도 마셔 볼래."

그러고는 자기 앞의 잔을 처들었다. 내가 그걸 마다할 리 없었다. 그녀와 유쾌하게 잔을 부딪고 어느 때보다 달게 잔을 비웠다.

평소 술이라면 고개부터 돌리고 보던 그녀도 그날은 아주 태연스레 소주 한 잔을 단숨에 마셨다.

철골에 비닐 천막을 씌워 큰 포장마차 같은 인상을 주는 술집이었지만 바다 쪽으로는 넓은 알루미늄 새시의 창문이 나 있었다. 그 창을 통해 먼 바다에 뜬 오징어잡이 배들의 불빛이 영롱한 구슬을 줄줄이 꿰어 놓은 듯 반짝였다. 나보다 먼저 거기에 눈길을 주고 있던 인선이 나를 돌아보며 갑자기 사람이 달라진 것처럼이나 밝은 얼굴로 웃었다.

"이제 겨울 바다에 온 것 같아. 거기다가 선생님도 있고 맛있는 회도 있고 술도 있고……. 행복해지려고 그래요."

"행복해지기를 기다리지 말고 이제부터 본격적으로 행복해 보자구."

딴에는 맞장구를 친다고 그렇게 말해 보았으나 아무래도 어색한 기분이 들었다. 나는 술잔을 채우는 것으로 그 어색함을 지우며 다시 건배를 제의했다. 이번에도 인선은 겁 없이 따라 비웠다.

하지만 인선의 술은 그걸로 끝이었다. 뒤이어 주인에게 냉수 한 잔을 청해 마신 그녀는 선언하듯 말했다.

"원래 체질이 아닌가 봐요. 마음은 끌려도 몸이 따라주지 않는군요. 벌써 머릿속이 웅웅거리는데요."

그러고는 한동안이나 힘들어하는 눈치였다. 나는 더는 권하지 못하고 남은 술을 혼자 비웠다. 다행히도 많은 양이 아니어서인지 술로 거북했던 인선의 속은 오래잖아 가라앉았다. 하지만 그사이

흡수된 알코올의 작용일까, 뒤로 미루었던 우리들의 거취 문제를 꺼낸 것은 그녀였다. 남 앞에서는 좀체 태우지 않는 담배를 꺼내 천천히 불을 붙이며 그녀가 불쑥 말했다.

"선생님 저 실은 요즘 한껏 고양되어 있어요. 선생님은 이번 유학을 도피성으로 이해하실지 모르지만 다행히도 아녜요. 참된 유학이 될 수 있을 것도 같아요."

"호, 그거 정말 다행이군."

나는 진심으로 그렇게 받았다. 알아보게 발그레해진 그녀의 얼굴이 또 다른 사랑스러움으로 다가왔다. 하지만 그런 감정보다는 무엇이 그녀를 고양시켰는지에 대한 궁금함이 더 커 슬쩍 덧붙였다.

"하지만…… 그렇다면 저번 유학은 뭐였나?"

"그건 허영스러운 양장점 안주인의 좀 길고 겉모양만 낸 외유(外遊)였을 뿐이었어요."

"양장점 안주인?"

나는 그녀의 표정이 그 말을 할 때 특히 시니컬해지던 것에 유의해 되풀이해 보았다. 그녀가 무엇을 결심한 사람처럼 입술까지 꼬옥 깨물었다가 고백투로 말했다.

"어렸을 때 저희 집이 양장점 했다는 얘기 제가 한 적 있어요?"

"글쎄…… 들은 것도 같고."

"저희 아버지는 20년 공무원 생활을 겨우 주사(主事)로 마감한 하급 공무원이었어요. 만약 저희 다섯 남매가 그분의 성품이나 능력에 맡겨졌다면 시골 읍의 고등학교도 제대로 나오지 못했을 거예요. 그런데 어머님이 당시로 보아서는 대단한 활동가셨어요. 처녀 적에 양장점에서 일한 적이 있어 양장점을 차리고 아버님의 부실한 수입을 보충하셨죠. 거 왜 있잖아요? 시골 양장점 — 간따호쿠(칸탄후크)라 부르던 원피스나 블라우스, 스커트 같은 것을 맞추기도 하지만, 다른 사람이 입던 블라우스 소매도 줄여주고 헌 스커트 단도 내려주던 곳 말예요. 그런데 어머님이 눈썰미가 있고 솜씨도 좋았던가 봐요. 잡지 사진 같은 데서 좀 특별한 디자인이 나오면 눈여겨봐 두셨다가 적당하게 응용하시는 재주가 있으셨어요. 주로 '에리'라고 부르던 칼라와 소매 끝, 주름, 리본 따위 부분적인 응용이었는데 그게 시골 읍에서는 대단한 인기를 끌었대요. 그래서 어머님의 수입이 아버님의 월급을 넘어서게 되자 아버지는 당신 벌어 당신 품위 유지만 하면 되는 한량이 되고, 집안 살림은 모두 어머니에게 맡겨지게 되었죠……."

거기까지 듣자 나는 그녀가 왜 입술까지 깨물어가며 결심해야 했던지를 알 것 같았다. 깔끔함과 우아함으로 대표될 수 있을 성싶은 그녀의 미적(美的) 지향은 대화에서도 잘 드러났다. 그녀는 삶의 끔찍하거나 천박한 면을 못 견뎌 했을 뿐만 아니라, 고단하고 너절한 부분도 입에 담기를 꺼려했다. 조금 전 그 사내의 하소연을 그렇게 못 참아 한 것도 그게 우리 삶의 어두운 진실과 연관되었기 때문임에 틀림없었다. 그런 만큼 자신의 소박한 가족사(家族史)를 털어놓는 일도 무슨 대단한 고백처럼 느껴졌을 것이다. 나는 그녀를 격려하기 위해 한마디 거들었다.

"짐작보다 특색 있는 가정에서 자랐네."

"특색 있는지 어떤지는 모르지만 하여튼 그 시골 읍에서 자신을 얻은 어머니는 우리 오 남매를 데리고 서울로 올라와 그때만 해도 달동네였던 사당동 변두리에 자리를 잡았죠. 그 양장점 지금도 기억나요. 제가 중학 다닐 때까지였는데 그때도 상당히 잘되는 양장점이었어요. 그런데 어머니의 성공은 그 정도에서 그치지 않았어요. 그 뒤 강북 도심으로 양장점을 옮기고, 솜씨 좋은 양재사까지 두엇 거느리시게 되었죠. 어쩌면 어머니가 바로 우리나라 1세대 의상 디자이너에 들 수 있을는지도 모르겠어요. 나중에는 이미 자신이 재봉틀에 앉는 법은 없고 구상과 재단, 그리고 지시가 전부였으니까요. 외국 잡지 사진의 부분적인 응용을 결합한 것이지만 때로는 제법 독창적인 디자인을 선보이기도 하구……."

"1세대 디자이너에 들 수 있을는지도 모른다가 아니라 바로 그러셨군. 1세대가 아니라 2세대, 3세대인들 우리 디자이너들 그 수준 크게 넘을까? 그리고 보니 인선의 전공 선택에는 가업(家業) 승계의 의미도 있었겠네."

"여러 자매들 중에서 제가 양장점 일에 관심을 많이 가졌던 건 사실이었어요. 어려서부터 양장점 벽 가득 늘어져 있는 새 옷감들이 이상하게 좋더군요. 그 독특한 냄새와 울긋불긋한 색상들이 묘한 환상을 불러일으키곤 했죠. 그러다가 철이 들면서는 아직 추상인 그 천들에서 역시 추상인 재단을 거쳐 마침내 예쁜 옷들이 만들어진다는 게 신기하게 여겨졌어요. 하지만 대학에서 전공을 의상 디자인으로 결정하게 된 첫 번째 이유는 솔직히 고백하면 성적 때문이었어요. 전 어려서부터 잔병치레가 많아 제대로 공부를 못 했죠. 특히 고3 때는 일주일에 한 번은 결석을 해야 할 정도로 건강이 좋지 않았어요. 그러니 내신이고 예비고사고 제대로 성적이 나왔을 리가 없죠. 그래도 전 할 수만 있다면 언니들처럼 제대로 된 학문을 하고 싶었어요. 철이 들면서 내 삶이 점점 그런 것들과 멀어지고 있다는 느낌 때문에 그랬는지 모르지만 학구적인 분위기가 그렇게 좋을 수 없는데요……."

거기서 내 상념은 잠깐 곁가지를 쳤다. 학구적 분위기라, 지성에 과도한 가치 부여를 했지만 그것이었구나. 네 두 번의 사랑이 모두 슬프게 끝나버린 까닭은.

우리 사랑이 시작되기 전에 인선은 고해(告解)처럼 자신의 지난 사랑을 내게 들려주었다. 한 번의 짝사랑과 한 번의 쓰디쓴 실연이었다. 짝사랑은 대학교 때 어떤 명문 대학의 수재를 사랑한 일이었다. 그만 원한다면 무엇이든 할 수 있다는 기분으로 주위를 맴돌았으나 그는 어릴 적부터 마음에 두고 있는 여자가 따로 있었다. 두 번째 실연은 유학을 다녀온 직후에 있었다. 이래저래 서른을 넘긴 그녀 앞에 반짝반짝한 신랑감이 나타났다. 미국 동부 명문 대학에서 박사 학위를 받았고 귀국해서도 이내 일류 대학 교수로 자리 잡은 사람이었는데, 선배의 소개로 만난 뒤 그녀는 곧 사랑에 빠졌다. 하지만 불행히도 그에게는 별거 중인 아내와 딸이 있었고, 그와 그 아내의 재결합이란 형태로 그녀의 사랑은 슬프게 끝나고 말았다. 이제 알 듯도 하다. 네가 무엇 때문에 그때 그리 부주의하게 사랑에 빠졌으며 다시 나의 마뜩지 못한 다가감도 거부하지 않았던가를.

"그 무렵 나날이 설 자리를 잃어가고 있는 어머니의 탄식이 제게 한 선택을 암시했어요. 당시만 해도 그리 흔치 않던 의상 디자인이란 전공 말예요. 도심으로 진출한 어머니의 양장점은 70년대 말까지만 해도 그럭저럭 버텨 나갔죠. 그러나 80년대가 시작되면서 두 방향의 공격을 받아 휘청거리고 있었어요. 하나는 세련된 기성품의 홍수 같은 출시(出市)였고, 다른 하나는 2세대 디자이너들의 활약이었어요. 어머니는 그 중간에 끼어 대중 고객은 기성품 시장에 뺏기고, 고급한 고객은 피에르 김이니 엘레나 조니 하는 외국 이름을 가진 2세대 디자이너들에게 밀리신 거죠. 특히 어머니는 그들 2세대 디자이너들에게 원한이 깊었어요. 외국물을 먹고 키운 패션에 대한 감각이나 안목도 그랬지만 특히 자기 홍보나 고객 관리 측면에서 어머니는 그들을 따르실 수 없었던 거예요. 어머니는 그걸 자신의 무식 탓으로 돌리고 한탄하셨는데, 저는 오히려 거기서 제 길을 찾은 거예요. 전 그들의 국제적 감각이란 게 수박 겉핥기식의 흉내에 지나지 않는다는 걸 알았거든요. 지금부터라도 전문적이고 일관된 교육과 훈련을 거치면 그들을 따라잡기 어렵지 않다는 걸요. 그런 면에서 제 전공은 가업의 계승이란 의미도 분명히 있어요."

원인이 무엇인지는 명확히 알 길이 없지만 아마도 우리의 만남에서 그녀가 그토록 오래 주도권을 잡고 대화를 끌고 나간 것은 그때가 처음이었을 것이다. 그러나 나는 제법 긴장까지 느끼며 귀를 기울였다. 언제부터인가 내게는 그녀의 몸보다 정신에 대해 아는 게 적을지 모른다는 불안이 은근한 자괴감(自愧感)으로 자라나고 있었다.

"제가 대학을 나와 어머니의 양장점에 변화를 준 것은 먼저 그 상호였어요. '부티크 조앤.' 그리고 실제에 있어서도 어머니의 양장점엔 많은 변화가 있었죠. 비록 이류 대학이지만 사 년에 걸친 일관된 과정의 배움이란 게 어머니의 많은 약점을 보완할 수 있었던 거죠. 당연히 경쟁력이 살아나 한동안은 저 자신도 감탄할 만큼 우리 양장점은 번성했어요. 하지만 어쩌면 그건 모든 게 풍족해 넘쳐나던 80년대 중반의 우리 사회 상황 덕분이었는지도 몰라요. 80년대 후반의 첫 불경기가 시작되면서 우리 한계는 드러나기 시작했으니까요. 점점 낡아가는 어머니의 기술과 세계 첨단과는 한 단계 시차(時差)가 있는 저의 개념적인 지식만으로는 갑자기 불어닥친 세계화 바람을 버티기 어려워진 거예요. 패션에서의 세계화는 사회 일반보다 훨씬 빨리 와 이제는 이웃 누구와의 경쟁이 아니라 바로 본바닥 상표와의 경쟁이 되어버렸기 때문이죠. 벌써 80년대 후반 그때 말예요. 그래서 제 유학이 결정되었죠. 저는 잠시 '부티크 조앤'을 어머니에게 맡기고 뉴욕으로 갔어요. 그리고 2년, 지금은 터무니없이 요란스럽게 포장되어 알려져 있는 그 유학 시절이 있었어요. 하지만 뻔하잖아요? 그때의 제 영어 실력으로는 귀 트이고 말문 열리는 데만 해도 2년이 바빴어요. 제 모교의 장삿속 때문에 입학 허가는 빨리 받았지만 그 강의 겨우 알아들을 만하자 2년이 지나가 버리더군요. 제가 받은 A.A.S도 실은 사립인 제 모교의 장삿속이 남발한 제삼세계용 자격증 수여에 가까울 거예요. 하지만 그때도 저는 사정만 허락하면 F.I.T로 옮겨 제대로 의상학을 전공하고 싶은 마음이었어요. 제가 세 얻어 살던 집 가까이에는 뉴욕 대학 기숙사가 있었는데 거기 밤늦도록 불 꺼져 있던 창들이 제게 왜 그렇게 부럽게 느껴졌는지 몰라요. 나도 이제는 할 수 있다는 기분이 들기도 하고……. 그런데 여기 사정이 그렇지 못했어요. 풍요한 80년대에 채워졌던 우리 양장점의 속살은 제 유학 2년과 어머니의 힘겨운 버티기로 다 깎여 제가 거기서 더 시간을 끌면 우리 의상실은 간판까지 내려야 할 지경이 되고 만 거예요. 나는 할 수 없이 돌아왔고…… 나머지는 선생님께서도 대강 아시는 대로예요. 본격적으로 외국 유학까지 하고 돌아와 이론과 실력을 겸비한 제3세대 디자이너 조앤, 킴. '부티크 조앤'을 압구정동으로 확장 이전시키고, 멋모르는 매스컴의 각광을 받으며 겁 없이 대학 강단까지 기웃거리고……. 이만하면 지난번 제 유학, 양장점 주인의 겉모양만 낸 외유란 말 이제 이해하시겠어요?"

그때 다시 내 상념이 곁가지를 쳤다. 너를 만났을 때 너는 내게 뭐였나. 나름의 성취가 있는 젊고 아름다운 여자 — 너는 이제 양장점 주인으로 비하하고 있구나. 그렇지만 우리가 마침내 이렇게 만나도록 만든 친밀감의 축적에는 너의 그런 면도 한몫했을지 모르겠구나.

인선이 자신이 경영하고 있는 조그만 의류 생산업체의 경영 실태 점검을 부탁해 온 것은 우리가 다섯 번째로 둘이서만 만났을 때였다. 그날 나는 서울의 야경이 내려다 뵈는 남산의 한 호텔에서 저녁을 먹으면서도 다음에 단둘이 만날 구실을 어떻게 만들 수 있을까 고심하고 있었다. 그런데 고맙게도 그녀가 썩 훌륭한 구실을 만들어주었다.

"저어, 선생님 같은 분께 이런 부탁이 당키나 한지 모르지만 제 부탁 하나 들어주시겠어요?"

"내가 할 수 있는 거라면 기꺼이 들어드리지요. 무슨 일인데요?"

"실은 작년부터 '조앤'이란 상표로 조그만 의류 공장을 하나 꾸려오고 있는데 이게 애를 먹여요. 앞으로는 남고 뒤로는 밑져 오히려 우리 의상실에 부담을 주고 있거든요. 그래서 정리하려고 보면 아직 유망해 보이고……. 저로서는 어떻게 해야 할지 통 알 수가 없어요."

다행히도 전에 나는 친분 때문에 지금은 부도가 나 은행 관리에 들어가 있는 어떤 유명 상표의 경영 실태를 점검해 준 적이 있었다. 하지만 그런 경험이 없었더라도 나는 기꺼이 응낙했을 것이다. 그때 이미 그녀는 내 황폐하고 삭막한 젊은 날을 보상해 줄 존재로서 어느 정도 특화(特化)되어 있었다. 나는 오히려 어떤 예사롭지 않은 운명 같은 것까지 느끼며 그녀의 부탁을 들어주었다.

그로부터 두 달 나는 틈나는 대로 그녀의 의상실과 광주(廣州) 쪽에 있는 공장을 드나들며 그 의류업체의 경영 실태를 파악하고 넘겨받은 회계장부를 점검했다. 규모가 별로 크지 않아 문제점은 금세 드러났다. 문제는 무엇보다도 바로 그 규모에 있었다. 대량생산의 이득을 기대하기에는 너무 작고 수공업적 희소가치를 노리기에는 너무 큰 게 그녀의 의류업체였다.

그 업체의 인사관리도 방만하기 그지없었다. 그녀의 어머니가 공장장을 맡아 사람들을 쓰고 있었는데 친인척 관계와 안면 위주여서 임금은 턱없이 높고 생산성은 낮았다. 거기다가 공기(工期)나 물류(物流)의 개념이 없어 그쪽으로도 이윤의 많은 부분이 잠식되고 있었다. 역시 그녀 어머니의 친정 조카가 맡아 한다는 회계 쪽도 문제가 많았다. 전체적으로 분식의 혐의가 짙은 데다 부분적으로 누락이나 중복 같은 초보적 실수들이 자주 눈에 띄었다.

만약 그 일이 신속을 요구하는 것이었다면 두 달까지 걸리지 않아도 되었을 것이다. 어쩌면 나는 궁색한 구실을 마련할 필요 없이 그녀를 만날 수 있다는 편리함 때문에 필요 이상 시간을 썼는지도 모른다. 하지만 그보다는 결론을 내리면서 겪어야 했던 고심이 더 많은 시간을 쓰게 했다는 편이 옳다.

여러 문제점에도 불구하고 그녀의 업체가 전혀 희망이 없는 것은 아니었다. 나는 한때 어렵지만 그 업체를 살려 그녀와 나 사이를 상시적(常時的)으로 연결할 구실을 삼는 쪽도 검토해 보았다. 하지만 결국은 정리하는 쪽을 권했는데, 그것은 업체가 작지만 한 경영자를 요구하고 있었기 때문이었다. 내가 품고 있는 그녀의 이미지는 그런 경영자와 너무도 맞지 않았다. 그녀도 별 애착 없이 그 업체를 포기하고 의상실에만 전념하는 데 동의했다. 그런데……이제 보니 너도 그 이미지가 싫었구나. 네가 양장점 주인이라고 비하시켜 표현한 그 경영자의 이미지…….

"참 겁도 없이 세상을 속여 왔지. 이론과 실력을 겸비한 제3세대 선두주자, 우리 패션을 세계적 수준으로 한 단계 접근시킨 재원(才媛)……. 그러고 보니 IMF 사태를 부른 게 정치적 판단 착오나 기업의 실수만은 아닐지도 몰라요. 아니 문화적 허영이나 착각도 분명 한몫을 단단히 했을 것 같네요. 우리 쪽으로 보면 비싼 로열티 물고 외국의 유명 상표 도입한 것으로 우리 패션의 세계화가 이루어졌다고 믿는 업자들이나, 몇 가지 피상적인 첨단 패션 흉내가 바로 자신을 세계적인 수준으로 끌어올려 주었다고 믿는 디자이너 같은 이들이겠죠. 바로 여기 이 나를 포함해서……."

한층 시니컬해진 그녀의 목소리가 잠시 다른 곳을 헤매던 내 상념을 깼다. 나는 간신히 그녀의 말을 기억해 내느라고 더듬거리며 받았다.

"그건, 그건, 지나친 자기 비하야. 아니면 — 흔히 어리석음이라고 믿는 일종의 오만이거나."

"저두 그랬으면 좋겠어요. 하지만 아니야. 요즘 곰곰 생각할수록 스스로 비참해져요. 정말 마실 수만 있다면 흠뻑 마시고 취하고 싶어."

그녀가 금세 눈물이라도 떨굴 것처럼 어두운 표정으로 말했다. 나는 아픔과도 같은 가슴 뻐근함을 느끼며 가만히 그녀의 손을 움켜잡았다. 잠시 말없이 손을 맡기고 있던 그녀가 황급히 손을 빼며 몸을 일으켰다.

"이제 돌아가요. 여긴 추워. 추워서 더 우울해지는지도 몰라요."

나도 더 취하기는 싫어 아무 반대 없이 따라나섰다.

생각보다 밤은 깊어 있었다. 술집을 나오면서 휘 둘러본 바닷가에는 전혀 인기척이 없고 멀리 해변 초소의 서치라이트만 이따금 밤바다와 빈 모래사장을 훑고 갈 뿐이었다. 호텔로 돌아가는 해변 길도 차량이 끊겨 어둡고 적막하기 그지없었다.

"정말 추워서 그랬던가 봐. 여기서 내려다보니 여전히 정취 있는 겨울 밤바다네. 선생님도 샤워하고 나오세요. 기분이 달라질 거예요."

내 방으로 따라와 더운 물로 샤워를 하고 나온 인선이 의자를 창가로 끌어당기며 사람이 달라진 듯 밝은 목소리로 말했다. 그러나 나는 뜨겁든 차든 물을 뒤집어쓸 기분이 아니었다. 냉장고에서 맥주 한 캔을 꺼내며 심드렁히 받았다.

"아니, 이걸루 입가심이나 하구 자겠어."

그러자 그녀가 내 쪽으로 의자를 당기며 장난스레 웃었다.

"아까 너무 청승을 떨었나? 하지만 제가 지금 한껏 고양돼 있다는 것, 그리고 희망과 자신에 차서 떠난다는 것만은 믿어주세요. 이번에는 정말 제대로 공부할 수 있을 것 같아요."

"그건 반가운 일이야. 부럽기도 하고."

"보다 본질적인 접근을 해볼 거예요. 의상미(衣裳美)의 이데아 같은 것, 필요와 허영, 실용과 미학의 접점(接點)이나 의상 언어(衣裳言語) 같은 것도 탐구해 볼 가치가 있겠지요."

"그렇다면 파슨즈나 F.I.T에 가서 될 일이 아니겠는데. 철학부에 적(籍)을 두는 편이 낫겠군."

"꼭 그래야만 한다면요."

그런 인선은 정말로 무엇인가에 고양되어 있는 사람 같았다. 타월 천으로 된 목욕 가운의 높은 깃에 싸인 발그레한 얼굴에 꿈에 젖은 소녀의 몽롱한 표정이 떠올랐다. 까닭 모르게 죄의식을 자아내는 청순함이 희미한 후광처럼 그녀를 둘러쌌다. 그러다가 그 청순함은 이내 성숙한 여인의 농염함으로 바뀌었다.

"그리구우……."

그녀가 갑자기 짙은 콧소리로 길게 말끝을 끌며 덧붙였다.

"그리고?"

"그러면서 선생님을 기다릴 거예요."

그 말과 함께 자리에서 일어난 그녀는 살며시 다가와 내 어깨에 머리를 기댔다. 분명 그녀는 아무 말도 보태지 않았는데 나는 꼭 와주실 거죠, 란 질문을 받은 느낌이었다. 나는 저항을 온전히 포기한 포로 같은 기분이 되어 황급히 대답했다.

"그래, 나도 가지. 가구말구."

성(性)을 지배하는 정서에 관한 한 적어도 내게는 바타이유의 해석이 옳아 보인다. 격렬한 성합 뒤에 나를 지배하는 정서는 일쑤 허망이 아니면 작은 종말감이다. 그날 밤도 그랬다. 적잖이 마신 술 때문에 악전고투와도 같은 성합을 치른 뒤 나는 그 어느 때보다 텅 빈 듯 하면서도 막막한 기분에 젖어들었다.

그런 나와는 달리 인선은 그녀의 이른바 '근원적 낙관' 탓인지 잠들 때까지 한동안을 새로 시작될 유학 생활에 관해 재잘거렸다. 그걸 위해 다지고 있는 장한 결의들과 이어지는 밝고 희망에 찬 상상들이었다. 그러다가 오래잖아 그녀도 만족한 피로에서 온 듯한 단잠에 빠져들었다.

하지만 가늘게 코까지 골며 잠든 그녀 곁에서도 나는 쉬이 잠들지 못했다. 그날따라 길게 꼬리를 끄는 허망과 종말감에다 그녀가 잠든 뒤 땀을 씻기 위해 한 짧은 샤워가 준 각성의 효과 때문이었다. 적지 않게 마신 술기운이 조금씩 걷히면서 정리되지 못한 그 하루의 상념들이 일시에 되살아났다.

상념의 첫머리는 말할 것도 없이 이 여행에서 가장 절실한 화두가 되는 나와 인선의 앞날이었다. 만난 뒤 2년을 넘기면서 우리는 무언가 비상한 결단의 요구에 쫓기게 되었다. 그 때문에 최근 우리의 만남은 자주 울적해졌고 때로는 인선의 흐느낌이 섞여 들기도 했다. 그러다가 이루어진 결단이 인선의 출국이었고, 조금 전

나는 뒤따라간다는 약속으로 그 결단에 동의하였다.

그렇지만 냉정히 돌아보면 그것은 약속이라기보다는 내 주관적인 희망 사항에 가까웠다. 학위 논문을 지도해 준 은사나 유학 시절 선후배에게 두루 알아보면 교환교수나 초빙교수로 미국에 몇 년 머물 길은 있고, 그렇지 못하더라도 내년이 안식년(安息年)이라 자리 걱정을 하지 않고도 1년 정도 미국을 다녀올 구실은 얼마든지 만들 수 있었다. 하지만 그렇게 얻은 거리와 시간이 20년 넘는 내 결혼 생활과 거기서 파생된 여러 인간관계에서 나를 자유롭게 해주리란 보장은 별로 없었다.

그곳에서 결행될 우리의 결합은 틀림없이 이곳에서보다는 덜 요란스럽고 부담도 적을 것이다. 우리가 영영 그곳에 머물러 살 수 있다면 그 결합만으로 모든 것은 해결된다. 하지만 우리 삶의 기반은 모두 이곳에 있고, 우리는 돌아오지 않으면 안 된다. 그리고 그때 이 땅은 단지 유예해 주었던 것에 지나지 않은 모든 의무와 책임을 우리에게 한꺼번에 물을 것이다. 아마도 우리는 그동안의 모든 성취를 그 불이행에 대한 벌금으로 물어야 할지 모른다. — 거기에 이르자 내 사고는 저절로 작동을 중단했다. 어차피 맞을 매라도 미룰 수 있다면 되도록 뒤로 미루고 싶다는 기분뿐이었다.

그러자 상념은 그날의 구체적인 기억에서 새로운 실마리를 찾았다. 악연과도 같은 그 사업가와의 만남이 떠오르고 이어 그의 불만과 원망, 분노와 증오의 언어가 새삼스럽게 되살아났다. 그의 자랑과 자부도. 그는 의심 없이 자신을 피해자의 자리에 두고 느닷없이 불어 닥친 시대의 찬바람을 저주하고 있었지만 실은 그 또한 영문도 모르면서 그 바람을 불러들인 엉터리 주술사(呪術師) 중의 하나였다. 지금 준비되고 있는 마녀재판에 불려 나올 소문난 주술사들과 목소리의 높이가 다르고 몸짓의 크기에서 차이가 날 뿐 똑같은 효능을 가진 주문을 그는 현대적 기업 경영이란 부적 아래 열심히 외워 왔다. 그리하여 내 상념 속을 떠도는 그의 마지막 모습은 내가 만난 구체적인 중소기업인의 그것이 아니라 한 어두운 시대의 초상 같았다.

그러고 보니 처음 듣는 인선의 가족사나 거기에 이어진 안쓰러운 자기 분석도 단순히 젊은 연인의 변형된 정담(情談)으로만 되씹을 수는 없었다. 어쩌면 그것은 그녀 개인의 이력이나 실상이 아니라 그녀가 속한 세계의 어두운 진상이며, 이 참담한 사태를 부른 거품의 일부일지도 모르는 일이었다. 거품은 우리 경제나 정치뿐만 아니라 문화에서도 한국적인 특징을 이루고 있었다. ─ 그렇게 번지자 문득 얼마 전 망년회에서 만난 대학 동창의 말이 떠올랐다. 내가 유학길에 오를 때 등단한 그는 그새 알려진 중견 작가로 자라 있었는데, 동창들이 아첨 삼아 노벨 문학상의 가능성을 묻자 숨김없이 혐오를 드러내며 쏘아붙였다.

"요새 거품, 거품 하는데 말이야. 그놈의 거품 많기로는 우리 문학 판만 한 데도 없을 거라. 바로 노벨상 타령이 가장 같잖은 거품이지. 시(詩)야 내 전공이 아니니 제쳐 두고서라도 말이야. 우리 소설이 노벨상을 받게 된다면 그건 스웨덴 한림원의 가장 잘못

된 수상자 선정의 예가 될 거야. 우리로 봐서는 기막힌 요행이 되구……. 한번 냉정히 생각들 해보라구. 우리 소설 중에서 우리가 젊은 날 밤새워 감동하며 읽던 그 삼엄한 세계 명작 전집에 끼워 넣어 어울릴 만한 책이 과연 몇 권이나 돼? 안됐지만 내가 보기에는 한 권도 없어. 내 책은 아직 저들 습작 수준밖에 안 되고. 그런데 실질은 그 모양이면서 이건 무슨 노벨상에 환장이라도 했는지, 젊고 늙고 간에 책 몇 권 우리끼리 겨우 읽을 만하게 냈다 하면 노벨상 타령이니……. 그게 빌린 돈에 비싸게 사들인 기술 가지고 어거지로 버티면서 세계적, 세계 일류 하고 떠벌려 대던 우리 재벌 기업의 거품하고 다를 게 뭐 있지? 두고 보라구. 어떤 꼴들 날지. 좋은 시절에 문학적 속살을 찌울 생각들은 않고…… 되잖은 물량 (物量)의 환상에 빠져 재능과 열정을 낭비하거나 낡아 빠진 이념으로 허세나 부리고 —. 그 거품 걷어내면 드러날 우리 문학의 빈약한 속살 정말 한심할 거라. 모르긴 하지만 이 바람 가장 혹독하게 맞을 판은 이 판일걸.”

그때는 그걸 그 동창의 뒤틀린 겸손으로 이해했지만 다시 냉정히 돌이켜보니 한 작가의 뼈아픈 자기 진술 같기도 했다.

좀 엉뚱하게도 상념이 거기에 미치자 의혹과 불신은 문화 전반으로 번져 나갔다. 따져보면 다른 분야에서도 거품으로 의심되는 현상들은 많았다. 이를테면 애초부터 현지의 평가보다는 국내에서의 그림 값 인상에 관심이 더 많은 외국에서의 전시회들. 그 나라 관객들보다는 국내로의 파급효과만을 겨냥한 출혈적인 해외

공연들. 그리고 턱없는 허영으로 세계 일류만을 쫓아 경쟁적으로 이루어지던 엄청난 로열티의 외국 공연단 초청들. — 문화에 대한 국제적 인식이나 우리의 안목을 틔우는 데 약간의 도움이야 되었겠지만 본질적으로는 투입(投入)과 산출(産出)의 균형이 어림없이 깨어진 문화적 거품이 아니었을까.

우리 학문은, 우리 진리와 이상은 이 거품들로부터 안전한가. 지금 연구실 깊숙한 곳에서 소리 없이 숙성하고 있는 학문들도 있겠지만 더욱 많이는 요란스러운 거품으로만 부풀어 있지 않은가. 그들이 세계의 명문 대학에서 학위를 취득할 때는 그 학문적 성취의 수준은 미래의 세계 석학들과 비슷하였는데, 그로부터 몇십 년의 세월이 흘러도 왜 이 땅에서는 손꼽을 만한 세계적 석학이 없는가. 혹시 그들이 한번 이른 그 수준에 안주하여 그걸 값싸게 파는 데만 성급했던 탓은 아닐까. 조변석개(朝變夕改)하는 이 나라의 정책은 바로 일찌감치 정치로 줄을 바꿔 선 그들이 학문적인 숙성을 거치지 못한 지식을 섣불리 현실에 적용한 탓은 아닐까. 매스컴에서는 석학이 넘쳐나면서도 세계의 지성사에는 아무런 자취를 남기지 못하는 것은 분별없는 매스컴의 장단에 취해 실질적인 성취와는 무관한 우리끼리만의 허명(虛名)을 쌓아 올리는 데 세월을 탕진한 탓은 아닐까.

그러다가 그런 의혹과 불신은 한 통렬한 부메랑이 되어 내게로 되돌아왔다. 바로 너다……. 네가 학위를 딴 논문은 부분적으로 Z이론에 자극받은 것이었지만 인간관계론 중심의 경영 이론으로서 당시로는 세계적 수준에 손색이 없었다. 한국의 기업 일부와 화교(華僑) 기업들에서 유가적(儒家的) 인간관계론을 추출하여 서구적 경영 이론에 접목시키고자 했던 시도도 의미가 있었다. 그런데 한번 이 땅에 돌아와 자리 잡은 너는 그것들을 학문적으로 천착하고 숙성시키는 대신 대중적으로 팔아 치우기에 바빴다. 너의 첫 저서, 『인간의 얼굴을 한 기업』— 한 학자로서는 얼마나 낯간지러운 잡문이냐? 그런데도 너는 거기서 얻은 매스컴의 허명에 취하고 부끄럼 없이 그 과일을 즐겼다. 학문적으로는 있어도 그만이고 없어도 그만인 잡문들로 논문을 대신하고 변할 줄 모르는 강의안(講義案)에 대한 학생들의 의구는 대중적인 지명도로 억눌렀다. 거기다가 더욱 용서 못 할 일은 그 거품 같은 허명에 자족해하기까지 한 점이었다…….

"일어나세요. 선생님, 그만 일어나시라니까요."

인선이 가만히 내 가슴을 흔들며 소리치는 바람에 나는 눈을 떴다. 남쪽으로 난 창문의 커튼을 걷어버려 햇살이 눈부시게 방 안으로 쏟아지고 있었다.

"내 이럴 줄 알았다니까. 벌써 열 시가 넘었다구요. 다시는 나하고 있을 때 술 드시게 하나 봐라."

인선이 다시 투정하듯 말했다. 그녀는 내 늦잠의 원인을 그녀와 함께 마신 술 때문으로만 알고 있었다. 나는 무거운 머리로 간밤의 일을 떠올렸다. 거품이 내 학문을 거쳐 우리 사랑으로까지 번지려 할 때, 나는 화들짝 놀라 비디오 스위치를 끄듯 상념을 멈추고 자리에서 일어나 냉장고로 갔다. 그리고 작은 위스키 병 하나를 따 물잔에 반 넘게 채운 뒤 단숨에 마셨다. 그런 다음 침대 등마저 끈 뒤 그녀 곁에 누웠는데 — 이미 동녘 창이 휘부윰해 오는 느낌이었다.

"술 때문이 아냐. 잠이 늦게 들었어."

"뭐예요? 그럼 내가 잠든 사이에 홀로 깨어 계셨단 말예요?"

인선은 그게 더 큰 잘못이라는 듯 따지는 말투가 되었다.

"무슨 생각을 하시면서요?"

"그냥 이것저것……. 오히려 술을 설마셔 그랬던가 봐."

나는 간밤의 어두운 상념을 되뇌기 싫어 그렇게 대답하고 그녀를 끌어당겨 볼에 가볍게 입맞춤했다. 그녀도 실없는 말다툼으로 새 아침을 망칠 기분은 아닌지 곧 평소의 상냥스러움으로 돌아갔다.

"그래도 해장은 하셔야 하잖아요? 아침 어떡하실래요?"

"글쎄, 어떡할까?"

입으로는 그렇게 말을 받고 있어도 솔직히 나는 움직이고 싶은 기분이 아니었다. 인선이 따라 준 생수가 제 맛이 아닌 게 해장도 아직은 이를 성싶었다. 하지만 아침밥이 늦은 그녀를 위해 성의 없게 덧붙였다.

"내려가서 사골 우거지탕이나 한 그릇 하지 뭐. 어제 올라오다 보니 특별 메뉴로 써 붙여 놓았던데."

"그걸루 해장이 되겠어요?"

인선이 그러면서도 앞장을 섰다. 그런데 아래층으로 내려가 막 식당 문을 열려 할 때였다. 인선이 갑자기 내 옷소매를 끌며 말했다.

"우리 그러지 말고 대포항(港)으로 가요. 거기 가면 틀림없이 속 시원히 해장할 만한 곳이 있을 거예요."

나는 그 갑작스러운 변덕에 약간 어리둥절했다. 그래서 까닭을 물으려는데 그녀가 눈짓으로 식당 안을 가리켰다. 유리창 너머로 보니 어제의 그 사내가 텅 빈 식당에 혼자 앉아 맥주를 마시고 있었다. 인선이 안으로 들어가기를 꺼린 것은 우리 사이에 다시 그가 끼어드는 게 싫어서인 듯했다.

나는 잠깐 걸음을 멈추고 그 사내를 살폈다. 그는 무엇인가 깊은 생각에 빠져 멀리 창밖만 응시하고 있었다. 어찌 보면 허탈한 듯 보이기도 하고 어찌 보면 무슨 비장한 결의를 다지고 있는 듯하기도 한 그 모습이 왠지 심상찮은 느낌을 주었다.

"사장님 돌아오셨습니까?"

인선에게 끌리듯 호텔을 나오다가 마주친 지배인에게 내가 그렇게 불쑥 물은 것도 그 느낌 때문이었을 것이다.

"아뇨. 그런데 사장님 만나러 오셨습니까?"

지배인이 공연히 움찔하며 내 눈치를 살폈다.

"그게 아니라 저기 저……."

가벼운 턱짓으로 식당 쪽을 가리켰을 뿐인데도 지배인은 금세 누구를 말하는지 알아차렸다.

"아, 저 양반……. 하지만 기다려도 소용없을 텐데. 내 코가 석자란 말도 있잖아요. 사장님도 삼척 쪽에 새로 벌인 일 때문에 정신없으시다구요."

지배인은 그 사내에 대한 내 관심을 어떻게 이해했는지 그렇게 묻지도 않은 일까지 일러주었다.

늦긴 해도 아침이라 그런지 대포항은 썰렁하기 그지없었다. 문앞에 나와 붙드는 사람들을 뿌리쳐 가며 포구 안쪽으로 들어가던 인선은 한군데 바다를 향해 시원하게 창을 낸 2층 횟집을 가리키며 말했다.

"우리 저 집으루 가요. 이 층을 전세낼 수 있을 거야."

지끈거리는 머리와 쓰린 속 때문에 흥을 잃고 있는 나를 격려하듯 밝고 장난스러운 목소리였다. 횟집에 들어가서도 그녀의 그런 노력은 계속됐다.

"여기 세상에서 젤루 시원한 해장국 두 그릇 줘요."

인선이 무뚝뚝하게 생긴 종업원 아줌마에게 그렇게 주문하자그녀가 생김보다는 싹싹하게 대답했다.

"세상에서 제일 시원한 해장국은 없고오 — 술 마이 드셨으믄 물회에 소주 한잔 걸쳐보소. 보이 여기 술꾼들은 그리 해장 잘하두만."

그제야 나도 몇 해 전에 설악산에 왔다가 그런 해장의 효험을본 적이 있음을 기억해 냈다.

"맞아요. 물회 얼큰하게 둘만 말아 주십쇼."

"얼큰한 거야 매운 꼬치 몇 개 썰어 줄 테이께는, 싱미(성미)대로 놓고 초장은 알아서 치소. 그럼 물회 두 개씨데이."

그때 인선이 다시 장난처럼 끼어들었다.

"나는 물회 처음 먹어보는데……."

그런데 그 물회가 해장에 기대 이상의 효험을 드러냈다. 인선의 강요에 따라 마지못해 든 수저였지만 몇 술 뜬 뒤 소주 한 잔을 걸치자 신기하게도 속이 풀려오는 느낌이었다. 처음에는 새로운 술기운 덕분인가 싶었으나 아니었다. 금세 입맛이 돌아와 물회 한 그릇을 거뜬히 비웠을 뿐만 아니라 머릿속까지 개운해졌다.

"선생님께 맡겨 두면 이번 여행은 또 호텔 천장과 음식 먹은 기억밖에 남지 않을 거야. 안 되겠어요. 오늘 낮은 제가 압수해요."

인선이 내 회복을 기뻐하며 약간 들뜬 듯한 목소리로 그렇게 말해 놓고 제 딴에는 미리 짜 놓은 듯한 일정표를 내밀었다.

"우선 오색(五色)으로 갈 거예요. 그 입구 주차장에 차를 세우고 대청봉으로 가는 등산로를 3킬로쯤만 따라 올라갔다 와요. 약수도 마시고. 그런 뒤에 온천을 들러 땀과 남은 술기운을 씻는 거예요. 거기서 산채 나물로 점심을 먹으면 그걸로 산은 끝나고 다음이 바단데…… 가요. 바닷가를 따라 걷다가 따뜻한 찻집에서 커피 한잔한 뒤 낙산사를 한번 둘러볼 거예요. 선생님 낙산 비치에 여러 번 묵으셨다지만 틀림없이 낙산사는 가보지 못했을 거야."

하지만 그러는 말투와는 달리 그녀의 표정에는 즐거운 나들이보다 무슨 치러야 할 의식을 앞둔 사람 같은 긴장이 엿보였다.

해안도로는 눈 녹은 물로 질퍽거렸다. 앞차가 튀긴 미세한 흙탕물 방울이 금세 앞을 분간하기 힘들 만큼 전면 차창을 덮었다. 인선이 와이퍼를 작동시키면서도 성가셔 하는 기색 없이 말했다.

"날씨가 따뜻한가 봐요. 산도 바닷가도 문제없겠어."

속은 풀렸다지만 히터로 더워진 차 안 공기 탓인지 다시 머리가 무거워진 나는 대답 없이 밖을 내다보았다. 해변 쪽은 눈이 다 녹은 데다 잇대어 펼쳐진 푸른 바다가 이상하게 봄기운을 느끼게 했다. 그러나 응달진 내륙 쪽 산기슭은 쌓인 눈 때문에 여전히 삼엄한 겨울 풍경을 연출하고 있었다.

"저기 저 산그늘 참 아름답죠?"

인선이 다시 눈짓으로 한곳을 가리키며 동의를 구했다. 외설악 줄기인 성싶은 나지막한 연봉(連峰)들을 가리키고 있었는데 산그늘이란 햇볕이 비치지 않는 골짜기를 말하는 듯했다. 햇볕에 희게 반짝이는 봉우리와 등성이들에 비해 그늘진 골짜기는 푸른빛을 띠고 있었다.

"나는 흰 바탕에 함부로 그어진 푸른 선들을 보면 왠지 상처라는 말을 떠올리게 돼."

자칫하면 동의를 거부하는 뜻으로 들리게 된다는 것을 알면서도 나는 순간적으로 떠오른 대로 대답했다. 그러나 인선은 별로 개의치 않았다.

"그건 저두 그래요. 하지만 온전함보다 상처가 있어 아름다울 수도 있어요. 순백 그대로 남아 있는 것보다는 저 푸른 그늘이 주는 조화가……."

그러고 보니 차에 오른 뒤부터 그녀는 갑자기 사람이 달라진 듯 여리고 감상적이 된 것 같았다. 뒤이은 그녀의 말이 더욱 그런 느낌을 주었다.

"저는 눈 덮인 겨울 산그늘에서 아름다운 영혼 같은 것을 느껴요. 상처로 더욱 아름다워진 영혼 말예요. 상처 없는 영혼이 어디 있으랴 ─. 내 상처도 저만 같아라……."

그때 언뜻 그녀의 맑고 흰 이마에 그 산그늘 같은 푸른 주름이 스쳤다. 나는 그걸 알아본 척하지 않고 짐짓 목소리를 밝게 해 말했다.

"어여쁜 우리 님께서 오늘 아주 기분이 좋으신 모양이군."

내 노력이 더해지자 어딘가 좀 억지스럽던 그날의 우리 일정은 금세 환하게 피어났다.

"오늘이 아니라 지금 이 상태가 즐거운 거예요. 이렇게 둘이서만 차를 몰게 될 때에야 비로소 선생님과 저만의 공간을 확보했다는 생각이 들거든요."

그녀는 그 말과 함께 핸들에서 한 손을 떼어 가만히 내 손을 잡았다. 늘상 차가운 그녀의 손길이 그날따라 따뜻하고 부드럽기 그지없었다. 무거워 오던 머리가 갑자기 개운해지는 듯했다.

양양읍을 벗어나 오색으로 가는 산길로 접어들면서 간밤 어둠 속을 급하게 달려오느라 놓쳤던 설경이 새삼스러운 감동으로 다가왔다. 둘만의 평온하고 다감한 밀회의 분위기가 대수롭지 않은 도로변 풍경의 아름다움을 과장했는지도 모를 일이었다. 인선의 눈에도 감탄의 빛이 어렸다.

"어제 구룡령을 넘어오면서 선생님과 함께 그 설경을 보지 못하는 게 어찌 그렇게도 한스럽던지요. 그런데 그 한스러움이 반은 풀어지는 듯하네요."

"나도 어제 한계령을 넘으면서, 때로는 아름다움도 함께 누릴 사람이 없으면 쓸쓸함이 되는구나, 생각했어."

나도 조금은 감상적이 되어 전날의 기억을 되살렸다. 아닌 게 아니라, 그녀가 있어서 그런지 녹다 만 눈으로 휘어진 소나무 가지 하나, 바람에 휜 억새 한 줄기가 새롭게 다가왔다. 특히 눈 덮인 계곡 사이의 얼어붙은 개울은 아득한 기억 저편 유년의 정취까지 되살렸다.

연말이라도 주중이어서 그런지 오색은 전에 없이 작고 조용하게 웅크리고 있었다. 남설악 호텔 쪽으로 들어선 대형 숙박업소들이 아니면 눈 속에 파묻힌 작은 산촌처럼 느껴졌을 것이다. 차들이 드문드문 서 있는 주차장에 차를 세우고 약수터로 가니 언제나 사람들이 줄지어 서 있던 그곳도 그날은 한산하기만 했다.

"저쪽으로 건너가요. 등산로가 아주 운치 있을 것 같애."

차가운 약수로 한 번 더 속을 달래고 담배를 붙여 무는데 인선이 서둘러 옷깃을 끌었다. 나도 약간은 알고 있는 등산로 쪽이었다.

등산로에는 오가는 사람들이 좀 있었다. 돈 안 드는 산행이라 경기에 영향을 적게 받는 것일까. 등산로로 접어든 지 얼마 안 돼 인선이 밤색 털실 모자를 쓰고 얼굴을 반쯤은 가릴 만한 선글라스를 꼈다. 미리 준비한 듯했다.

"저 어때요? 누군지 알아보시겠어요?"

나를 쳐다보는 인선의 입은 웃고 있었지만 내 가슴속에는 그때부터 다시 검은 안개가 피어오르기 시작했다. 검은 유리알에 감춰져 보이지 않아도 그녀의 두 눈가에는 틀림없이 쓸쓸한 빛이 감돌 것이다. 사람들에게 드러낼 수 없는 우리 사랑, 당당하게 승인받지 못하는 사랑, 자랑할 수 없는 연인…….

다행히도 그 등산로에서는 별일이 없었다. 마주쳐 오던 등산객 중 몇몇이 어디선가 많이 본 듯한 사람이다, 싶은 눈길로 나를 힐끔거리며 스쳐 갔으나 정확히 알아보고 다가와 난처하게 만드는 사람은 없었다. 털실 모자와 선글라스 덕분인지 인선을 알아보는 사람은 더욱 없었다.

오색에서의 나머지 일정도 그런 점에서는 다행이었다. 예정보다 높이 올라갔다 내려와 들른 온천에서도, 아삭아삭한 민물고기 튀김과 정갈한 산채 나물을 내던 식당에서도 아는 사람 때문에 난처해진 적은 없었다. 하지만 오색으로 오는 차 안에서 모처럼 되살려 놓은 호젓한 밀회의 감흥은 이미 사라져버린 뒤였다. 인선은 그래도 분위기를 유지하려고 애를 썼다.

"자, 이제는 바다예요. 본격적으로 겨울 바다를 느끼러 가자

구요."

그러면서 털실 모자와 선글라스를 벗고 핸들을 잡는 그녀의 표정에는 어두운 그늘이 별로 느껴지지 않았다.

그런데 낙산 해수욕장에서 기어이 걱정하던 일이 벌어지고 말았다. 그 모래사장 역시 사람이 그리 많지 않아 여유 있게 바닷바람을 쐬고 한군데 찻집을 들렀을 때였다. 인선에게 한 팔까지 맡긴 채 앉을 자리를 찾고 있는데 안쪽 소파에서 젊은이 대여섯 명이 일어나 꾸벅 인사를 했다.

"안녕하세요? 교수님."

놀라 그들을 살펴보니 그중에 셋이 대학원 연구 과정에 나오는 학생들이었다. 그들도 얼결에 인사를 해놓고는 내 난감한 처지를 알아본 듯했다. 마지못해 인사를 받는 내게 변명처럼 거기에 오게 된 경위를 늘어놓고 황급히 자리를 떴다. 다시 털실 모자와 선글라스로 얼굴을 가리고는 있었지만 인선도 적잖이 난감했을 것이다. 하지만 이번에도 내색은 하지 않았다.

"어디 학생들이에요?"

"셋은 우리 과(科) 대학원생들이고 나머지는 회계(會計) 쪽 아이들인 것 같애."

"그럼 나는 전혀 알아보지 못했겠네. 선생님두 신경 쓰지 마세요. 선생님이라구 젊은 여자와 겨울 바다 구경 오면 안 된다는 법이 있어요. 뭐."

오히려 그렇게 나를 안심시키려 들었다. 그리고 낙산사에 가서는 더욱 대담하게 팔짱까지 끼었다.

"선생님, 낙산(洛山)이 무슨 뜻인지 아세요?"

"거기 무슨 뜻이 있어? 이곳 땅 이름이겠지."

"아녜요. 뭐라더라 ─ 범어(梵語)의 음역(音譯)인데 관세음보살이 머무는 땅이래요. 굉장하죠?"

그럴 때는 영락없이 명승지를 관광 온 속 좋고 구김 없는 젊은 연인이었다. 하지만 내 속은 이미 휘지도 펴지도 못하게 뒤틀려 있었다.

"그렇다면 그건 엉터리겠군. 무슨 관세음보살이 제 앉은자리도 못 지켜? 몽고 침입 때도 불타고, 임진왜란 때도 불타고, 6·25 때도 불타고……."

나는 방금 지나오면서 읽은 그 절의 연혁을 떠올리며 심드렁하게 받았다. 점점 짙어가는 내 가슴속의 검은 안개를 단숨에 날려버리겠다는 듯이나 그녀가 밝은 미소로 핀잔을 주었다.

"부처님의 뜻을 선생님이 어떻게 알아요? 그건 하버드 박사라도 함부로 말할 수 있는 게 아녜요."

그래 놓고 다시 재미있는 게 생각났다는 듯 장난기마저 어린 웃음과 함께 물었다.

"거기다가 여기 계신 관세음보살님이 어떤 분인지 아세요? 적어도 사랑에는 멋진 해결사시라구요. 특히 괴로운 사랑에는."

"괴로운 사랑의 해결사? 그건 또 무슨 소리야?"

"이광수의 『꿈』 보셨어요?"

나는 소설 읽기는 별로 좋아하지 않았다. 아니, 좋아하지 않았다기보다는 그럴 시간이 없었다. 그러나 언젠가 영화로는 그『꿈』을 본 적이 있는데 꽤나 감동적이었다.

"소설로는 읽지 못했지만 줄거리는 대강 알아."

"바로 그『꿈』에 나오는 조신(調信) 스님이 자신의 괴로운 사랑을 호소한 곳이 여기 이 관음보살 앞이었대요. 그 긴 꿈을 꾼 곳두요."

"그래……?"

"어때요? 훌륭한 해결사였다는 생각이 들지 않으세요? 그래도 여기 관음보살님을 얕보실 거예요?"

그녀는 여전히 농담조였지만 내게는 그 말을 받을 여유조차 없었다. 갑자기 심장을 찔러오는 듯한 고통 때문에 말문이 막혀버릴 지경이었다. 어쩌면 영원히 내 가슴속에만 묻어두게 될지 모르는 너. 아픈 내 사랑. 우리도 지금 꿈을 꾸고 있는 것은 아니냐……. 나는 걸음마저 비틀거리며 속으로 그렇게 중얼거렸는데, 그 돌연하고 어울리지 않는 감상이 어디서 비롯되었는지는 알 길이 없다.

우리가 해수관음입상(海水觀音立像)과 홍련암(紅蓮庵)까지 돌아보고 호텔로 돌아온 것은 오후 네 시 조금 지나서였다. 낙산사를 나올 무렵 인선은 다시 차를 몰고 속초로 올라가 보자고 졸랐으나 나는 들어줄 수가 없었다. 아침에 호텔을 나선 뒤의 다섯 시간이 평소 운동량이 많지 않은 내게는 무리였을 뿐만 아니라 낙산사 입구에서 갑작스러운 파산(破産)을 만난 내 감정도 영 회복

되지 않았다.

"두 시간만 쉬었다 가자. 그다음엔 밤새도록 돌아다녀도 좋아. 속초가 아니라 원산까지 올라가도……."

토라지려는 인선을 달래 호텔로 들어서는데 로비 분위기가 이상했다. 분명 투숙객은 아닌 듯한 사람들이 로비의 소파와 의자들을 점령하고 있고, 그 대표 격인 몇몇은 프런트 데스크에 몰려 지배인을 몰아대고 있는 중이었다.

"사장 어서 데려와. 어디 숨었어?"

그렇게 무턱대고 사장만을 찾는 사람도 있고 구체적으로 용건을 밝히는 사람도 있었다.

"일을 시켰으면 품값을 줘야 할 거 아냐? 연말 보너스는 못 줘도 밀린 임금은 줘야 할 게 아니냐구?"

"환율 오르기 전에 넣은 자재대(資材代)라도 제때 갚아야지. 달러가 올라 그 물량 충당하려면 들어갈 돈이 두 배가 될지 세 배가 될지 모르는 판에……."

몇 마디 안 들어도 그 호텔 사장이 어떤 처지에 빠졌는지는 대강 짐작이 갔다. 거기다가 엘리베이터에 오르기 전에 들은 술기운 섞인 고함소리는 그의 경영방식까지 드러내 보이고 있었다.

"뭐시라? 동해안 제일의 관광호텔을 지어? 태백 카지노와 연결한다꼬? 쥐뿔도 없는 누무 새끼가, 어예다가 복덕방 구전 모아 찌그덩한 호텔 하나 얽고 나이(나니), 간이 배 밖에 나와 가주고……. 내 하마 알아봤다 카이. 택도 없는 바닷가 야산 몇 필지 가주고 이 은행 저 은행 돈, 지 돈맨치로 꺼내 호텔 짓고 찔락거리미 댕길 때."

그렇지만 나는 더 이상 그런 사태에 관심을 보낼 처지가 못 됐다. 따뜻한 실내로 들어와 그런지 엘리베이터 문이 닫히면서 보는 사람만 없다면 그 자리에 주저앉고 싶을 정도로 심한 피로를 느꼈다. 그러고 보니 좀 길었던 온천욕도 그 피로에 한몫을 한 것 같았다. 인선도 그때쯤은 내 지쳐 하는 모습을 알아보았는지 객실로 돌아가는 것을 더는 불평하지 않았다.

"그럼 난 뭘 하지?"

내 방 앞에서 잠깐 망설이던 그녀가 큰 인심이라도 쓰듯 따라 들어왔다.

"혼자 빈방에 들어가 청승 떨어 좋을 게 뭐야. 책이라도 읽으며 선생님 잠이나 지켜드려야지."

방 안에 들어서자마자 들고 다니던 색에서 책 한 권을 꺼내면서 인선이 하는 말이었다. 유학을 결정하고부터 영어 어휘를 되살린다며 읽고 있는 원문과 번역 합본(合本)의 문고판 소설들 중에 하나였다. 지난번에 만났을 때는 『노인과 바다』를 가지고 있었는데 표지가 달라진 것으로 보아 그 책은 그새 다 읽은 듯했다.

"고마워. 꼭 한 시간만 눈 붙이고 일어날게."

나는 그렇게 말하고 겉옷도 벗지 않은 채 침대에 몸을 뉘었다. 그런데 미처 잠을 청하기도 전에 인선의 약간 호들갑스러운 목소리가 나를 일으켰다.

"어마, 선생님. 저기 봐요. 저기 저 사람……."

창가로 의자를 당겨 앉아 책을 펴 들고 있던 인선이 손가락으로 가리킨 곳은 그 창에서 엇비스듬히 보이는 호텔 앞 바위산이었다. 산이라기보다는 바닷가로 툭 튀어나와 있는 큰 바윗덩이에 가까웠는데 그 위에 한 사내가 서 있었다. 바람에 휘날리는 잿빛 바바리 코트 자락이 몹시 눈에 익은 것이었다.

"그 사람이군. 아직도 안 간 모양이네."

"왜 그런지 몹시 위태위태하게 느껴지네요. 꼭 무슨 일을 낼 사람 같애."

그 말에 나도 풀어져 있던 시선을 모아 그 사내를 유심히 살펴보았다. 멀리 바다 쪽을 망연히 바라보고 있는 그의 옆모습에는 한계령 중턱에서 처음 만났을 때보다 더 짙은 비장미가 풍겨 나왔다.

"안됐군. 지금 한창 심사가 복잡하겠지. 마지막으로 믿고 찾아온 사촌 형마저 그 모양 났으니……"

나는 자신도 모르게 중얼거렸다. 그런데 비정일까, 둔감일까. 내게 더 급한 것은 이제 눈시울을 내리눌러 오는 졸음이었다.

"하지만 무슨 일이야 있겠어? 나이도 지긋하고 분별도 있어 뵈던데."

나는 인선보다도 나를 설득하기 위해 그렇게 중얼거려 놓고 다시 침대로 돌아갔다. 그리고 여전히 창밖을 내다보고 있는 그녀쪽이 신경 쓰이면서도 아슴아슴 밀려오는 염치없는 잠에 이내 빠져들고 말았다. 하지만 어차피 오래가지는 못할 잠이었다.

"어머, 어머, 저를 어째……."

잠든 지 얼마나 되었을까, 먼저 그런 인선의 다급한 목소리가 들리더니 이어 그녀의 손이 내 가슴을 가볍게 흔들었다.

"선생님, 일어나 보세요. 무슨 일이 벌어졌나 봐요. 네, 선생님……."

"응? 무, 무슨 일이야?"

내가 아직도 무슨 끈적끈적한 액체처럼 머릿속에 눌어붙는 졸음을 지워 내려고 애쓰며 그렇게 묻자 인선이 약간의 울먹임까지 섞어 말했다.

"책을 읽으면서도 줄곧 그 사람을 보고 있었는데 잠깐 책에 빠져든 사이에 그 사람이 보이지 않더라구요. 바람이 차니까 그만 돌아갔나 했는데……."

그제야 나도 벌떡 몸을 일으켰다. 인선이 달려간 창가로 따라가 보니 호텔 발치 바닷가의 손바닥만 한 모래사장에 사람들이 여남은 명 모여 웅성거리고 있었다. 거기 매어져 있던 두 대의 모터보트를 바다에 띄우려고 하는 것 같았다. 한 대는 그새 바다에 띄워져 벌써 밭은 발동기 소리를 내는 중이었다.

"그럼 바다로 뛰어들었단 말이야?"

"그런 모양이에요. 이럴 줄 알았으면 진작에 사람들에게 알려 말리게라도 해야 하는 건데, 저를 어째……."

인선이 난데없이 강한 죄의식을 드러내며 눈물까지 글썽거렸다. 나는 그런 인선부터 진정시키는 게 급했다.

"그건 누구도 말릴 수 있는 게 아냐. 그의 일이야. 인선이 부담 가질 이유가 없어."

나는 가만히 인선을 감싸 안으며 시계를 보았다. 다섯 시 반이 좀 덜 된 시각이었다. 나는 좀 더 근거 있는 말로 그녀를 진정시켰다.

"그가 바다에 뛰어들었다면 그건 다섯 시를 넘긴 뒤였을 거야. 다섯 시가 최종 부도 처리 시간이었다니까. 그렇다면 그가 바다에 뛰어든 걸 사람들이 금방 알았다는 뜻인데 — 자책할 거 없어."

그사이 나머지 한 대도 바다에 띄워져 두 대의 모터보트가 앞뒤로 하얗게 물을 가르며 바위 언덕 모퉁이로 향했다. 곧 무엇을 발견했는지 배 위의 사람들이 무어라 외치며 손짓을 하고 보트들은 속력을 죽이며 바닷물에 잠긴 바위 언덕 발치로 다가들었다.

이어 구조 작업이 시작된 듯했다. 한동안 배들이 바위산 모퉁이 뒤로 숨었다 나왔다 하며 사람들이 줄을 던지고 바다로 뛰어들고 했다. 이윽고 희미한 환성 같은 것이 들리더니 배들이 다시 원래 있던 모래사장으로 돌아왔다. 앞의 배에는 물에 젖어 늘어진 사람의 모습이 길게 실려 있었다.

"심장만 튼튼하다면 죽지는 않았을 거야."

열어두었던 창문을 닫으며 나는 그 말로 다시 한번 인선의 죄의식을 덜어주려고 애썼다. 쓸모없는 노력이었다. 내가 흘깃 훔쳐 본 그녀의 얼굴에는 이미 죄의식의 그늘 같은 것은 남아 있지 않았다.

"삶에 낀 거품이 사람을 죽일 수도 있군요."

인선은 내 말을 그렇게 받았는데 착 가라앉은 그 목소리도 그
녀가 죄의식과는 거리가 먼 어떤 골똘한 상념에 빠져 있음을 짐
작할 수 있게 했다.

우리가 '뉴비치'를 나온 것은 오래잖아 도착한 구급차가 그 사
내를 싣고 가고 호텔 안팎에서 모여든 구경꾼들도 흩어진 뒤였다.
적잖게 몰려 있던 거친 채권자들도 그 소동에 쓸려 갔는지 로비
는 평온을 회복해 있었다. 프런트에 열쇠를 맡기면서 알아보니 짐
작대로 바다로 뛰어들었던 그 사내는 무슨 쇼크 때문인가 실신하
였을 뿐 죽은 것은 아니었다.

"무슨 생각을 하고 있지?"

속초로 올라가는 해안도로에 들어서면서 나는 까닭 모를 불안
에 차 인선에게 물었다. 그녀는 호텔 방을 나설 때부터 줄곧 말이
없었다. 우리의 시간을 밝고 아름다운 기억으로만 채우기 위해 그
한나절 그녀가 기울인 안쓰러운 노력을 상기하면 충분히 불안하
게 여겨야 할 만큼 어둡고 무거운 침묵이었다.

"우리 사랑에는 거품이 없었던가를요."

그녀가 별 억양 없는 목소리로 짧게 대답했다. 그렇지만 듣는
내게는 오래 두려워하며 기다리던 선고가 드디어 현실로 떨어진
듯했다. 네 불안과 회의가 마침내 거기에 미쳤구나……. 그러자 기
억은 간밤으로 돌아가고 억지스레 잘라버린 상념으로 이어졌다.
그래, 우리 사랑에 거품은 없었던가. 있었다면 어떤 게 거품이었

던가.

한때 내게 사랑은 한 찬연한 이데아였다. 그러나 그 이데아는 눈부신 만큼 완강하게 젊은 나의 접근을 거부했다. 선망하여 가까이 달려갈수록 멀어진다는 무지개 같은 것이었고, 거기서 느낀 야속함은 일찍 내 사랑을 실용(實用)으로 바꾸었다. 결혼은 사랑을 실용으로 바꾸는 절차다.

결혼 뒤 내 이데아는 학문이 되었다. 실제에 있어서도 내 젊은 날의 나머지는 그 이데아에 투입되었고, 한때 상당한 접근도 있었다. 그리하여 내 사랑의 이데아는 죽었으며, 그 위에 돋은 새 이데아로 내 삶은 성숙되었다고 나는 문제없이 믿었다.

그런데 아니었다. 사랑의 이데아는 죽은 것이 아니라 억지스러운 의식에 밀려 무의식 바닥으로 깊숙이 자맥질하였고, 거기서 형체 없는 갈망으로 자랐다. 그러다가 더 이상 드러내 놓고 젊음과 사랑을 지향할 수 없는 나이로 접어들면서 새로운 모습으로 내 의식 표면을 뚫고 솟았다. 실재하는 세계, 보고 듣고 맛보고 어루만질 수 있는 대상에 대한 형언할 수 없는 그리움을 더한 채.

그때 네가 나타났다. 너는 이데아이자 실재였고 나는 그것에 나를 투척하고 몰입하였다. 너도 아무런 저항 없이 나를 받아들여 나는 때로 우리 사랑에 운명이란 구식 이름을 붙이기도 했다. 네가 한 이데아에서 실재성(實在性)을 갖추게 된 밤을 나는 또한 생생히 기억한다. 두 사람만 따로 만나기 시작한 지 1년쯤 되었을까, 그날 우리는 오랜 망설임을 결행하듯 무턱대고 서울을 벗어났다. 청평호 부근을 돌다가 해가 지자 보다 깊은 산촌 호젓한 모텔에서 묵기로 하고 내처 밤길을 떠났는데 그만 길을 잃고 말았다.

같은 길을 두 번이나 오락가락 헤매다가 자정이 넘어서야 다급한 김에 찾아들게 된 양평 부근의 작은 모텔. 그 후미진 방의 마뜩지 못한 침대에서 내가 성급하게 너를 요구했을 때 너는 미안한 듯 영어로 말했다. "아이 엠 인 피리어드(지금 생리 중이에요.)." 그래도 복수심과도 같은 내 욕망으로 우리 몸의 만남은 이루어졌다. 그 밤 나는 낭패한 사람처럼 피로 얼룩진 시트를 닦고 있는 네 벗은 몸에서 실재(實在)로 피어난 사랑의 이데아를 보았다고 믿었다.

그렇지만 이제 와서 돌이켜보면 모든 것이 조금은 수상쩍다. 누구에게나 지나가 버린 젊음은 황폐하고 삭막한 것으로 기억되는 것이 아닐까. 그리하여 내가 장황하게 술회하는 삶의 쓸쓸한 이력도 실은 때늦은 일탈을 변호하기 위해 의도적으로 과장한 것은 아닐까. 사랑의 이데아와 실재를 이어주는 형체 모를 갈망이라는 것도 어쩌면 이제 더는 앞날을 기약할 수 없게 된 중년의 비뚤어진 욕정에 지나지 않을는지도 모른다. 길을 잘못 들어 엉뚱한 곳에서 자신을 낭비하고 만 속된 영혼이 다시 엉뚱한 곳에서 그 보상을 구하려 한 것인지도 모른다.

그리고 너의 사랑은? 나를 향한 네 사랑의 본질은 무엇이었을까. 이 물음에 대해 너는 즐겨 리스펙트란 단어를 써왔다. 비코즈 아이 리스펙트 유. 리스펙트, 리스펙트. — 그런데 무엇을 향한 존경이었을까. 매스컴에 값싸게 내다 판, 그래서 매스컴에서만 요란한 거품 같은 이 지식? 그 하찮은 지식을 맵시 있게 포장하는 기술? 아니면 그것들로 인해 헛되이 부풀려진 이름? 하지만 정작으로 의심이 가는 것은 우리 이 같은 사랑을 가능하게 한 의식이다. 아내와 20년을 평온무사하게 살아온 유부남과 어느 모로 봐도 모자람이 없는 미혼녀의 느닷없고 대담한 사랑. 사랑은 오직 사랑만 있으면 된다는 그 확신. 그러면서도 하루에도 몇 번씩 천국과 지옥을 오락가락하며 보내야 했던 지난 2년……. 어쩌면 우리 사랑의 진정한 거품은 사랑을 처음 결행할 때의 의식 상태에 있지 않을까. 사회의 윤리의식이나 관습은 아직 보수적인 가치관을 고집하고 있고 자신들도 그것으로부터 자유롭지 못하면서 다만 그 표면을 휩쓰는 분위기에 둘 모두가 홀렸던 것은 아닐까. 사랑을 전능(全能)의 면죄부로 삼는 그 유행가(流行歌)적 분위기.

"선생님은 지금 무얼 생각하고 계세요?"

앞만 보고 차를 몰던 인선이 문득 잠에서 깨어난 사람처럼 물었다. 너무 갑작스러운 물음에 나는 다음 물음을 예상해 볼 겨를도 없이 대답했다.

"인선과 같은 거."

"그래, 우리 거품은 뭐였어요?"

그녀는 잠시 눈길을 돌려 나를 가만히 살피며 물었다. 그런 되물음에 나는 당황했다. 하지만 내 상념 속을 스쳐간 진실을 그대로 밝힐 수는 없었다.

"글쎄……. 거기서까지 거품을 찾아내기는 어려웠어."

더듬거리는 내 대답에도 불구하고 그녀는 굳이 진실을 추궁하려 들지는 않았다. 아니, 그럴 겨를이 없을 정도로 딴생각에 빠져든 것 같았다. 다시 한동안 말없이 차를 몰다가 앞뒤 없이 불쑥 말했다.

"전 그동안 조신(調信) 스님과 그 '꿈'을 생각했어요. 낙산사의 그 관음불 앞에서 꾸었다는 그 50년의 꿈."

그래 놓고 다시 나를 돌아보며 처연하기 짝이 없는 미소와 함께 물었다.

"우리가 꾸고 있는 이 꿈, 정말 이제 거기서 깨어나야 하나요?"

그런 그녀의 목소리에도 묘하게 사람의 가슴을 후벼오는 여운이 있었다. 나는 그 미소와 여운에 저항하듯 짐짓 엄한 표정으로 그녀를 보며 말했다.

"잘 들어요. 우리는 비상하지 않으면 안 돼. 평범하면 나도 죽고 인선도 죽어. 대신 한 바람둥이 중년과 경박하고 변덕 많은 노처녀가 남을 뿐이야. 우리 사랑이란 것도 지저분한 정사(情事)의 집합일 뿐이 되고……. 비상하게 시작한 것을 평범하게 끝내 우리 모두를 초라하게 만들지 말아요."

그때 내 가슴은 이미 피를 흘리고 있었다. 네 말이 맞을지도 모르지. 그렇지만 정녕 깨어나고 싶지 않은 꿈이구나……. 인선이 다시 그녀 특유의 생기와 재치를 되찾은 것은 차가 속초시로 접어든 다음이었다. 첫 사거리에서 신호등에 걸려 기다리는 동안 그녀가 언제 그랬냐는 듯 상글거리며 제의했다.

"저녁은 우리 어디 괜찮은 불고깃집으로 가요. 생선은 이제 질렸어. 거기서 불고기로 든든하게 먹고 노래방으로 가는 거예요. 몸도 흔들 수 있는 넓은 방을 얻어 — 쌓인 것 모두 풀고 맘껏 즐겨요."

말뿐이 아니었다. 저녁을 먹고 노래방으로 옮기자 그녀는 정말 기말고사라도 끝낸 학생 아이들처럼 신나게 노래하고 몸을 흔들었다. 시들어가는 젊음이 애절해서 더 눈부신 빛을 뿜는 듯했다. 그녀가 마지막으로 청한 『애모(愛慕)』란 곡만 아니었더라면 내가 그때까지 품고 있던 한 가닥 마음속의 불안마저 털어버릴 뻔했다. 그대 앞에만 서면 왜 나는 작아지는가. 사랑 때문에 침묵해야 할 나는 나는 당신의 여자……

얼른 이해 못 할 그녀의 흥은 돌아오는 차 안에서도 이어졌다. 자동차 라디오에서 나오는 서태지와 아이들의 노래를 소리 내어 따라 부르기도 하고 따라할 수 없는 신곡은 손바닥으로 핸들을 두드려 장단을 대신했다. 그러다가 호텔로 돌아와서는 앞장서서 바를 찾았다.

"아실랑가 몰라, 합환주(合歡酒)라고."

위스키 두 잔을 청해 잔을 부딪히며 그렇게 말할 때는 사람이 낯설어 보일 정도였다. 하지만 한편으로 그런 그녀는 말 그대로 한 고혹(蠱惑)이었다. 이왕 시작한 것이라 몇 잔 더 걸치고 함께 내 방으로 올라가니 시간은 어느새 열한 시에 가까웠다. 분명 술기운은 아닌 대담함으로 인선이 옷을 훌훌 벗어 던지더니 가운도 걸치지 않은 채 욕실로 들어가며 말했다.

"선생님도 벗고 들어오세요. 함께 샤워해 시간을 절약해요."

그날의 샤워는 유달리 정성 들인 것이었다. 인선은 내 몸 구석구석을 꼼꼼히 비누칠해 씻겨주었을 뿐만 아니라 자신도 평소보다 배는 걸려 샤워를 마쳤다. 그리고…… 그 뒤 그녀는 지난 2년 동안 한 번도 보여준 적이 없는 열정과 욕망으로 내게 다가들었다. 그녀에게서 느껴지는 광기 혹은 절망감이 잠시 나를 위축시켰으나 나도 이내 거기 휩쓸려 들었다. 그녀는 끊임없이 자극하고 도발했고 나는 충실하게 반응했다. 성(性)의 깊이 모를 심연을 헤어[泳] 보지 못한 사람은 그 밤 우리가 길고 거칠고 힘든 싸움에 빠진 줄 알았을 것이다.

우리가 맹목과도 같은 탐닉에서 빠져나온 것이 언제쯤이었는지는 알 수가 없다. 침대 머리맡 탁자의 전자시계로 새벽 두 시를 확인하고도 한참이나 더 서로에게 빠져 있던 우리는 어느 순간 미리 합의라도 한 것처럼 떨어져 누웠다. 그 뒤 더는 서로를 찾지 않았고 — 나는 혼절하듯 잠에 빠져들었다. 허망도 종말감도 느낄 겨를이 없었다.

내가 길고 요란한 전화벨 소리에 잠을 깬 것은 다음 날 아침 아홉 시였다. 잠결에 든 수화기에서 굵직한 남자의 목소리가 울려 나왔다.

"모닝콜입니다. 일어나실 시간입니다."

"우리는 모닝콜을 부탁한 적이 없는데……."

성가심 때문에 겨우 되살아난 의식으로 나는 그렇게 항의했다. 그러자 상대는 예상하고 있었다는 듯, 설명조로 받았다.

"506호 손님께서 체크아웃 하시면서 부탁하신 겁니다."

그제야 나는 옆자리가 허전한 걸 느끼며 놀라 물었다.

"뭐? 그 손님 언제 나갔소?"

"여덟 시쯤 나가셨습니다. 메모가 침대 머리맡 테이블에 놓여 있을 거라 그러시더군요."

그렇게 되면 잠 같은 게 남아날 리 없었다. 나는 벌떡 몸을 일으켜 침대 머리맡 테이블을 살폈다. 객실에 비치된 메모 용지에 휘갈겨 쓴 인선의 편지가 스탠드 아래 얌전히 접혀 있었다.

"한때의 거품에 취해 양양거리다가 거덜 난 양장점 주인이 연말 대목까지 소홀히 해서야 쓰겠습니까? 또 다른 거품일 성싶은 제 유학 건(件)도 다시 생각해 볼 작정입니다. 다만 우리 일만은 저 홀로 선뜻 결단을 내리지 못해 선생님의 뜻에 맡기고 이렇게 먼저 떠납니다. 문득 그 불행한 사업가가 그제 술집에서 한 말이 떠오르는군요. 우리 사랑에도 지금이 새로운 날의 전야(前夜)인지 진정한 어둠은 아직 뒤에 남은 한 시대의 마지막 밤인지 통 알 수가 없네요. 인선."

익명의 섬

"쯧쯧."

늦은 저녁을 마친 뒤 TV를 보고 있던 남편이 한심한 듯 혀를 찼다. 짐작대로 화면에는 두 손이나 옷깃으로 얼굴을 가린 채 웅크린 남녀들이 경찰서 보호실 한구석에 몰려 있는 모습이 여러 각도에서 잡혀 있었다. 도박 장소인가 싶었으나 비밀 댄스홀이었다. 대낮인데도 어둑한 조명 아래서 춤을 추다가 끌려왔다는 것인데, 아나운서는 '춤추다'라는 말 대신 남녀가 몸을 부비고 있었다고 표현함으로써 분위기를 더욱 부도덕하고 선정적(煽情的)인 것으로 이끌고 있었다.

"도대체가 우리 시대는 너무 쉽게 익명(匿名)이 될 수 있어서 탈이야."

남편이 그걸 보며 개탄조로 시작했다. 이미 몇 번인가 들은 말이어서 그 뒤를 듣지 않아도 어림잡을 만했다. 도회에서는 자신이 살고 있는 동네로부터 버스 정류소 하나 정도만 벗어나도 우리를 알아보는 사람은 거의 없어지고 만다. 그런데 손쉽게 자기를 감출 수 있다는 것, 즉 익명성(匿名性)의 획득은 사람들을 대담하게 만든다. 그것이 우리 시대의 도덕적 타락, 특히 여자들의 성적(性的) 부패를 부추기는 요인이다……, 남편은 대개 이런 식으로 몰고 가다가 결론은 그가 자란 고향의 동족 부락(同族部落)을 그리워하는 것으로 맺곤 했다.

"동네, 아니 면(面) 전체가 서로서로를 물밑 들여다보듯 아는 사이지. 그것도 태반은 멀건 가깝건 혈연으로 묶여 있어 여자들의 탈선이란 여간한 각오 없이는 엄두도 못낼 일이야. 가끔씩 가까운 읍내를 이용해 보지만 그것도 이르든 늦든 알려지게 되어 있어……."

하지만 그런 남편의 말을 듣고 있으면 내게는 무슨 반발처럼이나 떠오르는 옛일이 하나 있다. 마땅히 남편에게 죄스러워하고, 어쩌면 스스로도 부끄럽게 여겨야 하지만, 지금은 물론 그때조차도 그저 느닷없고 아득하기만 하던 십여 년 전의 일이다.

그해 이른 봄 갓 교육대학을 졸업한 나는 굳이 이름을 밝히고 싶지 않은 어느 시골 국민학교에 첫 부임을 하게 되었다. 군청 소재지에서 육십 리 가까이 떨어진 곳이었는데, 그것도, 그 너머에는 도저히 사람이 살 것 같지 않은 높고 험한 재[嶺]를 두 개나 넘어야 되는 산골이었다.

약간 비탈진 곳에 자리 잡은 버스 정류소에 처음 내렸을 때 나는 한동안 막막한 기분이었다. 사방을 둘러싼 높은 산들은 일평생 나를 가두어둘 거대한 감옥의 벽처럼 느껴졌고, 저만치 보이는 백여 호(戶) 정도의 마을도 사람들이 모두 떠나버린 폐촌(廢村)인 것만 같았다. 그런데 어느 산그늘에라도 묻힌 것인지 내가 찾아가야 할 학교가 아무래도 눈에 띄지 않았다.

그사이 함께 내린 두어 명의 승객도 모두 어디론가 가버린 후여서 나는 가까운 가겟집에나 물어볼 양으로 걸음을 옮겼다. 서너 발짝이나 옮겼을까. 나는 피부를 찔러오는 날카로운 빛 같은 것을 느끼며 걸음을 멈추고 앞을 살폈다. 그러나 내 눈에 들어오는 것은 가겟집 툇마루에 앉아 몽롱하게 나를 바라보고 있는 어떤 사내였다. 때 묻고 해진 바지는 원래의 천이 어떤 것이었는지 짐작이 안 갈 정도였고 물들인 군용 점퍼도 소매가 해져 너덜거리고 있었다. 나는 좀 전의 그 강렬한 빛 같은 것의 정체를 궁금히 여기며 자신도 모르게 그 사내의 얼굴을 살폈다. 검고 깡마른 얼굴에 우뚝 솟은 코와 광대뼈 — 그런데 그때였다. 나는 다시 피부를 찔러오는 것 같은 그 빛을 느꼈다. 이내 몽롱한 광기(狂氣) 같은 어둠 속으로 숨어들어 버렸지만 분명 그의 두 눈에서 쏘아져 나온 빛이었다.

어떤 무성한 숲길에 들었을 때, 그 잎새에서 뱀을 보면 그 기억은 그 숲길을 다 지날 때까지 하나의 공포이다. 그러나 그 공포는 단순한 두려움의 감정과는 다른, 신선한 충격 또는 묘한 기대와도 같은 것으로서, 무사히 그 숲길을 빠져나오고 나면 일종의 허전함이나 아쉬움이 되기도 한다. 사내의 두 눈에서 언뜻 비쳤던 그 빛도 그러하였다.

그런데 내 그런 느낌을 일순의 착각으로 만들어준 것은 갑자기 가게 문을 열고 나온 주인 남자였다.

"깨철이 이노마야, 니 아까부터 거기 앉아 뭐 하노?"

주인 남자는 자기보다 대여섯은 위로 보이는 그 사내에게 서슴없이 말을 낮췄다. 그걸로 보아 그 사내는 떠도는 걸인이 아니라 그 마을에 붙어사는 사람인 듯했다. 그러나 깨철이란 그 사내는 들은 척도 않고 여전히 몽롱한 눈길로 나만 쳐다보았다. 이미 말한 대로 징그럽다기보다는 까닭 없이 섬뜩해지는 눈길이었다.

"일마가 귀가 먹었나? 일나라."

주인 남자가 그에게 다가가 제법 소리 나게 등짝을 후려치면서 머뭇머뭇 다가가는 내게 물었다.

"어서 오소. 뭘 찾십니까?"

그제야 나는 몸에 끈적끈적 묻어나는 듯한 그 사내의 눈길을 떼어내기라도 하듯 야멸차게 말했다.

"○○ 국민학교가 어디죠?"

"하, 그러고 보이 새로 오신다는 여선생님인 갑구만은. 가만있자……."

주인 남자는 갑자기 친절이 넘치는 얼굴이 되어 주위를 둘러보았다. 마침 가게 뒤에서 여남은 살쯤 돼 보이는 소년이 하나 나왔다.

"야, 니 여 좀 온나. 보자."

"도곡 아재, 왜요?"

"새로 오신 선생님인갑다. 학교까지 좀 모시고 가라."

그리고 내게 공연히 미안한 얼굴로 중얼거렸다.

"학교란 게 코딱지만 한 주제에 조쪽 산자락에 숨어 있어서
……."

순순히 앞장서는 소년을 따라나서려는데 여전히 깨철이란 사내의 눈길은 나를 쫓고 있었다. 그사이 평온을 회복한 나는 짐짓 매서운 눈길로 그를 쏘아주고는 자리를 떴다.

소년과 함께 학교를 찾아가면서 얼핏 알게 된 그 마을의 인적(人的) 구성은 좀 독특했다. 소년은 만나는 사람마다 꾸벅꾸벅 인사를 했는데 그게 모두 아재요, 무슨 할배였다. 도회지에서 자랐고 친척이라면 1년에 한두 번씩 드나드는 큰집 작은집밖에 모르는 내게는 이상하게 느껴질 정도였다.

그런 현상은 교실에서도 마찬가지였다. 학급의 절반은 같은 성씨였고, 또 성이 달라도 고종이니 이종이니 하는 식으로 얽혀 있었다. 드물게 보존된 동족 부락(同族部落)이었다. 나중에 알게 된 일이지만 남북으로 지나가는 실낱같은 국도(國道) 외에는 사방이 산으로 겹겹이 둘러싸인 데다 이렇다 할 특산물도 없어 타성(他

姓)들의 유입(流入)이 별로 없는 탓이었다.

첫인상의 기묘함에도 불구하고 그 뒤 나는 한동안 깨철이란 사내를 잊고 지냈다. 물론 그는 언제나 일없이 마을을 어슬렁거리는 쪽이었고, 그래서 하루에도 몇 번씩 그의 초라한 몰골과 몽롱한 눈길을 대하곤 했지만, 그런 데 관심을 기울이기에는 새로 시작한 내 생활이 너무 바쁘고 고되었기 때문이었다. 그곳은 내게 첫 부임지인 데다 그곳에서의 생활 또한 내가 처음으로 집을 떠나 하게 된 타향살이였다.

그러다가 어느 정도 새로운 생활에 익숙해지고 마음도 여유를 갖게 되자 나는 차츰 주위에 관심을 가지게 되었는데, 그때 가장 먼저 의식에 떠오른 것이 깨철이었다.

우선 눈에 띄는 것은 그의 출신이었다. 그는 그 고장에서 나거나 자라지도 않았고 그렇다고 그곳 누구의 피붙이거나 인척도 아니었다. 어느 핸가 우연히 흘러들어 와 마흔이 넘은 그때까지 어른에게도 깨철이요, 아이들에게도 깨철이로 살아왔다.

그다음은 얼른 이해 안 되는 그의 생계였다. 나는 처음 잡일이나 막일로 지내는 줄 알았으나 나중에 보니 전혀 하는 일 없이 매일을 보냈다. 그러면서도 그는 어렵지 않게 하루 세끼의 밥과 저녁에 누울 잠자리를 그 마을에서 얻고 있었다.

예를 들어 끼니 같으면 이렇게 해결했다. 저녁나절 식구들이 밥상에 둘러앉았을 시간이 되면 그는 아무 집이나 불쑥 들어간다.

"밥 좀 다고."

누구도 그에게 말을 올리지 않는 것처럼 그 또한 누구에게도 존대를 쓰지 않았다. 그런데 이상한 것은 주인의 반응이었다. 대개는 그런 깨철의 요구를 귀찮게 여기지 않을 뿐만 아니라 오히려 즐기는 것 같았다.

"등신이라도 먹어야 살제. 여 깨철이한테 밥 한 그릇 말아 줘라."

그러면 주인 아낙은 큰 보시기나 양푼에 밥, 국, 김치 할 것 없이 한꺼번에 말아 내밀고 그걸 받아든 그는 멍석 귀퉁이나 마루 끝에 앉아 후룩후룩 마시고는 바로 자리를 떴다.

"잘 먹고 간다."

"고맙다꼬는 안 카나?"

"내 먹을 밥 내 먹고 가는데 무신 소리."

그리고 어슬렁어슬렁 나가면 그 뒤 두어 달은 그 집에 얼씬도 않았다. 내가 나중에 가만히 헤아려보니 그 날수가 대개 마을 호수(戶數)와 비슷했다.

잠자리도 마찬가지였다. 대개는 정자나 동방(洞房)을 빌어 자는데 그도 날이 좀 춥거나 미처 군불 땔 나무를 준비하지 못한 날이면 어김없이 마을을 돌았다.

"너 집에 좀 자자."

"목욕하고 오믄 재워 주마."

"이불 필요 없다. 어디든동 불 땐 방이믄 된다. 니는 마누라한테 가서 엎어지믄 될 꺼 아이가?"

대개 그렇게 되는데, 그 과정이 너무도 자연스러웠다.

그러고 보면 그와 마을 사람들과의 관계는 확실히 묘한 데가 있었다. 남자들은 한결같이 그를 반편이나 미치광이 취급을 했지만 그 뒤에는 어딘가 그가 정말은 그렇지 않을는지도 모른다는 의심을 애써 감추려는 어떤 꾸밈이나 과장 같은 것이 엿보였다. 여자들도 그를 반편이나 미치광이 취급하는 것은 남자들과 다름없었지만, 그런 그녀들을 지배하는 심리 뒤에는 단순한 동정 이상 어떤 보호 본능에 가까운 것이 있었다. 하지만 아무래도 알 수 없는 것은 그가 마을 전체의 부양을 받으며 마을의 성원이 될 수 있는 이유였다. 일을 잘하는 것도 아니요, 무슨 남 안 가진 기술이 있지도 않았으며, 재담이나 익살로 마을 사람들의 환심을 사는 일도 없었다.

그런데 오래잖아 그런 내 의문에 희미한 암시 같은 사건이 하나 벌어졌다. 그곳에 부임한 지 여섯 달인가 일곱 달쯤 되던 어느 날, 나는 퇴근길에 하숙집 앞 공터에서 큰 소동이 일어난 것을 보았다. 어떤 젊은 남자가 말 그대로 깨철이를 짓뭉개고 있었는데, 이상한 것은 때리는 쪽도 맞는 쪽도 그 원인에 대해 말하지 않는 일이었다. 젊은 남자는 지겟작대기든 장작개비든 손에 잡히는 대로 말없이 깨철이를 후려치기만 했고, 깨철이는 또 깨철이대로 고슴도치처럼 몸을 웅크린 채 이따금씩 짧은 신음만을 토할 뿐이었다.

어쩔 줄 모르고 보고 있는 사이에 여기저기서 마을 사람들이 모여들었다. 그 무자비한 폭행의 원인을 설명하는 것은 그 사람들이었다.

"이 사람 화천(華川)이, 이 무슨 못난 짓고? 우리가 집안끼리 모두 서로 보고 있는데 설마 무슨 일이야 있었을라꼬."

"화천 아재, 진정하소. 이 빙신이 무슨 짓을 하겠능교?"

"맞다. 화천이 니 낯 깎이고 집안 우세다. 우리 문중이 여기 300년 세거(世居)해 왔지만 서방질로 쫓기난 며눌네는 없다."

남자들은 한결같이 그렇게 말렸는데, 내게는 어쩐지 상대방에게 말하는 것이 아니라 스스로에게 다짐하는 말같이 들렸다.

"보소, 화천 양반요. 화천댁 체면도 좀 생각해 주소. 세상에 어디 남자가 없어 저런 빙신하고 뭔 일을 벌이겠능교."

"맞지러. 화천 아지뱀 같은 멀쩡한 신랑 놔두고 뭣 때매 저런 병신과…… 생사람 잡지 마소."

"억지라도 유분수제. 마흔이 넘도록 색시 얻을 꿈도 안 꾸는 고자 보고……"

좀 나이가 지긋한 여자들도 대개 그렇게 말렸는데, 그 말투는 그가 병신이라는 것이 마치 그를 구해 줄 무슨 영험한 부적이라도 되는 듯하였다. 그러나 더욱 이상한 것은 아직 나서서 말릴 처지가 못 되는 좀 젊은 아낙네들이었다. 그녀들은 한결같이 성난 눈길로 깨철이가 아니라 장작개비를 휘두르는 젊은 남자 쪽을 쏘아보고 있었다.

다행히 소동은 오래가지 않았다. 그러나 나는 그 갑작스러운 소동을 통해 막연하게나마 깨철이의 존재가 마을 사람들에게 묵인되는 이유를 알 것 같았다. 모두가 모두에게 혈연이나 인척이라는 것은 동시에 모두가 감시자, 특히 부도덕한 행위에 대한 감시자란 뜻도 되었다. 깨철이의 존재는 거기서 오는 그 마을의 폐쇄성 중에서 특히 성적인 것과 어떤 연관을 가졌음에 틀림없었다.

나의 그런 추측은 언젠가 개울가에서 무심코 엿듣게 된 그 동네 아낙네들의 수군거림을 통해서도 뚜렷해졌다. 그날은 무더운 여름밤이었는데 발이라도 식히려고 개울가에 나갔던 나는 수면의 반사 작용 덕인지 꽤 먼 곳의 수군거림까지 들을 수 있었다.

"영곡댁 알라(아기) 깨철이 닮은 것 안 같더나?"

"형님, 그카지 마소. 또 애매한 깨철이 초죽음 시킬라꼬."

"내가 뭐라 카나? 그냥 해본 소리다."

"그래도…… 깨철이는 갈 데 없는 병신 아입니꺼?"

"글체, 빙신이제. 깨철이는 빙신이라."

그녀들은 마치 서로 다짐하듯 그렇게 끝을 맺었는데 그 어조에는 어딘가 공범자끼리의 은근함이 있었다. 그제야 나는 깨철이의 숨겨진 무서운 면을 본 느낌과 함께 마을 아낙네들이 가장 경멸스럽게 그를 얘기할 때조차도 그 뒤에서는 이상한 보호 본능 같은 것이 느껴지던 이유를 짐작할 수 있었다. 깨철이가 힘들여 일하지 않고도 하루 세 끼 밥과 누울 잠자리를 얻을 수 있는 것 또한 절반 이상이 그런 아낙네들에 힘입은 것이리라. 그러나 나머지 절반, 즉 남자들이 그와 같은 깨철이의 존재를 묵인하는 데 대해서는 여전히 그 까닭을 알 수가 없었다.

지금까지 얘기한 것은 단조로운 생활과 그 무료함에 자극된 까닭 모를 호기심으로 제법 세밀하게 마을과 깨철이를 관찰한 결과였다. 학교라고 하지만 통틀어 여섯 학급, 그나마 정원이 차지 않은 반도 있을 정도인 데다, 워낙이 산골이라 감사나 시찰 같은 것도 거의 없다시피 했기 때문이었다.

하지만 2학기에 접어들면서 나는 더 이상 깨철이나 그 마을을 관찰하고 있을 여유가 없어져버렸다. 그해 여름방학을 집에서 보내던 나는 몇몇 친구들과 해수욕을 갔다가 당시 대학교 4학년이던 지금의 남편과 만나게 된 까닭이었다. 처음에는 그저 스쳐가는 바람인가 싶었으나 차츰 우리들은 뜨겁게 발전했다. 그가 나와 한 도시에 산다는 것 외에도 취미나 성격상의 닮은 점이 우리 사이를 생각보다 빨리 가깝게 만든 까닭이었다.

그리하여 2학기에 그 마을로 돌아가서부터는 홍수처럼 쏟아지는 그의 편지를 읽는 것과 거기에 꼬박꼬박 답장하는 것만으로도 밤이 짧을 지경이었다. 내 머리는 언제나 그의 생각으로 가득 찼고 상상 또한 언제나 그가 있는 도시를 맴돌았다.

세상의 어떤 것도 그와 관련된 것이 아니면 도무지 내 흥미를 끌 수가 없었다.

그렇게 그해의 나머지가 가고 다시 이듬해 봄이 왔다. 다행히 양쪽 집안에서 모두 크게 반대가 없어 졸업과 함께 나와 약혼한 남편은 이어 군에 입대하게 되었다. 그리고 그 무렵을 전후하여 나는 이미 남자를 깊이 아는 여자가 되어 있었다. 겨울방학 때도 이미 사흘간의 여행을 남편과 함께 다녀온 적이 있었지만, 특히 약혼 후에 맞은 학년 말 휴가는 거의 입대를 앞둔 남편과 함께 보낸 셈이었다.

입대 후에도 남편의 홍수 같은 편지는 계속됐고, 오히려 전보다 더욱 달아오른 나는 그 답장에 열중했다. 마을 어디선가 불쑥불쑥 나타나서 나를 살피는 그 눈길에 가끔씩 섬뜩해할 때가 있긴 해도 깨철이는 여전히 나의 관심 밖에 있었다.

그러다가 깨철이가 느닷없는 충격으로 나에게 덮쳐오게 된 것은 남편에게 닥친 뜻밖의 변화 때문이었다. 입대한 지 다섯 달인가 여섯 달 만에 남편이 월남 전선으로 차출된 일이었다. 3년만 조용히 기다리면 되는 것으로 알았던 나는 처음 그 소식을 듣자 정신이 아뜩하였다. 그때만 해도 월남에 가는 것을 곧 죽을 땅으로 가는 것처럼 여기던 참전 초기라 나는 거의 절망적인 공포에 사로잡혔다. 그리고 그 공포는 이내 남편에 대한 그리움으로 불타올랐다. 마음뿐만 아니라 몸까지 뜨겁게 타오르게 하는 세찬 그리움의 불꽃이었다.

나는 아무런 부끄럼 없이 남편에게 썼다. 단 한 번, 단 한 순간이라도 좋으니 다시 한 번 그의 품에 안기고 싶다고. 다시 한 번 따뜻한 그의 체온과 뜨거운 숨결을 느끼고 싶다고. 무슨 수를 쓰든 꼭 한 번 다녀가 달라고. 남편의 답장은 곧 왔다. 그것은 반갑게도 파병 전에 일주일 정도의 휴가가 있으리라는 것과 그 기간 중 며칠을 빼내 나를 만나러 오리라는 것을 알리고 있었다.

남편이 올 수 있는 마지막 날, 오후 다섯 시 막차까지 그냥 지나가 버리자 나는 그 자리에 풀썩 주저앉고 싶을 정도로 허탈한 심경이었다. 결근이라도 하고 그가 있는 곳으로 달려가지 못한 것이 그제야 뼈저리게 후회되었지만 이미 소용없는 일이었다. 그런데 한 가지 알 수 없는 것은 그런 허탈한 가운데서도 식을 줄 모르고 달아오르는 내 몸이었다. 아니, 그 이상, 남편의 품에 안길 것을 상상하며 보내온 지난 일주일보다 그가 이제는 올 수 없다는 것을 뚜렷이 알게 되면서부터 더 뜨겁게 달아오르는 것 같았다.

나는 허탈감 못지않게 내 몸을 사로잡는 그 묘한 열기에 취해 거의 몽롱한 기분으로 버스 정류소를 떠났다. 그러다가 갑작스러운 소리에 언뜻 정신이 든 것은 버스 정류소와 하숙집의 중간쯤 되는 길에서였다. 이미 초가을에 접어들고 있었음에도 장대 같은 소낙비가 내렸다. 얼결에 주위를 둘러본 나는 길가에 있는 조그만 창고를 발견하고 그리로 뛰어갔다. 처음 나는 그 처마에나 붙어서서 비를 긋고 갈 작정이었다. 그러나 워낙 빗발이 세고 바람까지 일어 차츰 빗장이 질러 있지 않은 함석 문께로 밀리게 되었다.

한참을 기다려도 빗발은 점점 세어져 — 이윽고 나는 함석 문을 열고 창고 안으로 들어갔다. 평소 비료 같은 것들을 쌓아두는 그 창고는 그날따라 텅 비고 조용하였다. 혹시 사람이 있을지도 모른다고 생각한 나였지만, 그 지나친 고요에 차근히 창고 안을 살펴볼 생각도 하지 않고 열린 문틈으로 쏟아지는 소낙비만 망연히 바라보았다. 지나친 방심이라기보다는 작은 벌레들처럼 스멀거리며 내 몸을 돌고 있는 그 묘한 열기에서 깨나지 못한 탓이었다.

어쨌든 창고 안을 자세히 살피지 않은 것은 큰 실수였다. 튀는 빗발을 피해 내 몸이 완전히 창고 안으로 들어가자마자 어둠 한 구석에서 누군가가 재빨리 달려 나와 창고 문을 닫고 빗장을 질렀다.

"누구예요? 문 열어! 소리 지를 테야."

나는 그 갑작스러운 사태에 본능적인 공포를 느끼며 날카롭게 소리쳤다.

"떠들어야 소용없어. 소나기 오는 들에 사람 다니는 것 봤나?"

약간 쉰 듯한 목소리와 함께 집게 같은 손이 내 팔목을 죄었다. 처음 그림자가 퍼뜩할 때의 직감대로 깨철이였다. 그가 누구인 것을 알자 이상하게도 나를 사로잡고 있던 공포가 일순에 사라졌다.

"너 깨철이지? 이거 못 놔?"

나는 제법 마을 사람들이 하는 식으로 으름장까지 놓았다. 그러나 그는 대신 창고 바닥에 깔린 짚 덤불 위에 나를 쓰러뜨리더니 내 치맛자락을 거칠게 감아쥐었다.

"험한 꼴로 하숙집에 돌아가기 싫거든 곱게 벗어."

그러나 그때까지만 해도 나는 그에게서 빠져나오려고 기를 썼다. 그런 나를 덮쳐 누르고 있던 그가 다시 뜨거운 입김을 내 귓가에 뿜으며 중얼거렸다.

"이 깨철이 다른 건 몰라도 언제 너희들이 나를 필요로 하는지는 정확히 알지. 지금 네 몸은 달 대로 달아 있어."

그 말을 듣자 이번에는 묘하게도 내 몸에서 힘이 쭉 빠졌다. 대신 잠깐 잊고 있었던 묘한 열기가 다시 스멀거리기 시작했다. 그런 내 귀에다 그가 다시 이죽거렸다.

"오후 내내 지켜보고 있었지. 정류소에서 안절부절못하고 기다리고 서 있을 때부터……."

그러면서 그는 능란하게 내 몸을 더듬었다. 그런 그는 이미 평소의 초라한 차림이나 추레한 용모와는 무관한, 남자라는 하나의 추상(抽象)이었다. 나는 차츰 몽환(夢幻)과도 흡사한 상태에 빠져들면서 모든 저항을 포기하고 말았다. 회상하기도 민망스럽지만 어쩌면 그때 나는 당했다기보다는 차라리 그와 한차례의 정사(情事)를 즐긴 것이나 아닌지 모르겠다. 남의 아내 된 여자로서 한 가지 변명을 삼을 것이 있다면, 그 절정의 순간에 내가 떠올리고 있었던 것이 다름 아닌 남편의 얼굴이었다는 것 정도일까.

그 일이 있고 난 뒤의 한동안을 나는 은근한 걱정에 잠겨 보냈다. 깨철이가 다시 내 방으로 뛰어들지 모른다는 불안과 함께 그일이 동네방네 알려져 내 삶에 어떤 치명적인 위해(危害)를 가할지도 모른다는 우려 때문이었다. 그러나 남편에 대한 죄의식이나 도덕적인 가책으로 괴로워한 기억이 별로 없었던 것은 지금에 와서 보면 한심스럽기보다는 기이한 느낌이 든다.

우려와는 달리, 깨철이는 그 뒤 신통하리만큼 내 주위에는 얼씬도 않았다. 나에 대한 무슨 수상한 소문이 마을을 떠도는 것 같지도 않았다. 내가 당한 엄청나다면 엄청날 수도 있는 그 일에 비해 너무도 깨끗한 뒤끝이었다. 하지만 그렇게 몇 달이 지나간 후에야 나는 비로소 그 쉽잖은 절제와 함구가 깨철이를 지켜주는 또 하나의 중요한 보호막이라는 것을 깨달았다. 설령 그가 내가 우려하는 사태로 몰고 간다 하더라도 나만 완강하게 부인하면 결정적인 불리(不利)를 입는 것은 그 자신일 것이 뻔했기 때문이다. 그리고 그것은 마을 아낙네들과의 관계에서도 마찬가지일 것이었다.

어쨌든 그 일로 나는 추측과 상상 속에 숨어 있던 그의 참모습을 확인함과 동시에 더욱 완전하게 그 마을 아낙네들을 이해하게 된 기분이었다. 극단으로 말한다면, 그는 모든 아낙네들의 연인 또는 잠재적 연인이었다. 그러나 그런 깨철이의 존재를 묵인하는 그 마을 남자들을 제대로 이해하기까지는 다시 얼마간의 세월이 필요했다. 계기는 그해 겨울방학이 가까운 어느 날 오후의 텅 빈 교무실에서였다. 그날 우연히 그 마을 출신의 남자 교원 하나와 단둘이 난롯가에 마주 앉게 된 나는 진작부터 그에게서 듣고 싶던 깨철이의 이야기를 넌지시 꺼내보았다.

"그는 백칩니다. 성불구자구요."

표현은 달라도 그 남자 교원의 주장 역시 보통의 마을 남자들과 다름이 없었다. 펄쩍 뛰듯 나서는 그를 보자 나는 이상스레 심술궂은 기분이 들며 그동안 내가 관찰한 것들을 증거로 대듯 차근차근 늘어놓았다. 물론 나 자신의 이야기만은 쏙 뺀 채였다.

"정말 놀라운 관찰력이십니다. 이 마을에서 나고 자란 나도 최근에야 짐작한 일이죠. 한 선생님께서 그렇게 예리하게 살피고 계신 줄은 몰랐습니다."

내 이야기를 가만히 듣고 있던 그 남자 교원은 나중에야 어쩔 수 없다는 표정으로 그렇게 수긍했다. 나는 기회를 놓치지 않고 다잡아 물었다.

"그런데 어째서 남자분들까지 그 사람의 존재를 묵인하죠?"

"여러 가지 이유가 있겠지만…… 우선 두 가지로 말할 수 있지 않나 싶습니다. 그 하나는 얄팍한 자존심이고 다른 하나는 영악한 계산일 겁니다."

"자존심과 계산?"

"얄팍한 자존심이란 자기가 당했을 경우에 해당됩니다. 깨철이에 대한 우월감을 지키기 위해 그따위 인간에게 아내를 빼앗긴 것을 스스로가 인정할 수 없겠지요. 그보다는 멀쩡한 그를 병신이라고 우기는 편이 속 편합니다. 또 영악한 계산이란 남이 당했을 경우 깨철이를 용서하는 방식이죠. 아시다시피 이 마을은 전부가 한 문중이고, 아니면 인척들입니다. 상피(相避) 붙거나 사돈끼리 배가 맞아 집안 망신을 당하느니보다는 차라리 뒤탈 없는 깨철이 쪽이 낫지 않겠습니까."

나는 그런 합리적인 해명보다는 차라리 어떤 악마적인 것의 침해를 두려워하면서도 한편으로는 그 불안을 즐기는 피학 성향(被虐性向)이나, 자기들로서는 결코 떨쳐버릴 수 없는 도덕과 인습의 굴레에서 자유로운 깨철이와 자기들을 동일시(同一視)함으로써 얻어지는 보상 심리 같은 것에서 그 이유를 찾고 싶었지만, 지나친 비약 같아 대신 이렇게 물었다.

"그렇다면 저번에 동네 가운데서 깨철이를 두들겨 팬 사람은 어째서죠?"

"이건 제 관찰입니다만, 깨철이에게도 어떤 룰이 적용되고 있는 것 같습니다. 이를테면 지나치게 젊은 층은 피한다든가, 같은 상대와 두 번 다시 되풀이는 않는다든가. ─ 왜냐하면 젊은 남편은 종종 앞뒤 없이 주먹을 휘두르는 수가 있고, 나이 지긋한 남자라도 여편네가 되풀이 그런 짓을 할 때는 참지 못하니까요. 그때도 아마 깨철이가 그런 식의 어떤 룰을 지키지 않아 생긴 소동일 겁니다."

그러다가 그 남자 교원은 내가 타성(他姓)이고 또 아직 미혼이라는 걸 떠올렸는지 갑자기 얼굴을 붉히며 어물어물 말을 맺었다.

"뭐, 이것은 순전히 제 추측입니다. 한 선생님께서는 이미 세밀하게 관찰하신 뒤끝이라 함부로 말해 보았습니다만…… 우리가 방금 나눈 대화, 혹시라도 마을로 흘러나가 말썽이 안 되도록 각별히 유의해 주십시오."

그렇게 말하는 그는 표정까지도 그 마을의 흔한 중늙은이들을 닮아 있었다. 나는 마지막으로 깨철이의 전력을 물어보았다. 그러나 그때 이미 그 남자 교원은 그 화제에 흥미를 잃고 있었다.

"그건 나도 모릅니다. 하지만 그게 특별히 이상할 건 없죠. 다른 곳에도 그와 같이 정체 모를 섬 같은 인물들은 흔히 있으니까요."

그 뒤 내가 그 마을을 떠난 것은 부임한 날로부터 3년이 조금 지났을 무렵이었다. 군에서 제대한 남편으로부터 지금의 직장에 취직이 되었다는 편지를 받고 나는 곧 그와의 결혼식을 위해 학교에 사표를 냈다. 그런데 워낙이 머릿수를 맞춰둔 교원이라 내가 그 날로 떠나버리면 그동안 맡아오던 학급은 후임자가 올 때까지 수업을 중단해야 할 형편이었다. 그 바람에 나는 사흘이나 더 기다려 후임자와 맞교대를 하고서야 학교를 벗어날 수 있었다.

내가 그 마을을 떠나던 날이었다. 마침 대학 후배였던 내 후임자는 버스 정류소까지 나를 전송하러 나왔다. 그런데 정류소 앞 가겟집 툇마루에 언제 왔는지 깨철이가 웅크리고 앉아 처음 나를 보았을 때와 똑같은 눈으로 내 후임인 여선생을 살피고 있었다.

나는 그걸 보고 그녀에게 깨철이에 대한 이야기를 해줄까 하다가 그만두었다. 그는 혈연이나 인척으로 속속들이 기명화(記名化)된 그 마을에 유일하게 떠도는 익명의 섬이었다. 만약 그녀에게도 대부분의 그 마을 아낙네들처럼 혹은 2년 전 어느 날의 나처럼, 분출하지 않고는 견디지 못할 만큼 폐쇄되고 억제된 성(性)이 있다면, 역시 그 익명의 섬은 필요할지도 모를 일이었다.

그리하여 나는 내 후임자에게 충고하는 대신 밉살맞을 만큼 끈끈하게 그녀를 살피는 깨철이를 약간 쌀쌀맞은 눈길로 쏘아주었다. 그도 그런 내 눈길을 맞받았다. 그때, 착각이었을까, 나는 문득 그의 눈길에서 희미한 웃음 같은 것을 보았다. 그러나 그것도 순간이었다. 그는 이내 고개를 돌려 비탈 아래 펼쳐진 논밭과 마을을 내려다보았다. 그 땅 어느 모퉁이에도 그의 흙 한 줌 없고, 그 집들 어디에도 주인의 허락 없이는 그가 누울 방 한 칸 없는데도, 마치 그 모든 걸 소유한 장자(長者)처럼, 또는 제왕처럼.

이문열 중단편
수상작 모음집

신판 1쇄 인쇄 2022년 10월 20일
신판 1쇄 발행 2022년 10월 27일

지은이 이문열

발행인 양원석
디자인 정세화 **영업마케팅** 양정길, 윤송, 김지현, 정다은, 박윤하
펴낸 곳 ㈜알에이치코리아
주소 서울시 금천구 가산디지털2로 53, 20층 (가산동, 한라시그마밸리)
편집문의 02-6443-8842 **도서문의** 02-6443-8800
홈페이지 http://rhk.co.kr
등록 2004년 1월 15일 제2-3726호

ISBN 978-89-255-7729-6 03810